# Las Sabias Mujeres de La Habana

# Las Sabias Mujeres
# de La Habana

❖

*José Raúl Bernardo*

*Una rama de* HarperCollins*Publishers*

Los libros de HarperCollins pueden ser adquiridos para uso educacional, comercial, o promocional. Para recibir más información, diríjase a: Special Markets Department, HarperCollins Publishers Inc., 10 East 53rd Street, New York, NY 10022.

Partes de este libro fueron publicadas en forma de cuento, «Happy Blue Crabs», en el libro *Family: American Writers Remember Their Own*, bajo la dirección de Sharon Sloan y Steve Fiffer (Pantheon Books, 1996).

PRIMERA EDICIÓN RAYO, 2002

Library of Congress ha catalogado la edición en inglés.

ISBN 0-06-093616-9

02  03  04  05  06  /RRD  10  9  8  7  6  5  4  3  2  1

PARA BERNI

✳

# Reconocimientos

Este libro nunca hubiera podido llegar a ser posible si no hubiera sido por la ayuda y el apoyo sin límites otorgado por mi agente, Owen Laster, quien creyó en él desde un principio, y quien constantemente siguió dándome ánimos, particularmente en esos momentos de desesperación que aparentemente todos los escritores debemos sobrevivir tarde o temprano.

Quiero darles mis gracias también a las dos personas que leyeron el manuscrito original y cuyas sugerencias fueron invaluables, Robert Joyner and Betty Early. Como también quiero darles mis gracias a Carolyn Marino y a Erica Johanson cuyos comentarios editoriales hicieron posible que esta novela finalmente llegara a tomar vida, así como a René Alegría, que bravamente decidió publicar esta obra.

Pero especialmente quiero darle mis más sentidas gracias a mi padre, José Bernardo Santos—Berni, como lo llaman sus nietos—un hombre que desde la infancia me enseñó el valor de los libros, y que ha leído, y vuelto a leer, y revisado una y mil veces los manuscritos de todas mis novelas.

*La felicidad hay que creársela uno mismo*

—Raquel Pérez Regueira

PARTE PRIMERA

# *Violación*

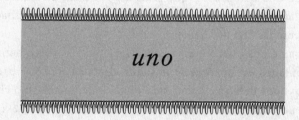

*uno*

Aunque estamos a mediados de Febrero, cuando un blanco sudario de nieve cubre inmensas áreas de Norteamérica y el invierno, frío, gris y desolado, está en su apogeo, el tiempo en la ciudad de La Habana es sencillamente lo más esplendoroso que uno se pueda imaginar en esta increíblemente hermosa mañana de 1938.

Este clima de Cuba, siempre tan espectacular, es posiblemente lo único en la isla que la gran depresión mundial de los años treinta no ha podido destruir. A pesar de que cientos de miles de cubanos se están muriendo de hambre—porque el desempleo ha llegado a proporciones más que alarmantes y casi nadie puede conseguir trabajo—el brillante cielo azul turquesa que flota tranquilamente sobre la ciudad se mantiene totalmente límpido y carente de nubes a medida que Marguita y Lorenzo comienzan a descender de un viejo tranvía. Y mientras lo hacen, las acariciadoras brisas que provienen de la bahía insisten en refrescar el inmenso calor de ese sol cubano de mediodía, que está que arde, y que poco a poco trata de inundar con su brillante luz las callejuelas de la vieja ciudad, serpentinadas y pavimentadas con adoquines.

Durante una buena media hora Marguita y Lorenzo han estado montados en un tranvía bastante destartalado que hace ya muchos años debió de haber sido pintado de un amarillo chillón pero que es ahora muchísimo más pálido debido a la excesiva brillantez y al inmenso calor del sol tropical. Las paredes del tranvía, hechas de delgados tabiques de madera, tienen tantas perforaciones y grietas creadas por el ataque del salitre del mar, y sus asientos de mimbre están tan sumamente gastados, que no puede existir duda alguna de que el tranvía ha disfrutado ciertamente de mejores días. Pero, así y todo, este viejo tranvía se las ha arreglado para llevar a los recién casados desde su nuevo hogar—un pequeñísimo apartamento en Belascoaín, un área fuera del centro de la ciudad—al mismo centro de La Habana, *La Habana Vieja*, la parte de la ciudad que existe desde el siglo XVI, y que se mantiene muy estropeada por los estragos de los años, cierto, pero *muy* orgullosa, bordeando la gigantesca bahía de La Habana.

Sin embargo, a pesar de que el viaje se ha demorado mucho más de lo que ellos habían anticipado, eso no les ha importado nada ni a Marguita ni a Lorenzo que estando aún en su luna de miel están disfrutando plenamente el uno de la compañía del otro. Muy por el contrario, una vez que Marguita y Lorenzo se bajan del tranvía y huelen ese aire perfumado que proviene de la bahía y que es tan delicioso, Marguita mira a su guapo esposo y ambos se sonríen con una felicidad íntima e intensa.

Sólo les toma unos cuantos minutos a Lorenzo y a su joven

esposa para caminar las pocas cuadras que van desde la parada del tranvía hasta lo que en el siglo dieciocho era el más elegante barrio de toda La Habana, pero que comenzando hace ya muchos años se ha ido deteriorando poco a poco y se encuentra ahora en un estado bastante deplorable. Muy bien vestidos, los recién casados llevan puesto lo mejorcito que tienen, que es exactamente lo que llevaron puesto el día que se casaron, hace ya dos meses. Ella, un vestido a media pierna de un color plateado y cortado al sesgo—hecho por ella misma—con mangas largas y estrechas y con un cuello alto, que acentúa delicadamente su bien redondeado cuerpo de mujer cubana; y él, el mejor de sus dos trajes, hecho de lino natural color arena, que acaba de ser planchado por la misma Marguita.

Una vez que llegan a una casa situada en el medio de una cuadra, usando sus nudillos, Lorenzo llama a una alta y delgada puerta de paneles, años atrás pintada de un intenso azul turquesa que el sol ha hecho palidecer, la pintura ahora desconchándose en pedazos.

Mientras esperan, Marguita se vuelve hacia su marido, Lorenzo, un joven de cabellera crespa e indomable, bigote estrecho y afilado, y ojos oscuros y brillantes que ella tanto adora.

—¿Cómo luzco? —le pregunta, su voz de repente un poco tirante.

Lorenzo la mira, admirando lo que ve: una hermosa joven con deslumbrante cabellera dorada, cara ovalada y tostada por el sol, naricita pequeña, labios llenos y sensuales, y cejas muy finas y muy bien sacadas y perfiladas que delicadamente enmarcan destellantes ojos de un color azul pálido.

—Tan preciosa como de costumbre —contesta galantemente Lorenzo, diciendo la pura verdad.

—Oh, Lorenzo, ¡por favor! —una Marguita muy nerviosa le responde, ajustándose el vestido—. Que no estoy para juegos. Dime la verdad, ¿te luzco bien?

Esta es la primera vez que Marguita ha sido invitada a comer a casa de sus suegros, y está muy tensa debido a ello, porque no quiere hacer un papel ridículo.

Marguita ha visto a sus suegros muy pocas veces.

Durante su largo noviazgo de tres años, Lorenzo fue siempre el que viajó atravesando toda la ciudad para ir a visitar a Marguita. Para ser exactos, la familia de Marguita y la de Lorenzo se han visto sólo tres veces, y cada una de esas veces por sólo unos pocos minutos. La primera vez, durante la fiesta para celebrar la petición de mano en la casa de la familia de Marguita. La segunda vez, cuando Marguita y su familia visitaron a la familia de Lorenzo en su casa—una visita muy formal y muy de cumplido requerida por las costumbres cubanas que duró solamente lo imprescindible. Y la tercera vez, durante la boda. Por eso es que Marguita se siente muy aprensiva con esta invitación a almorzar, su primera invitación a la casa de sus suegros.

Lorenzo está a punto de decirle algo a su nerviosa esposa cuando la puerta se abre y la madre de Lorenzo, Carmela, los recibe muy cordialmente.

—¡No pudieron haber llegado a mejor hora! —dice la viejecilla, pequeña y sin dentadura, mientras se ajusta unas cuantas hebras de su larga cabellera blanca, que lleva hecha en un moño bien apretado colocado en la parte de atrás de su cabeza, en el severo estilo frecuentemente usado por las españolas de entonces.

Treinta y seis años atrás, en 1902, durante el mismo año en que Cuba celebró su independencia de España, los padres de Lorenzo, Padrón y Carmela—que eran campesinos en España y que tenían que trabajar la tierra de otras personas—vinieron a La Habana en busca de una mejor vida. Aquí, después de largos años de intenso trabajo, Padrón llegó a convertirse en un próspero mercader de vinos hasta no hace mucho, cuando su negocio se vino abajo debido a la gran depresión mundial. Pero no antes de haber tenido cinco hijos, tres hembras y dos varones, de los cuales sólo cuatro sobreviven, Lorenzo siendo el último de todos ellos, el bebé de Carmela.

Sonriéndoles cálidamente, Carmela, delgada y encorvada por sus sesenta y dos años de edad, deja que su hijo y su nuera entren en la casa. Entonces, tras cerrar cuidadosamente la puerta, Carmela, que está totalmente vestida del más severo luto, incluyendo medias negras—luto que ha estado llevando desde que su hija Lucinda murió hace ya siete años—conduce a Marguita y a Lorenzo a través de la casa, cruzando primero el salón de música en donde se encuentra el piano de Lucinda, un piano vertical pintado de negro y cubierto con un elegante mantón de Manila bordado totalmente en negro, y después el largo y estrecho patio lateral hasta que llegan al comedor, que se encuentra al otro extremo de la casa.

A medida que cruza el patio, que está pavimentado con lozas de barro cocido y que ya está casi completamente a la sombra hasta a esta hora del día, Marguita comienza a sentirse mucho mejor, porque tanto la casa de la familia de Lorenzo como la de su propia familia son lo que los cubanos llaman casas «estilo criollo», esto es, casas hechas por criollos—como se les dice a los descendientes de españoles nacidos y criados en la isla—en un estilo muy adecuado al clima tropical de Cuba. Éstas son casas alargadas y estrechas que están comprimidas entre otras casas similares en donde la mayoría de las habitaciones dan a un alargado patio, rectangular y encerrado por paredes. Sin embargo, aunque la casa de la familia de Marguita y esta otra casa se parecen muchísimo, las dos casas son muy diferentes. La de la familia de Marguita, muy sencilla, está ubicada en Luyanó, el barrio más pobre de La Habana, mientras que esta otra casa, situada en el mismo centro de La Habana Vieja, es más bien una mansión, porque tiene muchísimas más habitaciones que la de la familia de Marguita, y todas ellas muy grandes y de puntales muy altos, lo que las hacen lucir casi como si pertenecieran más bien a un palacio que a una casa. Con ojos llenos de admiración, Marguita mira a cada uno de los detalles de esta vieja casona que debió haber sido magnificente cuando nueva, dándose cuenta perfectamente de que todo está inmaculadamente limpio, casi pulido se puede decir, a pesar de que la estructura en sí parece estar pidiendo que la reparen, Marguita se dice, cuando ve que las ornamentaciones de yeso del cielo raso y las molduras de las mustias paredes manchadas por la humedad están medio al caerse y que muchas de las lozas del piso, o faltan o están rajadas.

Cuando llegan al comedor, Carmela les dice a los recién casados:

—Siéntense mientras yo voy a ver cómo está la comida —Y tan pronto lo dice se va corriendo a la cocina.

Marguita respira profundamente y se sonríe con anticipación. El aire está lleno de un aroma delicioso e inconfundible que proviene de la cocina.

—Me huele a caldo gallego —le dice a Lorenzo, sabiendo que este caldo, hecho con los ingredientes más simples y más baratos que hay: judías blancas, acelgas, berzas, y unto, es uno de los platos favoritos de Lorenzo. Y sin embargo, un plato que Marguita no ha cocinado nunca, porque a ella le han dicho que no hay mujer cubana que sepa cocinar este caldo tan bien como lo cocinan las españolas—lo cual es probablemente verdad porque después de todo las españolas lo han estado cocinando por siglos si no por milenios.

Es precisamente entonces que Loló, la mayor de las dos restantes hermanas de Lorenzo—ocho años mayor que Lorenzo— entra en el comedor.

Loló no está vestida de luto.

No.

En lo más mínimo.

Por el contrario, lleva puesto un apretado vestido blanco con pequeños lunares rojos cortado al sesgo que le queda como hecho a la medida y Marguita inmediatamente se da cuenta de que no es de hechura casera, como el de ella, sino que debió haber sido comprado en una de las más elegantes tiendas de La Habana.

—Siento no poder darles la mano —dice Loló en forma de saludo, enseñándoles a Marguita y a Lorenzo sus manos cuidadosamente arregladas—, pero acabo de retocarme las uñas y están todavía sin secar —añade, jugueteando con sus dedos a medida que se sienta a la mesa.

Aunque sólo se han visto tres veces—y por muy breves momentos—Marguita ha admirado el cutis de Loló desde el mismo instante en que la conoció, porque es de una blancura exquisita, inmaculado y sin el más mínimo defecto o la más pequeña arruga, a pesar de que Loló, que tiene más de treinta años, es mucho mayor que Marguita. Y como si eso fuera poco, esa blancura de Loló luce aún más blanca porque está enmarcada por una brillante cabellera negra como azabache, la cual Loló lleva como su madre en el severo estilo español de un moño bien apretado sobre la nuca. Loló no es exactamente una belleza desde el punto de vista cubano, porque salió a su padre y es demasiado alta y demasiado delgada para los hombres cubanos, que prefieren que sus mujeres tengan cuerpos bien redondeados y voluptuosos como el de Marguita. Así y todo, no hay quien pueda decir que Loló sea fea. Cierto es que tiene una cara estrecha, una nariz alargada, y labios muy finos, casi afilados. Pero ella compensa todas esas fallas tan insignificantes con cejas oscuras, exquisitamente perfiladas, y con largas pestañas negras que crean un marco espectacular a ojos magníficos, grandes y tan oscuros y tan penetrantes que dan la impresión de que pertenecen al rostro de una mujer gitana.

—¿En dónde me siento? —le pregunta Marguita a Lorenzo, porque no quiere tomar el lugar de nadie a la mesa.

Lorenzo separa una silla y se la ofrece.

—Aquí —le dice, sonriéndole.

Después de que Marguita se sienta, directamente opuesta a Loló, que ocupa su puesto de costumbre al otro lado de la gran mesa, Lorenzo se sienta al lado de su esposa en el mismo puesto que ocupaba antes de casarse. Pocos momentos después, el padre de Lorenzo, Padrón, que es un hombre alto y delgado, completamente calvo, con una nariz aguileña en un rostro alargado, casi caballuno, y que es mucho mayor que su esposa Carmela, entra en el comedor. Tras darle a su hijo y a su nuera un breve saludo de cabeza que es casi imperceptible, Padrón—que como Carmela, desde la muerte de su hija Lucinda sólo se viste de negro—se sienta en silencio a la cabeza de la mesa. Al cabo de unos pocos minutos el hermano de Lorenzo, Fernando, entra en el comedor. Alto y delgado como su padre, Fernando sólo le lleva a Lorenzo cuatro años, pero ya tiene una calvicie más que incipiente. Vestido de guayabera cubana con lacito azul prusia, tan pronto Fernando ve a su hermano, corre hacia él, le da un golpetón vigoroso en la espalda y entonces, tras saludar a Marguita con gran efusión, se sienta al otro lado de ella. En el mismo momento en que Fernando se sienta a la mesa, la otra hermana de Lorenzo, Asunción, que es sorda, y que al igual que sus padres está también completamente vestida de negro, trae de la cocina una inmensa sopera blanca, que aparentemente es muy pesada y que contiene el caldo gallego que le ha llevado hacer toda la mañana.

Aunque Asunción—que también salió a su padre—es alta y delgada y se parece muchísimo a su hermana Loló, las dos mujeres no puede ser más diferentes. Mientras los aceitunados ojos de Asunción siempre parecen ser claros y cristalinos, reflejando su gentil y bondadosa personalidad, los oscuros ojos de Loló siempre parecen ser penetrantes y velados, dando la impresión de que son cautelosos y secretos, casi como si estuvieran escondiendo algo detrás de ellos.

Dándole la bienvenida a Marguita con una sonrisa cálida y

amable, Asunción deposita la inmensa sopera sobre la mesa, que está cubierta para la ocasión con un mantel de encaje blanco que debió haber sido muy bello cuando nuevo, pero que ahora tiene más que algún otro parche aquí y allá. Asunción le sirve la sopa a su padre, Padrón, y pacientemente espera de pie al lado de él, hasta que el viejo la pruebe y le dé su aprobación, como es la costumbre. Es solamente entonces que ella les sirve el caldo gallego al resto de las personas sentadas a la mesa, el cual es disfrutado por todos en el silencio más absoluto, como si fueran monjes en un refectorio.

Al principio Marguita se siente extrañada por este silencio, porque en su familia una comida, no importa cuán sencilla, es siempre una celebración en donde todo el mundo come y habla al mismo tiempo. Pero entonces se acuerda de que su madre, Dolores, le había advertido que las familias de españoles son a menudo muy severas y muy formales, y por consiguiente, muy diferentes de las familias cubanas que son justamente lo opuesto: tan informales y tan relajadas como lo es posible. Así es que Marguita se siente bastante fuera de lugar en este caserón de costumbres tan diferentes a las suyas, pero como no quiere llamar la atención a sí misma, se toma su sopa en silencio, al igual que el resto de la gente a la mesa, y no se atreve a decir ni una sola palabra.

Momentos después Asunción ayuda a su madre Carmela a levantar la mesa.

Y entonces... nada. Nada le sigue al caldo gallego. Absolutamente nada. Un café aguado es prontamente servido por Asunción, dándole punto final al almuerzo.

Marguita también se siente extrañada por esto.

En Cuba el almuerzo es normalmente la comida más fuerte del día, especialmente durante los domingos. En un típico almuerzo, después de la sopa se sirve un plato principal de carne que viene generalmente acompañado por una ensalada de lechuga y aguacate, y por cervezas bien frías, al cual le siguen uno o más postres. Y sin embargo, hoy, al caldo gallego—que es después de todo una sopa—no le sigue nada. Ni siquiera un postre.

«Esto debe ser lo que comen las familas españolas durante un almuerzo los domingos», piensa Marguita.

Carmela regresa de la cocina, toma su puesto al lado de Lorenzo, y de repente le toma la mano derecha a su hijo y la cubre con sus dos manos.

Lorenzo no se esperaba esto.

Y menos aún Marguita.

Este encubrimiento de su mano por las de su madre es obviamente algo que Lorenzo nunca pensó que pudiera pasar. Marguita puede leer esto en los ojos de Lorenzo, porque el pobre muchacho no sabe qué hacer, ni a dónde mirar, ni qué decir. Sus ojos miran a los ojos de Marguita por un segundo y después se ponen a mirar a la vacía mesa enfrente de él. Y el resto de la gente sentados a la mesa hace exactamente lo mismo. Marguita. Carmela. Padrón. Asunción. Fernando. Hasta Loló, que por un breve momento ha dejado de admirar sus uñas de un rojo brillante, hasta Loló se pone a mirar el gastado mantel.

Todavía cubriendo la mano de Lorenzo con las suyas, Carmela levanta los ojos y mira intensamente a Padrón, su esposo de tantos años, esperando que diga algo. Pero el viejo, como de costumbre, no dice nada, la expresión de su cara completamente vacía cuando le retorna la mirada a su mujer.

No mucho después de que Padrón perdiera su negocio debido a la gran depresión mundial, su primogénita, Lucinda, que no tenía aún cumplidos los veintiséis años de edad, se murió de tuberculosis—o «tisis», como se le decía entonces. Su muerte, junto con la pérdida del negocio, le destruyó completamente el espíritu al pobre viejo. Desde el mismo instante en que Lucinda fue enterrada, Padrón no ha hecho más que tomar largas caminatas todas las mañanas, pasando por la que había sido su tienda de vinos camino al cementerio, y cuando regresa a la casa, se sienta en una silla en el patio con una toalla sobre los hombros porque siempre tiene frío, y así se pasa el resto del día, sin musitar palabra alguna y manteniendo sus ojos vacíos permanentemente fijos en un algo distante e invisible, como si estuvieran perdidos en la distancia.

Después de que esos momentos de gran tensión pasan, Carmela, todavía encubriendo la mano de Lorenzo con las suyas, rompe el embarazoso silencio:

—Nosotros hemos estado pensando que... —comienza a decirle a Lorenzo, y sus ojos de nuevo se dirigen a los de Padrón, como si estuvieran buscando ayuda. Pero Padrón permanece inmutable, como si fuera una estatua hecha de marfil. Carmela continúa: —Las cosas no están muy bien por aquí —dice, mientras señala a la inmensa mesa vacía en donde el escaso almuerzo acaba de ser servido—. De la manera en que están las cosas, apenas si podemos poner comida sobre la mesa. Y... bueno, nosotros pensamos que quizás... si tú te volvieras a mudar aquí de nuevo... Bueno, tú sabes, el dinero que estás pagando de alquiler... ese dinero nosotros lo podríamos usar, y... —hace una pausa y mira de nuevo a Padrón, su esposo, todavía una estatua de marfil que lleva traje y corbata negros—. Ven —añade Carmela y se levanta—. Mira lo que hemos hecho.

Todos se levantan.

Carmela, que le ha estado hablando exclusivamente a Lorenzo, ignorando a Marguita por completo, toma a su hijo de la mano y pasando al lado de Marguita, se dirige a lo que solía ser el cuarto de Lucinda.

Todos la siguen, Marguita la última.

El cuarto de Lucinda está tan limpio que refulge—tal y como el resto de la casa—aunque las paredes y las puertas de persianas son tan viejas que lucen como si fueran a desmoronarse de un momento al otro.

El cuarto también está absolutamente vacío.

Ya no están allí el gigantesco armario de roble, y el alto gavetero, y el ornamentado tocador, y la recargada cama. Ya no están allí las dos muñecas con congelados ojos grises que miraban fijamente desde pálidas caras de cerámica y que vestidas con batilongos de bautizo color rosa muerta yacían sobre la cama. Como ya no están allí los tres elegantes abanicos españoles de encaje negro pintados con floripones azul y rosa que colgaban diagonalmente por encima del zócalo de azulejos blancos y azules de la pared manchada por la humedad—aunque sus siluetas todavía pueden ser discernibles sobre la mohosa pared. Las altas y delgadas puertas de persianas que dan al patio están abiertas por completo, y el poquito de la luz brillante del cálido sol tropical que se cuela en la vieja casona llega hasta los rincones más lejanos del cuarto, dándole una cierta alegría, la clase de alegría que el pobre cuarto no ha sentido desde que Lucinda, la linda Lucinda que tocaba el piano tan bien, murió, hace ya más de siete años.

—Éste pudiera ser tu cuarto —Carmela le dice a Lorenzo, tratando de esbozar una sonrisa—. Está junto al baño —Carmela señala—. Y yo estoy segura de que tendrás más que suficiente espacio para poder poner todas tus cosas aquí con facilidad.

Con ansiedad reflejada en el rostro, Lorenzo mira a Marguita, que le retorna la mirada sin decir palabra alguna.

Es sólo entonces, cuando la vieja ve a Lorenzo mirar a Marguita, que Carmela la mira a su vez—la primera vez desde que todos entraron en el cuarto de Lucinda.

—Es mucho más grande de lo que parece —le dice la vieja a Marguita—. Y además es solamente por un tiempecito, hasta que las cosas se pongan mejores.

Carmela mira a Lorenzo: —Nosotros contábamos contigo— le dice en una voz suave que está a punto de quebrarse—. Con el dinero que tú nos dabas cuando vivías aquí. Y todos pensábamos que nos las podríamos arreglar sin tu ayuda, de verdad. Pero...

Carmela mira a Marguita de nuevo, y cuando lo hace Marguita se da cuenta de que probablemente esta vieja mujer nunca quiso separarse de Lorenzo, como tampoco ha querido separarse de ninguno de sus hijos, todos ellos silenciosamente parados en el cuarto alrededor de ella, ninguno de ellos casados—excepto Lorenzo, el bebé de Carmela.

Hay un silencio. Un largo silencio.

—Las cosas han estado muy duras —finalmente le dice la vieja a Marguita a medida de que baja los ojos—. Sumamente duras.

Sorprendida por las palabras de Carmela, Marguita se siente muy apenada por esta admisión de necesidad, que es tanto más apenante porque proviene de una familia de españoles, que a Marguita le han dicho son siempre tan formales y tan orgullosos. No sabiendo exactamente qué hacer, Marguita mira a Carmela, una viejecilla sin dientes toda vestida de negro con el pelo blanco recogido en un apretado moño sobre la nuca que está todavía mirando pensativamente al gastaclo piso de mármol, y la ve como en una luz diferente.

De repente Marguita se da cuenta de que esta familia española es ahora parte de su propia familia, especialmente ahora, que ella está encinta—algo que sólo Marguita y Lorenzo saben. Así que pudiera ser, sólo eso, pudiera ser que mudarse aquí con ellos no fuera una idea tan mala después de todo, simplemente para estar cerca de alguien si algo le hiciera falta. Pero... Suspira profundamente. No. Sin darse cuenta sacude la cabeza de lado a lado. *Quien se casa, casa quiere.* El viejo proverbio cubano le viene a la mente. Algo indefinido, algo que parece flotar en el cuarto, le dice que sería una equivocación gigantesca mudarse a esta vieja casona, en La Habana Vieja, con sus callejuelas estrechas y oscuras con poco aire y con poco sol, y vivir en un cuarto con húmedas paredes de donde pedazos de yeso se han caído, rodeada por esta gente cuyas costumbres son tan diferentes de las de su propia familia. De nuevo sacude de lado a lado la cabeza, sin darse cuenta de que lo está haciendo.

—¿Tú no crees que tus cosas cabrán aquí? —pregunta

Carmela, mirando a Marguita e interpretando equivocadamente el gesto que la muchacha está haciendo.

Marguita de repente se da cuenta de que ha estado sacudiendo la cabeza.

—¡Oh, no. No es eso! —dice, ligeramente avergonzada, mientras se vuelve a Lorenzo y le pregunta: —Pero, ¿no me habías dicho que tú le seguías dando dinero a tus padres todos los meses?

—¡Oh, sí, sí! —inmediatamente responde Carmela—. Pero... claro, no es la misma cantidad que solía darnos antes, y como somos tantos, y... Bueno, ahora que solamente hay dos personas trabajando en vez de tres... Fernando y Loló... ellos contribuyen lo más que pueden, pero así y todo no nos alcanza. Loló tiene que estar muy bien vestida para ir a trabajar y Fernando... Bueno, lo mismo. Así que no nos pueden dar todo lo que quisieran. ¡Quizás si algún día Loló pudiera conseguir un trabajo mejor pagado...!

Carmela mira a Loló, la de la cara alargada y caballuna, que está parada aparte del resto de la gente, admirando de nuevo sus largas y afiladas uñas perfectamente acicaladas y pulidas, pintadas de un brillante color rojo fuego.

Lorenzo mira a Marguita.

Y en esta mirada Marguita puede leer perfectamente lo que le está pasando por la mente a su esposo.

Ellos dos han estado viviendo ¡tan contentos! en su apartamento, un apartamento que a duras penas pueden pagar y que encontraron tras meses y meses de buscar aquí, buscar allá. Un apartamento pequeñísimo y acabadito de construir—«de paquete», como dicen los cubanos—que vino no con una neverita de hielo sino con un pequeño refrigerador, y no con una cocinilla de carbón sino con una cocina de gas donde casi por arte de magia las hornillas se encienden con sólo apretar un botón, y en donde Marguita ha estado cocinando sus deliciosos platos de cocina a la cubana. Oh, sí, ellos dos han estado ¡tan pero tan contentos en su nuevo apartamento!

Pero un hijo debe hacer lo que un hijo debe hacer.

E igualmente debe hacerlo la esposa de un hijo.

Marguita sabe que ella no tendría la menor duda si la proposición hubiese venido de sus propios padres—aunque ella bien sabe que sus padres nunca le hubieran propuesto nada semejante a esto. Hay algo llamado orgullo cubano. Si pan y cebollas es todo lo que una familia cubana puede poner sobre la mesa, pues, eso es lo que se pone. Y si eso es todo lo que hay, uno aprende a comérselo día tras día sin quejarse—es más, disfrutándolo. Y ¡qué bien le saben cosas como ésas a un estómago vacío! Ella y su familia han tenido que comer muchas pero muchísimas comidas de ese tipo en los últimos años, Marguita se recuerda.

Pero entonces mira a Carmela y ve en los ojos de la vieja un ruego silente.

Es entonces que Marguita se da cuenta de que no hay nada más que decir.

Ésta es ahora la familia de su futuro hijo, y si ellos necesitan ayuda, pues bien, ayuda se les debe dar.

Se vuelve y mira al cuarto que solía ser el de Lucinda:

—Estoy segura de que nuestras cosas van a caber en este cuarto, ¿qué tú crees? —dice, mostrando en el rostro la mejor sonrisa de la que es capaz mientras mira a Lorenzo, que no ha dicho ni pío.

—¡Oh, de seguro, de seguro! —dice Carmela, sus palabras cual un largo suspiro—. Y lo que no quepa aquí se puede poner en algún otro lugar —añade la vieja, ahora relajada y sonriente—. En el vestíbulo. O en la sala. Nadie usa la sala para nada.

—Pero yo pensaba que todos ustedes se sentaban en la sala para oír el radio —dice Lorenzo, abriendo la boca por primera vez, satisfecho de que su mujer fue la que tomó la decisión por ellos dos.

Él sabe muy bien como Marguita se siente, porque él se siente de la misma manera.

Pero... cuando hay que hacer algo... pues, se hace y ya.

—¡Oh, no! —dice Carmela—. El radio está ahora en nuestro cuarto. ¿No lo viste cuando pasamos por allí? —Baja la voz—. Tu padre, ya él no oye tan bien como antes, y la semana pasada los vecinos se quejaron de que el radio estaba demasiado alto, así que lo movimos y lo pusimos en nuestro cuarto, en la mesa de noche que está junto al lado de la cama donde él duerme —Se vuelve a su esposo y levanta la voz—. Le estoy diciendo a Lorenzo lo mucho que te gusta el radio que él te regaló —dice, y señala a su hijo.

—Oh, sí —dice Padrón—. Mucho, ¡muchísimo!

Lorenzo mira a Marguita y con la mirada le pregunta, ¿Tú crees que debemos decirles lo del bebé? Marguita comprende el lenguaje silente de Lorenzo. Se sonríe y acercándose a Lorenzo, baja los ojos, ligeramente avergonzada: —En realidad —comienza a decir—, yo creo que esta es la oportunidad perfecta para mudarnos con ustedes, ahora que... —hace una pausa y mira a Lorenzo—. Bueno, ahora que... —Lorenzo le pasa el brazo por sobre los hombros de Marguita. Ruborizándose, Marguita vuelve a mirar al suelo: —Ahora que vamos a tener un bebé.

—¿Un bebé? —Carmela repite, casi sin creerlo.

Mira a su hijo, después a Marguita, y viendo el brillo en los ojos de ambos, la manera formal y severa de la viejecilla se transforma súbitamente, como por milagro, convirtiéndose en la de una niña que está brinca que brinca en los campos de la Vieja Castilla mientras dice que dice:

—¡Un bebé! ¡Un bebé! ¡Un bebé!

Intrigado por el comportamiento de Carmela, Padrón le pregunta: —¿Qué pasa?

Levantando la voz, la vieja le responde: —Van a tener un bebé y se van a mudar aquí —señala al piso—, con nosotros. ¿No te parece todo esto como un sueño?

—¿Qué? ¿Qué? —pregunta el viejo de nuevo.

—¡*Un bebé!* —grita la vieja, sonriéndose con una alegría casi infinita—. Van a tener un bebé. ¡*Un bebé!*

—¿Un bebé? —dice Padrón, aún sin comprender exactamente lo que está pasando, mientras mira a Lorenzo y a Marguita, que se están abrazando tiernamente—. ¡Oh...! —dice el viejo, finalmente entendiendo lo que está pasando—. ¡*Un bebé!*

Y Padrón, que por los últimos siete años, desde la muerte de su primogénita, a duras penas ha dicho palabra alguna o reaccionado a nada, se levanta y le da unas cuantas palmaditas a los hombros de Lorenzo mientras jubilosamente mueve que mueve la cabeza repetidamente de arriba a abajo.

—¡Bien hecho, muchacho! —le dice—. Muy bien pero que ¡muy bien hecho!

Lorenzo mira a Marguita y se sonríe de oreja a oreja.

Nunca ha sido él alabado por su padre por nada que él haya hecho en su vida. Nunca. Como nunca ha sido él abrazado por su padre—o dado palmadas sobre sus hombros, como Padrón lo ha acabado de hacer. Lorenzo se siente tan orgulloso de sí mismo que su pecho da la impresión de que se va a reventar. Marguita puede leer ese inmenso orgullo en sus guapos ojos oscuros que destellan cuando él le retorna la mirada con tal sonrisa de satisfacción que la hace sonreírse—la primera sonrisa de verdad desde que ella puso pies en esta casa. Y aunque aún se siente muy dudosa acerca de esta mudada, Marguita se dice a sí misma que quizás algo bueno vendrá de todo esto, cuando se da cuenta de lo increíblemente contento que Lorenzo está.

La sorda Asunción, que no entiende lo que está pasando, pregunta en voz alta, en esa voz medio quebrada de ella:

—¿Qué está pasando, qué está pasando?

Carmela se vuelve a su sorda hija y articula cuidadosamente con labios mudos: —Un bebé —Entonces lo repite, haciendo una pantomima de mecer un bebé en sus brazos hasta que Asunción finalmente comprende lo que está pasando.

—¡*Un bebé!* —grita Asunción, haciendo sonar la palabra como si fuera la más maravillosa palabra en todo el mundo, y entonces se sonríe—una inmensa sonrisa que deja ver todos y cada uno de sus inmaculados dientes.

Todo el mundo está grita que grita, riendo y preguntando al mismo tiempo: —¿Cuándo se supone que nazca el bebé? ¿Cuándo? ¿Cuándo?

Es entonces que un sonriente Padrón, que da la impresión de que se ha acabado de despertar de una larga pesadilla, se vuelve al hermano de Lorenzo:

—Fernando —le dice el viejo—, vete al comedor y allí, en la gaveta de abajo del aparador, al fondo, debajo de unas servilletas, hay varias botellas de Jerez español. Una de ellas debe decir VENDIMIA 1898 en la etiqueta. Por favor, tráela.

A los pocos segundos Fernando regresa, trayendo una vieja y empolvada botella en sus manos. Cuando Asunción la ve, corre a la cocina y retorna casi inmediatamente con unas copitas de vino para que todos ellos puedan celebrar la feliz ocasión. Y mientras tanto, Marguita sigue mirando a Lorenzo y sigue sonriéndose de corazón, porque ella se da cuenta de que ella—de que ellos dos—han tomado una buena decisión.

Todo el mundo está pleno de una exuberante felicidad.

Todo el mundo excepto Loló, que mira y mira a Marguita y a Lorenzo abrazándose el uno al otro con mucho más de una gota de envidia escondida en lo más profundo de sus oscuros ojos de mujer gitana.

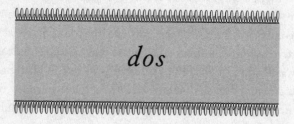

*dos*

L oló siempre ha sido un enigma.
     No sólo para todos los que la conocen—incluyendo a todos los miembros de su familia—sino hasta para ella misma.

La segunda de tres hermanas nacidas en rápida sucesión, Loló es y siempre ha sido totalmente diferente de las otras dos: Lucinda, que le llevaba a Loló dos años, y Asunción, más joven que Loló por sólo catorce meses.

Lucinda no era solamente la mayor de las hermanas de Lorenzo, sino la más hermosa de las tres, siendo al mismo tiempo el verdadero corazón y alma de su familia. Sus dos hermanas menores, Loló y Asunción, salieron a Padrón, su padre. Como él, las dos son altas, con caras alargadas y caballunas, y delgadas—quizás hasta demasiado delgadas. Y al igual que Padrón, todo se lo guardan dentro y a duras penas dicen palabra alguna. No así Lucinda, que salió a su madre, Carmela, y que como Carmela era pequeña, juguetona, vivaz, y siempre tan contenta como una castañuela—exacto como su madre; madre e hija, almas gemelas en todo menos en sus gustos musicales. Habiendo nacido y crecido en España, a Carmela le encanta el Cante Jondo flamenco, porque la hace recordar el terruño que abandonó hace ya tantos años cuando vino a Cuba—y mientras más triste sea la canción, pues más le gusta a ella. Pero a Lucinda lo que le gustaba era la música cubana, con sus melodías floridas e italianizadas que parecen flotar gentilmente cual algodonadas y perezosas nubes sobre un tempestuoso ritmo de tambores africanos.

La música era la vida de Lucinda.

Como la mayoría de las muchachas de familias pudientes durante el principio del siglo veinte, Lucinda y sus dos hermanas empezaron a estudiar el piano. Loló lo dejó al poco tiempo, porque pensó que no había forma humana de poder competir con Lucinda al piano, y en vez de estudiar música decidió matricularse en una escuela comercial. Asunción—que no nació sorda—continuó estudiando el piano al igual que su hermana, Lucinda, hasta que ambas hermanas completaron sus estudios musicales en el conservatorio. Pero en cuanto la manera de tocar de Asunción era tal y como ella era, esto es, callada, gentil y tímida—a pesar de ser tan competente como la de Lucinda—la manera de tocar de Lucinda era exactamente lo diametralmente opuesto: confidente, brillante, y con mucho aplomo. Uno pudiera decir que Lucinda tocaba el piano con audacia y hasta con descaro, como si hubiera nacido sólo y exclusivamente para tocarlo.

Lucinda solía sentarse a su piano—uno de esos pianos verticales de estilo victoriano llenos de ornamentos que solían adornar las salas de muchas de las casas de la época—y tocaba y tocaba por horas, llenando su vieja casona con los maravillosos sonidos que le podía sacar a las teclas, y dejando que su bulliciosa música se derramara no sólo por el inmenso patio interior de su casa, sino también por la estrecha callejuela enfrente de su casa, que estaba siempre a la sombra, trayéndole con su música un poquito de sol.

¡Era Lucinda en verdad magnífica cuando se sentaba al piano!

De la misma manera que ella era el corazón y el alma de su familia, también lo era de cuanta fiesta frecuentaba. Sin haber cumplido los veinte, con su larga cabellera negra cubierta de brillantina que olía a flores de violetas y con ojos que destellaban de energía—ojos que estaban enmarcados por las pestañas más negras del mundo y que eran la envidia de todas sus amigas—Lucinda, que nunca fue tímida, se sentaba al piano—cualquier piano, dondequiera que fuese—y tocaba y tocaba hasta que acababa poniendo todo el mundo a bailar. A cadenciosos valses vieneses le seguían las últimas canciones norteamericanas de moda, que eran seguidas por los últimos danzones cubanos. Claro que estos últimos los tocaba cuando ninguno de los adultos estaban en la sala, porque esta clase de música se consideraba muy pero muy arriesgada entonces, lo cual por supuesto la hacía mucho más deseable y popular entre la juventud.

Y por si esto fuera poco, ¡qué bien acompañaba Lucinda las películas silentes!

¡Ahí sí que no había quien le pusiera el pie encima!

Lorenzo, su hermano menor, que entonces tenía sólo diez años, era su chaperón oficial. Caminando al lado de ella, él la acompañaba a lo largo de las oscuras callejuelas de La Habana Vieja desde su casa hasta el teatro donde Lucinda trabajaba, y allí se sentaba, en el oscuro salón, viendo la película y escuchando a Lucinda tocar y tocar hasta que las luces finalmente se encendían.

Lucinda era definitivamente la mejor acompañante de películas en toda La Habana de entonces. Sin la menor duda. Todo el mundo lo decía.

Cuando sobre la pantalla de plata se proyectaban carros persiguiendo a otros carros a toda velocidad, sus manos volaban por sobre el piano, creando una excitación increíble y contagiosa. Cuando los barcos de piratas y bucaneros estaban a punto de hundir a sus valientes contrincantes, tempestades tras tempestades eran creadas por el piano. Cuando los buenos vaqueros atacaban a los malos, habían muchos en el teatro que juraban que sin lugar a dudas habían oído tiros de balas proviniendo del piano. Y cuando los amantes estaban a solas, muy cerca el uno del otro... ¡Oh, qué delicadeza, qué dulzura tenían las manos de Lucinda! Si palomas blancas supieran cómo tocar las teclas, no lo hubieran podido hacer con más gentileza que las manos de Lucinda.

Y sin embargo, con cuánta pasión se besaban los amantes cuando se tenían que decir adiós mientras sus imágenes en blanco y negro flotaban sobre el piano de Lucinda. Y cuán triste era la despedida, cuando Lucinda tocaba. Y cuán glorioso era ese momento final cuando después de haber sobrevivido momentos casi insufribles de dolor y de agonía inmensos, mientras lacrimoso suspiro tras lacrimoso suspiro se podía oír escapándose de las mujeres en el público, los amantes sellaban su inmenso amor que superaría toda una eternidad con un beso ardiente que duraría por siempre. Oh, sí, en momentos como ése no había nadie que pudiera superar a Lucinda. Nadie.

Pero Lucinda ya no existe.

Vino primero una tos, y después un catarro, y después... bueno, el resto.

Y entonces, cuando la familia con luto en el alma regresó a la vieja casona, un sudario negro fue colocado sobre el piano, sellándolo.

Porque hasta los pianos tienen que llorar, como todo el mundo.

Exactamente dos años después de que su hermana, Lucinda, muriera, durante una de esas largas caminatas que su padre, Padrón, hace todas las mañanas, Asunción fue al piano, se sentó frente a él, lo destapó, y comenzó a tocarlo.

Tan pronto lo oyó, Carmela, su madre, corrió desaforadamente atravesando el largo patio, llegó al salón de música, y una vez allí se paralizó en la puerta, mirando a Asunción que estaba sentada al piano.

—Por un segundo pensé que era Lucinda la que estaba tocando el piano —dijo, e inmediatamente se echó a llorar.

—Lucinda está muerta, Mamá —dijo Asunción—. Ya ella no está con nosotros. Pero...

Hubo un corto silencio.

«Pero yo todavía estoy aquí», quiso decir Asunción. «Yo también tengo una vida». Eso fue lo que Asunción quiso decirle a su madre. Eso era precisamente lo que necesitaba decirle a su madre. Pero eso no fue lo que le dijo.

—Pero tenemos que seguir adelante con nuestras vidas —le dijo, y abrazó a su madre.

Sin poder dejar de llorar, Carmela asintió: —No dejes que tu padre te oiga.

Después de dos años, dos largos años de doloroso silencio en la vieja casona, una casa donde la gente no caminaba sino solamente en puntillas; donde la gente no hablaba sino solamente en susurros; donde la gente no vivía sino solamente pretendía hacerlo; después de dos largos años de tan doloroso silencio, sonidos mágicos volvieron a desprenderse del piano, llenando las habitaciones de la vieja casona con la increíble belleza de la música.

Pero solamente durante las mañanas, cuando Padrón no estaba en la casa.

Durante esos dos largos años, Loló, ya graduada de la escuela comercial, había comenzado a trabajar y se había creado una vida para sí misma de la cual muy poca gente conocía algo. Pero Asunción no tuvo esa oportunidad. Nunca la tuvo. Su único refugio lo habían sido su piano y su música.

Cierto es que Asunción nunca tuvo ese toque criollo ni esa

comprensión de los ritmos afrocubanos que hicieron que Lucinda brillara como estrella en todos los eventos sociales en su pequeño mundo de La Habana. Pero Asunción sí tenía «una manera muy especial de tocar que hace llorar a las teclas», como Carmela solía decir.

Asunción había comenzado a tocar de esa manera muy especial hace años, cuando Lucinda aún estaba con vida.

Un muchacho había empezado a venir a la vieja casona para visitar a Asunción. Éste era un joven que había sido un vendedor ambulante de hielo y que había trocado su vagón cubierto con un techo de lona por una posición de vendedor en una tienda que acababa de abrir en Galiano, la calle más comercial de toda La Habana. Este joven tenía un alma tranquila y callada a la cual le encantaba la gentileza de Asunción y su bondadosa sonrisa. Pero por razones que siempre quedaron sin especificarse, este joven nunca llegó a conseguir la aprobación de Padrón—o eso es lo que Carmela dice—y Asunción, hija obediente al fin, rompió sus relaciones con este muchacho antes de que pudiera haber una relación de la que poder hablar.

Ningún otro joven vino a visitar a Asunción. Pero a ella eso poco, por no decir nada, pareció importarle, porque después de romper con el joven, Asunción comenzó a expresar todo lo que pasaba por su alma a través de su piano, tocando un nuevo tipo de música tan apasionada y tan llena de virtuosismo como la que Lucinda solía tocar. Pero en la manera de tocar de Asunción, las veloces escalas y los relampagueantes arpegios reflejaban no la luz del sol—como cuando Lucinda tocaba—sino tempestades internas. A veces Asunción se las arreglaba para emerger a través de esas nubes oscuras y entonces su música revelaba un cielo callado, ese cielo sin nubes de Asunción, un cielo frío y septentrional donde el sol pocas veces llega a brillar.

Unos pocos meses después de haber empezado a tocar el piano de nuevo, a Asunción le dió un catarro muy fuerte que poco a poco se puso peor y peor. La familia temió que, al igual que

Lucinda, Asunción también se moriría de tuberculosis. Pero Asunción llegó a superar la enfermedad. Excepto que perdió completamente la habilidad de oír en ambos oídos. No podía oír sonido alguno. La familia la llevó de especialista a especialista, pero todo fue en vano, nada se pudo hacer.

El viejo piano victoriano se cerró de nuevo.

Pero esta vez para siempre, porque esta vez el negro sudario que le colocaron por encima cubrió no sólo el piano sino el corazón de Asunción.

Y desde ese mismo día, Asunción—como su madre, Carmela, y su padre, Padrón—se ha seguido vistiendo del luto más severo. Desde ese mismo día. Hasta durante la boda de Lorenzo, hace ya un poco más de dos meses.

Pero esto de vestirse de luto es algo que nunca lo hizo Loló, la de los ojos gitanos.

La hija segunda, Loló, nunca tuvo ni la belleza de Lucinda, ni su simpatía, ni su talento musical. Y nunca fue tan inteligente como su hermana menor, Asunción.

O, por lo menos, así se lo hicieron saber una y otra vez.

Cuando la gente se encontraba con Carmela y sus hijas por primera vez, Carmela siempre presentaba a sus hijas de la misma manera, diciendo:

—Ésta es mi hija mayor, Lucinda, la muñeca de la familia. Y ésta es mi hija menor, nuestra lumbrera. Y ésta otra... ésta es mi hija segunda, Loló.

Así es que Loló nunca oyó a su madre decir palabra alguna—ni buena ni mala—acerca de ella. Lucinda era bienvenida y adorada por todos aquellos a quienes conocía, y Asunción siempre encontraba refugio en el primer libro que le caía en las manos. Pero, ¿qué podía hacer Loló? ¿En dónde podía refugiarse? Ciertamente no en el piano, porque tan pronto ponía las manos sobre las teclas y empezaba a tocar, su madre—que desde la cocina al otro extremo de la casa no podía ver quién estaba sentada al piano—gritaba: —Así no va la música, Loló. ¿No te la sabes todavía? Estás completamente equivocada —Y entonces Carmela añadía, pidiendo ayuda: —Lucinda, Asunción. ¡Vayan y enseñen a Loló cómo se toca esa pieza!

Loló creció siempre oyendo lo mismo: «!Por qué no te parecerás más a tus hermanas!» No sólo de su madre sino hasta de su padre, porque Lucinda, la primogénita, era la favorita en los ojos de Padrón e incapaz de hacer algo mal hecho, y Asunción siempre hizo que su padre se sintiera muy orgulloso de ella porque siempre sacaba sobresaliente en todas las asignaturas escolares y sus maestros constantemente la elogiaban.

Pero nadie elogió a Loló nunca.

Nadie.

Los niños prestan atención a lo que los adultos les dicen, y se lo creen todo al pie de la letra. Así que poco a poco la niñita, Loló, comenzó a creer que lo que le decían era la pura verdad: que ella no servía para nada, en lo más mínimo. Después de todo, ella no era bonita. Ni inteligente. Y no tenía talento alguno. Y no sabía cómo hacerse de amigos. ¿No era eso lo que oía día tras día? ¿Y dicho por sus propios padres?

A medida que esas ideas penetraban su mente, la pequeña Loló empezó a crearse un mundo especial en el cual ella podía encontrar refugio y estar en paz consigo misma, aunque esa persona que ella era para sí misma, que era incapaz de hacerse de amigos, siguió pensando que ciertamente carecía de talento y que sin lugar a dudas era fea de verdad.

Sólo cuando empezó sus estudios en la escuela comercial fue que su vida comenzó a cambiar—exactamente al mismo tiempo que su cuerpo maduró y se transformó de niña en mujer.

«La verdad es», se dijo Loló entonces, «que lo que es bonita... eso quizás no lo sea». Pero así y todo ella comenzó a notar cómo los ardientes ojos de los muchachos en la escuela la miraban, iniciando un incendio en algún lugar escondido dentro de su cuerpo, y haciendo que el espacio entre las piernas se le pusiera húmedo. Sin embargo, la tímida niña viviendo aún dentro de ella mantenía ese nuevo cuerpo de mujer fuera del alcance de esos jóvenes. El cuerpo sí. Pero los ojos no. Esos oscuros ojos gitanos de Loló devolvían las miradas incendiarias que se le hacían. Pero tan pronto uno de esos jóvenes se le acercaba, la tímida niña dentro de ese cuerpo de mujer la hacía huir de él.

Una muchacha puede hacer esto una y otra vez hasta que de repente todo el mundo comienza a referirse a ella como una provocadora más y los muchachos la dejan de mirar, que fue exactamente lo que pasó. No tomó mucho tiempo para que los jóvenes que acudían a la escuela se empezaran a advertir mutuamente: «¿Loló? ¿Por qué perder el tiempo con ella? ¿No te das cuenta de que ella no es más que una provocadora? Te mira y te mira como si te quisiera prender fuego, pero de ahí no pasa. No pierdas el tiempo con ella, porque eso es todo lo que ella es: tiempo perdido». Los muchachos que entraban nuevos a la escuela la miraban una o dos veces, y después de hablar con el resto de los otros muchachos de la escuela, la dejaban de mirar. Punto.

Esto sólo sirvió para confirmar en la mente de Loló lo que siempre se imaginó: que ella era de verdad tan fea como se lo habían dicho siempre. Esos muchachos de la escuela que tanto y tanto la miraban, incendiándole el cuerpo, ¿no habían dejado de mirarla? ¿No la ignoraban por completo? ¿No le pasaban por el lado como si ella no existiese?

Así y todo, esos ojos gitanos de ella siguieron siendo penetrantes y audaces.

En lo que se refiere a talento, de eso Loló sabía que tenía muy poco, si algo. No había forma humana de que pudiera escribir a máquina. Ni tomar dictado. Y en lo que concierne a los números, de eso ni hablar. La aritmética era para ella más difícil que un rompecabezas chino, así que no podía ni siquiera hacer contabilidad.

Una de sus maestras, una señora ya mayor de cabellos grises y de mirada comprensiva le dijo:

—Loló, niña ¿por qué no te haces telefonista?

En aquel entonces muchas compañías de negocios norteamericanas estaban abriendo sucursales en Cuba y había mucha demanda para telefonistas.

—¿Qué tengo que hacer para hacerme telefonista? —preguntó la jovencita.

—Sencillamente ser cortés cuando respondas al teléfono y entonces hacer una sencilla conexión, eso es todo —le contestó la señora—. Estoy segura de que tú serías muy buena haciendo ese tipo de trabajo.

La señora estaba correcta.

Ha sido precisamente ahí, detrás de la seguridad de un tablero de teléfonos, donde no puede ser vista por quien sea que llame, que Loló ha podido florecer y crecer.

Ahí, detrás de la seguridad de su tablero de teléfonos, Loló ha cesado de ser tímida porque ahí puede reírse y hacer bromas y chismear—con las otras telefonistas y hasta con las personas que llaman con gran frecuencia, quienes han aprendido a reconocer su voz llena de espíritu. Porque ahí, detrás de la seguridad de su tablero de teléfonos, Loló ha adquirido una voz nueva, una voz que les gusta a todos, una voz de la cual todos quieren ser amigos.

Y ahí, detrás de la seguridad de su tablero de teléfonos, ella se ha transformado en la Loló que siempre quiso ser pero que nunca había sido, una Loló muy diferente de la Loló que todos han conocido. Una Loló muy diferente de la que ella misma cree que es.

Porque ahí, detrás de la seguridad de su tablero de teléfonos, Loló se puede creer amistosa. Y talentosa.

Y sí, a veces, hasta hermosa.

Pero tan pronto deja atrás la seguridad de su tablero de teléfonos, Loló se transforma de nuevo en la otra Loló: la que no puede hacer amigos, la que no tiene talento, la que no es hermosa. La Loló que ella todavía sigue creyendo que es.

Deseando mejorar su apariencia física, Loló ha probado cuanto hay.

Excepto por los pocos pesos que ella le da a su madre cada mes, y con el pretexto de que su trabajo exige que ella esté muy bien vestida, Loló se ha gastado lo que tiene y lo que no tiene en sí misma. Los últimos estilos de modas, los últimos estilos de peinado, los últimos estilos de maquillaje.

Lo «último» en todo.

Pensando que esos vestuarios, y peinados, y maquillajes la van a transformar convirtiendo a la mujer que ella ve en el espejo en la otra, la que existe ahí, detrás de la seguridad de su tablero de teléfonos.

Pero todo ha sido en vano.

Aunque ahora ella se viste a la última moda, y usa el último estilo de peinado, y el último estilo de maquillaje, básicamente Loló sigue siendo por dentro la misma persona que ha sido siempre, una mujer tímida, hasta se puede decir, cándida e ingenua.

Si acaso, todo esto no ha hecho sino empeorar las cosas. Porque todas esas modas, y peinados, y maquillajes de ella, hacen que la gente piense—y especialmente los hombres—que la Loló que ellos ven es la verdadera Loló. Y cuando se meten con esa Loló—la que ellos ven, la que está siempre «a la última»—inmediatamente, o se decepcionan, o se sienten como si alguien les hubiera tomado el pelo en el preciso momento en que se confrontan con la otra Loló, la real, la que se cree tímida, y sin talento.

Y sí, la que se cree fea.

Esas dos mujeres—la Loló que la gente ve y la verdadera Loló—son dos diferentes Lolós, tan diferente la una de la otra como el día es de la noche.

Excepto cuando Loló se esconde ahí, detrás de la seguridad de su tablero de teléfonos—en cuyo caso se siente completa.

Y excepto cuando mira a la vida a través de esos ojos oscuros y gitanos de ella.

Esos son los mismos ojos que están mirando a Marguita y a Lorenzo mientras se abrazan tiernamente en el cuarto vacío de Lucinda mientras todo el resto de la familia que los están mirando se sienten llenos de una exuberante felicidad.

Todos menos ella.

Porque cuando los mira, Loló se da cuenta de cuán profunda y sinceramente esos dos se aman. Como también se da cuenta de lo imposible que será para que ella—una mujer ya de treinta y un años—pueda encontrar un hombre que la mire y le sonría de la misma manera en que su hermano mira y le sonríe a su hermosa mujer, Marguita, una joven de deslumbrante cabellera dorada, de cara ovalada, de ojos azules, de naricita pequeña, de labios llenos y sensuales, y de un cuerpo de mujer cubana, voluptuoso y bien redondeado, que es exactamente lo más diametralmente opuesto posible a como ella, Loló, es—o pudiera jamás llegar a ser.

Pero una mujer que Loló daría lo que no tuviera para ser como ella.

*tres*

En el penúltimo día del mes, el veintisiete de Febrero, un domingo—el único día en el que no se trabaja en la Cuba de 1938, porque la semana de trabajo incluye los sábados—Marguita y Lorenzo mudan sus pocas posesiones a la casona de los padres de Lorenzo: la de las lozas rotas, la de los cuartos cavernosos y oscuros, la de las paredes viejas y mustias, la del olor a humedad que a Marguita no le gusta.

Aunque la casa es realmente grande, no le ha tomado mucho tiempo a Marguita para aprender a orientarse, dado que su forma es tan parecida a la de su propia familia: todos los cuartos van uno directamente detrás del otro como vagones en un tren; todos los dormitorios dan al patio lateral; y todos ellos están separados de dicho patio por una pared que corre a todo lo largo del patio y que consiste principalmente en altas y delgadas puertas de persianas que se pueden plegar en forma de acordión.

Al frente de la casa y dando a la calle está la majestuosa sala, que tiene la anchura del terreno sobre el que se asienta la casa, seguido por el salón de música. A éste le sigue el dormitorio de Loló—la habitación más grande de toda la casa—a la cual le sigue el baño, que es muy grande porque originalmente había sido una habitación. Este baño contiene un inodoro, un bidet, una bañadera con patas en forma de garras de león hecha de porcelana blanca, un lavamanos, y un armario alto y delgado para guardar toallas y otros artículos de baño. El que fuera cuarto de Lucinda—ahora el de Marguita y Lorenzo—está al otro lado del baño. Le sigue la habitación de Asunción, después la de los viejos, y después el comedor que como la cocina que le sigue es también de la misma anchura del terreno. Detrás de la cocina hay un extenso patio de servicio, y a un costado de éste, una habitación bastante grande que tiene un bañito en un rincón. Esta habitación fue originalmente usada por los dos o tres sirvientes que se necesitaban para mantener una casa tan grande como era debido. Pero desde que la familia compró la casa, este cuarto fue usado por los dos muchachos, Fernando y Lorenzo, hasta que Lorenzo contrajo matrimonio. Ahora, por supuesto, solamente Fernando lo ocupa.

Siguiendo las instrucciones de Marguita, los dos hombres que hicieron la mudada colocaron el juego de cuarto de los recién casados—un chiforrobe, una coqueta con su espejo, una cama de matrimonio con un colchón de algodón colocado sobre un bastidor reticulado de alambres que va de un lado de la cama al otro, y dos mesitas de noche—en el cuarto que había sido el de Lucinda, junto al baño. La cabecera de la cama tuvo que ser puesta en donde único cabía, en contra de la pared que separa a esta casa de la vecina y que le es común a las dos casas. La cama quedó entonces mirando a la pared de puertas de persianas que separa al cuarto del patio. Estas puertas son la única fuente de luz de la habitación, dado que ninguna de las otras paredes tiene ventanas. El chiforrobe fue colocado en la pared que separa al baño de este cuarto, y la coqueta y el gran espejo circular que viene con ella, fueron colocados en la pared que separa a este cuarto del de Asunción. Los restantes muebles—un juego de comedor «de ganga» que consiste en una mesa, seis sillas, y un aparador, y que fue el regalo de bodas de los hermanos de Marguita, y dos sillones para mecerse hechos de caoba y mimbre—fueron colocados en la sala principal.

«¡Cuán diferente es este cuarto oscuro y húmedo de nuestro apartamentico, que era tan claro y tan lindo!» piensa Marguita tan pronto los hombres de la mudanza se han ido y se encuentra por primera vez a solas mirando al reducido espacio que desde ahora en adelante va a ser el límite de su nuevo hogar. Marguita suspira uno de esos suspiros profundos de ella que parecen que se le escapan del fondo del alma. «Ese apartamento es cosa del pasado», es lo que ese suspiro parece que está diciendo. Lorenzo, que la oye suspirar, entiende muy bien lo que ese suspiro significa, porque él también suspira con resignación. Pero entonces ve como Marguita le sonríe al mismo tiempo que con decisión final comienza a abrir caja tras caja y a organizar sus contenidos.

Al cabo de un par de horas la mayoría de lo poco que poseen— artículos de vestimenta, sábanas, toallas, zapatos, sombreros, un par de fotografías en sus marcos—están donde pertenecen. Todo está en su lugar excepto el contenido de una última caja que Marguita encuentra en la sala y que está llena de utensilios de cocina.

Marguita la toma en sus brazos y la lleva a la cocina.

Como ha empezado a lloviznar, Marguita, que no quiere mojarse, hace lo que hacen todos los que viven en este tipo de casa «a la criolla» cuando está lloviendo y quieren ir de un lado al otro de la casa: en vez de atravesar en su longitud el alargado patio lateral, que es lo que normalmente se hace cuando no llueve,

Marguita pasa a través de todas las habitaciones de la casa. Esto es posible porque para mejorar la ventilación en este tipo de casa—lo que es esencial en Cuba, donde el clima es a menudo muy caliente y muy húmedo al mismo tiempo—no hay puertas que separen un cuarto del que le sigue, sino solamente espacios abiertos. Estos espacios, perfectamente alineados, están ubicados en la esquinas de los cuartos que están junto a la pared que da al patio—la de las puertas de persianas—y crean una especie de pasillo interior que corre a todo lo largo de dicha pared. Este pasillo interior es lo que todos usan cuando está lloviendo para moverse a través de la casa. Lo cual quiere decir que excepto el baño, que es el único cuarto de la casa que tiene una puerta que se puede cerrar con pestillo, las habitaciones carecen totalmente de privacidad.

Así y todo, ya haya privacidad o no la haya, los recién casados tienen que hacer tarde o temprano lo que todos los recién casados hacen.

Marguita y Lorenzo han esperado varias interminables noches para poder disfrutarse mutuamente en la cama. Pero hay luna llena. Y la hora ha llegado cuando lo inevitable no puede posponerse un segundo más. Han esperado hasta que tienen la plena confianza de que todos los otros miembros de casa están dormidos, y en la semioscuridad de la cálida noche, iluminados solamente por la luz de la luna que se cuela en la habitación a través de las puertas de persianas que dan al patio, abiertas de par en par, y apenas cubiertos con una sábana de algodón muy fina, casi transparente, comienzan a gozarse, tratando de hacerlo todo en el mayor silencio posible, cosa de que nadie los pueda oír.

Sin embargo, como casi todo el mundo lo sabe, es muy difícil mantener un silencio absoluto cuando se está pasando tan buen rato, y quiéranlo o no lo quieran, a pesar de tener las mejores intenciones del mundo, de vez en cuando alguno que otro quejidito se les escapa ya al uno ya a la otra. Y a pesar de que colchón y bastidor son casi nuevos «de paquete», hasta a ellos se les escapa algún ruidito de vez en cuando.

Marguita ha cerrado los ojos en un éxtasis sublime mientras Lorenzo, que yace sobre ella, la toma entre sus brazos y la posee con un deseo incontenible, el deseo de un joven toro semental que ha estado aprisionado por un excesivo período de tiempo. El momento de la verdad llega, y acompañado por un quejido final de la cama, Lorenzo se desploma sobre ella. Sin darse cuenta de que el tiempo sigue pasando, Marguita se siente como si estuviera en el cielo, flotando en el aire y disfrutando plenamente de esos últimos momentos de un placer que es casi infinito, hasta que por fin abre los ojos—y lo que ve la saca de sí.

Parada en el espacio que queda al lado de la pared del baño y junto a las puertas de persianas, su silueta claramente perfilada por la intensa luz de la luna que proviene del patio, se encuentra la figura de una mujer que parece como si estuviera casi al pie de la cama, mirándolos fijamente. Y mientras Marguita la contempla, esa figura permanece inmóvil. Temerosa de moverse. Casi temerosa de respirar.

Mirando.

Haciendo eso y sólo eso. Mirando. En silencio absoluto.

Y con ojos oscuros y penetrantes.

Es sólo cuando ve esos ojos oscuros y penetrantes que Marguita finalmente se da cuenta de quién es esa mujer: Loló.

Marguita no puede creer a sus propios ojos.

Desconcertada y avergonzada de pies a cabeza, y al mismo tiempo enormemente encolerizada, un par de preguntas le pasa instantáneamente por la mente: «¿Qué tiempo lleva esa mujer en ese lugar?», Marguita se dice. «¿Y qué nos habrá visto esa mujer hacer a Lorenzo y a mí?»

Marguita continúa mirando a esa mujer fijamente, y mientras lo hace, encuentra en los insultantes ojos oscuros que están clavados en ella las respuestas a esas dos preguntas:

«¿Qué tiempo lleva esa mujer en ese lugar?»

*Desde el mismo principio*, le dicen esos ojos.

«¿Qué nos habrá visto esa mujer hacer a Lorenzo y a mí?»

*Absolutamente todo*, le contestan esos ojos desafiadamente.

Y a medida de que sus ojos se encuentran con los ofensivos ojos de Loló, Marguita se siente humillada. Aún más que humillada, profanada. Aún más que profanada. Ultrajada.

*Violada.*

Marguita le da un empellón a Lorenzo para quitárselo de arriba, pero cuando finalmente lo logra, ya para entonces esa sombra que vio no se encuentra allí. Se ha difuminado. Marguita sacude a Lorenzo violentamente:

—Lorenzo, ¡*Lorenzo!*

—¿Qué pasa? ¿Qué pasa? —le susurra un recién despierto Lorenzo con voz apremiante.

—¿La viste? —le pregunta Marguita, levantando la voz.

—¿A quién? —pregunta Lorenzo, manteniendo la voz baja.

—A Loló —dice Marguita, sacudiendo la cabeza de lado a lado, aún sin creer que lo que ha pasado efectivamente pasó. ¡Cómo es posible que haya mujer en el mundo que haga una cosa como ésa!

—¿A *Loló?* —repite Lorenzo, obviamente desconcertado.

—¡Sí! ¡A *Loló!* —una iracunda Marguita responde, la cólera incendiándole los ojos—. Tu hermana Loló estaba allí, en esa esquina del cuarto —Marguita señala con su mano—, mirándonos mientras tú y yo nos gozábamos en la cama —Marguita sacude la cabeza—. ¡No puedo creerlo! —dice—. ¡Todavía soy incapaz de creerlo!

Desnuda como está, y sumamente furiosa, Marguita impulsivamente comienza a saltar de la cama para ir al cuarto de Loló y preguntarle a esa horrible y viciosa mujer: ¿qué era lo que hacía ella en ese rincón del cuarto mirándolos?

Pero Lorenzo le agarra el brazo y la detiene:

—Por favor, Marguita, por favor, deja eso. Por favor —le

dice. Marguita lo mira—. Vuélvete a meter en la cama y vámonos a dormir.

—Pero, Lorenzo... —Marguita comienza a decir.

—Por favor, Marguita. Loló es... bueno, ella es... como es. Hablaremos de esto mañana, ¿sí? —la mira—. Te lo ruego, por favor. Mañana me toca a mí abrir la librería. Tengo que llegar allí antes que nadie. Así que, por favor, te lo suplico, olvídate de lo que pasó. Métete en la cama y vámonos a dormir. ¿Por favor?

Marguita mira a Lorenzo fijamente.

«¿Cómo es posible de que yo me pueda olvidar de lo que pasó?», se pregunta. «Estoy segura de que esa mujer vio todo lo que Lorenzo y yo estábamos haciendo desde el mismo principio. Todo. Lo vi sus ojos. Como estoy plenamente segura de que me estaba mirando cuando yo le estaba haciendo a Lorenzo lo que yo le estaba haciendo, tomándolo en mi boca, haciéndole lo que muchas mujeres como ellas, mojigatas de iglesia, piensan que es algo vil y rebajante. O aún peor. Indecente. Cochino. Lo que muchas mujeres como ella piensan que ninguna mujer decente, ni siquiera las casadas, pueden hacerle en momento alguno a nadie. Ni siquiera a sus propios maridos. Y estoy segura de que esa mujer ahora piensa, como muchas mujeres como ella, que yo soy una mujer mala, barata, una cualquiera, una mujer de la calle. O algo peor. Una ramera. ¡Pero esa mujer está equivocada! Simplemente porque yo soy una mujer muy criolla y muy cubana, y gozo con plenitud todo lo que le hago a mi marido en la privacidad de nuestra propia cama, nada de eso es razón para que nadie me considere una mujer de la calle. O una mujer barata. Y mucho menos una ramera. Yo no puedo permitirle a esa mujer que se salga con la suya y me humille después de haber visto lo que vio. ¿Quién se cree que es, esa mujer?»

Marguita mira de nuevo al rincón del cuarto donde Loló había estado de pie mirándolos, y de nuevo vuelve a intentar saltar de la cama.

Pero Lorenzo, de nuevo, la agarra por el brazo y la detiene:

—¡Por favor, Marguita! —le dice, repitiéndose a sí mismo y mirando a su esposa con ojos cansados y suplicantes—. Por favor, ¡olvídate de eso y métete en la cama! Por favor.

¿Cómo pudiera Marguita decirle «no» a ese esposo suyo, tan guapo? ¿Especialmente cuando la están mirando con esos oscuros ojos de él de una manera tan plañidera?

Después de un suspiro profundo, muy a regañadientes y muy en contra de su propia voluntad, Marguita se muerde los labios y se mete en la cama, acurrucándose junto a su marido lo más que puede y cubriéndose protectivamente con la sábana de pies a cabeza, todavía furiosa y todavía sumamente encolerizada, y sin embargo sintiendo a la misma vez un miedo intenso, casi aterrorizante, que la hace temblar sin parar.

Mientras Lorenzo se queda dormido a su lado, Marguita sigue mirando y mirando al rincón de la habitación donde esa mujer había estado parada, viendo y volviendo a ver esos ojos oscuros y ultrajantes de esa mujer mirándola a ella, ¿con qué...?

¿Con envidia? ¿Con curiosidad? ¿Con celos? ¿Con resentimiento?

«¿Qué fue lo que yo noté en esos ojos tan insolentes de Loló?», se pregunta Marguita. De repente, una respuesta le salta a la mente.

«*Odio*».

«Eso es precisamente lo que yo noté en esos ojos», se dice. «*Odio*».

Un odio intenso. Profundo. Casi sin límites.

Marguita vuelve a sacudir la cabeza, no pudiendo creer lo que está pensando.

«¿Pudiera ser eso...? ¿Es posible que fuera eso lo que yo vi en esos ojos? ¿*Odio*?», Marguita se pregunta una y otra vez, sus ojos clavados en el rincón del cuarto donde esa mujer estaba, como si ella pudiera encontrar las respuestas a sus preguntas escondidas en alguna parte de ese rincón.

Cuando el pálido azul de la noche de luna se transforma en ese color rojizo de ascuas que tiene el primer sol, los ojos de Marguita siguen aún abiertos. Y siguen abiertos cuando ese color rojizo se transforma en el rosado de la aurora. Y siguen abiertos cuando el rosado de la aurora se transforma en el pálido color pajizo de una mañana tropical que se empieza a despertar.

Y todavía Marguita sigue sin entender, «¿Por qué haría esa mujer lo que hizo?»

Y lo que es peor, «¿Por qué me odia esa mujer de esa manera?»

Y lo que es aún peor, «¿Qué le hecho yo a esa mujer?»

# *cuatro*

Tan pronto Marguita ve a Lorenzo marcharse para el trabajo, ella corre de vuelta a su habitación, y allí, frenéticamente, como si se hubiera vuelto
loca, se pone el primer vestido que encuentra, y tal y
como está, en sus zapatos de andar, sin siquiera pin-
tarse los labios o peinarse, sale corriendo de la casa y
se dirige a la parada del tranvía que queda a unas
cuantas cuadras de distancia. Una vez allí no tiene
que esperar mucho para montarse en el tranvía que
cruza la ciudad entera en dirección al barrio en donde su familia vive, Luyanó. Tan pronto llega a Luyanó, se apea del tranvía, cruza la calle, y corriendo a lo
que más da entra en la casa de su familia, cuya puerta está siempre abierta durante el día, llamando y llamando a su madre con una increíble desesperación

en su voz mientras las lágrimas le empiezan a correr por el rostro.

—Mamá, ¡Mamá...! ¡*Mamáááá!*

Marguita tiene que gritar bien en alto para poder ser oída, porque detrás de ella el inmenso ruido de tranvías, autobuses, camiones de entrega, y carros yendo y viniendo en todas las direcciones tienden a cubrir su voz por completo. Estos ruidos ensordecedores provienen de una avenida bien amplia, llamada La Calzada, en donde está ubicada la casa de la familia de Marguita, y que es la principal arteria de Luyanó—el barrio de los trabajadores de La Habana.

A pesar de lo mal que están las cosas—y las cosas están no sólo mal sino mucho más que mal, porque la gran depresión mundial ha llevado el precio del azúcar a lo más bajo que ha estado nunca, forzando a todos los cubanos a apretarse el cinturón, y a apretárselo bien apretado—el tráfico en esta avenida es sencillamente enloquecedor. Como de costumbre, a esta hora de la mañana, cuando todo el mundo está corriendo desaforadamente para llegar a la hora al trabajo, cada chofer está tratando de adelantarse a todos los otros conduciendo su vehículo de la manera más agresiva posible—al estilo de los machos cubanos—constantemente tocando la bocina, constantemente tratando de pasar al de por delante, y constantemente gritando insulto tras insulto llenos de una mala palabra después de la otra, y acompañados por los gestos más indecentes y vulgares.

Pero Marguita—como todo aquél que haya vivido en Luyanó durante el largo tiempo que ella y su familia han vivido allí—está acostumbrada a todo esto. El inmenso caos, el ruido, los insultos, las malas palabras, los indecentes gestos, y el desagradable olor a gasolina que perennemente flota sobre La Calzada como si fuera una espesa niebla, son tan partes del barrio como lo son los toros que de vez en cuando se desbocan con un desenfreno total mientras corren desde la estación del tren que queda a un extremo de una callejuela estrecha y sin pavimentar que cruza La Calzada—la Calle de los Toros—hasta llegar al matadero que queda al otro extremo.

Mientras Marguita entra en su casa corriendo, su madre, Dolores, que sigue siendo tan hermosa a los cincuenta y dos años de edad como lo ha sido siempre—aunque ya ha empezado a arrancarse pelos grises de su brillante cabellera negra demasiado a menudo—está en el comedor que queda al final de su casa estilo criollo. Llevando un vestido de confección casera hecho por ella misma y zapatillas sin tacón, Dolores está cortando la tela para hacerle un vestido a su hijita menor, Perucha, que cumplirá diez años en sólo dos semanas. Creyendo que oye a Marguita llamándola urgentemente desde el otro extremo de la casa, ella deja todo como está sobre la mesa—alfileres, tijeras, reglas, y retazos de una tela barata impresa con floripones—y cruza corriendo el patio, que está bañado con la luz tempranera de un sol tropical candente que ya está empezando a ponerse demasiado caliente.

—¡*Marguita*!

Eso es todo lo que puede decir una asombrada Dolores cuando ve la triste condición en la que se encuentra su hija. —Amorcito mío, dime, ¿qué te ha pasado? —pregunta Dolores con afecto corriendo hacia su hija, que está llorando y temblando fuera de control como si tuviera una fiebre muy alta. Tan pronto llega adonde su hija se encuentra, Dolores la abraza tiernamente contra sí: —¿Qué te ha pasado, Marguita? Dime, mi amor, Lorenzo y tú, ¿tuvieron una mala pelea?

Pero Marguita no puede decir nada. No puede ni siquiera balbucear una palabra. Sólo puede sacudir y sacudir violentamente la cabeza de lado a lado hasta que finalmente se desborda en lágrimas mientras su madre, todavía abrazándola tiernamente, comienza a guiar a su trémula hija a través del patio hasta que llegan al comedor. Una vez allí, Dolores hace que Marguita se siente en una silla y va a la cocina sólo para retornar casi inmediatamente con un pote de café que acababa de colar para llevárselo a su marido en la carnicería, que queda en la acera opuesta de La Calzada, como lo hace todas las mañanas.

—Tómate un poquito de café —le dice—. Te va a hacer sentir mucho mejor. Dime, ¿desayunaste algo? —Marguita sacude la cabeza—. Entonces déjame ir a prepararte...

Pero Marguita no la deja terminar de hablar.

A pesar de su avergonzamiento, Marguita le abre el corazón a su madre y le cuenta todo lo que pasó—absolutamente todo—confiando en Dolores de la misma manera en la que ha confiado en ella toda la vida, mientras lágrimas de indignación y de rabia le ruedan por sobre las mejillas.

Mientras Marguita habla y habla, revelándole a su madre los más íntimos detalles de su vida matrimonial—detalles que a Dolores no le importa oír, pero que nunca se imaginó que su hija se los llegara a contar—Dolores permanece callada, sin decir palabra. *Represa que se rompa, agua que debe dejarse correr*, dice un viejo refrán criollo. Pero aunque ella no esté diciendo nada, eso no quiere decir que Dolores no esté escuchando, y con mucha atención, a lo que le está diciendo su hija, tratando de entender claramente qué fue lo que pasó y acabando por ponerse totalmente del lado de su hija.

Dolores sabe muy bien lo rígidos y lo inflexibles que son los preceptos del código de vida que los cubanos heredaron de los españoles que vinieron a Cuba. Después de todo, ella es hija de uno de esos españoles, un hombre muy ambicioso y truquero que valiéndose de cuantas artimañas hay logró convertirse en un terrateniente muy rico que terminó por repudiar a su propia hija, Dolores, por casarse en contra de sus órdenes con un carnicero—un hombre al cual el padre de Dolores consideraba peor que la escoria. Como resultado, el padre de Dolores jamás le volvió a hablar a su hija; le prohibió a sus otras hijas, las hermanas de Dolores, que le volvieran a dirigir la palabra o a escribir a su hermana; y no permitió que el nombre de Dolores fuera pronunciado de nuevo en su presencia. Para su familia, Dolores estaba muerta y enterrada. Así de rígidos y de inflexibles son los preceptos de ese código de vida que los cubanos han heredado—preceptos que Dolores se atrevió a desafiar y a desobedecer.

Y esos mismos preceptos dicen que hay cosas que ninguna mujer—ninguna mujer *decente*, esto es—puede hacer en la cama, ni siquiera con su propio marido. Abrirle las piernas cada vez que él lo desee y darle hijos, eso una mujer decente puede—y tiene que—hacer, haya o no haya goce. Ésa es su obligación. Pero hasta ahí llega todo y de ahí no pasa ni puede pasar. Todo lo demás es indecente. Cochino. Sucio. Todo lo demás es lo que hacen las putas—y solamente las putas. Eso es lo que ese código de vida que los cubanos han heredado demanda. Y pobre de la mujer que se atreva a romper esos preceptos de moralidad. Es abandonada por todos, inclusive por sus propios amigos; acabando por ser tratada peor que una leprosa por todo el mundo—*por todo el mundo*—¡incluyendo a su propia familia!

Dolores sabe lo fácil que es el destruir la reputación de una mujer en este mundo en el que ella vive. Se logra simplemente con llamar a esa mujer «asquerosa». O «barata». O hasta se consigue sin hablar de ella, sino sólo con levantar las cejas significativamente mientras la pobre mujer pasa por el lado y dejar caer frases llenas de mala intención—«tirando pullas», como dicen los cubanos—todas las cuales quedan sin concluir, terminando con puntos suspensivos, porque no hace falta acabar de decir lo indecible. «Por supuesto que ustedes saben qué clase de mujer es ésa...» Dolores lo ha visto pasar una y otra vez. Y sin la más mínima prueba. ¿Pruebas? ¿Para qué? No hace falta prueba alguna. Todo lo que se necesita es que alguien empiece un rumor calumniante. Y en la mayoría de los casos son precisamente mujeres descaradas e impudentes—el tipo de mujer que Loló parece ser—las que empiezan esos rumores.

Dolores también sabe que en circunstancias come éstas, lo mejor que se puede hacer es no hacer nada, cosa de no llamar la atención a nada. Que lo mejor que se puede hacer en momentos como éste es simplemente sentarse tranquila—y pacientemen-te—en su casa y dejar que el agua encuentre su nivel.

Quizás nada pasará a consecuencia de esto, piensa Dolores a medida que escucha a Marguita desahogarse de sus emociones.

Y si algo llegara a pasar, si esa mujer se atreviera a mencio-nar algo de lo que vio, bueno, entonces ya veremos lo que se tendrá que hacer. Pero mientras tanto, «No hagas nada», se di-ce Dolores. «Sencillamente escucha bien, con ambos oídos bien abiertos y con la boca bien cerrada». Que es exactamente lo que ha estado haciendo mientras escucha a Marguita, su faz en cal-ma y serena, aunque por dentro ella se siente igual que su hija: al reventar, debido a la aparente injusticia de todo esto.

¿Qué derecho tiene nadie para meterse entre marido y mu-jer? ¿Quién puede decir lo que está bien o lo que no lo está cuando marido y mujer se meten en la cama? ¿Una solterona mojigata que nunca ha conocido a un hombre? ¿Un sacerdote que es casi un eunuco, un hombre semicastrado, que nunca ha conocido a una mujer? ¿Gentes que no saben lo que es la vida de casados? ¿Cómo se atreven esas gentes a promulgar edictos acerca de lo que no saben nada en lo absoluto? ¿Quiénes se creen esas gentes que son?

—¡Ojalá yo nunca tuviera que volver a echarle los ojos a esa horrible y viciosa mujer! —le dice Marguita a su madre usando una voz que ahora suena mucho más calmada, pero que todavía lleva por dentro la onerosa carga de sentirse humillada y ultra-jada—. Pero dime, Mamá, ¿cómo pudiera hacer eso cuando me encuentro viviendo en la misma casa en donde ella vive? ¡Dios mío, por favor, te lo pido —ruega Marguita—, ¡deja que algún día yo sea capaz de vengarme de lo que esa mujer me está ha-ciendo sufrir! Eso es todo lo que te pido. Por favor.

Entonces, mientras lágrimas de rabia y de frustración le rue-dan por las mejillas, dice:

—Mamá, yo no puedo vivir ni un minuto más en la casa de esa mujer. Simplemente no puedo. Yo no puede verles las caras a esa gente de nuevo. No, la verdad, no son ellos. Nunca han sido ellos. Ellos no tienen la culpa de nada. Es ella. Siempre ha sido ella. Te lo digo, Mamá, esa mujer es el diablo encarnado. Lo he visto yo. Ahí, reflejado en sus ojos. Esos ojos de ella siempre me han mirado con un algo escondido por dentro que yo nunca supe exactamente lo que era. Desprecio, eso fue lo que yo pensé al principio. Porque no soy sino una pobre muchacha que viene de Luyanó y que no está tan bien educada como ella porque no pasé de la escuela elemental. O porque no soy una mujer de carrera como ella, y no trabajo en una oficina elegante, y no gano dinero, y me tengo qué hacer mis propios vestidos con retazos de telas. O porque, yo que sé, Mamá. Esa mujer siempre me ha mirado con ojos llenos de algo que yo no sabía lo que era hasta anoche. Pero ahora sí qué lo sé. Esos ojos oscuros y traicioneros de ella estaban llenos de odio. Un odio tan profundo y tan intenso que metían miedo, Mamá. Te lo juro. Miedo. Yo no quiero volver a ver esos ojos tan diabólicos de nuevo. Nunca. No lo puedo hacer. Preferiría vivir en las calles. —Sacude la cabeza—. Y ahora, ¿qué vamos a hacer Lorenzo y yo? —añade, con desesperación—. Tú sabes el trabajo que nos costó encontrar ese apartamentico tan lindo de nosotros. ¡No sabes cuánto lamento que nos mudamos! ¡Sólo Dios sabe el tiempo que nos va a tomar hasta que podamos encontrar algo que podamos pagar!

Dolores sigue tratando de calmar a su hija:

—No te preocupes de nada, amorcito mío. Entre tú y yo, verás como lo podemos resolver todo.

La primera idea de Dolores fue la de ofrecerle a Marguita y a Lorenzo uno de los cuartos vacíos que hay en su propia casa, pero ella sabe por experiencia propia que las gentes casadas necesitan su propio hogar.

Ella también sabe de una casa que está vacía, no muy lejos de la de ella, justo al doblar de la esquina, en la misma Calle de los Toros, al otro lado de la bodega de Hermenegildo, a dos puertas de distancia. Ésta es una casa estilo criollo de dos plantas, una familia en cada planta—y el piso de abajo ya lleva vacío su buen tiempo. Cierto, la casa no es nueva, ni linda, ni tiene un refrigerador, ni una cocinilla de gas, y en la acera opuesta están todas esas casuchas a medio caer en donde las mulatas que son las queridas de los chinos cubanos en el negocio del opio viven con sus hijos ilegítimos.

Pero esa casa es barata.

Y está disponible.

Mientras abraza a su hija y le borra las lágrimas del rostro, Dolores le dice: —¿Tú no crees que esa casa les vendría bien a ustedes dos?

Marguita mira a su madre con ojos incrédulos.

«¿Pudiera ser eso posible?», se pregunta a sí misma. «¿Una casa de nosotros? ¿Nada más que para nosotros dos? ¿Y tan cerquita de la de Mamá? A veces Dios hace milagros». —Pero —dice Marguita—, ¿cómo la podríamos costear? No tenemos dinero. Todo el dinero que teníamos este mes ya se lo hemos dado a Carmela, la mamá de Lorenzo.

¿Dinero? —dice Dolores—. Veamos lo que se puede hacer.

Dolores va a su chifonier y abre la segunda gaveta empezando desde arriba. De la parte de atrás de la gaveta saca un pañuelito bordado por ella misma que está amarrado con un nudo y lo desata. Dentro hay un burujón de dinero, varios billetes que montan a lo que en 1938 era casi una fortuna: ¡Treinta y cuatro pesos! Se los da a Marguita.

—¡Oh! No podemos aceptar eso.

—Yo no te lo estoy dando a ti—dice Dolores—, se lo estoy dando al bebé —añade mientras acaricia el vientre de Marguita donde apenas se puede notar nada—. Además —sigue diciendo Dolores—, ¿desde cuándo vas a decirme tú a mí lo que yo puedo o no puedo hacer? —Le da a Marguita su propio pañuelo de lino exquisitamente bordado a mano por la propia Dolores—. Sóplate la nariz, y duro. Bórrate esas lágrimas, y ve, lávate la cara y ponte un poco de pintura en los labios, que tenemos mucho que hacer.

Cuando Marguita sale del baño, ya para entonces Dolores ha cruzado La Calzada, y ha ido a buscar a su esposo, Maximiliano el carnicero.

Cuando oyó el cuento de lo que había pasado, Maximiliano instantáneamente le dijo a sus clientes que lo sentía muchísimo pero que tenía que cerrar la carnicería, lo cual hizo, bajando las rejas que la protegen, y todavía llevando puesto su largo delantal manchado de sangre, cruzó corriendo La Calzada para retornar a su casa.

—¿Qué te hizo esa condenada mujer? —le pregunta, colérico, a Marguita tan pronto la ve, el toro que vive dentro de él a punto de embestir, sus gigantescas manos llenas de callos ya en forma de puños.

—No tenemos tiempo para eso —dice Dolores—. Vamos a ver si la casa de Gudelio está todavía disponible. Ven, toma esto.

Le entrega a su marido el burujón de billetes.

—¿De dónde sacaste tú esto?

—¿De dónde tú crees? Lo he estado ahorrando.

—¿Del dinero que yo te doy?

—¿De qué otro lugar?

Maximiliano se vuelve a Marguita y le guiña un ojo:

—Bueno, ¡ahora por fin me doy cuenta de que le he estado dando a tu madre demasiado dinero! —dice jocosamente, sonriéndose mientras le da una cariñosa nalgadita a su esposa, Dolores, que sigue siendo tan hermosa y tan traviesa como siempre lo ha sido, lo cual hace que Marguita se sonría.

—Ahora —dice Dolores, quitándole a Maximiliano el delantal sucio—, no te lo gastes todo de un tiro. Trata de regatearle un par de pesos a Gudelio, ¿me oyes?

—¡Mujer! —replica Maximiliano riéndose—, ¿tú vas a enseñarme a mí cómo regatear? ¿A mí...? Dime, ¿quién tú crees que lleva los pantalones en esta casa?

Esta vez le toca el turno a Dolores para sonreírse.

—Tú, por supuesto. Tu siempre los has llevado, y bien puestos. Y ahora, vámonos ya, que se nos está haciendo tarde.

—¡Oh, no! —dice Maximiliano—. Ninguna de ustedes dos viene conmigo.

—¡Oh, sí, de seguro que sí! —responde Dolores—. Nosotras definitivamente vamos. Yo quiero ver bien de cerca la casa en donde mi primer nieto va a nacer. Y hablando de todo un poco, ya que estás aquí, vé y lávate bien las manos y trata de peinarte un poco ese pelo tuyo tan hirsuto.

Esa tarde, cuando Lorenzo regresa a la casa de sus padres después de trabajar el día entero, ve a Marguita empaquetando sus cosas.

No tiene tiempo ni para decir pío.

Sólo mira a su joven esposa con una pregunta en los ojos—pregunta que Marguita responde tirando más cosas dentro de una vieja maleta de mimbre que solía pertenecer a Dolores pero que ahora es de ella.

—Nos mudamos —Marguita le dice.

Y entonces le cuenta a un asombrado Lorenzo lo de la casa en la Calle de los Toros, la que ella y sus padres han acabado de alquilar con el dinero que sus padres le habían dado.

—Bueno, no a mí precisamente —añade, corrigiéndose—, sino al bebé.

—Pero... ¿qué le vamos a decir a Mamá? —pregunta Lorenzo, mientras él también comienza a sacar sus cosas del chiforrobe, entregándoselas a Marguita.

—¡La verdad! —replica Marguita en una voz alta y cortante como un cuchillo, mientras cierra una maleta y abre la otra—. Que después de lo que pasó anoche no hay forma humana de la que yo pueda vivir ni un minuto más en esta casa junto a esa horrible y —se detiene súbitamente— Lorenzo, yo sé que ella es tu hermana, pero así y todo ella no es más que una mujer horrible y viciosa, ¡y yo no voy a vivir ni un segundo más en la misma casa en donde esa mujer vive!

Lorenzo no dice nada. Simplemente le pasa a Marguita su otro traje. Marguita lo saca del perchero y lo comienza a doblar cuidadosamente.

Es entonces que Marguita mira a su esposo y súbitamente recuerda la manera en que los ojos de Lorenzo lucían y destellaban cuando su padre, Padrón, le dio un par de palmaditas en el hombro en el mismo momento en que se enteró de lo del bebé. Ella nunca había visto a Lorenzo lucir tan orgulloso—y sí, tan guapo—como entonces. Acordándose de esa mirada, Marguita se da cuenta de que ha sido demasiado áspera y hasta ruda con Lorenzo, sin motivo alguno. Él no tuvo la culpa de lo que pasó anoche. Ni él ni su madre, Carmela. Baja la voz y usando un tono mucho más gentil le dice a Lorenzo:

—Quizás sería mejor que le dijéramos a Carmela que... —mira alrededor del cuarto de Lucinda— ...que esta casa es muy húmeda, muy oscura, muy... —No llega a completar su oración. Se vuelve hacia Lorenzo y lo mira—. Lorenzo, lo mejor es decirle a Carmela la verdad. Que las gentes casadas necesitan tener su propio hogar. Estoy segura de que tu mamá comprenderá eso perfectamente bien. ¿No fue por esa misma razón que ella y tu padre vinieron a Cuba? ¿Para tener un lugar que ellos pudieran llamar propio? —Lorenzo la mira y asiente con la cabeza—. Pues, es lo mismo con nosotros.

—Pero, ¿qué hacemos con el asunto del dinero? —pregunta Lorenzo mientras le pasa un par de corbatas—. Ellos lo necesitan, eso tú lo sabes bien. Y lo necesitan con urgencia. Yo no puedo dejar de...

—El alquiler de esa vieja casa en Luyanó es mucho menos de lo que pagábamos por el apartamentico —dice Marguita, interrumpiéndolo y empezando a vaciar el gavetero—. Así que le podemos dar a tu mamá la diferencia entre un alquiler y el otro más el dinero que tú le estabas ya dando a ella mensualmente. Explícaselo a ella. No es mucho, pero —mira a Lorenzo fijamente— Lorenzo, tenemos que hacer esto. Yo no puedo seguir viviendo en esta casa, junto a esa horrible y viciosa mujer ni un segundo más, o me volvería loca. Yo sé, yo sé muy bien que ella es tu hermana, me lo sigo diciendo, pero... anoche no pude pegar los ojos, después de lo que pasó. Y además... —lo mira y se ruboriza—. Yo sé que tú y yo no nos podríamos volver a gozar en la cama de nuevo, sabiendo que esa mujer está en el cuarto de al lado. Yo tendría miedo de que volviera a hacer lo que hizo anoche, y no hay forma humana de yo pueda volver a vivir ese ultraje de nuevo —añade Marguita, sus ojos comenzando a llenarse de lágrimas a medida de que se recuerda.

—Yo lo sé, mi amor, lo sé —él le dice mientras la abraza tiernamente—. Yo sé que todo ha sido muy difícil para ti, porque lo ha sido para mí, ¡y yo nací en esta casa! —le sonríe—. Tú sabes lo que dice el refrán: *No hay mal que por bien no venga.* A lo mejor todo ha pasado precisamente por eso. Porque hay un bien que está por llegar. —La abraza apretadamente—. ¿Te acuerdas de lo que tú y yo nos divertíamos cuando estábamos *solos*? —pregunta, subrayando la palabra *solos* con un giro travieso en los ojos.

Esa manera de mirar de Lorenzo hace que Marguita se sonría. Su primera sonrisa.

Ella asiente con la cabeza.

—Entonces —continúa Lorenzo, bajando la voz y susurrándole al oído—, dentro de poco vamos a estar solos de nuevo. Tú y yo, y nadie más. ¿Te puedes imaginar lo que eso va a ser?

«¿Que si me lo puedo imaginar?», se dice a sí misma Marguita.

«¿Cocinar mis propias comidas a mi manera? ¿O limpiar mi propia casa a mi manera? ¿O escuchar la clase de música que me gusta a mí, música cubana y no española? ¿O hacer lo que yo quiera cuando yo quiera y no cuando me lo dicen? ¿Que si me lo puedo imaginar?» Mira a su guapo esposo. «¿O gozar con mi marido como lo solíamos hacer? ¿Sin necesidad de hacerlo todo bien bajito o de taparse bajo las sábanas? ¿Con toda la libertad y con todo el disfrute de hacerlo todo con un abandono total? ¿Que si yo me puedo imaginar todo eso?» A medida de que recuerda de cómo eran las cosas, y de cómo van a volver a ser, sus ojos destellan con una inmensa satisfacción interna.

Le sonríe a Lorenzo, que está tan cerca de ella.

«Sí, me lo puedo imaginar», esa sonrisa de ella parece que se lo está diciendo.

Cuando Lorenzo ve el brillo en los ojos de Marguita, y la sonrisa que le ilumina la cara, ¿qué otra cosa puede hacer sino traerla bien hacia él y tratar de besarla?

Pero no puede hacerlo.

Tan pronto lo intenta, Marguita, de repente muy nerviosa, lo empuja con violencia mientras mira por sobre el hombro de Lorenzo al rincón del cuarto donde Loló estuvo de pie anoche.

En su mente, Marguita puede volver a ver a esa mujer allí, exactamente donde estaba, su silueta perfilada por la pálida luz azul de la noche de luna dentro de la semioscuridad del cuarto, y puede volver a ver esos ojos oscuros y penetrantes de Loló mirándola a ella fijamente e incendiándola por dentro.

Y a medida que se acuerda de cómo destellaban los ojos tan horribles y viciosos que esa mujer tiene, Marguita se vuelve a sentir exactamente como se sintió anoche. Humillada. Ultrajada. *Violada.*

Todavía sin poder comprender cómo es posible que una mujer haga lo que esa mujer hizo.

Y por qué.

«Pero gracias a Dios toda esa pesadilla pronto va a desaparecer de su vida», se dice Marguita, cerrando la segunda maleta y preparándose para salir de una vez por todas de este caserón sombrío y mohoso en La Habana Vieja. Esta noche, ellos van a dormir en la casa de la familia de Marguita en Luyanó, en el cuarto que solía ser el de ella. Dormirán apretados, porque al fin de cuentas, la cama en ese cuarto es su cama de soltera, piensa Marguita. Pero así y todo eso es mucho mejor que pasar una noche más en esta casa donde esa mujer vive. Y mañana por la noche, después del trabajo, cuando sus dos hermanos y Lorenzo vengan a recoger sus pocos muebles para llevárselos a la casa recién alquilada en Luyanó, mañana ella y Lorenzo van a poder dormir plácidamente en un lugar de ellos dos y de nadie más—con la certidumbre de que nadie va a estar mirando lo que ella y su esposo hagan en la privacidad de su nuevo hogar.

Porque eso es lo que la casa de Luyanó representa para ellos dos.

Un hogar.

PARTE SEGUNDA

# Refugio

# cinco

A pesar de ser muchísimo más pequeña, la casa de dos familias adonde se están mudando los recién casados, la que queda en Luyanó, es muy similar a la casa de los padres de Lorenzo en La Habana Vieja. Dos cuartos con un baño intercalado conectan en forma de vagones de tren a la sala principal que da a la calle con el comedor y la cocina al extremo opuesto de la casa. Sin embargo, en la casa de Luyanó todos los cuartos son muy, muy pequeños, en contraste con la casona de La Habana Vieja, que tiene muchísimas más habitaciones, cada una de ellas de un aspecto casi palacial. No obstante, tanto en una casa como en la otra, los cuartos se abren por medio de puertas de persianas a un alargado patio lateral, que en la casa de Luyanó tiene un piso de cemento pulido.

—En donde los muchachos podrán corretear todo lo que quieran —dijo Dolores cuando lo vio, abochornando con sus palabras a Marguita, que se ruborizó.

La planta alta de la casa de Luyanó tiene la misma forma que la planta baja, excepto que esta planta alta tiene, en vez de un patio, un balcón que corre la longitud de la casa y que cuelga sobre el patio de la planta baja. Este piso superior está ocupado por otra familia, la familia Velasco, una joven pareja casada con dos niñitas de 7 y 9 años respectivamente.

Porque el piso inferior carece totalmente de privacidad—dado que las gentes del piso de arriba pueden mirar hacia el patio y los cuartos adyacentes todo el tiempo—ese piso ha estado desocupado por un período más que largo hasta que Marguita y Lorenzo lo alquilaron. Cuando hoy por la mañana Dolores vino a ver la casa, a ella le encantó todo, como tenía que ser, porque después de todo, ¿qué otra posibilidad había? Pero no le gustó en lo más mínimo la falta de privacidad que la casa tenía. No le dijo nada a Marguita, por supuesto; no quería desilusionar a su hija, cuya mente estaba fresca con los dolorosos recuerdos de lo que «esa mujer», como Marguita ha comenzado a referirse a Loló, le había hecho. Pero Dolores se dijo a sí misma que sería mejor que ella metiese manos en la masa y tratara de arreglar en lo que pudiera ese defecto, porque sabía lo importante y lo necesario que es para todo el mundo el tener privacidad. Especialmente si uno está recién casado. Y particularmente si ese uno es Marguita, después de lo que la pobre muchacha ha tenido que pasar. Así que ahí mismo, mientras estaba parada en medio del patio de la nueva casa de Marguita, Dolores decidió tener una amable conversación con la señora Velasco, y ver lo que se podía hacer para remediar la situación.

La señora Velasco, una mujer bajita y bastante envuelta en carnes, es una cliente asidua del marido de Dolores, Maximiliano el carnicero. Un par de horas después de haber finalizado los arreglos con Gudelio, el dueño de la casa, e inmediatamente después de la siesta del mediodía, mientras Marguita se preparaba para volver a casa de sus suegros a empezar a recoger sus cosas, Dolores se las arregla para llegar a la carnicería exactamente cuando la señora Velasco está allí.

—Señora Velasco, ¡qué sorpresa tan agradable! ¿Se enteró ya de que mi hija Marguita y su esposo acaban de alquilar el piso de abajo de *su* casa? —le pregunta Dolores, recalcando muy ligeramente la palabra *su*.

Dolores sabe con seguridad absoluta que la señora Velasco ya lo sabe.

Las noticias corren en el barrio a la velocidad del rayo. Especialmente dado que la misma Dolores se lo había dicho a Pilar, la vieja gorda con el ojo de vidrio que vive en la casa de al lado a la de Dolores, y que es la chismosa más grande del barrio de Luyanó—si no de toda La Habana.

—Ahora que nuestras familias van a ser vecinas, como quien dice —añade Dolores—, yo me estaba preguntando si sería posible que yo pudiera pasar por su casa para pagarle nuestros respetos. Digamos, ¿un poquito más tarde hoy mismo?

Esa expresión «para pagarle nuestros respetos» era una frase típica de la época que los cubanos usaban en ocasiones como ésta, porque eso era lo que los vecinos solían hacer.

—Nada me encantaría más —responde la señora Velasco, halagada.

Aunque Dolores y esta mujer frente a ella—que es mucho más joven que Dolores—se conocen por cierto tiempo, Dolores nunca ha visitado la casa de la señora Velasco, y la señora Velasco está más que contenta de admitir a su casa a la esposa del carnicero, Dolores, una mujer a la cual el barrio entero ama y respeta.

Así es que mientras la señora Velasco corre de vuelta a su casa para tener la absoluta seguridad de que está en perfecto orden e impecablemente limpia—cosa de que pueda ser escudriñada por la visitante, como lo ordenan las costumbres de la época—Dolores corre de vuelta a su casa donde ya le había dicho a su vieja cocinera, Lucía, que preparara una bandeja de buñuelos—dulces cubanos en forma de 8 que son hechos de ñames y calabaza y que son servidos con melado de caña vertido abundantemente sobre ellos.

Poco después, llevando uno de sus mejores vestidos—hecho por ella misma—y armada con una bandeja en la mano que está cubierta con una servilleta exquisitamente bordada por ella misma, Dolores va a visitar a la señora Velasco. Dado que ésta es la primera vez que Dolores va a visitar la casa de la familia Velasco, y dado que las dos mujeres todavía no se conocen lo suficientemente bien como para ser consideradas amigas íntimas, se supone que esta primera visita esté limitada a sólo unos cuantos minutos, y sólo a la sala principal de la casa, porque así lo demandan las normas de la etiqueta social del código criollo.

Después de saludarse con sincero afecto, Dolores le da la bandeja a la señora Velasco.

—Espero que no le moleste que le haya traído esta poca cosita —dice Dolores.

—Muchísimas gracias —replica la señora Velasco, tomando la bandeja en sus manos y delicadamente levantando una esquina de la servilleta que la cubre—. ¡Oh! —exclama con gran efusión cuando ve lo que la hermosa servilleta tapa—. ¡Buñuelos!

—Son la especialidad de mi cocinera Lucía, me imagino que eso ya usted lo sabrá —dice Dolores—. Hasta Pilar dice que esos son los mejores buñuelos que jamás se ha metido en la boca, ¡y esa mujer sabe de dulces! —añade, haciendo que la señora Velasco se ría. Que Pilar es adicta a todo aquello que es dulce, eso es más que sabido—pero aún es más adicta a chismear, a lo cual nadie pero nadie en el barrio la supera. —Espero que estos buñuelos sepan tan bien como de costumbre —continúa Dolores—. Con el problema de la mudanza de Marguita yo he estado tan ocupada todo el día de hoy que no he tenido tiempo ni para probarlos antes de traérselos a usted.

—En ese caso, ¿por qué no los probamos juntas usted y yo? —responde la señora Velasco, quien no puede quitar los ojos de lo que está sobre la bandeja.

Dolores instantáneamente dice, cortésmente: —¡Oh, no, no, no! Vaya usted, vaya y disfrútelos. Usted y sus niñas. Yo los traje para usted y para su familia.

—¡Oh, no!, Dolores —replica la señora Velasco—. Se lo insisto. Por favor.

—Para decirle la verdad, me encantaría hacerlo. De verdad —dice Dolores usando una voz resignada—, pero usted sabe lo difícil que son de comer los buñuelos. Con todo ese melado por encima, yo tendría miedo de que algo se me derrame—como me pasa muy a menudo—y que un poco de melado se me caiga de las manos y le llegue a arruinar este piso tan refulgente que usted tiene en su sala —añade, apuntando al suelo de la sala de la señora Velasco—. Dígame, entre usted y yo, ¿cómo se las arregla usted para que este suelo se mantenga tan brillante? Los pisos de mi casa nunca brillan así, de esta manera, como los suyos, señora Velasco. ¿Cuál es su secreto?

—¡Vinagre! —dice la señora Velasco, sumamente orgullosa de sí misma—. ¡Vinagre de vino blanco! Usted deja caer unas cuantas goticas de ese vinagre en el cubo de agua y los resultados... bueno, se pueden ver, ¿no? —añade, señalando a su piso de lozas con diseños florales, estilo cubano, que refulge cual espejo.

Halagada por el cumplido que Dolores le ha hecho celebrando su casa, lo cual la hace sentir muchísimo más en confianza con Dolores, y todavía muriéndose por probar los famosos buñuelos de Lucía acabaditos de hacer, la señora Velasco le sonríe a Dolores: —Déjeme decirle algo en confianza —le dice a Dolores, hablando con un tono de voz bajo, íntimo, el tono de voz de mujeres que son amigas, no solamente vecinas—. ¿Qué le parece si usted y yo nos vamos al comedor y allí nos sentamos a la mesa y probamos estos buñuelos? ¿Con un cafecito recién colado?

—¡Oh, no! Bajo ninguna circunstancia le puedo permitir a usted que haga algo parecido —dice Dolores—. Por mí no lo haga, se lo suplico. No vale la pena de que...

—¡Dolores, por favor! Despreocúpese de eso. Se lo digo, no me costaría el más mínimo trabajo. Se lo aseguro. Venga, venga conmigo. Sígame.

Dado que la casa de la señora Velasco no tiene patio, la señora Velasco guía a Dolores a lo largo del balcón que está a todo lo largo de la casa.

Lo cual es precisamente el objetivo que Dolores quería alcanzar con esta visita, porque ella quiere saber qué parte de los interiores de las habitaciones del piso de abajo—el piso de Marguita—se pueden ver desde este balcón. Desgraciadamente, a medida que camina a lo largo del balcón, Dolores se da cuenta de que desde diferentes lugares del balcón se pueden ver todos los cuartos del piso inferior—y en detalle—incluyendo la habitación de los recién casados.

«Esto no está nada bueno», se dice una y otra vez Dolores mientras sigue a la señora Velasco. «Hay que hacer algo, pero ¿qué?»

De repente sus ojos se fijan en la baranda que está al borde del balcón, que consiste de un pasamanos de roble suspendido sobre delgados balaustres de metal forjado espaciados cada veinte centímetros más o menos. Una idea le pasa a Dolores por la mente.

—¡Oh! —dice, llevándose la mano derecha a la frente y agarrándose firmemente con la otra a la baranda—. Por un momento casi que me mareé, cuando miré hacia abajo, hacia el patio.

—Eso le pasa a mucha gente cuando viene a visitarnos —dice la señora Velasco—. A mí misma me solía pasar al principio, cuando me mudé para esta casa.

Dolores no puede caminar. Se mantiene de pie, rígida, aguantándose del pasamanos que se mueve un poco de aquí para allá a medida que ella lo agarra.

—Esta baranda, ¿le parece a usted segura? —pregunta—. A

mí me parece un poco enclenque, ¿no le parece a usted? Y fíjese lo distante que están estos balaustres. Yo no creo que esto sea muy seguro. Se lo digo por las niñas. Quiero decir, las cabezas de ellas les caben por entre estos balaustres y si se les traban, entonces, ¿qué?

—La entiendo perfectamente —dice la señora Velasco—. Yo misma me he hecho esa misma pregunta muchas veces. Pero no sé lo que se pudiera hacer para arreglarlo.

—Yo no creo que ustedes puedan reemplazar esta baranda —dice Dolores—. El precio es probablemente prohibitivo. Si yo fuera usted, yo hablaría con Gudelio, el dueño, y quizás él pueda arreglarla de alguna manera.

—Ya nosotros, quiero decir, mi marido, habló con Gudelio. Y Gudelio le dijo que el inspector de la ciudad había aprobado esta baranda y que si nosotros queríamos hacer algo para mejorarla, que lo podríamos hacer, pero que nosotros tendríamos que pagar por el arreglo. Mi esposo, como bien se lo puede usted imaginar, no estuvo de acuerdo con lo que...

En ese momento una ráfaga repentina de viento le levanta la falda a Dolores, e instantáneamente Dolores se suelta del pasamanos para sujetarse la falda.

—No sabe lo mucho que me alegro de que no había un hombre allá abajo —dice Dolores, interrumpiendo a la señora Velasco y riéndose de sí misma porque se había ruborizado mientras señala en dirección al patio—. Si hubiera habido alguno, y él hubiera mirado hacia arriba en ese preciso momento, pues, ¡imagínese usted! —dice, la cara roja de vergüenza—, posiblemente me hubiera visto, bueno... ¡lo que sólo mi marido me ha visto!

Esa idea nunca le había cruzado por la mente a la señora Velasco.

Desde que ella y su familia se mudaron a esta casa, hace cosa de un año, el piso de abajo ha estado desocupado. Pero, por supuesto, ahora, después de que Marguita y su esposo se muden, siempre habrá un hombre viviendo allá abajo. Y él pudiera estar mirando hacia arriba accidentalmente exactamente cuando una ráfaga de viento...

—Yo nunca pensé en eso—dice la señora Velasco, consternada.

Después de todo, reflexiona, ella tiene dos hijas. Y además, también está ella, por supuesto.

Durante la mañana siguiente, mientras Marguita está comenzando a organizar las cosas en su nueva casa, Pancho el carpintero va a la casa de la familia Velasco y comienza a instalar una alta cerca de madera rígidamente asegurada a la baranda, la mitad de cuyo costo será pagada por la familia Velasco mientras Dolores y Maximiliano—sin que Marguita se entere—pagarán por la otra mitad. Una vez que Pancho complete su labor, nadie que esté en el patio podrá ver nada de lo que pase en el balcón de arriba. Y nadie que camine por el balcón podrá ver nada de lo que pase en el patio. «Que es como debió haber sido siempre», piensa Dolores cuando dos días después viene a visitar a Marguita y nota la excelente labor que Pancho el carpintero ha realizado.

«Bien», se dice Dolores, «ahora, después que este problema ha sido resuelto, a lo mejor hoy voy a poder dormir tranquilamente una noche entera», piensa. Porque ella, Dolores, no ha podido pegar los ojos durante el último par de noches, tratando y tratando de entender cómo es posible que Loló—que Loló o que ninguna otra mujer—pudiera haber hecho lo que hizo. Y por qué.

Ayer mismo, por la noche, mientras Maximiliano dormía plácidamente a su lado, Dolores se volvía de aquí para allá en la cama, preguntándose una y otra vez: «¿cómo es posible que una mujer haya hecho algo así?» Pero entonces se dijo: «Debo calmarme y mantenerme bajo control. Ya es mal suficiente que exista toda esa mala sangre entre Marguita y su cuñada. Debo sembrar la semilla de la paz entre ellas dos», pensó Dolores mientras se seguía volteando y volteando en la cama. «Ciertamente, si algún día quiero volver a dormir, es imperativo que yo—que Marguita y yo—aprendamos a perdonar a esa mujer y a olvidar todo lo que pasó. Especialmente Marguita». Dolores sacudió la cabeza de lado a lado cuando trae a la mente la imagen de esa hija suya, ¡tan obstinada! que no hace sino pensar y pensar en la manera de vengarse de esa mujer. «Pero la venganza sólo engendra más venganza», Dolores se dijo. Ella conoce de muchísimas familias criollas que llevan generaciones odiándose las unas a las otras, ¿y todo por qué? Por nada. «Yo no voy a permitir que algo como eso le pase a mi familia», se prometió Dolores. «Marguita es quizás demasiado joven, demasiado inmadura, para comprender lo que el odio le hace al alma humana, para saber lo destructivo que es el odio. Ella tiene que crecer y madurar, y yo debo ayudarla. Para eso estamos nosotras, las madres. Sólo entonces podrá ella olvidarse de esa mujer: cuando la perdone. Sólo entonces. Y eso Marguita tiene que aprenderlo. Por su bien. Por su propio bien».

Ahora, mientras Dolores está parada en medio del patio de la casa de Marguita, que está refulgente de limpio, su hija está a su lado, las dos mujeres mirando hacia arriba, a la cerca que Pancho el carpintero recién ha terminado de construir.

—¿No te parece magnífico lo que la familia Velasco ha hecho? ¿Construir esa cerca tan alta? —dice Marguita—. Yo ni siquiera me había dado de cuenta de que sin esa cerca ellos podrían haber visto todo lo que pasase aquí abajo. Y eso hubiera sido, ¡tan embarazoso! ¿Te imaginas lo que eso hubiera sido, Mamá? —pregunta Marguita, aún mirando hacia arriba y admirando la cerca.

Dolores no dice nada. Ella simplemente asiente con la cabeza a la vez que mira a su hija, que sigue de pie, a su lado y sonriente, y Dolores nota cuán hermosa es la cabellera dorada de Marguita que destella y se destaca en contra del rectángulo de un cielo azul tropical que está enmarcado por las rosadas paredes del patio de lo que ahora es la casa de Marguita. Más que casa, refugio. Mucho más que refugio.

De lo que ahora es su hogar.

*seis*

—No tienen muebles —le susurra Dolores, que no puede quedarse dormida, a su esposo Maximiliano esa misma noche.

—¿Qué quieres decir, no tienen muebles? —le responde un soñoliento Maximiliano.

Están en la cama, lado a lado, muy juntos, de la manera que siempre duermen. Aunque sus hijos ya están todos crecidos y fuera de la casa—excepto por Perucha, que sólo tiene diez años—a ellos les encanta hablar en susurros mientras están en la cama. Debe ser porque les gusta la intimidad, ya que Perucha está profundamente dormida en su cuarto, después que Dolores la metió en la cama.

—Lo que oíste —Dolores continúa—. No tienen muebles. Los poquitos muebles que tienen apenas les llenaba ese apartamentico de ellos, y ahora esta otra casa que acaban de alquilar tiene dos cuartos, un comedor, y una sala bien grande.

—¿Y qué...? Cuando tú y yo nos casamos teníamos muchísimo menos.

—Bueno, no es sólo eso —añade Dolores—. Es que, bueno, la casa no tiene ni una neverita de hielo, así que Marguita ha estado usando la nuestra. Y dentro de poco, antes de que nos demos cuenta, el bebé nacerá y dime, ¿cómo se las van a arreglar entonces?

—Nosotros nos las arreglamos —dice Maximiliano, sonriéndole a su mujer—. Yo nunca te oí quejarte.

Dolores suspira profundamente:

—Yo nunca tuve una madre que me ayudara —replica con una voz repentinamente triste, porque la mamá de Dolores murió de parto, segundos después de que la niña naciera—. Pero Marguita sí que la tiene —añade Dolores, dejando que ese triste recuerdo de su madre se esfume—. Ella me tiene a mí. Además, mírate a ti. Tú siempre tuviste una profesión, y tú siempre has sido lo mejor que hay en lo que tú haces. Y lo sigues siendo. Hasta tu propio padre, que te lo enseñó todo según él, hasta él mismo lo dice. Tú siempre has sido lo mejor que hay y yo nunca tuve que preocuparme de nada. Pero Lorenzo... Él es muy buen muchacho, pero... —hace una pequeña pausa—, pero no gana tanto. Marguita me lo contó. Sólo gana sesenta y cinco pesos al mes. Y de ese dinero le piensa dar a su familia diez pesos mensuales, para ayudarles. Así que dime, ¿cómo se las van a arreglar con ese poquito de dinero?

Hay un largo silencio.

Ese poquito de dinero no alcanzaba para mucho, ni siquiera en aquella época.

—Nosotros no tendremos mucho, eso bien lo sé —continúa Dolores, que siempre ha sido capaz de leer lo que su esposo está pensando—. Pero tenemos más de lo que ellos tienen. Y si los pudiéramos ayudar en algo... No a ellos—yo sé que ellos dos se las pueden arreglar perfectamente sin nuestra ayuda. Yo sólo pienso en el bebé.

Maximiliano se incorpora, se apoya en el respaldar de la cama, y la mira.

Están casi en una oscuridad absoluta, dado que la única luz que hay en el cuarto es el poquito de luz de luna que se filtra a través de las persianas de las puertas que dan al patio.

—¿Qué es lo que tú tienes en mente? —pregunta Maximiliano—. Porque algo me dice que tú tienes algo en mente. Es más, de eso estoy seguro.

—Bueno, el caso es que casi sin quererlo se me ocurrió pasar por la tienda de Gonzalo esta misma tarde, después de ir a casa de Marguita para ver la cerca que Pancho el carpintero construyó en el balcón de la familia Velasco—e, incidentalmente, Pancho la fabricó muy pero que muy bien. Se ve muy sólida y muy bien construida y da mucha privacidad. Nadie que esté arriba podrá mirar hacia abajo y ver el patio de Marguita de ahora en adelante. Así que no te olvides de decírselo a Pancho y agradecérselo.

—Ya yo le pagué mi parte.

—Sí, pero, ¿se lo agradeciste? —Dolores pregunta, aunque ella sabe muy bien lo que su marido le va a responder.

Justo como esperaba, Maximiliano dice que «no» con la cabeza.

—Entonces, la próxima vez que lo veas dale las gracias. Dile que hizo una labor muy bien hecha, porque esa es la pura verdad. ¿A ti no te gusta que alguien te diga que hiciste algo bien hecho aunque te lo hayan pagado por hacerlo? —Maximiliano asiente con la cabeza—. Bueno, pues es lo mismo con él. Así que dale las gracias la próxima vez que lo veas. ¡De verdad! Él hizo una labor estupenda, te lo digo. Ve a verlo tú mismo.

—Está bien, está bien. Se lo diré, ¡se lo diré!

—Bueno —dice Dolores sonriéndose a sí misma. Entonces

añade: —Como te iba diciendo, pasé de casualidad por la tienda de Gonzalo y él me enseñó un refrigerador que recién acababa de llegar de los Estados Unidos. Es pequeñito, pero es un verdadero Frigidaire, y me dijo que nos lo podría dejar bien barato, dado que sería tu regalo a tu primer nieto. Ya sé que cuesta el doble de lo que cuesta una neverita de hielo—pero como Marguita tenía un refrigerador en su apartamentico y lo tuvo que dejar atrás... Además, Gonzalo me dijo que ése es el futuro. Que dentro de poco las neveras de hielo serán cosas del pasado. Así que, dime... ¿qué tu crees?

Maximiliano la mira firmemente.

—Así que eso era —dice y sacude la cabeza—. Lo compraste, ¿no?

—Todavía no se lo han llevado a casa de Marguita. Pero si tú no crees que sea una buena idea, pues yo...

¿Qué puede hacer Maximiliano sino sonreírle a esa mujer suya que puede hacer lo que quiera de él con sólo mirarlo?

—Tú sabes, Dolores —le dice, interrumpiéndola—, a veces me maravillo de cómo es posible de que tú me puedas controlar completamente a tu antojo como si yo fuera un títere en tus manos. Eso deber ser algo que te enseñaron a hacer las monjas, y a hacerlo muy bien: el manipular a las gentes. Cómo es posible que tú sepas lo que sabes, eso siempre me maravillará. Pero te lo advierto, uno de estos días voy a romper mis yugos y cadenas, y me voy a escapar de ti para volver a ser totalmente libre de nuevo.

—Pues, ve y hazlo —le dice Dolores, cubriéndose con una sabanita muy ligera de algodón y dándole la espalda—. ¿Quién te detiene? Pero si lo haces, ¡prepárate!, porque entonces sí que no me quedaría nungún otro remedio que caerte atrás —se sonríe—. Después de todo, lo que hice una primera vez, lo puedo volver a hacer una segunda. ¿O es que ya no te acuerdas?

—¡Pues claro que me acuerdo! —le dice Maximiliano, ahora bien despierto, mientras se inclina sobre ella, agarrándola y forzándola a mirarle mientras se la acerca a él—. ¡Claro que sí! ¿Quién pudiera olvidarse? ¡No pienses que no tengo buena memoria, porque la tengo! ¡Y muy buena! —añade, riéndose insolentemente a medida que la aprieta contra él.

El día siguiente, después de que Lorenzo regresa a su trabajo en la librería tras almorzar y dormir una pequeña siesta, Marguita se sorprende por un camión que se parquea frente por frente a su casa, y por dos hombres corpulentos que le tocan a la puerta, trayendo un paquete gigantesco embalado con madera.

—¿En dónde lo quiere, señora? —uno de ellos pregunta cortésmente.

Segundos después Marguita está brinca que brinca, gritando, llorando y riéndose al mismo tiempo.

Oyendo toda esa conmoción, la señora Velasco, que está arriba en su casa, corre al balcón y se para de puntillas tratando de ver por encima de la alta cerca que Pancho el carpintero construyó y que corre a todo lo largo del balcón que cuelga sobre el patio de la casa de Marguita. Pero como no es capaz de ver cosa alguna, inmediatamente baja las escaleras para averiguar qué es lo que está pasando en casa de Marguita. Cuando Marguita le abre la puerta, la señora Velasco va a preguntarle «¿Está todo bien, Marguita?», pero Marguita no le da la oportunidad. Toma a la señora Velasco por el brazo y atraviesa el patio con ella a su lado hasta que llegan al comedor:

—Mire, señora Velasco, mire lo que mis padres me compraron. ¡Mire! ¿No le parece mentira?

La cocina de Marguita es muy pequeña, larga y estrecha, casi se puede decir una alacena. Una de las paredes laterales está ocupada en su totalidad por una estufa de carbón y un espacio abierto al lado para almacenarlo, mientras que un lavadero ocupa la otra pared, así es que no hay espacio ninguno para el refrigerador dentro de la cocina. La cocina, en sí, no tiene ni armarios ni anaqueles, y ni el más mínimo espacio que sirva como mostrador. Todos los víveres y utensilios de cocina tienen que ser guardados en el comedor, y es allí que Marguita hace toda la preparación de la comida. Esto lo hace sentándose a una mesa intrincadamente tallada que es parte de un juego de comedor que también es intrincadamente tallado y que fue el regalo de bodas de los dos hermanos de Marguita.

Pintado de negro y ocupando una gigantesca cantidad del reducido espacio del comedorcito de Marguita, este juego de comedor fue tallado a mano por un hombre muy famoso en el barrio poco después de que salió de la cárcel y volvió a comenzar su negocio de hacer muebles.

Fulgencio, que es como ese señor se llama, tuvo que ir a la cárcel por haber acuchillado a muerte a su adúltera esposa y al hombre con el que ella se había estado acostando, con el mismo cuchillo que usaba para tallar. Pero al poco tiempo salió de la cárcel totalmente libre, con la cabeza erguida y orgullosa, porque con ese acto—como su abogado vigorosa y triunfadoramente arguyó durante el juicio—él se había vengado y había limpiado su honor de la manera que los hombres cubanos deben hacerlo, tal y como lo demandan los cánones criollos.

Lo que la gente no sabe, lo que la gente ni siquiera sospecha, es que desde la misma noche del asesinato hasta hoy en día, Fulgencio no ha podido dormir, porque noche tras noche en su mente no cesa de ver la visión de la mujer que el amaba más allá de la razón mirándolo fijamente mientras le suplicaba que por favor no la matara, que la perdonara, que le diera otra oportunidad.

Mientras Fulgencio, fuera de sí, contemplaba con ojos rábidos el cuchillo en su mano, por un momento pensó perdornarla, salvarle la vida, y darle a ella—darle a ellos dos—una segunda oportunidad. Mientras Fulgencio comenzó a levantar el cuchillo en el aire, por un segundo pensó que probablemente él era tan culpable como ella lo era por lo que había pasado entre ellos dos y con su matrimonio. Pero entonces, mientras Fulgencio mantenía el cuchillo en el aire con una mano que temblaba de pasión, se recordó de las caras que había visto mirándole con desprecio, caras de hombres y mujeres que sabían de la infidelidad de su esposa y que lo miraban mofándose y riéndose de él despectivamente, las mismas caras que seguirían mofándose y riéndose de él con las mismas sonrisas despectivas que el tendría que soportar por el resto de su vida si él no se atreviera a clavar su cuchillo en el corazón de su mujer. No siendo capaz de enfrentarse con esas caras de nuevo, él hizo exactamente lo que esas caras le ordenaban hacer. Con toda la fuerza de la que era capaz, bajó el brazo y le arrebató la vida a la que había sido su esposa, como se la había arrebatado al amante de su mujer, rompiéndole en pedazos el corazón.

Fue solamente entonces, cuando vio su mano tinta en la sangre de la que había sido su esposa, que Fulgencio se dio cuenta de lo que había hecho, porque la mano que vio era la mano de un hombre vil y cobarde que no había tenido la fuerza de voluntad ni el valor suficiente para desafiar al resto de su mundo. Asqueado de sí mismo, tiró su famoso cuchillo de tallar al piso y totalmente cubierto de sangre se arrodilló y abrazó apretadamente una y otra vez el cuerpo de la mujer a la que había adorado, como si con esos abrazos él fuera capaz de devolverle la vida. Pero entonces oyó el sonido de la gente que venía corriendo hacia donde él estaba, en respuesta a los angustioso gritos dados por su mujer. Tan pronto los oyó venir, dejó caer el cuerpo de su mujer al suelo, desesperadamente buscó su cuchillo de tallar, lo encontró, lo agarró, y entonces, con el cuchillo en la mano, se levantó.

Así mismo fue como la gente lo encontró: parado orgullosamente y sin que la más mínima pena se reflejara en su rostro, que miraba desafiantemente y de una manera despectiva al cuerpo de la adúltera—de «la puta», como él se refirió a ella—que yacía inerte a sus pies, al lado del cuerpo sin vida de su amante.

Debido a todo esto que pasó, Fulgencio adquirió una fama en el barrio que ciertamente no le vino mal a su negocio, ya que éste se duplicó cuando salió de la cárcel; ni tampoco a sus nuevas relaciones con mujeres, ya que éstas veían en él alguien a quien admiraban, un hombre «de verdad», un verdadero macho—porque él había hecho lo que todo hombre cubano debe hacer para salvaguardar y proteger su honor, que una vez manchado tiene que ser limpiado a todo costo.

Y es allí, al lado de los muebles fabricados por Fulgencio que están en ese comedorcito de Marguita, donde a duras penas se puede pasar de un lado al otro, que la señora Velasco ve, orgullosamente de pie en un rincón, un refrigerador pequeñito que parece que está brillando—un «Frigidaire» de verdad—con superficies lisas, blancas y muy pulidas, sin ornamento alguno, que contrasta violentamente con los muebles que lo rodean, negros e intrincadamente tallados.

Minutos después, tan pronto la señora Velasco se va, Marguita, todavía llevando un simple vestido casero de maternidad y zapatillas, sale corriendo de su casa y va a la de su madre, ubicada al doblar de la esquina, al otro lado de la bodega de Hermenegildo.

—Mamá, ¡Mamá...! *¡Mamáááá!* —Marguita grita y grita mientras entra en la casa de su familia, cuya puerta no está cerrada con llave. Ve a Dolores en su cuarto, haciendo la cama después de su siesta.

—¡Mamá! —grita Marguita de nuevo. Corre hacia Dolores y la besa y la abraza una y mil veces, mientras lagrimones de felicidad le brotan de los ojos.

Aunque en diferentes ocasiones Marguita y Dolores han estado en desacuerdo la una con la otra—como todas dos personas que se quieren honestamente están en desacuerdo de vez en cuando—la relación entre madre e hija siempre ha sido muy íntima. Dolores siempre ha tenido relaciones muy íntimas con todos sus hijos, eso es cierto, pero de alguna manera, con Marguita esta relación siempre ha sido diferente.

Especial.

Marguita no era sino una niñita cuando Maximiliano tuvo que dejarlo todo detrás en Batabanó, el pueblecito de campo al sur de La Habana en donde él y su familia vivían, para venir a La Habana y comenzar una nueva vida cuando su casa de Batabanó fue totalmente destruida, devorada por una cruel marejada durante un ciclón vicioso. Por varios meses Dolores y sus hijos—cuatro en aquella época—se tuvieron que quedar a vivir con los padres de Maximiliano, una pareja bastante mayor, que los cuidó, dándoles casa y comida, aunque a veces la vieja pareja a duras penas tenía lo necesario para ellos mismos.

Durante ese período tan difícil de su vida, mientras tuvo que vivir con sus suegros, sola y separada de su marido, Dolores a menudo encontraba refugio en su hijita, Marguita, que apenas tenía cinco años de edad.

Después de que las labores más arduas de la casa estaban acabadas de hacer durante la mañana—por Dolores, porque ella nunca le permitió a la madre de Maximiliano, una señora ya mayor, que barriera o fregara los pisos o hiciera las camas o lavara o planchara—después de la siesta, mientras sus tres otros hijos mayores estaban de vuelta a la escuela después del almuerzo, Dolores solía hacer largas caminatas con Marguita, normalmente acabando en la playa. Allí, madre e hija se sentaban sobre la dorada arena, que brillaba como si alguien la hubiera rociado con diamantes pequeñísimos. Y tras contemplar el plácido mar turquesa que, enmarcado por palmeras cimbreando gentilmente, centelleaba en la luz del sol como si estuviera cubierto con estrellas; y tras oler ese aroma de mar tan vivificante, madre e hija se ponían a jugar «Amigas y Vecinas», la madre haciendo el papel de la «Señora Dolores» que acaba de venir a visitar a su mejor amiga y vecina: su niñita, la «Señora Marguita».

Y aunque la Señora Dolores sabía perfectamente bien que la Señora Marguita—la linda niñita sentada enfrente de ella—no podía entender verdaderamente lo que ella le estaba diciendo, durante esos juegos la Señora Dolores le contaba a la Señora Marguita todo lo que le estaba llenando el corazón con penas, hablándole a la Señora Marguita como si la niñita fuera su mejor amiga—que de cierta manera sí que lo era. La Señora Marguita era la que compartía las penas, las ilusiones, y los deseos de Dolores. Como también era la Señora Marguita la que, viendo llorar a su madre, también se ponía a llorar. Como también era la Señora Marguita la que, sin saberlo, con su contagiosa risa renovaba la fe y la esperanza de la Señora Dolores, ayudando a la verdadera Dolores a enfrentarse a un nuevo día.

Ser madre pudo haber sido sumamente difícil para Dolores, porque ella nunca llegó a conocer a la suya. Odiada por su propio padre, un hombre acaudalado que vio a la recién nacida como la razón por la que su hermosa mujer había muerto, Dolores, aun siendo una niñita, fue enviada a pupilo a una escuela privada en La Habana, dirigida por monjas. Allí aprendió a hacer de todo—desde los trabajos más bajos y serviles hasta los más delicados bordados—y a hacerlo todo con una canción en el corazón. Y sin embargo, aunque nunca conoció a su madre—o quizás precisamente por eso—ella ha sido siempre no sólo una gran madre para sus hijos, sino su mejor amiga al mismo tiempo, creando en todos ellos un inmenso amor de familia.

—Ustedes deben hacer siempre lo que haga falta para que la familia se mantenga bien unida, pase lo que pase —le está diciendo Dolores a sus hijos constantemente. Ella, que no tiene ya familia, después de que su acaudalado padre la repudió cuando se escapó para casarse con un carnicero sin un centavo: Maximiliano, el de la cabellera rubia, los insolentes ojos azules, y la agraciada sonrisa—. Nunca dejen que nada se interponga entre ustedes —añade. Ella, cuyas dos hermanas mayores no le han hablado desde un tiempo inmemorial. Ella, que está muerta para su familia.

Muerta y enterrada.

A veces Dolores se pregunta si esas conversaciones al lado del mar durante esos juegos de «Amigas y Vecinas» no hicieron de Marguita la llorona que es, porque Marguita puede empezar a llorar—y a moco tendido—por la más mínima razón.

Que es exactamente lo que está haciendo ahora, en el cuarto de Dolores, mientras abraza tiernamente a su madre.

—¿Te gustó el refrigerador, amorcito mío? —pregunta Dolores, mientras trata y trata de aquietar a Marguita, que no para de llorar—. Cálmate, mi amor, cálmate. ¿Qué diría tu padre si entrara por esa puerta y te viera llorando de esta manera? Tú sabes como es él. Inmediatamente pensaría que no te gustó el regalo que te hizo. Después de todo, fue idea suya. ¿Ya has visto a tu padre?

Marguita niega con la cabeza.

—Bueno, entonces ve y sécate esos lindos ojitos azules tuyos y ve y dile lo mucho que te gustó su regalo, porque, ¿te gustó? ¿No?

Todavía llorando y todavía incapaz de articular palabra alguna, Marguita simplemente se sonríe y asiente con la cabeza.

—Entonces, ¿qué estás esperando? Vete al baño y lávate bien la cara mientras yo voy y me pongo otros zapatos. Tan pronto lo hagas, tú y yo cruzaremos la calle para ir a saludar a tu padre. Pero yo no puedo ir así, con estos zapatos —añade Dolores, apuntando a sus chinelas, zapatillas de tela hechas por chinos, sin tacones—. Vamos, mi amor, apúrate, vamos a verlo las dos juntas.

No se toma mucho tiempo para que todas las mujeres del barrio vayan corriendo a la casa de Marguita a ver el nuevo refrigerador. No cuando hay alguien como la vecina de

Dolores, Pilar, la del ojo de vidrio, que parada en la ventana, gritó—sí, *gritó*—dándole la noticia a todo el vecindario.

En aquel entonces, sólo las familias más pudientes del barrio—como la de Dolores—tenían neveras de hielo en sus casas. Pero nadie en el barrio—absolutamente nadie—tenía un refrigerador eléctrico. Y el de Marguita no era un refrigerador común.

Oh, no. Era un verdadero «Frigidaire».

«El mejor de los mejores», como la cancioncita de la radio se lo repetía constantemente a todo el mundo.

—Hace hielo —Marguita se lo explica a una asombrada mujer tras otra que vienen a visitar su casa—, así que no hace falta comprar más hielo a Otero, el hielero, ni hace falta limpiar todo ese reguero de agua que se forma con las neveras. Y miren —Marguita señala—, se pueden guardar los vegetales aquí, frescos. Y los huevos aquí. Y hasta el helado se puede guardar aquí, en el congelador, y no se derrite. ¿No les parece eso algo imposible? Ahora una puede tener helado en su propia casa a cualquier hora del día o de la noche. ¿No es eso casi increíble?

A lo cual una asombrada vecina replica: —¿No es la ciencia maravillosa? —y otra dice: —¿Estamos progresando o no? —y aún otra añade: —¿Qué será la próxima cosa que se les ocurrirá a esos dichosos americanos?

—¿Estás contenta ahora? —le pregunta Maximiliano esa misma noche a su mujer, en el preciso momento en que se mete en la cama junto a ella, que se acurruca bien pegadita junto a él, porque le encanta sentir ese calorcito tan sabroso que emana de él envolviéndola a ella.

—Yo siempre he sido feliz, desde el momento en que te conocí —contesta Dolores, su respuesta casi un ronroneo.

—No cambies el tema —dice Maximiliano, separándose de ella—. Tú sabes muy bien de qué estoy hablando.

—Sí, estoy contenta. Contentísima. A Marguita le encanta el refrigerador—perdón, el «Frigidaire»—que tú le regalaste. Y a mí también —dice, arrimándose a él—. Oh, y eso me recuerda—añade, abrazándole fuertemente—. Le dije a Marguita que la cuna del bebé va a ser mi regalo.

De nuevo separándose de ella, Maximiliano se incorpora y se recuesta sobre el respaldar de la cama.

—¿La cuna? ¿Tu regalo?

—Pues, claro. Dado que el refrigerador es tu regalo, bueno, yo también puedo hacer regalos. Y, ¿qué mejor regalo que una cuna para el bebé? Así que se lo dije a Marguita, que se quedó encantada con la idea.

—Y si se puede saber, ¿de dónde vas a sacar el dinero para pagar *tu* regalo?

—Oh, ya yo me las arreglaré —dice Dolores en una voz que es casi un ronroneo mientras sus ojos picarescos brillan llenos de travesuras.

—¡Dios mío, mujer! ¿Qué es lo que tú quieres hacer? ¿Arruinarnos por completo antes de que el niño nazca?

—¿Y quién te dijo a ti que el bebé va a ser un niño? Ya yo le compré a mi nietecita una frazadita rosada.

—Bueno, ¡esperemos que no salga ni tan socarrona ni tan taimada como tú!

—Oh, pero lo va a ser. Si tú crees que yo te puedo dominar con mi dedo meñique, espera que tu nietecita haya nacido. Después de todo —dice Dolores—, yo misma le voy a enseñar a ella todos mis mejores trucos. Todos y cada uno. Te lo digo para que lo sepas. Como dice el viejo refrán, *Guerra avisada no mata soldado*. Así que siéntate y ponte a esperar.

Como de costumbre, Maximiliano pretende estar exasperado con ella, pero es tan mal actor, que nadie lo puede creer.

De repente, una idea le viene a la mente. Se ríe para sí mismo mientras se vuelve y mira a esa esposa suya de tantos años con un brillo insolente no tan bien escondido en esos ojos azules de él. Entonces, agarra a Dolores, se la acerca a sí, y bajando la voz a casi un susurro le dice, riéndose entre dientes:

—No sé si te habrás dado cuenta, pero dentro de muy poco vas a ser... ¡abuela! ¿Has pensado en eso?

Dolores le sonríe:

—Las abuelas son mujeres de arriba a abajo, y déjame decirte, *un cien por ciento*—, responde bajando la voz aún más mientras sus ojos brillan tan maliciosos como siempre—. Y ahora te pregunto yo a ti: Dime, ¿*tú...has pensado en eso?*

—No, nunca. Pero no sé por qué algo me dice que voy a saber si lo que me dijiste es verdad o no dentro de muy poco.

—¿Oh? ¿Sí...? —una juguetona Dolores le pregunta, mientras deja que su marido de tantísimos años—el futuro abuelo—la envuelva a ella—la futura abuela—en sus brazos al mismo tiempo que ella lo envuelve a él, y que ambos se abrazan bien fuertemente el uno al otro.

# siete

En la sagrada privacidad de su nueva casa, Marguita está esperando impacientemente a Lorenzo.

No sólo está impaciente sino que está por explotar.

Está por explotar no sólo porque es sábado por la noche y Lorenzo aún no ha llegado del trabajo—lo que nunca ha sucedido con anterioridad—sino que, principalmente, porque la comida que preparó, una comida en la que se tomó más de tres horas para cocinar, estaba lista hace ya dos horas, y ahora está fría y posiblemente no se podrá comer y habrá que botarla a la basura. Como si esa comida no hubiera costado dinero. ¡Y bastante! Dinero que no puede ser desperdiciado, ya que todo está cada día más y más caro.

Para calmarse, Marguita ha barrido y trapeado los pisos de su casa una y otra vez. Pero eso no la ha calmado en lo absoluto. Cada movimiento de la escoba no ha hecho nada sino echarle más leña al fuego de su ira.

Ahora está trapeando los pisos de nuevo, aunque están tan limpios que relucen cual espejos. Cada vez que exprime el trapeador para sacarle el agua sucia—agua sucia que hace rato que sigue saliendo perfectamente limpia, porque ha hecho esto tantas veces que los pisos están más que inmaculados—cada vez que lo hace se dice a sí misma, «Deja que le ponga las manos encima a Lorenzo». Y a medida que lo piensa, exprime el trapeador con toda la fuerza de la que es capaz hasta que le saca la última gota. Pero entonces se acuerda de la hermana de Lorenzo, Loló, y de los ojos de Loló, ojos tan oscuros y tan insolentes como los de una gitana, mirándola a ella en el medio de la noche—y mientras piensa en «esa mujer»—que es como Marguita llama a su cuñada—aprieta las manos aún con más fuerza alrededor del trapeador hasta que esta vez sí que le saca la última, *última* gota que sea posible.

Hasta ahora, seis semanas después de que ella y Lorenzo se mudaran para esta casa, hasta ahora Marguita no ha podido olvidarse—y mucho menos perdonar—lo que esa mujer le hizo. Como tampoco podrá sentirse satisfecha hasta que se vengue de ella.

Eso es lo que su corazón de mujer criolla le sigue diciendo día y noche:

«*Véngate*».

Eso es lo que el mundo criollo en el cual ella ha vivido toda su vida le sigue diciendo que debe hacer:

«Véngate. *Véngate*».

Los ultrajes deben ser pagados—y en persona—demanda ese código criollo, porque sólo entonces puede la persona ultrajada vivir honorablemente. Éste es el mismo código criollo que demanda que un hombre limpie su honor manchado asesinando no sólo a su mujer infiel sino también al hombre con quien ella se acostaba. Los hombres criollos no son los únicos que deben vivir de acuerdo con este código. Oh, no. También las mujeres tienen que vivir de acuerdo con él. Es precisamente la mujer deshonrada que vive dentro de Marguita la que le sigue recordando lo que hizo esa otra mujer, Loló. Como es también la mujer deshonrada que vive dentro de Marguita la que sigue clamando no por justicia, ni por restitución, ni por reparación, sino única y exclusivamente por venganza. Cómo y cuándo se vengará, eso Marguita todavía no lo sabe. Pero de que se vengará, se vengará, tarde o temprano. De eso Marguita no tiene duda alguna. «La hora llegará sin la menor duda posible». Eso es lo que la deshonrada mujer criolla que vive dentro de Marguita le sigue diciendo día y noche. Todo lo que Marguita tiene que hacer es esperar.

Dolores ha tratado y tratado de quitarle a Marguita de la cabeza esos pensamientos tan vengativos, «que sólo corroen el alma», le dice y le repite a su hija. Pero no ha sido capaz de convencerla. Cada vez que su madre le dice, «Marguita, niña, esa mujer va a ser tía de tu bebé. Su sangre ya está corriendo a través de las venas de tu hijo. Perdónala, por favor. Te lo suplico que la perdones», Marguita se muerde los labios y vigorosamente sacude la cabeza de lado a lado.

—Mamá, te lo suplico. No me pidas que haga eso, porque no hay manera alguna de que yo le pueda perdonar a esa mujer lo que me hizo. Tú no estabas allí cuando pasó. Tú no te puedes imaginar la terrible humillación que yo viví y estoy viviendo desde ese momento. Sea o no sea tía de mi hijo, cómo pudiera yo volverla a mirar a menos de que me pidiera disculpas—y de rodillas—por todo lo que me hizo. Y así y todo, no creo que la pudiera perdonar. Así y todo. Así que te lo pido, Mamá. Deja que las cosas sigan su rumbo, por favor.

Dolores no es la única que le ha estado pidiendo a Marguita que se olvide del ultraje que Loló le hizo.

Lorenzo también lo ha estado tratando de lograr, y más de una vez le ha suplicado a Marguita de que se olvide que Loló existe.

—Por favor, Marguita, ¿no ves que Loló es de la manera que es? ¿Que siempre ha sido un enigma para todos? Déjame decirte, amor mío, que en mi familia nadie pero nadie la ha podido entender. Nadie sabe como mi hermana Loló es en verdad.

Cada vez que oye esto, Marguita piensa, «¡pues yo sí que lo sé!

«Loló podrá vanagloriarse de ser una mujer de carrera, y de ganar mucho dinero, y de comprarse la ropa más cara que haya. Pero por dentro ella no es sino una mujer horrible y viciosa, siempre pensando que ella es mejor que el resto de la gente y siempre esperando que todo el mundo le rinda pleitesía. Como lo hace su hermana Asunción. Y su madre, Carmela. Como lo hace todo el mundo. Hasta Lorenzo. Pero esta vez, *esta vez*, esa mujer se las tiene que ver *conmigo*. Y que Dios me condene si algún día yo también le rindo pleitesía como el resto de su familia, porque no voy a permitir que esa mujer me meta miedo. Nunca. Ella podrá ser el diablo encarnado. Pero aunque lo sea, a esa mujer la pongo yo en su lugar aunque sea la última cosa que haga en mi vida. O no me llamo Marguita».

Esto es lo que Marguita piensa cada vez que Lorenzo comienza a alegar en defensa de Loló.

Y esto es exactamente lo que Marguita está pensando en este mismo instante mientras se dispone a trapear el inmaculado piso de su casa una vez más.

A pesar de que su atención está totalmente fija en el palo de trapear, Marguita puede oír el sonido de una llave que comienza a abrir la puerta de su casa.

Levanta los ojos y de donde está ve a Lorenzo entrar al otro extremo de la casa.

Luciendo extremadamente culpable, con la cola entre las piernas y con los ojos bajos, Lorenzo cierra la puerta poco a poco, aunque no sin mucha dificultad. Se vuelve y tratando de poner la mejor sonrisa de la que es capaz en el rostro, comienza a caminar lentamente hacia Marguita, casi como forzándose a hacerlo, arrastrando los pies silenciosamente a todo lo largo de la casa. Todavía está más que medio borracho, pero él no cree que se le note. Una vez que llega al comedor, levanta los ojos sólo para encontrarse con Marguita que tiene el palo de trapear en sus manos y lleva puesto un delantal sobre uno de sus mejores vestidos. Mordiéndose los labios y mirándolo con ojos que lanzan llamaradas, Marguita está de pie, esperando expectativamente al lado de la mesa, que está puesta para comer.

A Lorenzo le ha tomado casi toda una hora para llegar a su casa desde el Palacio de Jai Alai donde él y sus amigotes de la oficina habían ido, porque se les antojó hacerlo a última hora, para celebrar el día de pago, el último día del mes. Con la cara roja de vergüenza, Lorenzo vuelve a meter la llave de la casa en uno de sus bolsillos de pantalón, y siente dentro del bolsillo un burujón de billetes. Es entonces que se acuerda que ganó cien pesos apostando veinte pesos—casi la tercera parte de su salario mensual—en un jugador que Berto, uno de los hombres que trabajan en la librería y que años atrás fue campeón de jai alai, le dijo que apostara sobre él, que el tipo era «bueno de verdad».

Y lo era, porque Lorenzo ganó ¡cien pesos! ¡Suficiente para pagar el alquiler de su casa por cuatro, casi cinco meses!

Fue sólo cuando se sentó en el autobús de regreso a su casa que se dio cuenta de lo que había hecho.

¿Y si hubiera perdido esos veinte pesos? ¿Cómo se lo hubiera explicado a Marguita? Así como es, a duras penas pueden cubrir gastos, con él dándole a su familia diez pesos cada mes, y con ellos teniendo que pagar veintidós pesos de alquiler por esta vieja casa mes tras mes tras mes, ¡cuando él sólo gana sesenta y cinco pesos al mes!

Pero el resto de sus amigotes se empezaron a burlar de él, preguntándole una y otra vez: «¿Eh, Lorenzo, qué es lo que tú eres, chico? ¿Hombre? ¿O ratón?» Por supuesto, él tuvo que probarles que, lo que es ratón, eso él no lo era. Así que se fue hacia donde estaba la caja y apostó sus veinte pesos. En contra de su propia voluntad, eso sí, eso hay que decirlo. Pero, así y todo, fue e hizo su apuesta.

Fue sólo un segundo después de hacerla que se dio cuenta de que cuando hizo la apuesta, en ese mismo instante él se había comportado verdaderamente como un ratón, porque lo había hecho de miedo a que sus amigotes se siguieran burlándo de él. Esto es algo estúpido, se dijo entonces. «¡Hacer lo que yo no quería hacer por el qué dirán de las gentes! La suerte fue que gané», pensó cuando se montó en el autobús. Y entonces se prometió que, «se burle o no se burle de mí la gente, yo más nunca voy a apostar de nuevo. Yo no puedo volver a tomar este tipo de riesgo», se dijo. «Ciertamente no con las cosas estando como están en Cuba, donde cientos de miles de cubanos están sin trabajo y casi muriéndose de hambre—muchos de ellos sin tener siquiera un techo que poner sobre sus cabezas.

«Y definitivamente no con una mujer en estado y con un niño por venir».

Sus ojos, todavía ligeramente fuera de foco, ven a Marguita que todavía está mirándole fijamente. Sin decir palabra alguna, Lorenzo se lleva la mano al bolsillo, saca el puñado de billetes que tiene allí, y se lo enseña a Marguita, a manera de explicación.

De repente, Marguita parece sorprendida por algo.

Dejando que el palo de trapear se le caiga al piso ruidosamente, Marguita se lleva las manos al vientre, y entonces comienza a reírse y a llorar al mismo tiempo.

—¿Qué pasa? ¿Qué pasa? —pregunta Lorenzo, desconcertado, corriendo hasta donde ella está, el puñado de dinero aún en sus manos.

¡Me dio una patada! —dice Marguita—. El bebé está...Oh, aquí. Pon la mano aquí. ¿Lo puedes sentir? El bebé está pateando.

No sabiendo exactamente qué hacer con el dinero en sus manos, Lorenzo se lo vueve a meter en el bolsillo del pantalón y entonces pone sus manos sobre el vientre de su esposa y espera por un rato. Pero nada pasa. Él no siente nada. Está a punto de decir algo cuando de repente lo siente.

Su hijo. ¡Vivo! ¡Vivo y coleando!

¡Su propio hijo!

Lorenzo no se da cuenta, pero está llorando, al igual que Marguita, y, al igual que Marguita, también se está riendo al mismo tiempo, los dos riéndose y llorando por lo hermoso que es todo.

Minutos después, se sientan a la mesa ¡tan bien puesta!—él a la cabecera, y ella a su lado derecho—y después de tomarse las manos y de mirarse profundamente, comienzan a comer un pernil asado que está más que seco y casi incomible en la privacidad de su propia casa, una vieja casita estilo criollo que a ellos les parece más bien como si fuera un palacio.

Más tarde, cuando una sonriente Marguita trae el postre a la mesa—cascos de guayaba en sirope y servidos con queso crema—la cólera que ella había sentido hacia Lorenzo con anterioridad se le ha desaparecido por completo del rostro.

Ahora, usando un tono de voz serio—un tono de voz que Lorenzo apenas ha oído alguna que otra vez en su vida con ella—Marguita le dice:

—Esto lo cambia todo, ¿no te parece?

Lorenzo la mira, extrañado.

Está todavía un poquito jalado, debido a todo ese ron que tomó en el Palacio de Jai Alai, y debido a todo ese dinero que ganó, y al haber sentido patear a su hijo.

—¿Qué quieres decir? —le pregunta.

Marguita se sienta a la mesa y lo mira con un tipo de mirada que él no puede descifrar:

—Lo que quiero decir es que yo no sabía, que yo sinceramente no me había dado cuenta, de que nuestro bebé está aquí, vivo, dentro de mí. Hasta hace unos pocos minutos, todo era como un sueño que se estaba haciendo realidad, pero así y todo eso era todo lo que era, solamente un sueño. Distante. Pero ahora...ahora sé que el bebé está aquí, con nosotros —dice, mirándose al vientre y acariciándolo con gran gentileza—. Y yo creo que la hora ha llegado de que nos sentemos y conversemos acerca de nuestro futuro—. Hace una breve pausa, sólo para añadir: —Y el futuro del bebé.

—Sentados estamos —dice Lorenzo, tratando de reírse para aligerar el tema.

Está demasiado cansado, y demasiado soñoliento, y además, toda esta conversación acerca del futuro le da un poquito de miedo.

—Lorenzo —Marguita dice manteniendo sus ojos clavados en los de Lorenzo—, por favor, escúchame bien. Algo pasó esta misma tarde, un ratico después de que tú te fueras para el trabajo. Algo muy extraño. Y muy importante.

Lorenzo la mira con intensidad, diciendo nada. Escuchando con atención.

—Yo acababa de hacer la cama, después de la siesta —continúa Marguita—, cuando oí gritos viniendo de la calle. Corrí al frente de la casa, entorné un poco la puerta, cosa de poder mirar qué era lo que estaba pasando, y vi a un grupo de prisioneros en sus uniformes trabajando en la acera. Estaban supervisados por varios hombres armados—que eran los que habían estado gritando y dando órdenes. Como tú sabes, el barrio entero ha estado teniendo problemas con el agua. Bueno, esos hombres estaban dándole pico y pala al cemento de la acera cosa de llegar a la cañería principal del agua, que está por debajo, y arreglarla—Pilar me lo contó después—tú sabes como es ella, que siempre lo sabe todo. Los prisioneros se habían quitado las camisas, las habían amarrado a la cintura, y estaban trabajando debajo del sol, que estaba a plomo, completamente cubiertos de un sudor que ¡apestaba...! ¡No te lo puedes imaginar! Desde donde yo estaba, detrás de la puerta, desde ahí yo los podía oler. Y lo peor del caso fue que pude reconocer a dos de ellos, los más jóvenes del grupo. Ignacio y Colberto. Lorenzo, te digo, todo fue como una pesadilla. Esos dos muchachos son aún adolescentes. Crecieron en este mismo barrio, alrededor de por aquí. El año pasado, antes de que tú y yo nos casáramos, los dos trabajaban como mandaderos para la bodega de Hermenegildo. Cuando los vi, me acordé de que los habían detenido por haberse robado cosas de la bodega, dice Pilar que para comprar mariguana o sabe Dios qué.

Marguita acerca su silla a la de Lorenzo y abrazándose la cintura, añade, usando un voz que suena apremiante:

—Lorenzo, por favor, escúchame bien. Yo no quiero que ningún hijo nuestro acabe como uno de esos dos muchachos. Yo no quiero pensar que ningún hijo nuestro tendrá que ganarse la vida a pico y pala, haciendo trabajos forzados por haber robado cosas y haber acabado en la cárcel. Yo no puedo permitir que eso pase. Yo nunca lo permitiré. Lorenzo, yo quiero que nuestros hijos tengan una buena educación, como la que yo nunca tuve. Que vayan a un buen colegio, cosa de que se hagan alguien. Cosa de que se puedan escapar de este barrio.

Marguita le sonríe a Lorenzo, que está absorto contemplándola, aún sin decir palabra alguna. Simplemente escuchándola.

—Yo pensé que me había escapado de este barrio cuando nos casamos y nos mudamos para nuestro apartamentico en Belascoaín —continúa Marguita—. Pero, bueno, las cosas pasaron como pasaron y aquí estoy de vuelta, en Luyanó. Y estoy contentísima de estar aquí. Pero, así y todo, yo no quiero que nuestro hijo crezca aquí. Yo no quiero que él acabe como Ignacio y Colberto, en la cárcel, haciendo trabajos forzados y dándole pico y pala a una acera en medio de una tarde hirviente como estaba ésta. Yo quiero que él se pueda ir —que todos nosotros nos podamos ir—de este barrio lo más pronto que podamos. Cosa de que el niño tenga una buena educación. Cosa de que pueda ir a un colegio privado.

Lorenzo aún está absorto por ella, contemplándola y escuchándola con intensidad.

—Lorenzo —dice Marguita, su voz ahora mucho más calmada, mucho más segura de sí—, nosotros no podemos sostener una familia con sólo sesenta y cinco pesos al mes. Oh, claro —añade antes de que Lorenzo pueda decir algo—, yo estoy segura de que no tendremos problemas cuando este niño nazca. Pero, ¿qué pasará cuando el próximo venga? ¿Cómo nos las vamos a arreglar entonces? ¿Y cómo vamos a ser capaces de darles a nuestros hijos la clase de educación que yo quiero que ellos tengan? —Marguita permanece en silencio por un par de segundos, mirando inquisitivamente a Lorenzo y esperando una respuesta.

Lorenzo le sonríe:

—Marguita, amor mío, todo eso está lejos, muy, muy lejos de...

—No, no lo está —interrumpe Marguita abruptamente—. Hemos estado casados sólo seis meses y mírame. Ya voy por el quinto mes de gestación, a punto de empezar el sexto. Antes de que nos demos cuenta, este bebé estará aquí, con nosotros. Y Dios mediante vendrán otros. Y entonces...

—Y entonces Dios proveerá —dice Lorenzo, citando a la Biblia.

—Dios provee a los que se proveen a sí mismos —replica Marguita instantáneamente, citando a su madre, que es la Biblia de Marguita. Se levanta—. Lorenzo, déjame decirte algo importante —Se acerca a su esposo, su rostro engalanado por una hermosa sonrisa—. Tú eres demasiado inteligente para trabajar sólo como un oficinista más en una librería por el resto de tu vida.

La manera en que Marguita dijo «por el resto de tu vida» le sonó como una eternidad a Lorenzo, aún sentado a la mesa.

—Tú sabes de negocios —continúa Marguita acercándose aún más a él—. Tú fuiste a una escuela comercial y sabes escribir a máquina y tomar dictado y sabes de contabilidad y todo eso está muy bien que lo sepas. Pero tú sirves para mucho más que eso. Lorenzo, tú eres muy pero que muy inteligente—, dice, parada detrás de Lorenzo, que está aún sentado y abrazándolo por detrás—. Casi tan inteligente como lo eres de guapo—, añade y le besa la indomable cabellera, que huele ¡tan bien! a Tricófero, un tónico de cabello. Lorenzo se reclina contra ella. Le encanta sentir esos brazos de ella ciñiéndole a él con tanto cariño—. ¿Tú te acuerdas lo que me dijiste cuando empezamos a salir de novios? —le pregunta Marguita.

—Te dije tantas cosas, cómo pudiera acordarme de...

—Lo que quiero decir es, ¿te acuerdas que tú me dijiste que uno de tus sueños era tener tu negocio propio? ¿Convertirte en un profesional? ¿En un contador público?

—Oh, eso era simplemente un...

—¿Qué tendrías que hacer para lograrlo? —interrumpe Marguita, acercando su cabeza a la de él.

—Oh, para empezar tendría que matricularme en la universidad y... Pero eso cuesta bastante dinero. Y entonces...

—Pero, la universidad, ¿no es gratis? Yo creía que lo era.

—Bueno, sí, lo es. Pero... —Lorenzo hace una pausa, pensando en las posibilidades.

Ese sueño de él está todavía muy vivo. Cierto, él lo había ocultado, hasta que se puede decir que se había olvidado de él. Pero ese sueño está todavía muy pero que muy vivo. «Si fuera posible», se dice. Pero... Sacude la cabeza: —No —dice—, ni siquiera gratis como lo es la universidad, no creo que nos alcanzaría lo que gano para hacerlo. En primer lugar tendría que ir y venir a la escuela de contaduría en el tranvía, y eso cuesta dinero. Y además, tendría que comprar una multitud de cosas, como lápices y libretas y... y libros. Un burujón de libros y...

—Pero, Lorenzo —dice Marguita, distanciándose de él y mirándolo—, tú trabajas en una librería. Con tu descuento, los libros saldrían mucho más baratos. Y aunque no lo fuera, siempre puedes comprar libros usados. O quizás la gerencia de la librería te deje usar los libros sin cobrarte, tú sabes lo bien que tú cuidas los libros.

—Quizás —dice Lorenzo—. Pero, así y todo, ¿cómo podríamos nosotros...? Quiero decir... —se levanta y la mira:

—¿Ir de nuevo a la escuela? ¿A mi edad?

Ella le sonríe:

—¿A qué edad? Tú sólo tienes veintitrés años. Ahora, si yo hubiera dicho eso, todo sería muy diferente, porque yo soy bastante mayor que tú.

¡Oh, sí! De seguro. ¡Dos meses! —se ríe, y apenas le roza los tentadores labios de Marguita con los suyos.

—Pues, ¡sí! Y eso me hace ser la más sabia de nosotros dos —añade, apenas rozando con las yemas de sus dedos ese bigotico tan fino de su esposo—. Porque soy mayor que tú y como todo el mundo sabe: *¡Más sabe el diablo por viejo que por sabio!* —dice, aludiendo a un viejo refrán y riéndose al mismo tiempo—. Así que de nosotros dos, yo soy la más vieja... y por consiguiente, ¡la más sabia!

—Tú no eres más sabia que yo —le dice—. Sólo más loca —añade a medida que la abraza—. ¿Cómo podría yo ir a la universidad? ¿No te das cuenta de que tendría que ir por las noches, para no perder mi trabajo? —La atrae hacia sí—. ¿O es que no se le ha ocurrido a esta cabeza tuya ¡tan sabia! que yo preferiría pasarme las noches aquí mismo, junto a alguien como tú, haciendo algo que es mucho pero mucho más agradable que el ir a la escuela de noche? —le pregunta, juguetonamente, apretándola junto a él.

—¡Óyeme! ¡No me aprietes tan duro! ¡No te olvides que estoy encinta!

—Sí, una mujer encinta que es también un mujer muy voluptuosa y deliciosamente madura y mayor. ¿No sabes que a nosotros los hombres nos encantan las mujeres mayores? ¿Especialmente si son como tú, loca de remate?

—Loca, quizás, pero sumamente sabia. No te olvides de eso. Tú mismo lo dijiste.

—Pues sí, de seguro. Y lo repito: Tú eres sumamente sabia. Más que sabia. Después de todo... —añade con un brillo especial en los ojos—, ¡te casaste *conmigo*!

—Entonces, en ese caso, todo está resuelto —dice Marguita decisivamente.

Lorenzo la mira extrañado.

Ella lo detiene antes de que diga algo, tocándole los labios con las puntas de los dedos de su mano izquierda, su «buena mano», porque es zurda, a medida que le mira profundamente a los ojos y se sonríe maliciosamente:

—Como soy una mujer madura y mayor, y como también soy sumamente sabia, éste es mi juicio final: Tú vas a la universidad de noche. ¡Y sanseacabó!

—Olvídate de eso. ¿Cómo nos las arreglaríamos sin...

—Oh, nos las arreglaremos —replica Marguita sin la menor duda en su voz mientras lo abraza tiernamente—. Déjame eso a mí.

Y diciéndolo y haciéndolo.

Mete su mano en el bolsillo del pantalón de Lorenzo y le saca el burujón de billetes que él había guardado allí.

—¡Óyeme, que ese dinero es mío!

—Lo era. Pero ya no lo es —añade Marguita, metiéndoselo entre los senos—. De ahora en adelante —continúa, con una picaresca sonrisa en los labios, el mismo tipo de sonrisa que ella ha visto muy a menudo en los labios de su propia madre, Dolores—, de ahora en adelante este dinero es dinero para la universidad.

Lorenzo la aprieta en contra de él y ávidamente busca su boca mientras sus manos comienzan a acariciarla.

Y mientras lo hace, y mientras la conduce al dormitorio, y mientras le comienza a hacer el amor a su esposa en la santidad de su propio hogar, la cara de Marguita está plena de dicha—el pensamiento de «esa mujer» y de lo que «esa mujer» le hizo, totalmente ido de su mente.

Aunque sea solamente por un rato.

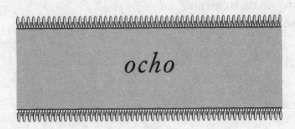

# ocho

El niño nació en un zurrón.

Estela, la enfermera que hace sólo segundos atendió a Marguita durante el nacimiento del bebé, mira a Marguita —todavía exhausta y sin aliento en la cama de parto— y le dice lo afortunada que es:

—En todos mis años atendiendo partos, nunca he recibido a un niño envuelto en un zurrón —dice, y después de sonreírle a Marguita, la vieja enfermera, cuyos cabellos son bien grises, añade: —Y tú sabes lo que eso significa, ¿no? —No espera respuesta alguna—. Que grandes cosas le van a suceder a este niño. Míralo —continúa diciendo a medida que pone al recién nacido sobre una mesa de acero inoxidable—. Mira lo limpio que está. ¡No tiene ni una gotica de sangre sobre él!

El niño comienza a patalear tan pronto siente el frío

de la superficie de acero y su manecita se agarra del borde de la mesa.

—¡Marguita! —dice Manuel, el doctor que acaba de recibir al bebé—, ¡mira a tu hijo! ¡Mira lo que está haciendo!

Los tres, Marguita, Estela y el doctor miran al bebé, cuya manecita derecha se está agarrando firmemente del borde de la mesa de acero inoxidable sobre donde lo pusieron. El doctor Manuel, sonriéndose, se vuelve a Marguita, cuyos ojos llenos de una alegría sin igual están clavados en su hijito: —El instinto de la supervivencia —añade el doctor mientras la enfermera mide y pesa al bebé, e imprime la huella de su piececito sobre un certificado médico como prueba oficial de su nacimiento.

Desde que Manuel construyó su propia clínica, ya él no asiste a las madres a dar a luz. Pero ha hecho una excepción en este caso porque Marguita es la hija de su mejor amigo en el mundo, Maximiliano el carnicero. Manuel fue el médico de cabecera cuando la esposa de Maximiliano, Dolores, dio a luz a sus dos últimos bebés. Primero, Iris, una niñita que nació con un corazón azul y que casi inmediatamente retornó al cielo de donde había venido. Y dos años después, Perucha, una niña grande y corpulenta que era «una cagada de su padre», como dicen los cubanos, y que pesó casi doce libras cuando nació.

Tan grande y corpulenta hoy, diez años después, como lo había sido al nacer, Perucha está ahora con sus padres en la sala de espera de una suite privada de hospitalización que Manuel mantiene en el piso de arriba de su clínica para el uso de sus familiares y amigos íntimos. Sosteniendo en sus manos un regalo para el bebé muy bien envuelto con papel de china, la niña está sentada en un sofá flanqueada por sus padres y rodeada por un grupo de impacientes parientes, los cuales están muévete que te mueves—y sin cesar—todos ellos sentados en sillas plegables de metal traídas de correcorre a la sala de espera de la suite por los hombres que se ocupan del mantenimiento de la clínica.

Los padres de Lorenzo también están en esta sala de espera.

Su madre, Carmela, toda vestida de negro—como de costumbre—está silenciosamente contando de nuevo las cuentas de su rosario, bastante gastado por el tiempo, mientras que su esposo, Padrón, de traje y corbata, y también vestido completamente de negro, está sentado al lado suyo, también en silencio, cortésmente mirando hacia algún lugar en el remoto infinito, sus ojos perdidos en la distancia.

«Los españoles siempre se comportan así», dicen los cubanos. «Como si estuvieran hechos de piedra».

Y debe ser cierto, porque Carmela y Padrón se están comportando exactamente de la misma y precisa manera en que se supone que los españoles se comporten. Y lo mismo se puede decir del grupo de cubanos, que se están comportando exactamente de la manera opuesta: Constantemente hablando, constantemente moviéndose de un lugar al otro, y constantemente haciendo apuestas:

¿Qué será, varón o hembra?

Todo empezó anoche, cuando Lorenzo llamó diciendo que la hora había llegado. La madre de Marguita, Dolores, que tiene un corazón malo, corrió a la clínica con su hija, tuviera o no tuviera palpitaciones. Y allí ha estado desde que llegaron—pero la larga espera todavía no le ha alterado la cara. Hace horas Manuel el doctor le dijo: —Dolores, por favor, te lo suplico, vete a tu casa. Dios sabe lo que esto se puede demorar y créeme, te doy mi palabra de que te llamaré tan pronto nazca el bebé. Tú necesitas acostarte y reposar un rato —Pero ese tipo de comportamiento le es completamente inadmisible a una mujer cubana que va a ser abuela, ¡y por primera vez! Así que Dolores replicó: —De aquí no me mueve nadie, ni aunque tenga que esperar la noche entera y sufrir con Marguita lo que haya que sufrir —Que es exactamente lo que ha estado haciendo. Fue Maximiliano, su esposo, el que volvió a su casa y trajo a su hijita, Perucha, esta mañana a la clínica, mientras que el resto de la familia ha estado llegando poco a poco.

Dolores ve llegar a las hermanas de Lorenzo.

Asunción, la sorda, está como de costumbre vestida de negro, en contraste violento con su hermana Loló, que está elegantemente arreglada, su negra y brillante cabellera recogida en un magnífico moño a la francesa colocado sobre la nuca, y que está llevando un vestido muy sencillo, pero evidentemente muy caro, pues se ve que está hecho a la medida, de una seda mate color beige, con cartera y zapatos del mismo color.

Dolores les da la bienvenida a ambas por igual, efusivamente y con una sincera sonrisa en el rostro. Pero por dentro se está diciendo, «¿qué es lo que va a decir Marguita cuando se entere de que *esa mujer* está aquí?» Esas dos, Marguita y Loló no se han vuelto a ver desde la famosa noche en la que Marguita descubrió a Loló mirándola después de haberle hecho el amor a su marido. A Marguita no le gusta ni siquiera que mencionen ese nombre, Loló, en su presencia.

Con una bandeja grande de plata en sus manos, Celina, la mujer de Manuel el doctor, entra y comienza a ofrecerles un cafecito cubano a las catorce personas más o menos que están sentadas tan cerca las unas de las otras en la sala de espera que más parecen sardinas en lata, todas ellas impacientemente esperando. Mientras prueban el delicioso café, todas ellas hablan tan bajo posible como pueden—que para los cubanos es siempre bien alto—interrumpiendo la conversación solamente cuando un nuevo pariente entra en el salón de espera y hace la misma pregunta.

¿Qué será, varón o hembra?

Cada vez que se lo preguntan, Dolores dice: —A mí no me importa, siempre y cuando el bebé nazca sano. Y cada vez que se lo preguntan, Maximiliano dice: —Varón, por supuesto. Y Lorenzo, que nervioso a lo que más da se está halando los pelos de la cabeza sin darse cuenta, dice lo mismo. Perucha, la niñita de diez años, dice que quiere una niñita, «para poder jugar juntas». Los hijos de Maximiliano no están aquí todavía—después de todo, alguien tiene que estar trabajando la carnicería.

Pero cada uno de ellos apostó diez pesos a que el bebé sería varón.

Manuel, todavía llevando puesto lo que usó en el salón de parto, entra en la sala de espera donde todo el mundo está esperando ansiosamente.

—¿Dónde está el padre? —pregunta.

Lorenzo se levanta, aunque las piernas le flaquean.

—Felicidades —le dice Manuel dándole las manos. Y después añade, dirigiendo la pregunta a las mujeres en la sala de espera: —¿Alguna de ustedes trajo una frazadita rosada?

—¡Oh, no, no! ¡No me digas que es hembra! —dice un decepcionado Maximiliano al mismo tiempo que su hijita, Perucha, se levanta y con inmensa alegría le ofrece a Manuel el regalo tan bien envuelto que tiene en sus manos.

Pero Manuel no lo acepta. Simplemente se ríe bien en alto mientras mira a Maximiliano y dice: —Pues, ya la pueden devolver, porque si ese bebé es hembra, ¡ella tiene el par de huevos más grandes que he visto en mi vida!

Riéndose a pulmón pleno y rompiendo el sello de la carísima caja de tabacos en sus manos, Maximiliano, reventando de orgullo, dice: ¡Lo sabía, lo sabía! —y comienza a ofrecerle tabacos a todo el mundo en la sala de espera, hombres y mujeres por igual, mientras que Lorenzo, que no sabe lo que hacer, simplemente se sienta, sus piernas todavía flaqueándole.

—El niño tiene veintiuna pulgadas de largo y pesa ocho libras y siete onzas —añade Manuel, dirigiendo sus palabras a la sala en general, aunque nadie parece que lo está escuchando.

—¿Cómo está Marguita? —pregunta Dolores.

—Mejor que mejor —responde Manuel—. Ahora mismo le está dando el pecho al bebé. Tan apronto acabe, la traeremos aquí, a su cuarto. Ahora bien, todo el mundo, ¡escúchenme bien! —dice Manuel, y señalando a la pequeña habitación de al lado que tiene una cama de hospital y una cuna, añade, dando órdenes: —Cuando traigan a Marguita y la pongan en ese cuarto, yo quiero que haya solamente dos personas allí a la vez. ¿Me oyen bien? ¡Solamente dos!

Pero, ¿quién puede poner a razonar a un grupo de cubanos que están más bien gritando que hablando, algunos riéndose, algunos brincando sin parar, y algunos llorando a moco tendido, soplándose y resoplándose las narices una y otra vez sin cesar? Hasta el padre de Lorenzo, Padrón, el español, un hombre que a duras penas dice algo, está tan emocionado por el nacimiento de su primer nieto, que se levanta, va a Lorenzo y le da un buen apretón de manos, diciendo: —Muy bien hecho, hijo. Pero ¡muy bien hecho!

Manuel, todavía de pie al lado de la puerta de entrada a la sala de espera de la suite, ve a Maximiliano comenzando a encender un grueso tabaco. —¡Maximiliano! —le grita—, ¿qué tú te crees que estás haciendo? ¡Aquí no se fuma! ¿No ves que esto es una clínica? Los hombres, fuera. ¡Fuera! —Manuel señala hacia la puerta al lado suyo, y espera que los hombres se retiren de la sala.

Cuando pasa por su lado, Maximiliano le da a Manuel uno de esos gruesos tabacos que trajo, hace una pausa breve, y entonces le da a su amigo uno de esos abrazos que se dan los hombres cubanos, bien fuertes y bien apretados. Y Manuel lo abraza de la misma manera. Maximiliano se va, seguido por Manuel, que vuelve a la sala de espera casi inmediatamente y le dice a las mujeres:

—Se me olvidó decirles, ese niño va a ser dichoso toda su vida, porque nació en un zurrón —Y tras decirlo, se va.

La pequeña Perucha va a donde su mamá.

—Mami, ¿qué es un zurrón? —le pregunta.

Dolores le responde: —Cuando la cigüeña vino, ella trajo al bebé muy pero que muy bien envuelto, y a esa envoltura se le dice zurrón.

¡Oh! —dice Perucha, levantando en alto su bien envuelto regalo y enseñándoselo a su madre—, tú quieres decir, envuelto así, ¿como un regalo?

Dolores se sonríe mientras abraza a Perucha, la última de todos los hijos que llegaría a tener: —Sí, amorcito mío —le dice. Está abrazando a esta hijita suya y se está acordando de otra hijita que ella también abrazó en este mismo lugar hace ya tanto tiempo, una niñita que nació pequeñita y azul con un corazoncito enfermo.

—Exactamente como un regalo.

Con todos los hombres fuera del salón de espera de la suite, todas las mujeres allí sentadas se miran las unas a las otras, sin saber qué hacer. Y de repente todas empiezan a gritar y a reír y a llorar, todas ellas al mismo tiempo, cuando ven que acostada sobre una camilla dos enfermeras traen a Marguita al cuarto, con el recién nacido en los brazos de su madre. Aunque las dos enfermeras que traen a Marguita y al bebé tratan y tratan de imponer algún tipo de orden cuando llegan a la sala de espera, no hay forma humana de parar este ruidoso algarabío—no hasta que el mismo Manuel llega, en cuyo instante un silencio absoluto cae sobre el cuarto.

Bajo la supervisión de Manuel, que se queda de pie como si fuera un guardia al lado de la puerta que da al cuarto privado, Marguita y su hijito son llevados adentro. Manuel entra en el cuarto y cierra la puerta tras él, sólo para volverla a abrir segundos después, cuando Marguita y su bebé están descansando sobre la cama de hospital.

Mientras las enfermeras se llevan la camilla, Manuel mira a las mujeres en el salón y dice con voz firme: —Como dije con anterioridad, quiero que haya dos y solamente dos personas en este cuarto a la misma vez —señala al cuarto en donde Marguita y su bebé están—. Empezando con las abuelas. Tú, Dolores, y usted también, Carmela, vengan, por favor. Entren.

—Manuel, ¿puedo entrar con Perucha? —pregunta Dolores—. Te doy mi palabra de que se va portar muy bien.

Manuel le sonríe a la pequeña Perucha y asiente con la cabeza.

—Pues de seguro. Entra Perucha, ve con tu mamá.

Perucha se sonríe de oreja a oreja, y llevando su regalo en las manos, entra con su madre en el cuarto de Marguita para ver a su sobrinito, el recién nacido.

Manuel se vuelve al resto de las mujeres en el cuarto:

—Voy a buscar a los hombres, cosa de que Lorenzo y los dos abuelos conozcan al bebé. Dentro de un rato vendré con ellos. Ahora bien, acuérdense bien de lo que les dije: Quiero que haya dos personas y solamente dos personas en ese cuarto al mismo tiempo. Y lo repito para hacerlo bien claro. Sin ninguna excepción. Oh, y cuando entren, quédense sólo un par de minutos, porque Marguita y el bebé necesitan descansar.

Siguiendo las órdenes del doctor, la hora llega demasiado pronto para que Carmela, Perucha, y Dolores salgan del cuarto, cosa de que el próximo par de mujeres puedan entrar, saludar a la madre y conocer al bebé.

—Mamá, ¿pudieras ayudarme con esto? —dice Marguita cuando Carmela, Perucha, y Dolores comienzan a salir del cuarto.

—¿Qué quieres, mi amor? —dice Dolores, dando la vuelta y yendo hacia Marguita.

Marguita baja la voz.

—Mamá —dice—, cuando me trajeron pude ver que «esa mujer» estaba allí, en el otro cuarto. Por favor, Mamá, te lo suplico. No dejes que «esa mujer» entre aquí. Por favor te lo pido.

—Marguita —dice Dolores, bajando aún más la voz, casi susurrando—, esa mujer tiene un nombre. Se llama Loló y es una de las tías de tu hijo. Yo no puedo salir allí afuera y decirle que no entre. Eso no está bien. ¿No puedes perdonarla en un día como hoy? ¿Por favor? Si no por ti, o por tu bebé, hazlo por mí. Como un favor que te pide tu madre.

Marguita suspira profundamente.

—A esa mujer yo nunca la podré perdonar, Mamá —le dice Marguita a su madre, su voz airada—. De eso, ¡ni pensarlo!

Pero entonces mira a su hijito, dormidito al lado suyo, y después a su madre, añadiendo resignadamente: —Pero la voy a dejar que entre. Sólo porque tú me lo pides. Pero, óyeme bien, no le pienso dirigir la palabra, ¿me entiendes? Yo no quiero tener que saludar a esa horrible y viciosa mujer.

Dolores mira a su hija y sacude la cabeza de lado a lado.

Ella bien sabe lo testaruda que Marguita es. Pero Dolores es demasiado inteligente para no saber cuándo darse por vencida.

—Está bien —le dice a su cabezadura hija—. Simplemente pretende que estás dormida cuando ella y su hermana entren.

Momentos después, cuando el turno les llega a Asunción y a Loló de entrar en el cuarto, Dolores, que ha estado parada a la puerta haciendo de guardia, las detiene poco antes de entrar al cuarto.

—Marguita está dormida —le palabrea despacio a Asunción, sabiendo que ella no puede oírla. Loló y Asunción comienzan a regresar a la sala de espera pero Dolores las detiene—. ¡Oh, no, no, no! Entren, ¡entren! —le palabrea de nuevo a Asunción mientras hace un gesto invitando a las dos mujeres a que entren al cuarto—. Entren para que conozcan al bebé —Entonces se vuelve hacia Loló: —Mantengan la voz bien baja —susurra—. Como puedes ver —dice, mirando a Marguita, que no tiene que pretender que está dormida—, mi pobre hija, está exhausta, como comprenderás.

Asunción y Loló entran en el cuarto donde Marguita yace, durmiendo pacíficamente, al lado de su recién nacido hijo.

Loló, que está de pie detrás de Asunción, mira primero a Marguita, que aunque dormida, tiene una sonrisa angelical en el rostro, y después mira al hijo de Marguita, que está dormidito al lado de su madre.

Y mientras mira a madre e hijo, Loló se pregunta, ¿será posible que algún día yo pudiera llegar a saber lo que es tener un hijo?

# PARTE TERCERA

# Eunuco

## nueve

Finalmente solos—porque las horas de visita ya se acabaron, ¡gracias a Dios!—Lorenzo y Marguita están mirando a su recién nacido hijo, el cual todavía carece de un segundo nombre.

Antes de que el bebé naciera, ellos habían considerado y rechazado cientos de nombres. Pero ha llegado la hora de tomar una decisión final, porque después de estar casi una semana entera en la clínica, mañana por la mañana Marguita regresará a su casa, y el bebé tiene que estar oficialmente inscrito en los libros del hospital—ya que el niño necesita un certificado de nacimiento con su nombre completo antes de que se le considere como un nuevo ciudadano cubano. Mucho antes de venir a la clínica, ya ellos habían tomado la decisión de que si el bebé naciera hembra le pondrían

Marga, como su mamá—Marguita es simplemente un diminutivo—y si varón, Lorenzo. Así que el «Lorenzo» que va a ser parte del nombre completo del niño ya ha sido escogido, y ellos dos han estado refiriéndose al bebé llamándolo Renzo—que es una versión corta de la palabra Lorenzo—o usando un diminutivo, Rencito. Así y todo, ni Marguita ni Lorenzo quieren que su hijo sea llamado «Fulano de Tal, *hijo*», porque quieren que el niño tenga su propia identidad. Es por eso que necesitan un segundo nombre para diferenciar al niño del padre, que no lo tiene.

Lorenzo, un futuro contador público—ahora que debido a la insistencia de Marguita se ha matriculado en la universidad y va a empezar a ir a clases por las noches comenzando la semana entrante—ha escrito un nombre de varón después de otro, haciendo una inmensa lista de todos los nombres en orden alfabético. Ahora, a medida de que Marguita se acomoda en un sillón para mecerse y darle el pecho al bebé, él ha comenzado a leer la lista en voz alta, cada nombre precedido por el nombre Lorenzo.

Esta letanía de Lorenzo esto y Lorenzo lo otro está poniendo a ambos madre y padre a dormir cuando Estela, la enfermera que recibió a Rencito, entra en el cuarto con un documento legal en una mano y una pluma en la otra.

—Bueno —les dice—, ¿estamos listos?

Un terror pánico despierta de repente a los soñolientos padres.

—¿Nos puede dar unos cuantos minutos más? —dice Lorenzo, enseñándole a Estela la larga lista en sus manos: varias páginas de nombres escritos en orden alfabético—. Aún no he acabado de leerle estos nombres a Marguita y todavía...

Estela suspira con resignación.

Este problema de parejas que no han decidido de antemano cómo llamar a su niño es algo que ella ha vivido y revivido una y otra vez. Y, por supuesto, ella sabe que sin duda alguna este idéntico problema volverá a pasar con la próxima pareja bajo su supervisión.

«¿Por qué tendrá que pasar esto siempre?», se pregunta a la vez que mira impacientemente a su reloj de pulsera.

—Yo acabo mi turno en doce—no, once minutos. Así es que les doy hasta entonces y ni un minuto más. Esto debió haber sido completado hace tiempo, cuando el bebé nació. ¡Yo no me explico por qué todos los padres esperan hasta el último momento! Voy a dejar este documento aquí —dice, poniendo documento y pluma sobre la mesa de noche al lado de la cama de Marguita—. Espero que esté lleno cuando regrese. El doctor me puso a cargo de esto, y cuando yo regrese a trabajar mañana en mi turno de por la tarde ya ustedes se habrán ido de aquí, así que este asunto debe quedar terminado por completo esta misma noche. Por favor, se los suplico. Hoy he trabajado como una mula y estoy muy cansada y me encantaría llegar a mi casa a tiempo, ¿de acuerdo?

Se va del cuarto sin esperar respuesta.

Lorenzo comienza a leer los nombres lo más rápido que puede: Lorenzo esto, Lorenzo lo otro, cuando el bebé comienza a vomitar su comida, porque Marguita repentinamente se ha puesto excesivamente nerviosa y, como todo el mundo sabe, los bebés pueden sentir instantáneamente lo que sienten las madres—y viceversa. Dándose cuenta de esto, Lorenzo cesa con su letanía, agarra la pluma y comienza a escribir en el documento.

Marguita le mira, extrañada.

—Lorenzo, ¿qué tú te crees que estás haciendo? —le pregunta, parando al bebé y apoyándolo en contra de ella, soportándole la cabecita con su mano derecha sobre su hombro derecho y dándole unas palmaditas en la espalda con lo que ella llama su buena mano—su mano izquierda—para sacarle los gases del estómago al niño y hacerlo eructar.

—Escribiendo el nombre del niño, como se me dijo que hiciera —responde Lorenzo.

—¡Déjame ver lo que estás escribiendo! —demanda Marguita, comenzando a levantarse.

—Decidí darle tu nombre y el mío: Lorenzo Marguita. Después de todo, nosotros dos lo concebimos, así que es sólo justo que...

—Espero que tú no hayas escrito esa barbaridad. De ninguna manera un hijo mío va a tener un nombre de mujer. ¿A quién se le puede haber ocurrido eso? ¿De dónde sacaste esa idea tan estúpida?

—Demasiado tarde —le dice, enseñándole el documento—. Ya yo escribí con letras de molde, como te explican que lo debes hacer. Lorenzo Ma...

De repente para de hablar, toma la pluma y añade otras letras al nombre del niño.

—¡Lorenzo...! —dice Marguita con una voz que indica claramente que él se está metiendo en donde no debe—. ¿Qué tú te crees que estás...

—Mira —le dice Lorenzo, enseñándole el documento.

Ella lo lee.

—¡Oh! —dice al cabo de un rato.

Y entonces lee el nombre completo del niño en voz alta:

—Lorenzo Manuel.

Pausa, saboreando el nombre. —Me gusta, de verdad que sí. Me encanta la manera que suena.

—Yo sabía que te iba a gustar. No se lo digas a nadie, nadie tiene que saber por qué le pusimos el nombre que le pusimos. Pero, para ti y para mí el niño siempre llevará nuestros dos nombres. Quizás disfrazados un poquito, pero así y todo, nuestros dos nombres. El mío y el tuyo. Por lo menos, las dos primeras letras de tu nombre. Así que ése será uno de nuestros pequeños secretos —Se toma una breve pausa, lo suficiente para sonreírle a la madre de su hijo—. ¿Te he dicho alguna vez que a mí me encanta tu nombre?

Milagrosamente el bebé se ha quedado dormidito sobre el hombro de su madre.

Lorenzo va hacia ella, se inclina sobre la mecedora, y le susurra al oído de su joven esposa:

—Bueno, si no te lo he dicho antes, pues ahora ya lo sabes.

Entonces, tras abrazar delicadamente a ambos madre e hijo, marido y mujer comienzan a saborear uno de esos besos largos y ardientes, como los que se dan cuando están solos en la privacidad de su dormitorio, cuando de repente oyen a alguien carraspeando varias veces detrás de ellos.

—¿No les dijo el doctor Manuel que tienen que esperar cuarenta días para poder hacer, bueno... lo que ustedes saben? —dice Estela la enfermera, riéndose entre dientes.

Rojo como un tomate, Lorenzo se separa de Marguita.

Entonces, tomando la pluma y el documento, se los da a la vieja enfermera, que automáticamente se pone la pluma en el bolsillo de su blusa mientras lee de corrido el documento hasta que llega al nombre.

—¡Oh, así que le pusieron al niño el nombre del doctor! —dice, contentísima—. Muy buena decisión. Magnífica. ¡El doctor va a estar tan contento cuando se entere! Tengo la plena confianza de que será un excelente padrino para el muchacho, de eso no tengo la menor duda —añade—. ¡El doctor es un hombre tan bueno!

Una vez que recoge el documento, Estela sale volando del cuarto, sin darse cuenta de que ha dejado atrás un par de personas muy desconcertadas, Marguita y Lorenzo, que están mirando hacia la puerta como si la enfermera aún estuviera allí, ambos con una mirada de consternación completa y total pintada en sus caras. Nunca, ni por el más mínimo momento, pensaron ellos en Manuel el doctor mientras estaban busca que te busca el segundo nombre para el niño.

Entonces, al mismo tiempo, al mismísimo tiempo, ellos dos, Marguita y Lorenzo, comienzan a reírse, al principio muy bajo, después más y más alto hasta que el bebé, que se despierta oyendo la risa de sus padres, abre sus ojos. Y aunque los padres saben a ciencia cierta que es imposible que un bebé tan pequeño pueda hacer algo semejante, ellos juran que ven que el bebé se empieza a reír de oreja a oreja, como si él también quisiera tomar parte en lo que tanto está haciendo reír a sus padres.

Sin embargo, aunque el nombre del bebé—Lorenzo Manuel—les trae una felicidad inmensa y secreta a ambos Marguita y Lorenzo cada vez que lo dicen en voz alta, el nombre de «Lorenzo Manuel» no es muy bien recibido por ninguno de los dos abuelos.

En lo más mínimo.

Cuando se entera del nombre del niño, el padre de Marguita dice:

—Pero ¿por qué no le pusieron Lorenzo Maximiliano? Eso suena como el nombre de un emperador, ¿no? —añade el rubio carnicero de ojos azules, acordándose del nombre del primer—y único—emperador de México, un monarca de origen austríaco que había sido el motivo por el cual Maximiliano se llama como se llama, tal como su padre, y tal como el padre de su padre, que era un austríaco que se enamoró de Cuba en el mismo instante en que sus ojos azules se encontraron con los ojos negros y brillantes de una beldad cubana mientras él iba camino a México.

Y cuando el otro abuelo se entera, Padrón, el español—un hombre que a duras penas habla—dice: —Pero ¿por qué no le pusieron Lorenzo Padrón? Eso suena como el nombre de un rey, ¿no?

Cuando Lorenzo se entera de lo que dijo Maximiliano, le dice a Marguita: —¡Oh, sí, como si yo fuera a darle a un hijo mío el nombre de un emperador que perdió la cabeza! —Y entonces se pasa el dedo índice por sobre el cuello, lo que hace que Marguita comience a reírse sin parar. Y después él añade: —Y en lo que respecta a Papá, él sabe perfectamente bien que nunca ha habido un rey español que se llame Padrón. ¡Así que no me explico por qué dijo una tontería como ésa!

En todo caso, dado que el nombre Manuel no existe en ninguna de las dos familias, ambos abuelos les preguntan a sus esposas: —¿Por qué le habrán puesto al niño el nombre de Manuel, el doctor?

Pero, quiéranlo los abuelos o no lo quieran, el niño ha sido inscrito con el nombre de Lorenzo Manuel, y Lorenzo Manuel va a ser el niño bautizado.

En Cuba, un bautizo es algo muy pero muy serio.

No solamente poque es una ceremonia religiosa, lo cual lo es, por supuesto, sino primordialmente porque es una ocasión para una tremenda fiesta.

Y si hay algo que a los cubanos les encanta hacer es eso: Fiestar.

Como en un cuento de hadas, las gentes—familiares, amigos, y hasta conocidos—vienen desde lugares muy distantes para asistir al bautizo, trayendo con ellos regalos para el recién nacido: sabanitas, frazadas, sombreritos, medias, juguetes, la mayoría de ellos hechos a mano, hasta bordados a mano.

Después del bautizo, viene, por supuesto, la fiesta.

Ahora bien, fiestas a esta escala y para tantos invitados tienen que ser organizadas con mucho tiempo, así que los bautizos cubanos se hacen semanas, hasta meses después de que el bebé haya nacido.

Esto es algo que a los sacerdotes católicos no les gusta mucho, porque ellos dicen que si la criatura muriese sin ser bautizada, se pasaría la eternidad en un lugar llamado «limbo» y no en el cielo, junto a Dios, como lo sería si el niño hubiera sido bautizado oportunamente. De vez en cuando, cuando la vida del recién nacido está en peligro, se hace un bautizo de emergencia, en cuyo caso el niño es bautizado con muy poca ceremonia en el mismo hospital. Pero aún así, si el niño sobreviviera, se organiza un segundo bautizo «oficial», que es una alegre celebración casi orgiástica donde la gente come, bebe, y baila todo el día y toda la noche—y aún más.

Para un bautizo hacen falta dos cosas: el niño, por supuesto.

Y los padrinos.

Conseguir el niño es relativamente fácil—y llena de placer la mayoría de las veces—después de todo, la naturaleza se ocupa de eso.

Pero, ¿seleccionar a los padrinos?

Eso sí que no es fácil en lo más mínimo. Es casi tan difícil como seleccionar el nombre de un niño—o aún más, se puede decir, porque el ser padrino no es solamente un gran honor sino que trae consigo una gran responsabilidad en la cultura cubana.

«Oficialmente», los padrinos no tienen que hacer mucho.

Su función—como lo explican los curas—consiste en asegurarse de que el niño sea educado en la fe católica si los padres del niño fueran incapaces de hacerlo por cualquier motivo. De hecho, durante la ceremonia oficial en la iglesia, los padrinos deben jurar solemnemente que van a hacer precisamente eso.

Pero «extraoficialmente», los padrinos son seleccionados por razones políticas.

Esto es, un hombre y una mujer son escogidos que puedan ayudar a criar y a mantener al niño no sólo si algo les pasara a los padres, ¡Dios no lo quiera así!, sino también estando los padres en vida.

Como en todas las elecciones políticas, cualquier miembro de la familia puede nominar a alguien, y entonces se toman votos hasta que el candidato final es elegido, en cuyo caso se le ofrece ese gran honor de ser padrino o madrina. Rechazar este honor se considera un ultraje, así que eso pasa muy pocas veces. Y cuando pasa, la gente—familias enteras—a menudo llegan a dejarse de hablar las unas a las otras. Tan pronto aceptan ese honor, los padrinos tienen un gran número de responsabilidades, la primera de las cuales es hacer todas las preparaciones para el bautizo, lo cual incluye el pagar no sólo por el bautizo mismo, sino también por la fiesta que le sigue.

Mientras están en el taxi que los lleva de la clínica a su casa la mañana siguiente, con el bebé bien acurrucado contra sí, Marguita se vuelve a su esposo, sentado al lado suyo:

—Lorenzo —le dice—. He estado pensando que quizás mi padre criollo y tu madre española debieran ser los padrinos del niño. ¿Qué tú crees?

Aunque todavía Marguita no puede perdonar ni olvidar lo que «esa mujer», Loló, le hizo—no hasta que se haya vengado de ella—durante los últimos días, mientras estuvo en la clínica disponiendo de un poquito de tiempo libre, Marguita ha estado pensando acerca de las diferentes maneras de atraer a las dos familias, la de Lorenzo y la suya, más cerca la una a la otra. Por el bien del niño. Una de esas maneras es la de escoger al padrino de una familia y la madrina de la otra. «Quizás de esa manera pueda yo hacer que las dos familias se entiendan mejor», pensó Marguita, a pesar de que cree que esa será una labor bien ardua, porque las dos familias son tan diferentes como el día y la noche. La de ella, una familia de cubanos criollos de pura cepa cuyos antepasados lucharon valientemente en contra de los españoles; la de él, sus enemigos, una familia de españoles que a pesar de haber vivido en Cuba toda su vida, por así decir, todavía hablan ceceando a la española—lo que les causa mucha gracia a los cubanos que pronuncian ces y zetas como si fueran eses.

Al principio, cuando Marguita hizo esta proposición, a Lorenzo le gustó la idea. Pero más tarde, por la noche, cuando llega del trabajo de vuelta a su casa, después de abrazar y besar a Marguita, Lorenzo le dice:

—Marguita, mi amor, he estado pensando en lo que me dijiste y a mí me parece que debemos hacer lo que tú propones pero exactamente a la inversa. Quiero decir, que mi padre español y tu madre cubana podrían hacer una mejor pareja de padrinos porque, después de todo, ya sea tu padre o el mío el padrino, los hombres no saben nada de estas cosas. Y Mamá no serviría para mucho, dado que vive tan lejos, al otro extremo de la ciudad. Pero por el contrario, tu mamá sería una madrina magnífica. Y de contra, vive al doblar de la esquina. Además —añade Lorenzo—, conociendo a tu padre, dudo que lo puedas persuadir a hacer algo como esto. Así que...

Lorenzo ya ha convencido a Marguita, y ambos están ya dispuestos a ofrecerles el honor a los candidatos elegidos, cuando Celina y su esposo, Manuel el doctor, tocan a la puerta, muy satisfechos y trayendo una multitud de regalos, porque ellos ya se creen que por lo menos él, si no ambos, han sido elegidos para ser los padrinos del bebé.

Cuando Manuel entra en la casa, se está sonriendo de oreja a oreja. Después de todo, ¿no le han dado su nombre al niño?

—En los años que llevo de doctor —le dice a los asombrados padres—, nadie pero nadie le ha dado mi nombre a un niño. Y cuando Estela me lo dijo esta tarde, tan pronto llegó para cubrir su turno... ¡apenas si lo podía creer! ¡Qué honor, pero qué gran honor! —dice el doctor, y después añade, riéndose: ¡Y qué tremenda sorpresa!

Sin saber qué hacer, Lorenzo y Marguita simplemente se sientan en la sala, con los ojos abiertos de par en par y pretendiendo sonreírse mientras Celina y Manuel están hablan que te hablan acerca de vamos a hacer esto, vamos a hacer lo otro. Y dado que los cubanos creen que el callar es otorgar, cuando el doctor y su esposo se disponen a partir, ya para entonces se consideran que ellos van a ser los padrinos del niño. ¿Quién le hubiera podido decir no a Manuel? Como dijo Estela la enfermera, «¡Él es un hombre tan bueno!». Además, está casado con Celina, que es prima segunda de Maximiliano, y Manuel se considera ahora parte de la familia. Así que rechazarlo es algo que no se puede hacer. Hubiera sido un ofensa inmensa. Y peor aún hubiera sido rechazar a su esposa, Celina, que verdaderamente es parte de la familia.

Antes de irse, Celina, que está contentísima, abraza a Marguita de nuevo.

—Marguita, Marguita —le dice—, estoy tan emocionada, ¡tan emocionada! De ahora en adelante no te preocupes de nada. Acuéstate, échate a dormir, y engorda a ese bebé tan lindo que yo me encargaré de todo. Considera lo que te digo como si fueran las órdenes del doctor. ¿No es así, Manuel? —se vuelve y le pregunta a su esposo, que lleno de felicidad sólo sabe subir y bajar la cabeza, asintiendo una y otra vez.

Momentos después, ahora solos en su casa, Lorenzo mira a su esposa, que todavía tiene cara de asombro.

—Bueno —le dice Lorenzo, tratando de aligerar la cosa—, ¡ya tenemos padrinos! —Se encoge de hombros—. Y ahora, ¿qué?

Marguita lo mira y se sonríe.

—Yo no sé lo que tú vas a hacer, pero yo... yo voy a seguir fielmente las órdenes del doctor. Tú oíste a Celina, ¿no? «Acuéstate, échate a dormir, y engorda a ese bebé tan lindo», ¿no fue eso lo que dijo? Pues eso es lo que pienso hacer, eso y más nada. Deja que ella se encargue de todo. Después de todo, es la esposa de un doctor y me imagino que debe saber de lo que está hablando, ¿no te parece? Lo que es yo, por mi parte, estoy pensando que hay cosas mucho más placenteras que me gustaría hacer —añade mientras le da a su esposo una de esas miradas de ella, tan llena de picardía, mirada que sin lugar a duda ha heredado de su madre.

¡Oh, no, no, no! ¡No se te ocurra mirarme de esa manera! —le advierte Lorenzo—. ¡No hasta que esos dichosos cuarenta días que tenemos que esperar ya hayan pasado!

—¿Por qué? ¿No me digas que *tú* los has estado contando? —pregunta Marguita, poniendo la cara más inocente que ella puede poner.

—¿Quién? ¿Yo...? —replica Lorenzo, bajando la voz hasta convertirla en un suave susurro mientras se acerca a ella íntimamente—. ¡En lo absoluto! —le dice, haciendo una breve pausa. Sólo para añadir maliciosamente:

—¿Por qué? ¿No me digas que *tú* los has estado contando?

—¿Yo...? De seguro —replica Marguita casi instantáneamente mientras abraza a su guapo marido y suspira hondamente:

—¡De seguro!

## diez

Dado que va a ser la madrina de Rencito, Celina, la esposa de Manuel el doctor, está ahora encargada de hacer todos los arreglos para el bautizo. Así que va a la iglesita del Perpetuo Socorro que está en el pico de la loma en la Calle de los Toros, que es en donde se hacen todos los bautizos en Luyanó, y allí se reúne con el sacerdote principal, el padre Francisco.

Un hombrecillo corto de estatura, delgado, viejo, y arrugado a lo que más da, el padre Francisco es bien conocido y respetado por toda la gente del barrio de Luyanó, quienes confían en él con absoluta seguridad, a pesar de que la mayoría de la gente en el barrio no se toma el tiempo de ir a la iglesia los domingos y mucho menos los días entre semana. Y esto incluye a la familia entera de Maximiliano que son religiosos, sí, pero, ¿que van a la iglesia?

Eso sí que no lo hacen.

—¿Iglesia? —dice Maximiliano a menudo, dedicando sus palabras no sólo a sus hijos sino a todos aquéllos que lo puedan oír desde la carnicería—. ¡He aquí a mi iglesia! —añade, señalando al límpido cielo tropical color turquesa que enmarcado por cimbreantes palmeras es visible desde la carnicería—. ¿Quién necesita todo ese oro y todos esos diamantes y todas esas vestiduras bordadas de perlas cuando uno puede tener todo esto por nada? —Y entonces le dice a su público: —¡Miren a este mundo tan hermoso que nos rodea! ¿Qué mejor iglesia puede haber que todo esto?

Esto, por supuesto, no es precisamente la idea que el padre Francisco tiene de lo que una iglesia debe ser. Para empezar, hay muy poco oro en la iglesita del padre Francisco, y el poquito que hay es pintado, si tanto. Diamantes no hay ninguno. Y vestiduras bordadas de perlas, las del padre Francisco y sus asistentes están más que remendadas. Así que cuando Celina le pide al padre Franciso que bautice al primer nieto de Maximiliano, él se pone contentísimo, porque ve esto como una señal de Dios, como una oportunidad excelente para convertir a Maximiliano y hacerle darse cuenta de lo importante que es ir a la iglesia—la del padre Francisco, por supuesto.

El padre Francisco sabe lo importante que Maximiliano es en el barrio. Alto, guapo, muscular, con una cara tostada por el sol, ojos azules y penetrantes, y cabellos dorados cortados bien cortos, en forma de cepillo a lo militar, Maximiliano es un hombre que ciertamente llama la atención hacia sí dondequiera que esté, lo cual incluye Luyanó. Además de todo esto, la gente del barrio lo considera como una persona muy bien informada—y con opiniones muy fuertes y muy convincentes—porque lee muchísimo. Y si esto fuera poco, también se le considera un poeta, porque ha escrito la letra de muchas canciones cubanas, hoy en día consideradas clásicas. Así que mucha gente escucha lo que el carnicero dice, prestándole mucha atención, y terminando casi siempre por hacer lo que él recomienda.

Por años el padre Franciso se ha estado diciendo, «Ahora bien, si yo sólo pudiera convencer a Maximiliano el carnicero que venga a mi iglesia, el barrio entero vendría tras él, y entonces, ¡sólo Dios sabe todo el bien que se pudiera lograr!» Aunque sus ojos están más que cansados, el viejo cura puede imaginarse que ve a través de ellos una escuelita para que los muchachos del barrio aprendan lo que es Dios, un terreno grande para que los niños puedan jugar sin temor alguno al horrible tráfico de las calles, y hasta una nueva capa de pintura para su iglesita, ¡que bien la necesita! Y por años el padre Francisco ha estado rezando por una oportunidad para lograr todo esto.

«¿Quién dice que Dios no oye las oraciones?», se dice el padre Francisco momentos después de que Celina sale de la iglesia. Y entonces corre al altar a encenderle una vela a Nuestra Señora del Perpetuo Socorro para agradecerle el inmenso favor que le ha sido otorgado.

De rodillas frente a ella, el viejo cura reza humildemente:

—Por favor, Madre de Dios, ilumíname. No me dejes fallar esta vez. Por favor.

A pesar de lo que dice Maximiliano acerca de las iglesias y de los curas, todos sus hijos han sido bautizados. Dolores—que fue a una escuela de monjas—se ha ocupado de ello. Bautizados todos han sido, pero no por el padre Francisco, dado que la mayoría de los hijos de Dolores nacieron en Batabanó, una población pesquera al sur de La Habana, de donde son Maximiliano y Dolores. Sin embargo, fue el padre Francisco el que, hace ya de esto algunos años, respondiendo al urgente llamado de Dolores, vino corriendo a la clínica de Manuel. Allí el viejo cura bautizó a Iris, que yacía delicadamente en los brazos de su madre, Dolores, momentos antes de que la linda niñita ascendiera de nuevo al cielo de donde había casi acabado de llegar. Como que fue también el padre Francisco el que bautizó a Perucha, la grande y corpulenta niña que es la última hija de Maximiliano y Dolores. Pero, en el primer caso, el bautizo tomó lugar en la clínica. Y en el segundo, aunque el bautizo fue celebrado en la iglesia, Maximiliano no estuvo presente durante la ceremonia religiosa, «porque no se estaba sintiendo bien», le dijo Dolores al viejo cura. Pero sí que se sintió lo suficientemente bien como para asistir a la fiesta después del bautizo y como para bailar hasta el amanecer del día siguiente, el padre Francisco bien que lo notó.

La repulsión que Maximiliano tiene a poner pie en una iglesia—cualquier tipo de iglesia, de cualquier religión—es bien conocida en el barrio, porque a Maximiliano le encanta hacer públicas su opiniones al respecto, lo cual lo hace tan a menudo como puede desde el púlpito de su carnicería:

—Las iglesias fueron inventadas para sacarles dinero a los pobres —dice—, cosa de que unos cuantos hombres, los llamados curas, que no sirven para nada, sigan haciendo precisamente eso, nada, mientras que un puñado de mojigatas les prestan atención, diciendo «Oohhh y Aahhh» a toda palabra que salga de sus bocas, como si esos curas fueran dioses infalibles, cuando en realidad no son sino hombres. Pero, como todos nosotros sabemos —añade, mirando con ojos llenos de reto a sus clientes, la mayoría de los cuales son esas mismas mojigatas a las que él ha aludido—, hasta los mejores hombres se equivocan. ¡Y bien a menudo!

Cuando oyen estas palabras, que para ellas son casi sacrílegas, las mojigatas inmediatamente se santiguan, haciendo la señal de la cruz. Pero eso no es suficiente para detener a Maximiliano, que prosigue con su perorata añadiendo:

—¡Tendría que suceder un gigantesco milagro para que un tipo como yo ponga los pies dentro de una iglesia!

Mientras el padre Francisco está de rodillas enfrente de la Madre de Dios, le ruega y le ruega por ese gigantesco milagro.

Y entonces, aparentemente iluminado por Nuestra Señora del Perpetuo Socorro, una idea le salta a la cabeza súbitamente, una idea que él instantáneamente decide que vale la pena ponerla en práctica. Cuando se levanta y vuelve a mirar de nuevo a Nuestra Señora, el viejo cura se sonríe picarescamente y al mismo tiempo, y con mucha reverencia, le guiña un ojo a la imagen frente a él.

Esa misma noche el padre Francisco va a visitar a los nuevos padres.

Marguita y Lorenzo están encantados con la visita del viejo cura. Su sala de estar está vacía, excepto por dos sillones para mecerse hechos de caoba y mimbre. Le ofrecen uno al viejo cura y Marguita se sienta en el otro con el bebé en los brazos, mientras Lorenzo corre al comedor al otro extremo de la casa para traer una silla. La trae y tras ponerla al lado de Marguita se sienta en ella.

—¡Qué ocasión tan feliz es ésta! —dice el padre Francisco, sonriéndose ampliamente, sus arrugados ojos brillando como haciendo eco de sus palabras, que suenan totalmente sinceras—. Si hay algo que me encante ver es una pareja joven, como ustedes, enamorados y ya con un niño. Y, ¡qué hermoso niño! ¿Me lo dejan ver? El viejo se para y Marguita abre la frazada envolviendo a su hijo y orgullosamente se lo enseña al cura. El padre Franciso vuelve a sentarse en su sillón: —Tengo entendido que le van a poner Lorenzo Manuel —dice—. Una selección magnífica, porque Lorenzo quiere decir «elegido» y Manuel quiere decir «escogido». Esos dos santos lo van a proteger toda su vida.

Un rato después, mientras está probando un café muy negro que Marguita le ha acabado de colar, el cura finalmente llega al motivo real de su visita y hace la pregunta que ha querido hacer todo ese tiempo:

—¿Qué tiempo llevan ustedes de casados? ¿Un año?

—Oh, no. Mucho menos de un año —responde Marguita—. ¿Qué tiempo llevamos de casados, Lorenzo? —le pregunta a su marido.

—Déjame ver —dice Lorenzo, empezando a contar con los dedos—. Nos casamos el once de diciembre, y Renzito nació el tres de octubre. Hoy estamos a... ¡Oh! Hoy es el once de octubre. Así que hoy cumplimos exactamente diez meses de casados.

—Pues, entonces, ¡feliz aniversario! —dice el viejo cura, levantando su tacita de café, como si estuviera haciendo un brindis. Entonces, tras tomar unos cuantos sorbitos de ese café que huele como si venido del cielo, añade:

—Yo no quiero ser... bueno, como un inquisidor, pero... —hace una breve pausa—. ¿Por qué no los casé yo?

—¡Oh! —replica Marguita instantáneamente, con una risita nerviosa—. Nadie nos casó. Quiero decir —añade prontamente—, que nosotros nos casamos sólo por lo civil, usted sabe, con un notario público.

Al oír esto, el viejo cura repentinamente pone la tacita que tenía en la mano derecha sobre el platico que tenía en la izquierda, haciendo un sonido ruidoso que resuena a través de toda la sala, que está casi vacía.

—¿Ustedes me están diciendo que no están casados por la iglesia? —pregunta, abriendo los ojos a lo que más—como si en realidad él ya no supiera la respuesta.

Marguita mira a Lorenzo, que responde, sacudiendo la cabeza: —No.

—¡Oh! —dice el cura. Eso es todo lo que dice. Y después no dice nada más.

Nadie dice nada por unos cuantos segundos que parecen que duran una eternidad.

—Eso no fue un pecado, ¿no? —pregunta Marguita—. Nosotros simplemente no teníamos dinero para... bueno, para una boda por la iglesia. Usted sabe lo caras que son las bodas por la iglesia, y...

El padre Francisco sacude la cabeza y les sonríe: —Eso es lo que todo el mundo piensa, pero están equivocados. Una boda por la iglesia requiere solamente dos personas que estén enamoradas y un cura, como yo, que simplemente actúa como testigo enfrente de Dios. Eso es todo. Y para ser completamente honesto, yo preferiría bautizar al niño sabiendo que la unión de ustedes ha sido consagrada. ¿Por qué no lo hacen? Casarse por la iglesia, quiero decir. Lo podríamos hacer en la misma sacristía, inmediatamente antes del bautizo. Y no les cobro nada. ¿Qué mejor oportunidad puede haber que ésa?

—Lo que usted está diciendo —dice Marguita—, ¿es que nosotros nos podemos casar por la iglesia después de todo?

—Pues, ¡claro! —dice el viejo—. Y a mí me encantaría servir como testigo de ustedes.

Marguita mira a Lorenzo, y como Lorenzo nunca ha podido decirle no a esos ojos tan hermosos de su joven esposa, se vuelve al padre Francisco.

—¿Usted dice que lo podemos hacer justo antes del bautizo de Rencito?

El viejo cura mira a Lorenzo y afirma con la cabeza.

—Entonces —continúa Lorenzo—, lo haremos. ¿Necesitamos llevar algo? ¿Anillos? ¿Cualquier otra cosa?

—Todo lo que necesito es un certificado que indique que ustedes dos han sido bautizados —dice el padre Francisco—. Eso y nada más.

—¿Y cómo los conseguimos? —pregunta Lorenzo.

El viejo cura se vuelve a él: —Averigua con tus padres en dónde fue que te bautizaron, entonces ve allí, y pide un certificado de bautismo. En el caso tuyo, Marguita —añade el viejo, volviéndose hacia Marguita—, dado que tú naciste en Batabanó, pregúntale a tu mamá en dónde te bautizaron, mándales una notita, y ellos te enviarán a vuelta de correos el certificado. Es muy fácil.

Bueno, las cosas no fueron tan fáciles como lo aseveró el viejo cura.

Marguita consiguió su certificado sin problema alguno, y a la semana de pedirlo. Eso es verdad. Pero Lorenzo...

—Mamá —le dice un impaciente Lorenzo a su madre, Carmela—, primero me dices que no te acuerdas en dónde yo fui bautizado, y ahora me dices que ni siquiera te acuerdas si yo fui bautizado o no. ¿Cómo es eso posible?

Carmela se encoge de hombros:

—No lo sé, Lorenzo. No me acuerdo. ¡Todo pasó hace ya tanto tiempo! ¿Cómo voy a acordarme de todo?

—¿No tienes ningún documento? ¿No anotaste nada? —pregunta Lorenzo, asombrado y un poquito irritado.

Carmela sacude la cabeza de lado a lado.

—Y Papá, ¿él tampoco se acuerda?

—No —dice Carmela, terminantemente—, tu padre no se acuerda. De nada. Ni él ni yo nos acordamos.

Pero ella sí se acordaba.

Lo que no quería era que Lorenzo se enterara de la verdad.

Lorenzo había nacido durante uno de los períodos más difíciles en la vida de Carmela. Su esposo, Padrón, la había abandonado así, de la noche a la mañana, y desaparecido, Dios sabe por qué y yendo adónde, dejando atrás a Carmela, una desesperada mujer que tuvo que lidiar con cuatro hijos más el recién nacido, Lorenzo. ¿Qué tiempo tuvo la pobre mujer para llevar al niño a la iglesia a ser bautizado, si todo lo que podía hacer era trabaja que trabaja, lavando y planchando ropa, cosa de que pudiera poner comida sobre la mesa?

Padrón regresó al cabo de los meses, sin ofrecer la más mínima excusa. Y Carmela no le hizo la más mínima pregunta, porque una mujer con cinco hijos no se puede dar el lujo de tener orgullo propio. Ese período de sus vidas fue olvidado, quizás hasta perdonado. Borrado. Como si todos esos meses—casi un año por completo—no hubieran existido jamás. De esa manera todo era mejor. ¿Qué diferencia había si Carmela llegara a saber o no qué fue lo que pasó en realidad? Lo importante fue que

Padrón había regresado a donde ella y a donde sus hijos, y eso fue todo.

Excepto que Lorenzo nunca llegó a ser bautizado.

—Lo siento muchísimo, padre Francisco —le dice Lorenzo, que está todavía bastante asombrado y hasta encolerizado por lo que ha pasado—, pero al parecer a mí nunca me bautizaron.

—No te preocupes, hijo —le replica un sonriente padre Francisco—. Aunque tú nunca hubieras sido bautizado, todavía hay tiempo de sobra para que podamos hacerte cristiano, de la misma manera que podemos hacer cristiano a tu hijito—y en el mismo día, si tú quieres. Antes de casarlos —añade, mirando a Marguita, que permanece en silencio al lado de su marido—. Pero, al igual que tu hijo —continúa el viejo cura—, te harán falta dos padrinos. ¿Por qué no les ofreces ese honor a tus suegros? Estoy seguro de que no van a poder decir que no. Ciertamente no a ti, el padre de su primer nieto —dice el padre Francisco, riéndose para sí, porque él sabe a ciencia cierta que el rechazar a servir de padrinos se considera una afrenta muy seria en Cuba.

Y ¿quiénes son los suegros de Lorenzo?

Dolores, la una; y el otro, alguien que nunca ha puesto un pie dentro de la iglesia del padre Francisco—o de ninguna otra iglesia a decir verdad: Maximiliano el carnicero.

¿Cómo se aseguró el padre Francisco de que las cosas pasaran como pasaron?

Hay algunos—los menos—que darían a esta pregunta la misma respuesta que el cura: «Fe, hijos míos. Fe.» Pero el padre Francisco sabía perfectamente bien, como también lo sabía el barrio entero—gracias a Pilar, la del ojo de vidrio, que se había sentido más que contenta para contárselo a todo el mundo—que Lorenzo y Marguita estaban «viviendo en pecado», porque no se habían casado por la iglesia. Además, el padre Francisco debió de haber tomado en consideración que ya Marguita o ya Lorenzo no podrían conseguir la documentación necesaria—lo que pasa muy a menudo en Cuba, donde los documentos tienden a desaparecer con cada golpe de estado, de los cuales ya han habido más que demasiados.

El caso es que una vez que a Maximiliano le propusieron este inmenso honor, ¿cómo puede decir que no?

Y sin embargo, lo dice.

—Oh, no, Lorenzo —le dice el carnicero a su yerno cuando Lorenzo le pide que sea su padrino—, yo ya estoy muy viejo para hacer algo así. Eso es cosa de jóvenes. El ser padrino envuelve una responsabilidad bien seria. ¿Y yo? Yo creo que tengo que dejar pasar ese gran honor. Yo no serviría para nada en ese tipo de cosas, te lo digo. Yo no sabría ni cómo empezar.

—Pero el padre Francisco me dijo que el padrino no tiene que hacer nada —replica Lorenzo—. Todo lo que el padrino tiene que hacer es estar de pie junto a mí con una vela encendida en las manos mientras el padre Francisco me echa unas cuantas gotas de agua sobre la cabeza. Eso es todo.

Hay un largo silencio, más que largo.

Maximiliano mira a su mujer, Dolores, que le devuelve la mirada con un brillo especial, casi burlón, en los ojos mientras dice: —Por supuesto que él hará lo que haya que hacer, Lorenzo. Él y yo. Los dos estamos más que honrados en ser tus padrinos.


Hay algunos en el barrio que lo llaman el poder de la fe. Hay otros que lo llaman un gran milagro.

Pero lo cierto es que en el día en que su primer nieto va a ser bautizado, Maximiliano el carnicero entra en la sacristía de la iglesita de Nuestra Señora del Perpetuo Socorro. Y una vez allí, se para al lado de su mujer sosteniendo una larga vela encendida en sus manos—lo que se le había dicho que era todo lo que tenía que hacer—mientras su yerno está siendo bautizado. Y parado se queda, mientras su yerno se casa con su hija por segunda vez, esta vez bajo la bendición de los ojos de Dios—y de un cura que no deja de sonreírse todo el tiempo. Y parado se queda al lado de su mejor amigo en el mundo, Manuel el doctor, mientras su primer nieto está siendo bautizado—todos estas cosas sucediéndose la una a la otra a la otra.

Y durante todo este tiempo, Maximiliano el carnicero, que por dentro está que hecha chispas, se sigue preguntando:

«¿Cómo es posible que yo me haya metido aquí?»

Y mientras se lo pregunta, sigue mirando con ojos ahora airados y coléricos y ahora perplejos e interrogantes al padre Francisco, el cual durante todo este tiempo ni siquiera se ha tomado la molestia de dirigirle la mirada.

*once*

Todo el barrio está presente durante la fiesta del bautizo de Rencito. Eso no hay ni que decirlo. Absolutamente *todo el barrio*.

El barrio entero está aquí, no sólo para celebrar el bautizo del primer nieto de Maximiliano, sino también para ser testigos de ese gigantesco milagro que ha pasado y que es casi imposible de creer. Maximiliano—sí, Maximiliano, *el carnicero*, el que siempre está diciendo que no cree en las iglesias y que solamente un milagro lo haría poner un pie dentro de una—ese mismo hombre se ha contradicho, ha puesto sus pies dentro de una iglesia, y hasta ha ayudado al padre Francisco durante la ceremonia del bautizo.

Y mientras algunas de las personas en el barrio miran al rubio carnicero con un dejo de burla en los ojos, a la mayoría de la gente eso no les importa un comino, porque los padrinos del niño, Celina y su esposo, Manuel el doctor—unas de las pocas personas en toda Cuba que aún tienen su dinerito bien guardado—han tirado la casa por la ventana. Y ésta es ¡Tremenda Fiesta!

Y cuando los cubanos dicen eso, lo dicen con conocimiento pleno, porque ellos saben cómo hacer y gozar de una buena fiesta.

Y esta fiesta está a todo meter.

Se suponía que la fiesta tuviera lugar dentro de la casa de Maximiliano—porque es mucho más grande que la de Marguita—pero antes de que nadie se diera cuenta, los invitados se comenzaron a desbordar y ahora están por todos lados, hasta en la amplia acera que queda enfrente de la casa. Cuando alguien pasa por la acera y pregunta: «¿Qué es lo que está pasando?», todo lo que se le da por respuesta es, o una cerveza bien fría o un vaso de ron—o ambos—si el que hace la pregunta es un hombre, o si una mujer, un vaso repleto de un ponche delicioso hecho con mangos, guayabas y cocos, al cual se le ha echado solamente «unas cuantas goticas, casi nada, de ron». O al menos, eso es lo que dicen las damas que lo prepararon.

El padre de Celina, Rubén, que es un cantante profesional, está aquí. Así como lo están los otros dos hombres que forman parte del «Trío Los Rubenes». Antes de que alguien pueda acabar de decir Cubanacán—que es el nombre aborigen de Cuba—ya los tres de ellos han sacado sus maracas y sus guitarras y han comenzado a tocar y a cantar, mientras que la gente, embriagada por la belleza de todo, ha empezado a bailar con ese abandono total con el que bailan los cubanos. Se escuchan tambores, y antes de que nadie se dé cuenta, la fiesta se ha salido de la casa, y hasta de la acera, y ahora se ha desbordado por sobre la calle, donde gente de todo color, raza y credo bajo el sol comienza a sacudirse con tan intenso y rítmico fervor que sus cuerpos comienzan a sudar hasta que están cubiertos de gruesas gotas que destellan cual estrellas, todo el mundo celebrando el bautizo del pequeño Renzo.

Hasta cuando un policía viene primero, y después un segundo, hasta ellos dos comienzan a disfrutar la fiesta—aunque disimuladamente, por supuesto. Entran en la casa y en la privacidad del amplio patio, le dicen a nadie en particular: «Por favor, tengan la bondad de mantener la fiesta dentro de los límites de la acera». Y entonces brindan una y otra vez a la salud del bebé hasta que finalmente comienzan a irse. En cuyo caso una u otra muchacha los agarran y comienzan a bailar con ellos. ¿Y qué van a hacer los pobres hombres? ¿Especialmente dado que la sangre que les corre por las venas es cubana? Pues a bailar se ha dicho, y así se les ve saliendo de la fiesta, meneándose rítmicamente, con una o dos botellas de esa cerveza, ¡tan fría y que sabe tan bien!, escondidas no muy bien bajo las camisas azules oscuras de sus sudados uniformes.

Aunque Celina alquiló docenas de silla plegables «de tijera», como dicen los cubanos, casi todas ellas están aún así, plegadas, en diferentes rincones de la casa, porque hace falta cantidad de espacio para que más y más gente baile. Excepto las que están ocupadas por la familia de Lorenzo, quienes están sentados exactamente como uno espera que las familias españolas se sienten, esto es, muy estirados y muy circunspectos, como si verdaderamente estuvieran hechos de piedra, en un rincón olvidado de la sala de la casa de Maximiliano—un cuarto bien grande normalmente vacío excepto por cuatro sillones, los cuales Dios sabe adónde han ido a parar, porque en la sala no están.

Como de costumbre, la madre de Lorenzo, su padre, y su hermana Asunción están vestidos del luto más profundo. Pero no así la otra hermana de Lorenzo, Loló, que está muy bien acicalada y con un peinado a la última moda, y que lleva puesto un elegante vestido color rojo vino, hecho a la medida, que tiene una saya apretada, cortada al sesgo, y un escote muy bajo que deja ver más que suficiente de sus hermosos senos.

Tratando de ser lo más explícita posible, Marguita se ha sentado en un cuarto bien lejos de donde se encuentra Loló. ¿En cuál? En cualquiera que no sea la sala, porque ella sólo quiere estar tan lejos como sea posible de donde está «esa mujer».

Marguita se sintió ya bastante mal cuando tuvo que invitarla al bautizo. Y peor aún cuando tuvo que recibirla y darles los buenos días. Pero, ¿qué otra cosa podía hacer? Después de todo, Loló es una de las tías del niño. Y además, ¡hoy es un día tan especial! El día del bautizo de Lorenzo, y el de su boda por la iglesia, y el del bautizo de Rencito. Marguita no quiso echarle a perder el día a nadie, y menos a sí misma, por culpa de Loló. Ese placer ella nunca se lo dará a esa mujer. Así que si eso quiso decir invitarla, y recibirla, y hasta darles los buenos días, pues si hay que hacerlo, se hace y sanseacabó.

Así y todo...

Aún después de mudarse de la casa de la familia de Lorenzo, que es la de Loló, y crear un nuevo hogar, y convertirse en una madre, aún después de todo eso, Marguita no puede verle la cara a Loló. Cada vez que la mira sólo puede ver de nuevo esos ojos oscuros y penetrantes de Loló tal y como los vio aquella noche cuando la descubrió al pie de su cama, observando lo que ella y su marido habían estado haciendo.

Así que, para evitar problemas y confrontaciones innecesarias en un día como éste, Marguita—cuyo deseo de vengarse está lejos de atenuarse—se ha asegurado de que ella, su hijo, sus padres, y hermanos, y hermanas, y hasta su esposo Lorenzo estén en una habitación, y Loló y el resto de su familia en alguna otra, tan lejos de Marguita como lo permita la casa de Maximiliano.

La fiesta se está comenzando a poner buena de verdad cuando do el padre Francisco y su acólito, el padre Alonso—un joven curita que asistió al padre Francisco durante el bautizo de Rencito—entran a la casa.

Después de que cada uno de los curas acepta una de esas cervezas tan frías que alguien les da y que vienen ¡oh, tan bien! para aliviar un poco el intenso calor de la tarde tropical, ellos descubren en un rincón de la sala a la familia de Lorenzo—a quienes ellos conocieron en la iglesia, y que saben que son tan españoles como lo son los dos curas. Con mucha dificultad, los curas se las arreglan para atravesar la sala, empujando y siendo empujado, ya por éste o ya por el otro, hasta que llegan adonde la familia de Lorenzo está sentada. Una vez allí, el padre Alonso va al rincón más cercano, agarra un par de sillas de tijeras, las trae donde el grupo, las abre, le ofrece una al padre Francisco, se toma la otra para sí mismo, y los dos curas se sientan al lado de la familia de Lorenzo.

Sentados tal y como están, uno al lado del otro, los dos curas—que a pesar del calor casi sofocante dentro de la casa siguen usando sus sotanas negras, como lo hacen siempre todos los curas en Cuba—no pueden ofrecer un contraste más violento. Mientras ese hombrecillo pequeño, delgado, viejo, y sumamente arrugado que es el padre Francisco, ha vivido en Cuba toda su vida sacerdotal, su acólito, el padre Alonso, acaba de llegar a Cuba directamente de España y, habiendo nacido en un pueblecito cerca de Bilbao, es un joven y hermoso espécimen de los españoles del norte de la península ibérica.

Apenas salido del seminario, donde entró hace nueve años exactamente al principio de su pubertad, el padre Alonso tiene una abundante cabellera ondulada y de un negro brillante, un mentón muy viril que parece como si se lo hubieran partido en dos con una profunda rajadura en el mismo centro, y una sombra de las cinco aparentemente perpetua perfilándole la cara. Mucho más corpulento que el padre Francisco, y mucho más alto, pues le lleva una buena cabeza al viejo cura, el padre Alonso tiene ojos azules bien adentrados casi escondidos bajo pobladas cejas negras que parecen que se le quieren unir en el centro de la frente. Pero mientras los ojos del padre Francisco están siempre joviales y alegres, los ojos del padre Alonso están siempre cabizbajos y melancólicos. Ojos demasiado serios para un hombre tan joven. Dado que su sueño es hacer misiones entre los pobres, tan pronto el padre Alonso desembarcó, el obispo de La Habana lo mandó a la parroquia más pobre de su sede, la parroquia de Luyanó, donde el joven cura está aprendiendo a ser cura bajo la paciente guía de su mentor, el viejo padre Francisco.

De repente una joven mulata, con ojos magníficamente oscuros y senos abundantes que se les quieren desbordar del apretado vestido que lleva puesto, comienza a brincar y a saltar y a moverse en todas direcciones casi sin control en el medio de la sala. «Le bajó el Santo, le bajó el Santo», empiezan a gritar la gente a medida de que todos se mueven para darle espacio a la muchacha sobre la cual ha descendido un santo, para que se mueva y para que baile como la gente lo hace cuando está así, poseída.

El padre Francisco, un cura que aunque nacido y criado en España ha vivido toda su vida de cura en Cuba—donde las creencias católicas y los primitivos ritos africanos se entremezclan más que a menudo—ha visto pasar esto innumerables veces. Mira a la muchacha que está dando vueltas aparentemente fuera de control en las manos de una fuerza misteriosa y poderosa, y entonces, volviéndose hacia la familia de Lorenzo, dice: —¿No es maravilloso lo que el poder de la fe puede lograr? Miren a esa muchacha. Ella cree firmemente que está siendo poseída por un santo que le está controlando el cuerpo.

Se vuelve y mira al padre Alonso, que boquiabierto está contemplando a la muchacha, con ojos atónitos que se le quieren salir de las órbitas.

—Los griegos solían hacer lo mismo, ¿sabe usted, padre Alonso? —continúa diciendo el padre Francisco—. Ellos obviamente no lo llamaban «santo» sino «musas». Y justo como lo hacemos nosotros, cuando celebramos misa y le pedimos a Dios que descienda sobre nosotros para que ilumine nuestras vidas, de la misma manera los griegos de la antigüedad oraban para que las musas descendieran sobre ellos antes de empezar una obra de teatro, o un rito sagrado, o una ceremonia religiosa. Porque si las musas no descendían, la tal ceremonia sería un fracaso total —El padre Francisco hace una breve pausa mientras observa con gran admiración a la muchacha que sigue bailando—. Miren a esa joven —añade, dirigiendo sus palabras a nadie específicamente—. ¡Miren lo mágico y lo hermosos que son sus movimientos!

Por un largo rato los ojos de toda la gente en la sala están clavados en la joven que sigue contorsionando su cuerpo violentamente mientras sigue bailando al compás de los tempestuosos ritmos de los tambores africanos que parecen venir de todos lados.

Los ojos de toda la gente en la sala, esto es, excepto los oscuros ojos gitanos de Loló, enigmáticos y misteriosos, que están clavados en los del joven cura.

Y los perplejos ojos del joven cura, cándidos y claros, que ahora mirando a Loló fijamente, parecen que no pueden evadir su profunda mirada.

Unos pocos momentos después de que la muchacha cae al suelo, exhausta por su turbulenta manera de bailar, Maximiliano entra en la sala, tabaco en mano, y abriendo una silla, se sienta al lado de los curas, cerca de la familia de Lorenzo.

—¿Le puedo ofrecer uno de estos tabacos macanudos, padre Francisco? —pregunta Maximiliano jovialmente—. Estoy seguro de que se lo merece. Quiero decir, después de trabajar tan pero ¡tan duro! durante el día de hoy. Usted debe estar *tan* cansado. ¡Todo eso de rociar aquí y allá con agua bendita! —Mira al viejo cura ojo a ojo mientras añade: —¡Hay que ver las cosas que un hombre tiene que hacer para ganarse la vida!

Dándose cuenta perfectamente del tono sarcástico no tan bien disimulado que se esconde en las cortantes palabras de Maximiliano, el joven padre Alonso está a punto de levantarse y de responderle al carnicero como se lo merece, cuando el padre Francisco lo detiene con un gesto.

—Pero si lo que Maximiliano ha dicho está absolutamente correcto, padre Alonso —le dice el viejo cura a su joven acólito mientras le sonríe ampliamente a Maximiliano—una sonrisa honesta y cándida que trata de llegarle al fondo del alma de Maximiliano, pero que no sirve para apaciguar el corazón salvaje de la fiera que está rabiando dentro del carnicero.

—Usted sabe, padre Francisco —continúa un sonriente Maximiliano, aunque su amplia sonrisa no es lo suficientemente amplia como para encubrir la tirantez en su voz, que ya está a punto de sonar airada y colérica—, Lorenzo me acaba de decir que la idea de que mi mujer y yo fuéramos los padrinos de él vino de usted. ¿Es eso cierto?

El viejo cura asiente silenciosamente con la cabeza, riéndose para sí mismo de una manera casi picaresca, porque la idea de que Maximiliano viniera a su iglesia ciertamente había venido de él—quizás con una buena ayudita de Nuestra Señora del Perpetuo Socorro.

—¡Así que es verdad! —dice un Maximiliano que ya está más que airado—. Fue *usted* el que le puso esa idea tan estúpida en la cabeza de Lorenzo. Lo cual quiere decir que si yo entré en una iglesia, mejor dicho, si *usted* consiguió hacerme entrar en una iglesia... ¡Yo! que nunca he creído en iglesias, y menos aún en *su tipo de iglesia* —dice el carnicero, levantando la voz—. Si usted consiguió hacerme entrar en una iglesia, lo consiguió por...

llamémosle «un truco de curas». ¿Es o no es así, padre Francisco? —añade Maximiliano, mirando desafiantemente al padre Francisco.

—Bueno, hijo mío —dice el padre Francisco sin moverse un milímetro y sonriéndose de oreja a oreja—. Como tú mismo dijiste... «¡Hay que ver las cosas que un hombre tiene que hacer para ganarse la vida!»

Sorprendido por la respuesta dada por el viejo cura, una respuesta muy lista y de mucha maña que él ciertamente no estaba esperando, Maximiliano—que sabe perder muy bien—instantáneamente pierde el deseo de seguir peleándose con el viejo cura y comienza a reírse a pleno pulmón con carcajadas tan altisonantes que hacen reír de la misma forma al viejo padre Francisco.

Pero carcajadas que el joven padre Alonso no puede lograr entender. E incapaz de comprender por qué estos dos hombres se están riendo de esta manera, vuelve los ojos y mira alrededor de la sala—sólo para encontrar los ojos de Loló, oscuros y penetrantes cual ojos de gitana, que lo siguen mirando con una intensidad casi delirante.

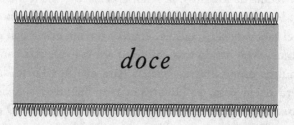

*doce*

Aunque el pensar en Loló, y en lo que Loló le hizo, y en su deseo de venganza nunca se le ha ido de la mente a Marguita, por ahora todos esos pensamientos tienen que ser relegados a un segundo plano, porque ella tiene problemas muchos más serios y urgentes que resolver. Acaba de descubrir que: O ella no produce la suficiente leche para satisfacer a su hijo; o esa leche no le cae bien al niño; o Rencito es demasiado glotón y ella no puede darle lo que le hace falta. Desesperadamente, Marguita le ha echado mano a todos los remedios caseros que ha oído que sirvan para tener más leche.

—El problema consiste en que tienes que comer por dos —le dijo su vecina Pilar, la del ojo de cristal—. Yo lo hice y mira a mi hija —añadió Pilar, señalando hacia su hija, una muchacha corpulenta y tarajalluda, por no decir obesa—. Mira lo grande y fuerte que está —Y Marguita miró a la hija de Pilar y empezó a comer por dos.

—El problema consiste en que no tomas suficiente leche —le dijo su vecina de los altos, la señora Velasco—. La leche es muy buena. Para ti. Y para tu bebé —Y Marguita, a quien nunca le gustó el sabor de la leche sola, empezó o a mezclarla con chocolate, tomándose batido tras batido, o a tomársela fría con galleticas dulces especialmente hechas para ella por Lucía, la vieja cocinera de la casa de Dolores, cuyos buñuelos son de otro mundo. El problema consiste en esto, dijo una mujer. O el problema consiste en lo otro, dijo la otra. Y Marguita trató la solución ésta y la otra. Pero nada. La que subía de peso era ella, y rápidamente. Pero no su bebé. Y no entendía por qué.

—Cualquiera que sea la razón, el niño no está recibiendo los suficientes nutrientes —le dijo Manuel el doctor, que le está hablando a una Marguita muy nerviosa en su oficina de la clínica—. Por eso es que el muchacho no ha estado aumentando de peso como debiera. Pero no tienes de qué preocuparte. Por lo menos, todavía no —añade—. No hay nada como la leche de madre para un bebé, así que no quiero que dejes de darle el pecho al niño. Quizás en el futuro, pero por ahora no. Lo que sí quiero es suplementarle la comida al niño. Así que compra una lata de leche condensada y mézclala con agua hervida a cantidades iguales, mitad y mitad —le dice el doctor—. Espera que el agua hierva por lo menos cinco minutos. Después, cuando se enfríe, la mezclas con la leche condensada. Después que lo hagas, la puedes guardar en... ¿Tú tienes una nevera de hielo?

—Papá nos compró un refrigerador eléctrico —dice Marguita—. Un «frigidaire».

—Magnífico —continúa el doctor—. Guarda la mezcla en el refrigerador. Debe durarte un par de días más o menos. Tú, continúa dándole el pecho al niño como lo has estado haciendo, pero después de cada toma, dale al muchacho...empecemos con cuatro onzas. Si tú ves que se las toma, auméntale la dosis por una onza. Pero nunca le des más de ocho onzas en cada toma, ¿me entiendes? —Marguita asiente con la cabeza y se dispone a irse—. Oh, Marguita —añade Manuel—, no te olvides de calentarla cuando se la des al niño. Pon la botella con la mezcla en agua caliente hasta que se sienta calientica. La puedes probar dejando caer unas cuantas gotas sobre tu mano, o poniendo la botella en contra de tu mejilla. Si la sientes calientica, pero no demasiado, así mismo la va a sentir el niño. Y Marguita —Manuel le dice en una voz calmante—, tú estás haciendo una labor muy buena, así que no te pongas nerviosa. Los bebés se dan cuenta de eso inmediatamente. A lo mejor es por eso que no estás produciendo suficiente leche. Así que cálmate y ya verás como todo se arreglará.

Sujetando a su bebé bien cerca de ella, Marguita está de pie en la acera esperando el tranvía que la retornará a su casa.

¡Qué fácil es para un médico decir «No te pongas nerviosa!», piensa Marguita mientras espera, a medida que carros pasan a gran velocidad por su lado. «¡Cómo no voy a estarlo, con Lorenzo yendo a la universidad de noche y dejándome sola con el bebé después que me he pasado el día entero sola con él. Y después, tratar de estirar esos miserables sesenta y cinco pesos que gana Lorenzo al mes para que nos alcancen. ¡Ni siquiera sesenta y cinco sino cincuenta y cinco, porque Lorenzo le pasa a su mamá diez pesos todos los meses!

«Y ahora, de contra, ¡esto! El no poder tener suficiente leche para mi niño.

«Y el tener que gastarme los pocos centavos que me quedan en comprarle a mi bebé la leche que yo debiera estar produciendo.

«¡No en balde estoy nerviosa!», se dice a sí misma mientras suspira profundamente.

Ella sabe que tiene dinero guardado, pero no quiere ni pensar en eso. Todavía no ha tocado ni un solo centavo de los cien pesos que Lorenzo ganó apostando a un jugador de jai alai.

Ese dinero es sagrado. Para no ser usado nunca.

Ni siquiera para emergencias.

La mañana después de que le tomó ese dinero a Lorenzo, Marguita fue a ver a su padre en la carnicería y le pidió que le cambiara ese burujón de billetes por un solo billete de a cien, lo cual Maximiliano lo hizo sin hacer pregunta alguna.

Billete en mano, Marguita volvió a su casa, lo dobló debidamente, lo puso adentro de un pañuelito que su madre le había dado—bordado a mano por la propia Dolores—lo amarró en un nudo, y lo escondió cuidadosamente detrás de la segunda gaveta de su chiforrobe.

Si le preguntan a Marguita, ese único billete, esa «hojita de lechuga»—que es como los cubanos le dicen a los billetes de cien pesos porque son verdes en vez de azules—ese dinero ya no existe. Ha sido depositado en un banco. La parte de atrás del chiforrobe de Marguita es su banco.

Ella le dijo a Lorenzo que ese dinero iba a usarse para pagar los gastos de ir a la universidad, cosa de que Lorenzo se pudiera hacer contador público. Pero ella tiene otro destino en mente para ese dinero, un destino que es un sueño, tan íntimo y tan secreto, que no se lo ha dicho a nadie—ni siquiera a Lorenzo.

Y ese sueño es que algún día ella y Lorenzo puedan tener una casa propia.

Pagada totalmente, eso es.

Una casa de la cual ellos puedan decir «esta casa es verdaderamente *nuestra*».

No le ha dicho nada de esto a Lorenzo porque el pobre muchacho está trabajando y estudiando tan duro, y tiene ya tanta presión encima, que ella no quiere añadirle otra más. Pero cuando Lorenzo regresó aquella noche a su casa, hace ya meses, con esos cien pesos en sus manos, Marguita vio ese dinero como los cimientos de su casa. No le importa el tiempo que se tome, o lo mucho que ella y Lorenzo tendrán que trabajar para lograrlo. Pero ellos tendrán una casa propia. De eso no tiene la más mínima duda. Así que si esos cincuenta y cinco pesos de Lorenzo es todo lo que tiene, entonces, esos cincuenta y cinco pesos tendrán que ser suficientes para todo. No, cincuenta, porque ella está planeando ahorrar cinco pesos al mes.

Para la casa.

Se mete en el tranvía y encuentra un asiento vacío al fondo.

Cómo ella se las va a arreglar para ahorrar esos cinco pesos al mes, de eso ella no tiene idea alguna. Por lo menos, todavía. ¿Pero ahorrarlos?, eso ella lo va a hacer cueste lo que cueste. Ella sabe que cinco pesos al mes no parece mucho, pero cinco pesos al mes son sesenta pesos al año y... «¿cuánto cuestan las casas?», se pregunta a medida que el viejo tranvía trata de abrirse camino a través del pesado tráfico siempre presente en La Calzada de Luyanó.

Marguita sabe muy poco acerca de bancos, o de intereses, o de hipotecas.

Y tan ignorantes como ella lo está la mayoría de la gente en la Cuba de 1938.

Nueve años después del gigantesco desastre de la Bolsa de Valores en Nueva York—que hizo que el precio del azúcar se hundiera a lo más bajo que ha estado nunca, causando que muchos bancos cubanos quebraran y llevando a la nación al borde de la bancarrota—Cuba está empobrecida mucho más de lo que se pueda creer sea posible. A duras penas se puede conseguir algo, y lo que se puede conseguir tiene que ser comprado en efectivo y pagado en efectivo. Todo. Desde huevos y algún que otro pollo—una delicadeza en Cuba que es una nación ganadera—hasta los refrigeradores y los alquileres. Y hasta la leche condensada, que es sumamente cara porque tiene que ser importada de los Estados Unidos.

«HOY NO SE FÍA, MAÑANA SÍ», dice el cartel que cuelga en la pared de la carnicería de Maximiliano.

Pagar en efectivo. Ésa es la manera de negociar de Maximiliano. Y la de Padrón.

Y la de sus hijos.

El tranvía llega a la esquina de la bodega de Hermenegildo, y allí se apea Marguita. Entonces, antes de volver a su casa, ella decide pasar por la casa de su madre, para saludarla y cerciorarse de que está bien, porque Dolores no se ha estado sintiendo bien últimamente.

En la familia de Dolores han existido muchos casos de enfermedades del corazón.

Sus dos hermanas se murieron del corazón después de que el padre de Dolores se voló los sesos de un tiro porque había perdido todo lo que tenía apostándoselo a un gallo de plumaje exquisito y de talones afilados, pero de corazón de gallina. Y la hijita de Dolores, Iris, también murió de un mal del corazón unas cuantas semanas después de haber nacido. Perder a su hijita le rompió el corazón a Dolores. Literalmente. Fue entonces que empezó a tener palpitaciones por vez primera. Tratara lo que tratara, a Dolores le era imposible erradicar la visión de su niñita, pequeñita y de tez azulada, tomándole el pecho.

Dolores nunca se lo ha dicho a nadie, pero se siente muy culpable de lo que le pasó a su hijita Iris. Ella sabe que la niñita debió haber heredado el problema del corazón de ella, porque los padres de Maximiliano están cerca de los noventa y siguen tan fuertes como si tuvieran la mitad de su edad. Dolores a menudo se dice a sí misma que nada hubiera pasado de no haberse sentido tan miserable como se sintió cuando se tuvo que quedar a vivir en Batabanó, separada de su esposo, viviendo como quien dice de la caridad de sus suegros, después de perderlo todo en ese ciclón tan horrible de 1926, donde se perdieron más de veinte mil vidas en Cuba solamente. Ella nunca le dijo a nadie lo triste y deprimida que se sintió. Pero sí pudo compartir sus sentimientos con su hijita Marguita, cuando las dos al final del día se sentaban sobre la dorada arena de la playa y jugaban «Amigas y Vecinas». Dolores encontró un gran consuelo en Marguita tanto entonces como cuando su hijita Iris murió.

Recientemente el corazón de Dolores ha comenzado a molestarla. Ha estado teniendo dolores de pecho y su respiración se le ha hecho más difícil. Esto ya ha pasado antes, pero nunca a este grado, con esa intensidad y duración. Manuel el doctor le dijo que se acostara y que tratara de dormir con varias almohadas. Pero, dado que la respiración se le dificulta aún más en la cama, durante esta última semana Dolores ha estado durmiendo en uno de esos cuatro sillones para mecerse que están en la sala de entrada de su casa.

La primera noche que Dolores comenzó a sentir palpitaciones del corazón y una presión gigantesca sobre el pecho—hace ya de esto más de una semana—Maximiliano se sentó al lado de ella, en uno de los otros sillones, hasta que Dolores, viendo cómo el pobre hombre estaba empezando a caerse de sueño y hasta había comenzado a roncar, lo despertó, suavemente tocándole la mano.

—No seas tonto, vete a la cama —Dolores le dijo—. Tú tienes que levantarte bien tempranito mañana por la mañana para regresar al trabajo, así que tienes que descansar bien, mientras yo no tengo nada que hacer mañana. Además, yo estoy perfectamente bien así como estoy. Tan pronto como me sienta mejor, me voy a la cama para dormir contigo. Así que, vete a la cama. ¡Vete! —Maximiliano se fue a la cama esa noche—porque Dolores no dejó de insistir que lo hiciera—pero Dolores se pasó la noche sentada en su sillón, donde pudo dormir con cierta facilidad.

La mañana siguiente, Maximiliano fue por la casa de Marguita y le preguntó si ella podía pasarse la mañana con Dolores, que él tenía algo que hacer antes de volver a su casa a la hora del almuerzo. Momentos después Marguita, que se apresuró a hacer las tareas de su casa, se apareció en la casa de Dolores, llevando al bebé con ella y cargada con pañales y juguetes.

—¿Qué haces tú aquí a estas horas de la mañana? —le preguntó Dolores, sorprendida. Entonces, viendo el titubeo en la mirada de Marguita, añadió: —Esto fue idea de tu padre, ¿no? —No tuvo necesidad de hacer una segunda pregunta porque la respuesta a la primera era bien evidente—. ¡Las cosas que se le ocurren a ese hombre! ¡Cualquiera que lo oiga pensaría que yo estoy al borde de la muerte!

A pesar de que estaba soportando al bebé con ambas manos, Marguita se persignó tan pronto oyó lo que su madre había dicho. —¡Mamá! ¡No digas cosas como ésa!

Dolores se rió. —¿Por qué no? ¿Es o no es la verdad? Todos tenemos que morirnos. Ven aquí, dame al niño —Marguita le pasó Lorenzo Manuel a Dolores, que lo puso amorosamente sobre su corazón. Dolores olió el pelo del niño—tan ondulado como el de ella, pero tan rubio como el de Maximiliano y el de Marguita. —Su pelito huele ¡tan sabroso! —dijo, inhalando profundamente, con los ojos cerrados, deseando que ese momento durara una eternidad mientras pensó en todos sus otros hijos, ahora hombres y mujeres, excepto por su hijita Perucha y por Iris, su bebé perdida—. A mí siempre me ha encantado esa colonia, Agua de Florida —añadió, apretando al muchacho en contra de ella.

Al parecer, el niño se dió cuenta de que estaba en un buen lugar y se acurrucó a ella, sus ojos azules abiertos de par en par, mirando a su abuela, que de repente empezó a respirar con dificultad. Marguita, que estaba sentada al lado suyo se levantó inmediatamente:

—Mamá, ¿estás bien? —le preguntó, usando una voz apremiante—. ¿Te traigo un poquito de agua?

Dolores meneó la cabeza y le ofreció el niño de vuelta a Marguita, que lo tomó en sus brazos, los ojos de Marguita clavados en su madre. Después de lo que a Marguita le parecieron siglos, pero que fueron sólo unos cuantos minutos, Dolores, ahora mucho más calmada, miró a su hija, de pie a su lado.

—Marguita, si algo me sucediera... —empezó a decir.

Marguita inmediatemente trató de decir algo pero Dolores no la dejó.

—Por favor, siéntate y déjame acabar —Dolores añadió decisivamente mientras levantó la mano y señaló al sillón junto al de ella.

Obedientemente, Marguita se sentó en su sillón. Dolores continuó:

—No tienes que preocuparte de tu padre, ni de Perucha. Él y yo ya hemos hablado de esto y tenemos nuestros planes formados. Mi amor, no me mires con esos ojos tan tristes. No estoy planeando morirme, pero si eso pasara, déjame decirte que no le tengo miedo a la muerte. Yo he vivido una vida muy buena y he disfrutado plenamente de cada minuto de ella. Hasta cuando esas dichosas monjas me obligaban a limpiar los inodoros de la escuela. Hasta eso lo disfruté.

Esto hizo que Marguita comenzara a reírse en alto, rompiendo la tensión que había.

Dolores le sonrió:

—Todo lo que yo quiero es tener la plena seguridad de que nuestra familia se mantenga bien unida. De que tus hermanos y tus hermanas se sigan queriendo los unos a los otros como lo han estado haciendo. Y si alguna discordia ocurriera entre alguno de ustedes, yo quiero que tú, mi amor, intercedas y hagas la paz entre ellos. Eso es todo lo yo quiero de ti. Tú bien sabes que yo perdí a mi familia. Yo no quiero que ningún hijo mío pierda a la suya, pase lo que pase. ¿Me lo prometes que lo vas a hacer? —dijo Dolores con esa voz tan suave y tan melodiosa de ella—. ¿Me lo prometes? —repitió.

—Claro que te lo prometo, Mamá —pudo decir finalmente una llorosa Marguita.

—Entonces, hazme el favor, ¡pásame al niño y vete a lavar la cara! Se supone que tu padre esté aquí de un momento al otro para almorzar y ¡mírate! Llora que llora como de costumbre. Y la culpa es probablemente mía, por dejarte llorar cuando eras un bebé. Dime, mi amor, ¿qué pasaría si tu padre llegara y te viera así, en las condiciones en que estás? Posiblemente se pondría bravo conmigo, pensando que yo estaba castigándote por alguna razón. Tú sabes como él siempre se pone del lado tuyo, desde el día en que naciste, porque eres rubia y de ojos azules como él, me imagino. La única de todos mis hijos que salió a él. ¡No en balde él se cree que el sol sale y se pone exclusivamente para ti! Así que, por favor, ¡corre y haz lo que te digo antes de que él llegue y te encuentre así!

Momentos después, cuando Marguita regresó a la sala, se encontró con su padre, que ya había llegado. Maximiliano había ido a la Plaza de Mercaderes, el gran mercado que queda en el centro de La Habana Vieja, y allí había regateado como lo hace siempre y había terminado por comprar varios cojines de guata con los cuales estaba ahora cuidadosamente acolchonando el viejo sillón de Dolores. El también había conseguido un taburetico de mimbre, cubierto con un cojincito, que se lo puso enfrente a Dolores, cosa de que ella pudiera levantar los pies y ponerse cómoda.

Así es exactamente como Marguita se la encuentra ahora cuando entra en la casa de su madre después de ver al Dr. Manuel: sentada en su sillón, media dormida, sus pies sobre el taburetico, una sábana doblada en dos sobre ella, y un libro en su regazo. Marguita entra silenciosamente y escucha la respiración de Dolores, que ya no suena tan agitada como días atrás, sino que es más bien calmada y suave. Esto hace que Marguita le sonría a su madre.

Dolores abre los ojos y ve a Marguita de pie frente a ella, mirándola con ojos llenos de afecto, sosteniendo a Rencito en sus brazos.

—¿No te parece esto una coincidencia muy extraña? Estaba soñando con el bebé, y abro los ojos y ¿qué es lo primero que veo? —dice—. Tú y el bebé. Al principio pensé que ustedes eran parte de mi sueño. Y a lo mejor lo son. Debió de haber sido el olor del talco del bebé lo que me despertó. ¡Huele tan sabroso! Yo creo que una mujer puede oler a un bebé a leguas de distancia, especialmente si ha sido madre. ¿Qué te dijo Manuel?

Marguita va hacia su madre, y la besa en la mejilla—lo que todos los hijos de Dolores hacen, hasta sus hijos varones, ya casados, cuando la saludan—y entonces suspira cuando se sienta al lado de su madre.

—Me dijo que estaba muy nerviosa y con mucha tensión y que por eso no puedo...

—¿Tú? ¿Tensa y nerviosa? ¿Por qué?

—Yo qué sé, mamá. Por miles de motivos. A veces tengo miedo de todo. De que no sé darle la comida bien a Rencito. O de que se va a ahogar cuando lo estoy bañando. O de que el agua está demasiado caliente. O demasiado fría. O de que va a coger un catarro. Yo qué sé. Todo lo que hago es preocuparme de esto o de lo otro. Yo sé lo que me vas a decir, que todo eso es una tontería. Y eso mismo es lo que yo me digo, pero, así y todo, me siento como si estuviera sobre alfileres. Y el doctor Manuel cree que ése es precisamente el motivo por el cual no produzco una cantidad normal de leche. Y la poca que produzco le cae mal a Rencito. Quizás es por eso que la vomita y no aumenta de peso como debiera.

—Bueno, Señora Marguita —dice Dolores, llamando a su hija de la misma manera que ella solía hacerlo hace años cuando ella y Marguita jugaban a su juego favorito—, si no le importa mucho, ¿puedo hacerle una pregunta muy íntima y quizás hasta un poquito indiscreta...?

Cuando ella oye a su madre llamarla «Señora Marguita», Marguita se sonríe. Sintiéndose como si aún fuera una niña, Marguita comienza a hablarle a su madre formalmente, llamándola «Señora Dolores» y participando en el juego.

—Bueno, Señora Dolores —dice Marguita—, como usted sabe, entre nosotras, vecinas y amigas de confianza, no hay pregunta alguna que pueda ser demasiado íntima ni indiscreta.

—¿Le ha contado algo de esto a su esposo, Señora Marguita?

Marguita sacude a cabeza: —No. No quiero que sienta más presión de la que él ya...

—Pero, para eso son precisamente los maridos, Señora Marguita —interrumpe Dolores—. Para compartirlo todo. Las cosas buenas y las que no son tan buenas. Mientras más comparta used con su esposo, Señora Marguita —añade Dolores usando una voz tierna, pero con un tono serio aunque bondadoso—, pues menos tensa y nerviosa se encontrará usted. Y mientras menos tensa y nerviosa se encuentre usted, menos tenso y nervioso estará su hijito. Si me permite preguntarle, Señora Marguita, ¿cuándo fue la última vez que usted y su esposo...? Bueno, usted me entiende, ¿no?

Le toma a Marguita un par de segundos para comprender lo que su madre le ha preguntado, y cuando lo entiende, todo lo que una asombrada Marguita puede decir es:

¡*Mamá*...! —a lo cual le sigue un corto pero muy embarazoso silencio.

—Ya veo, Señora Marguita —una inmutable Dolores replica, tratando de ocultar una sonrisa—. Así que ha sido un tiempo bastante largo.

Marguita no dice nada. Simplemente asiente.

Entonces, evadiendo los ojos de su madre, mira al resplandenciente piso de lozas cubanas y dice: —El doctor Manuel nos dijo que teníamos que esperar cuarenta días antes de que el bebé naciera, y cuarenta días después. Por consiguiente... —Se encoge de hombros y hace una pausa.

—Entonces, Señora Marguita, dígame —dice Dolores, inclinándose hacia adelante y dulcemente agarrando la cara de su hija en sus manos—, ¿ha estado usted contando?

Marguita trata de evadir los ojos de su madre, pero Dolores no la deja: —¿Lo has estado haciendo? —le dice, tuteándola, hablándole no a la Señora Marguita sino a la hija.

—Lorenzo lo ha estado haciendo. Ayer me dijo que nos quedaban sólo dos días. —Marguita dice, y su cara se pone del rojo de un melón de agua.

—Entonces, Señora Marguita —le dice Dolores a su hija, volviendo a participar en el juego—, usted sabe que yo siempre sigo las órdenes del doctor a la letra. Pero en un caso como éste, me parece que un día más o menos no es tan importante. Así que, ¿por qué no me deja cuidar al niño esta noche?, Señora Marguita... —Marguita va a decir algo, pero su madre no la deja—. El tener al bebé aquí me va a hacer sentirme mejor, y además, usted sabe que yo lo cuidaré como si fuera mi propio hijo, Señora Marguita. Así que, por qué no se va usted a su casa, le prepara una buena comidita a su maridito y vuelva mañana a recoger a su niño. Y, ¿puedo decirle algo, Señora Marguita?

Perpleja, Marguita mira a Dolores.

—Mañana, cuando me vengas a visitar —le dice Dolores, tuteándola y con picardía en los ojos—, te lo garantizo, ¡no te vas a sentir ni tensa ni inquieta!

Marguita comienza a reírse, y con ella, su madre,

—¿Estás segura, mamá, quiero decir, Señora Dolores? Tener al niño aquí...

—No me va a molestar en lo más mínimo, Señora Marguita. Después de todo —Dolores añade—, ¿Para qué servimos nosotras, las vecinas y amigas?

Cuando al día siguiente la Señora Marguita viene a visitar a la Señora Dolores y a recoger a su hijito tempranito en la mañana, no tiene que decir palabra alguna, porque su cara lo está diciendo todo. Y ese misma tarde, aunque Marguita prepara su mezcla de leche condensada y agua siguiendo las cuidadosas instrucciones dadas por el doctor Manuel, sólo tiene que usar una cantidad muy pequeña.

Dándose cuenta de que de ahora en adelante ella quizás no tenga necesidad de comprar tanta leche condensada, que es tan cara, como se lo había imaginado, porque ha estado produciendo un poco más de leche durante los últimas días, Marguita mira a su hijo, acostado en su cuna, durmiendo profundamente con una sonrisa en el rostro. Con la misma picardía que ella ha visto tantas veces en la cara de su madre, Marguita se dice a sí misma:

«Bueno, el hacer las cosas a la manera de Mamá ciertamente me ha venido muy bien para ahorrarme mi dinerito».

Calladamente, para no despertar a Rencito, Marguita se va a su cuarto, abre la puerta derecha del chiforrobe, y en la gaveta de abajo, bien envueltico y escondidito entre sábanas muy bien planchadas y dobladas—y con mucho almidón, como le gusta hacerlo a Marguita—se halla una alcancía de loza en forma de cochinito rosado con una ranura alargada sobre el lomo. Marguita lo toma en sus manos, se saca unas cuantas monedas del bolsillo de su vestido—las que ella había asignado para comprar la leche condensada—y las inserta una a una a través de la ranurita sobre el lomo del cochinito.

—Para la casa —susurra mientras lo hace—. Para la casa.

Marguita no le ha contado a Lorenzo las cosas que ella ha estado haciendo—o que ha dejado de hacer—para ahorrar un centavo aquí, un centavo allá.

Como, por ejemplo, no dejar que la mujer que una vez a la

semana viene a casa de Dolores a lavarle y plancharle la ropa venga a su propia casa a lavar y a planchar su ropa. Eso ahora lo está haciendo Marguita—y mientras lo hace, canta. O como no ir a casa de sus suegros todas las semanas, como ella solía hacer, para que sus abuelos paternos vieran como el niño estaba creciendo, sino sólo dos veces al mes. Pero sólo durante la semana, cuando tiene la certeza de que Loló no está allí.

O como no ir a Xiomara, la peluquera del barrio, para que le corte el pelo.

De todas las cosas que Marguita ha dejado de hacer, ésta es la que más le afecta, porque a Marguita nunca le ha gustado tener el pelo largo, y ciertamente no durante este invierno a principios de 1939, con la onda de calor que Cuba está sintiendo, la peor en muchos años. Cuando después de dejárselo crecer por varias semanas Lorenzo finalmente lo notó, ella le preguntó: —¿No te gusta?

Sorprendido por la pregunta, Lorenzo contestó:

—Me encanta. Principalmente cuando estamos en la cama. Me encanta como se siente. Pero, ¿no me habías dicho que a ti no te gusta tener el pelo tan largo? ¿No te da demasiado calor?

—Oh, no. En lo más mínimo —le sonrió con ojos llenos de fuego—. Y ahora que sé lo mucho que te gusta, me gusta aún más —añadió.

Así que se dejó crecer el pelo y se guardó los centavitos.

Todo esto no parece ser mucho, pero así y todo, Marguita ha podido ahorrar un centavo aquí, otro allá—como su madre Dolores le enseñó a hacerlo. Y haciendo lo que ha estado haciendo, Marguita se las ha arreglado para ahorrar, si no los cinco pesos que ella quería ahorrar al mes, pues casi, casi. Cada centavo destinado a hacer su sueño realidad.

Para la casa.

Cuidadosamente Marguita guarda su alcancía secreta en donde estaba, cierra la puerta del chiforrobe y se dirige a la cocina, en donde ha estado haciendo un potaje de judías que es muy económico de hacer y al cual se le puede cambiar el sabor fácilmente usando diferentes condimentos—pero que requiere que se revuelva constantemente para que se cuaje y para que no se pegue al fondo de la cazuela y se queme.

Es ahí, de pie detrás de la estufa de carbón, que Lorenzo la encuentra cuando llega del trabajo a la hora del almuerzo. Va hacia ella, se le para por detrás y acariciándola suavemente le besa el cabello, que huele a agua de violetas. Revolviendo y revolviendo su potaje, Marguita se reclina sobre él, disfrutando de ese calorcito tan sabroso que le dan los brazos de él mientras la abraza.

—¿Qué hay de nuevo? —le pregunta a Lorenzo—haciéndole la misma pregunta que le hace todos los días en una voz bien baja—porque no quiere despertar a Rencito, que está durmiendo como un angelito en su cuna en el cuarto de al lado después de saciarse de la leche de los pechos de Marguita, ahora bastante abundante.

Marguita tiene una mente muy inquisitiva, heredada de sus dos padres, pero dado que ni ella ni Lorenzo se pueden dar el lujo de tener un radio, ni siquiera el de comprar un periódico—para ahorrarse unos centavos más—Lorenzo es el que la provee de noticias diarias. Bueno, Lorenzo y su buena amiga y vecina, Pilar, que mantiene al barrio informado de lo que pasa en el mismo momento en que está pasando—y muchas veces *antes* de que pase.

—Más o menos lo de siempre. Excepto que esta vez creo que el dueño de la librería, el viejo Collazo, se ha vuelto loco de remate. Y definitivamente —le responde Lorenzo a Marguita mientras se dirige al lavadero y comienza a lavarse las manos.

Aunque su concentración está por completo en revolver su potaje, Marguita se vuelve hacia él: —¿Por qué? ¿Qué hizo esta vez? —pregunta—. ¿No te despidió? —añade, medio bromeando—. ¿O sí?

—Oh, no, no. Él nunca haría algo así. Tú sabes que yo le caigo muy bien —dice Lorenzo mientras se seca las manos con un pañito de cocina que cuelga al lado del lavadero—. Tan pronto acabe con la universidad me va a poner a cargo del departamento de contabilidad del negocio. Me lo dijo él mismo, y estoy seguro de que lo hará. No. De lo que estoy hablando es de ese proyecto que él tiene de construir ese club social del cual ha estado hablando desde hace meses, el que quiere fabricar en la playa de Guanabo para el uso de sus empleados.

—¿El Club Cultural? —pregunta Marguita, revolviendo su potaje.

—Ése mismo. Bueno, déjame decirte. Tuvimos una reunión de empleados hoy por la mañana. Todo el mundo estaba allí, y el viejo nos dijo que había decidido proceder con su proyecto de construirlo. Berto, el campeón—tú sabes de quién te estoy hablando, ¿no? ¿De ese tipo alto y bien parecido que fue campeón de jai alai?

—¿El tipo que te llevó al Palacio de Jai Alai? ¿Para que apostaras lo que no tuvieras? ¿El que...

—Sí, sí. Ése mismo —Lorenzo la interrumpe, riéndose.

Él sabe muy bien cómo se siente Marguita acerca de lo que hizo aquella noche, y lo furiosa que se puso cuando llegó a su casa borracho como una cuba. Pero también sabe que a ella ciertamente no le importó quedarse con esos cien pesos que había ganado apostando al tipo que Berto le había dicho, dinero que ella ha escondido en donde sólo ella sabe.

—Bueno —prosigue Lorenzo—, el caso es que Berto le preguntó a Collazo, así, de sopetón, «Me va a decir usted que ese club de usted, ¿que lo vamos a poder utilizar todos nosotros, gratis?» Y Collazo asintió: «Pues sí, totalmente gratis». «¿Un lugar para ir a divertirse sin tener que trabajar?», siguió preguntando Berto. «Pues, claro», dijo el viejo, mirándonos a todos nosotros los empleados. «Va a ser un lugar donde ustedes puedan ir a relajarse, a bañarse en el mar, y a pasar un buen rato». Entonces alguien más, creo que fue Carlos, uno de los muchachos que trabajan en el departamento de embalaje, le preguntó a Collazo por qué estaba haciendo esto, y Collazo le dijo «Porque para mí todos ustedes son como mi familia, y porque los empleados contentos hacen una mejor labor, y si todo el mundo hace una mejor labor, pues acabamos ganando más dinero para la compañía...o sea, ¡para mí!», añadió. Y todo el mundo empezó a reírse cuando el viejo dijo eso, incluyendo él mismo, porque lo dijo de verdad—tú sabes la fama de tacaño que tiene. Y eso él lo sabe. Pero no creo que sea tan tacaño como la gente dice, porque entonces nos enseñó el diseño que el arquitecto había dibujado y, déjame decirte, Marguita, ¡el edificio luce fantástico!

Lorenzo toma un par de platos y los lleva para la mesa, a medida que prosigue:

—Va a ser un edificio de tres plantas con salones para cambiarse de ropa de hombres y de mujeres, un bar y un comedor en la planta baja; varias habitaciones y un salón de juegos en la segunda planta; y una suite privada en el último piso en forma de torre para Collazo y su familia. El arquitecto, que también estaba allí, dijo que ya habían empezado a hacer los cimientos y que el edificio debería completarse para el verano. ¿Qué te parece?

—Suena como si ese edificio va a costar sus buenos pesitos —dice Marguita, vertiendo el potaje, que está en su punto, bien espeso y cuajado, en dos tazones y los comienza a llevar al comedor—. Así que la librería debe estar ganando bastante, ¿no?

—¡Más que bastante! —dice Lorenzo asintiendo con la cabeza, porque él está ahora llevando los libros de la librería. Revuelve el potaje—. ¡Esto huele delicioso!

Adulada por el sincero elogio, Marguita, sonriendo ampliamente, se sienta a la mesa, que está cubierta con un mantel de algodón muy barato pero muy limpio, al lado derecho de Lorenzo. Entonces lo mira:

—Pero así y todo, sabiendo lo bien que va el negocio, no le pediste un aumento a Collazo. ¿O sí? —le pregunta Marguita, aunque ella sabe la respuesta.

Desde que convenció a Lorenzo de que fuera a la universidad de noche para mejorar en su trabajo y sacar a su familia de Luyanó, el barrio más pobre—y el más dado a peleas—de toda La Habana, Marguita ha estado apremiando a Lorenzo para que pida un aumento. Desde aquel entonces.

Lorenzo la mira y sacude la cabeza:

—Yo pensaba hacerlo, Marguita, de verdad. Pero después que Collazo nos habló de ese edificio, y de lo que cuesta, ¿cómo iba a pedirle un aumento? Pero así y todo, conseguí una cierta clase de aumento, ahora que me doy cuenta —añade Lorenzo.

Marguita lo mira extrañada: —¿Qué quieres decir?

—Collazo cortó la semana de trabajo —dice Lorenzo—. Empezando el mes que viene no tendremos que trabajar los sábados por la tarde sino sólo por la mañana. ¿Qué te parece? Eso es casi como un aumento, ¿No? El mismo dinero por menos horas de trabajo, ¿no? Y entonces, cuando venga el verano, quizás antes, podremos ir a la playa de Guanabo y divertirnos de lo lindo. Todos nosotros. El club es no sólo para el uso de los empleados sino para el uso de sus familias y amistades, así que todos podemos ir allí a disfrutar. Nosotros, tus padres, tus hermanos y hermanas, tu familia entera. Y la mía también. Todos. Y por nada. Sin que nos cueste un sólo centavo. ¿No te parece algo increíble? Francamente, quisiera que mañana ya fuera verano. ¡Dicen que la playa de Guanabo tiene una belleza fenomenal!

Marguita le sonríe.

«Sí», piensa Marguita, «todo eso suena muy bien. Pero nada de eso nos ayuda a comprar una casa. O a pagarle una buena educación a Rencito. O a hacer mi vida un poquito más fácil. La vida de todos nosotros». Suspira profundamente. «Un aumento hubiera venido mejor», se dice mientras prueba el potaje de judías que como dijo Lorenzo hoy está sinceramente exquisito— mucho mejor que el de ayer, y aún más sabroso que el del día anterior.

«¡Oh, sí!», se lo vuelve a repetir a sí misma en silencio.

«Un aumento hubiera venido mejor. Mucho, mucho mejor».

# *trece*

Una ceremonia privada se planea para el domingo después de que la construcción del Club Cultural se dé por terminada, cosa de inaugurar el gallardo edificio de una manera apropiada. Ésta se supone que sea una ceremonia religiosa—algo así como un bautizo—celebrada por curas y acólitos. Y, por supuesto, después de esta ceremonia va a haber una fiesta, como es de rigor. En este caso un banquete. Lo cual quiere decir que todos los empleados de la Librería Atenea, donde Lorenzo trabaja, sus familias y sus amistades, están invitados a ir a la playa de Guanabo para ver por primera vez este famoso edificio del que no han parado de hablar—un edificio que es verdaderamente un regalo del dueño de la librería, Collazo, a todos los que trabajan para él.

Collazo, el jefe de Lorenzo, no es realmente tan tacaño como la gente dice—aunque sí que lo parece. Un señor ya mayor, corpulento, con orejas grandes y peludas, una nariz abultada, labios gruesos y unas manazas enormes, Collazo es un español muy trabajador que ama a los libros más allá de lo comprensible y que ahorra cada centavo que puede más allá de lo necesario, porque aunque su librería está ganando muy buen dinero, él sigue usando el mismo traje de siempre, año tras año «hasta que se le cae a pedazos», dicen bromeando sus empleados.

Como muchos otros soldados españoles, Collazo llegó a Cuba en 1895, al comenzar la tercera y última fase de la guerra revolucionaria cubana de independencia, para pelear contra los cubanos. Pero una vez que la guerra finalizó en 1898, Collazo decidió quedarse en la isla y comenzar un negocio propio. Se compró un destartalado carro de mano con un techo de lona blanca, y temprano cada mañana, después de llenarlo hasta el tope con libros de todas clases, comenzó a empujar su pesado carro de dos ruedas a lo largo de las calles empedradas de La Habana Vieja, alquilando sus libros por unos centavos al día. Pero esos centavos al día comenzaron a sumarse y a multiplicarse, y cuando Lorenzo empezó a trabajar para la compañía, en el año 1935, ya para entonces Collazo era el dueño de la mejor librería de La Habana; estaba a punto de abrir otra librería en Galiano—la calle más comercial de toda La Habana—y estaba considerando la idea de empezar a publicar libros.

Fue entonces que a Collazo se le ocurrió una idea brillante.

Para atraer mejores hombres—y mujeres—a su negocio, Collazo se preguntó, «¿Por qué no organizar un club literario donde aquellos que amen a los libros puedan ponerse en contacto de una manera informal y aprendan a conocerse mejor?» Claro, lo que Collazo quería era descubrir nuevos talentos que pudieran escribir y editar los libros que él ya envisionaba en su mente.

Dicho y hecho.

Al cabo del mes ya él había localizado un lugar en el mismo centro de La Habana, en el Paseo del Prado, la amplia avenida emblasonada con una hermosa arboleda que conecta el capitolio nacional y el palacio presidencial con la magnificente bahía de La Habana, y allí se estableció el Club Cultural, como Collazo le puso a ese club literario.

Fundado a principios de 1938, el Club Cultural tuvo un éxito extraordinario. Todos aquellos, pero *todos aquellos* que sabían algo del mundo de las ideas y de los libros, desde periodistas hasta políticos, pasaban por allí cuando tenían la oportunidad, haciendo lo que los cubanos saben hacer mejor que nadie, esto es, debatir y discutir ardientemente acerca de todo—siendo la literatura y la política los dos tópicos más comunes. Y mientras lo hacían, jugaban al dominó y se fumaban sus buenos tabacos, tomándose de vez en cuando un vaso de ron—clandestinamente, naturalmente, porque oficialmente no se permitía beber en el club. Pero, ¿qué cubano hay que obedezca reglas oficiales? Grandes amistades empezaron allí, y unas cuantas terminaron allí abruptamente, sólo para ser reanudadas en la taberna de al lado después de tomarse un trago de ron tras el otro acompañados por cervezas bien frías.

El talento literario estaba allí presente a tutiplén—pero el verdadero talento, el talento de ideas, no el talento de palabras vacías. Tanto es así que cuando alguien comenzaba a usar palabras estrambóticas, altisonantes y recónditas para demostrar los conocimientos de su vocabulario o su erudición, en ese mismo momento todos los otros miembros del club comenzaban a mofarse del pobre infeliz que las había mencionado, el cual tenía que adaptarse a las normas literarias del club—o de no hacerlo, ¡adiós y que te vaya bien! En lo que concernía a la LITERATU-RA—una palabra que siempre se pronunciaba como si estuviera escrita con letras mayúsculas—los miembros del club admiraban el ser claro, directo, preciso y breve. Tanto es así que el lema del club era: Las metáforas son las armas de los cobardes. En lo que concernía a otras cosas—política y mujeres, esto es—las normas eran exactamente las opuestas. Mientras más se podían prolongar, pues mejor.

Todo iba como sobre ruedas. Pero entonces vino el verano de 1938. Y ¡qué verano fue ése! Normalmente, los veranos en La Habana son que hierven, de lo calurosos que son. Éste lo fue, pero aún más. Nadie quería estar en el centro de la ciudad, donde no soplaba ni la más mínima brisa—así que el club que Collazo había acabado de crear fue literalmente abandonado, convirtiéndose en un verdadero desierto.

«¿Qué hacer?», se preguntó Collazo, porque él mismo era uno de tantos que no podía aguantar el increíble calor de un verano tropical—y menos el de éste.

Fue entonces que alguien le mencionó al viejo una palabra mágica.

Y esa palabra fue: GUANABO.

Ubicada al este de La Habana, y enmarcada por montañas, Guanabo—una playa con un hermoso nombre indígena—es una ensenada de un par de kilómetros de longitud donde por siglos nadie había dejado huellas sobre la arena, y donde el mar, todavía virginal, seguía siendo cristalino y límpido.

En el mismo momento en que la vio, Collazo se enamoró de la playa. Inmediatamente decidió construir una extensión de su club literario allí mismo, al borde del mar, porque estaba seguro de que en Guanabo la gente no sólo discutiría de política y de literatura, sino que lo haría a medio vestir mientras todos entraban y salían de ese plácido mar que les daría la bienvenida con su frescura a los cuerpos sobrecalentados de los miembros del club, a los de sus empleados, y a los de sus familiares y amigos.

Collazo sabía lo que estaba haciendo.

Tan pronto los cimientos empezaron a excavarse a comienzos del nuevo año 1939, las solicitudes a convertirse en miembros del club empezaron a llegar con tal rapidez que Collazo tuvo que crear una oficina nueva sólo para ocuparse de eso. Collazo estaba en el cielo. Sabía que algo bueno tendría que venir de este intercambio de ideas que ocurriría entre los hombres y mujeres miembros del club—lo mejorcito del mundo intelectual de Cuba. Y que él, Collazo, tendría algo que ver con todo ello. Para él, el Club Cultural era un regalo que él le hacía a Cuba, una tierra que le había dado la bienvenida a alguien como él, un soldado sin fortuna, y lo había aceptado con las manos abiertas.

Maximiliano el carnicero es, por derecho propio, uno de los miembros fundadores del Club Cultural. Debido a las letras tan excelentes—verdaderos poemas—que le ha puesto a muchas canciones cubanas, Maximiliano fue personalmente invitado por Collazo a formar parte del club—sin saber que una de las hijas de Maximiliano, Marguita, estaba ya casada con uno de sus contables, Lorenzo. Fue el mismo Collazo quien invitó a Maximiliano a asistir a la ceremonia de inauguración del Club Cultural en Guanabo. Y cuando Collazo le contó a Maximiliano lo que estaba planeando hacer para inaugurar el edificio, Maximiliano le ofreció una sugerencia al viejo vendedor ambulante:

—¿Por qué no invita usted al padre Francisco para que oficie en la ceremonia? Después de todo —añadió Maximiliano—, ese viejo cura, que es tan taimado como un zorro, no sólo es buena compañía sino que sabe hacer ese negocio de rociar con agua bendita ¡mejor que nadie!

A pesar de sus infinitas diferencias—o quizás precisamente por eso—Maximiliano y el padre Francisco empezaron una amistad querellosa el día del bautizo del pequeño Renzo, después de que el padre Francisco engatuzó a Maximiliano para que entrara en su iglesia, algo que el carnicero nunca pensó hacer. Esos dos, Maximiliano y el viejo cura—que a duras penas se daban los buenos días antes del bautizo de Rencito—ahora se les ve constantemente el uno en la compañía del otro, discutiendo acerca de esto o de lo otro, en un perenne debate en el que cada uno de ellos defiende lo que cree con una fiereza casi absurda; los dos disfrutando plenamente de estas acaloradas discusiones como si fueran compañeros de esgrima. Y justo como todos los esgrimistas del mundo, en el preciso momento en que el debate se da por terminado, ambos se ríen a carcajadas de lo que cada uno dijo, aunque cada uno de ellos piensa para sí que ganó el debate sin lugar a dudas.

Intrigado por lo que Maximiliano le había dicho, Collazo quiso conocer a este notorio cura, y dado que los dos eran españoles, lo invitó a almorzar. ¿Y dónde mejor lugar que en El Baturro, uno de los mejores restaurantes españoles en toda Cuba? Allí, después de un suculento almuerzo de jamón serrano y chorizos acompañados por sendas jarras de un vino tinto de Rioja que estaba como para dar gracias a Dios, el viejo cura se rió de oreja a oreja cuando le dijo al viejo vendedor ambulante de libros: —Pues sí, Señor Collazo. Exactamente como su amigo Maximiliano el carnicero le dijo a usted, yo ciertamente sé hacer ese negocio de rociar con agua bendita ¡mejor que nadie! Y para mí sería un verdadero honor oficiar durante la inauguración del Club Cultural en Guanabo.

Un par de meses más tarde el edificio—que había sido construido totalmente al mismo borde del mar—estaba ya a darse por terminado y la ceremonia con agua bendita estaba ya organizada cuando un ciclón que apareció repentinamente y nadie sabe cómo ni de dónde ni por qué, pasó por la playa de Guanabo, y la arena en frente del Club Cultural fue tragada por el encolerizado océano.

Collazo fue al local con el arquitecto, se dio cuenta de lo que había pasado, sacudió la cabeza penosamente, y casi se puede decir que lloró, porque vio que uno de sus sueños se estaba desmenuzando delante de sus propios ojos. Él sabía que tarde o temprano algún otro ciclón vendría, y que ése posiblemente derrumbaría completamente al edificio. No era el dinero que se había gastado en construir el edificio lo que le dolía—y esto era ya una suma bien considerable—sino la desintegración de su sueño.

Fue entonces que el arquitecto le propuso algo que le sonó casi increíble a los oídos de Collazo. Graduado de la escuela de arquitectura de la Universidad de La Habana, el joven arquitecto había hecho estudios avanzados de estructura en los Estados Unidos, y mientras estaba allí, en varias oportunidades él había visto mover de un lugar al otro a mansiones de estilo victoriano simplemente con levantarlas y deslizarlas sobre ruedas.

—Quizás podamos hacer lo mismo en este caso —le dijo el joven arquitecto a Collazo, de pie a su lado—. Como usted compró bastante terreno, quizás podamos levantar nuestro edificio, deslizarlo, y ponerlo sobre nuevos cimientos que podemos fabricar más en alto y a mucha más distancia del borde del mar durante las mareas altas. Y si lo hacemos, entonces podemos fabricar una especie de dique, digamos una lomita de tierra y arena alrededor del edificio, para protegerlo del mar y de los ciclones en el futuro. ¿Qué cree usted?

—Pero... ¿tú crees que este edificio de tres plantas pueda ser movido? —le preguntó al arquitecto Collazo, que sonaba muy inseguro.

—Yo creo que sí, que puede ser posible —respondió el joven—. Dado que el edificio fue construido al estilo americano, con entablillado de madera sobre una estructura también de madera que es bien rígida, el edificio pesa poco, en comparación a un edificio similar hecho de mampostería, así que... A ciencia cierta, no lo sé. Pero me parece que sí, que es posible que lo podamos deslizar, digamos unos cuarenta o cincuenta metros del borde del mar. Terreno tenemos, y en abundancia, así que, sí, creo que quizás lo podamos hacer.

Collazo miró al joven ojo a ojo: —¿Tú realmente crees que es posible?

—Claro que tendremos que contratar expertos y traerlos de los Estados Unidos. Pero, sí, yo creo que es posible.

Collazo y el arquitecto estaban de pie en el escaso espacio que quedaba entre el edificio y el borde del mar, y mientras estaban mirando al edificio y pensando lo que se podría hacer, una ola vino, acariciando el poquito de arena donde ellos estaban parados, hasta llegarles a los pies. El arquitecto se movió rápidamente, para evitarla. Pero así no lo hizo Collazo. Él simplemente se quedó en donde estaba, mirando a su edificio y pensando lo que hacer.

—Lo haremos —dijo Collazo. Entonces, dándose cuenta de que sus pies estaban mojados, añadió, medio bromeando, mientras señalaba en dirección a los bajos del pantalón, que estaban empapados—. Porque por lo visto no nos queda otro remedio.

De más está decir que todo el mundo pensó que Collazo estaba loco de remate. Nadie en Cuba había ni siquiera intentado hacer algo como esto. Los periodistas empezaron a hacer preguntas mientras expertos vinieron de los Estados Unidos, miraron al lugar, sacudieron negativamente sus cabezas, tomaron miles de medidas, volvieron a sacudir negativamente sus cabezas, se reunieron una y otra vez, lo volvieron a medir todo de nuevo y finalmente le dijeron a Collazo: —Creemos que se puede hacer, pero no le podemas dar garantía alguna.

—¿Qué probabilidades me dan? —preguntó Collazo.

—Mitad, mitad.

Eso fue todo lo que Collazo necesitaba oír.

Nuevos cimientos fueron excavados, un dique de tierra comenzó a ser erigido a ambos lados del edificio, la estructura fue levantada usando gatos hidráulicos estratégicamente localizados, las tuberías fueron desconectadas, y el día finalmente llegó en que el edifico estaba listo para ser movido.

Todos los periódicos de Cuba y hasta algunos del extranjero mandaron periodistas y fotógrafos para documentar, ya la efectiva mudada del edificio, o su derrumbe en su totalidad completa. Y mientras los cubanos seguían haciendo apuestas—las probabilidades estaban 17 a 1 a que el edificio se vendería completamente abajo—varios camiones estaban ya donde debían estarlo, listos para mover el edificio.

Collazo estaba de pie, tranquilamente observando todo lo que estaba ocurriendo hasta que el joven arquitecto se le acercó.

—Estamos listos —le dijo.

Collazo lo miró y se sonrió: —Entonces, ¿a qué esperamos? —Moviéndose hacia el hombre que estaba a mando del primer camión, Collazo le dijo:

¡Adelante!

El hombre encendió el motor de su camión, y el que estaba al lado de él hizo lo mismo, y así lo hicieron un hombre, y el otro, y el siguiente, y de repente el edificio se movió ligeramente tomando un paso—lo que hizo que todo el mundo corriera a guarecerse. Todo el mundo menos Collazo, que se mantuvo de pie junto a su joven arquitecto, una amplia sonrisa iluminando su rostro a medida que vio cómo el edificio se movió primero una pulgada, y después otra, y después otra.

Ésa fue la fotografía que apareció en la primera plana de todos los periódicos de Cuba la mañana siguiente: la foto de un hombre viejo y corpulento, con orejas grandes y peludas, una nariz abultada, labios gruesos y una manazas enormes que, usando el mismo traje que siempre usa, está mirando con los ojos destellantes, casi desafiantes, de un hombre joven, a uno de sus sueños que se estaba convirtiendo en realidad.

Las apuestas fueron pagadas—no sin que hubiera más de una pelea a puñetazos limpios.

Y se hizo la determinación de que la ceremonia de rociar al edifico con agua bendita fuera a tener lugar el último domingo del siguiente mes, cuando el edificio, ahora en su nuevo local, protegido por diques y orgullosamente mirando a un océano al que se había atrevido a dominar, estaría acabado por completo.

El tan esperado domingo finalmente llega.

Después de celebrar la primera misa matutina en su iglesita en lo alto de la loma en Luyanó, el padre Francisco y su joven acólito, están en la esquina de La Calzada y la Calle de los Toros, esperando al autobús que los va conducir a la playa de Guanabo.

Pintado azul oscuro por fuera y por dentro, con letras doradas que dicen GUANABO en la parte de afuera, y con asientos de mimbre muy apretados, este autobús sale de La Habana Vieja, donde la librería de Collazo está ubicada—así como la casa de la familia de Lorenzo—y hace varias paradas antes de llegar a su última parada en La Habana, que es la parada en Luyanó. Desde ahí el autobús sale directamente para la playa de Guanabo, lo cual toma casi hora y media.

Llevando consigo una valija grande y al parecer bastante pesada en la que se encuentran todos los objetos necesarios para la ceremonia de bendición—crucifijos, incensarios, vestiduras, y todo lo demás—mientras los dos curas esperan el autobús, se secan constantemente sus sudadas frentes con pañuelos blancos de algodón, porque ambos curas visten sus viejas sotanas negras, remendadas, quizás, pero inmaculadamente limpias.

Como en la mayoría de las naciones latinoamericanas, así como en España e Italia, los curas cubanos usan sus sotanas a toda hora. Éstas son vestiduras largas y negras con sayones largos que les llegan a los talones, que los curas usan por encima de su ropa normal: pantalones y camisa.

Hay algo acerca de una sotana que parece que le quita el ser hombre a un cura—como hay algo acerca de un hábito de monja que parece que le quita el ser mujer a una monja. Por consiguiente, en los ojos de todo el mundo, un cura vestido de sotana se tranforma en algo parecido a un eunuco, un hombre semicastrado, sin sexualidad, algo que los curas dicen que les sirve inmensamente en su misión de ayudar a todos por igual, ya sean estos hombres o mujeres.

De pie al lado de los curas, y esperando el mismo autobús está Maximiliano, todo vestido de blanco como de costumbre, y como de costumbre, fresco como una lechuga. A su lado, llevando un vestido de algodón—hecho por ella misma de retazos de tela impresos con florecillas azules pálidas—está su esposa, Dolores. Mientras sostiene con su brazo derecho a su dormido nietecito, Rencito, que hace poco cumplió los diez meses de edad, Dolores agarra con su mano izquierda la manita de su hijita, la linda Perucha. La niña está extremadamente contenta, no sólo porque va a ir a la playa—donde ella no ha estado con anterioridad—sino primordialmente porque tiene puesto un vestido nuevo hecho por Dolores y que duplica exactamente al de su madre. Los padres del bebé, Marguita y Lorenzo, están detrás de ellos, en la bodega de Hermenegildo, comprando pastelitos de guayaba recién salidos del horno y flautas de pan cubano para llevárselas en ésta, su primera excursión a la playa de Guanabo.

A pesar de lo entusiasmado que estaba Lorenzo acerca de este edificio y acerca de la playa de Guanabo, Marguita tuvo que trabajar mucho, y muy duro, para persuadirlo a que viniera en este viaje. Dado que Lorenzo va a la universidad cinco noches a la semana, los domingos son los únicos días que tiene libre para poder ponerse al día con sus estudios. Y aunque ya no tiene que trabajar los sábados por las tardes—porque Collazo fue fiel a su palabra—cuando Lorenzo llega a su casa los sábados después de trabajar toda la mañana, está tan exhausto por el trabajo que ha hecho durante la semana que sencillamente se tira en la cama y se queda dormido. Además los exámenes finales están como quien dice al doblar de la esquina, así que Lorenzo, que cree que se está quedando atrás con sus estudios, estuvo muy renuente a venir en esta excursión.

Pero renuente o no, Marguita ya lo había decidido.

Y cuando Marguita—«La Mula»—decide algo...

—¿Por qué no te llevas los libros a la playa? —sugirió Marguita, usando la más melodiosa de todas sus voces—. En Guanabo se puede leer tan bien como se puede leer aquí. Y si tienes que hacer alguna tarea, yo estoy segura que habrá alguna mesa disponible en el comedor, después de que todo el mundo haya acabado de almorzar, ¿no crees?

Lorenzo miró a Marguita y sacudió de lado a lado la cabeza.

—Tú no entiendes, Marguita —le dijo, señalando a las docenas de papeles y libros tirados por arriba de la mesa del comedor de su casa—, dentro de poco el primer período se terminará y yo todavía tengo un burujón de temas por hacer, y de libros por leer, y además...

—Pero, Lorenzo, tú has estado sacando sobresaliente en todas tus asignaturas. Así que estoy segura de que...

—Pero ¿por qué tú crees que yo he estado sacando sobresaliente en todo, Marguita? Porque he estado estudiando como un maldito. ¿No fue ésta tu idea? ¿De que yo fuera a la universidad por las noches?

Las cosas no estaban yendo exactamente como Marguita lo deseaba, así que decidió cambiar de rumbo.

—Pero, Lorenzo, piensa en Rencito. Piensa en lo mucho que va a disfrutar en la playa.

Pero Lorenzo seguía dándole de lado a lado a la cabeza.

—Ir a la playa te va a venir muy bien —insistió Marguita—. Te hace falta descansar. Y a mí también —añadió Marguita—. Todos nosotros necesitamos ese descanso —le dijo, sosteniendo su bebé junto a ella—. Nosotros tres, quiero decir.

Viendo que Lorenzo seguía dale que dale de lado a lado a la cabeza, Marguita se mordió los labios. Se le estaban agotando los argumentos y estaba a punto de perder la ecuanimidad y explotar cuando una última idea le iluminó el cerebro.

—Está bien, tú ganas —dijo, como si estuviera lista a darse por vencida—. Nos quedaremos aquí. Pero déjame decirte Lorenzo que va a ser una pena que no vayamos. Con toda esa arena tan hermosa, y ese cielo tan maravilloso, y ese sol tan resplandeciente… ¿Te puedes imaginar las magníficas fotografías que pudieras tomar en la playa?

Tan pronto oyó esa palabra mágica *«fotografías»* las orejas de Lorenzo se le pararon.

Para el bautizo del pequeño Renzo, la familia de Lorenzo, todos ellos dando un poco, le regalaron a Lorenzo una cámara Kodak genuina.

«Para que podamos tener recuerdos del bebé», le dijo su madre, Carmela.

Obviamente traída de los Estados Unidos ilegalmente de contrabando, porque la cámara les costó casi nada, ésta era uno de los modelos Kodak más completos, pues vino ya cargada con un rollo de película en blanco y negro —la única clase que existía entonces— y con un reflector metálico con bombillos desechables que producían una intensa luz instantánea para tomar fotografías en interiores con poca luz.

Siguiendo cuidadosamente la versión en español de las instrucciones en varios idiomas que venían con la cámara, Lorenzo tiró el rollo completo durante el bautizo de Rencito.

Semana y media después Lorenzo fue al estudio donde las fotos habían sido reveladas e impresas para recogerlas. Pequeñas como lo eran —apenas de dos por tres pulgadas y con los bordes aserrados— las fotografías eran verdaderamente maravillosas. En una de ellas se veía a una sonriente Carmela, totalmente vestida de negro y con su blanca cabellera recogida en un moño, sosteniendo en sus arrugadas manos a su primer nieto, Rencito, un bebé que llevaba puesto un largo mameluco de bautizo hecho de encaje blanco y que estaba durmiendo plácidamente, mientras que detrás de ellos Padrón, también vestido totalmente de negro, estaba de pie mirando, al igual que Carmela, con ojos llenos de admiración, al bebé en los brazos de su abuela.

Esta foto fue una sensación.

Era un hermosa composición en blanco y negro, cierto—pero además la foto tenía algo más: tenía alma. La gente en la fotografía había sido capturada en vivo en un momento de mucha intimidad. Viendo el intenso amor que transpiraba a través de la foto, todo aquél que la miraba no podía sino decir «Aaahhh...!» y sonreírse.

Cuando Lorenzo fue a recoger las fotos, el dueño del estudio le dijo a Lorenzo que le daría una ampliación gratis si Lorenzo le daba el permiso de hacer otra para él, cosa de ponerla en la vitrina de afuera para que la gente la viera. Cuando oyó esto, Lorenzo se puso más que contento. Inmediatamente le dio el permiso al hombre y la semana siguiente, cuando retornó al estudio para recoger su propia copia, vio su fotografía en la vitrina del estudio, elegantemente enmarcada.

Ni decir hay que desde ese preciso momento Lorenzo se quedó totalmente prendado del arte fotográfico.

Así que cuando oyó a Marguita mencionar esa palabra, *fotografías*» y se puso a pensar en toda esa arena tan hermosa, y ese cielo tan maravilloso, y ese sol tan resplandeciente del cual había hablado Marguita...

¡No en balde se le pararon las orejas!

Mirándolo de reojo, Marguita, riéndose a sí misma, pretendió que no se había dado cuenta de nada.

—Bueno —dijo, suspirando—. Me imagino que iremos a la playa algún otro día.

Pero claro, Marguita sabía muy bien lo que estaba haciendo.

Después de una espera que parece casi infinita, el autobús de Guanabo finalmente llega a la parada de Luyanó.

Viene con un retraso de más de cuarenta minutos, y el chofer, malhumorado por el excesivo calor del sol que está a plomo, y por la algarabía de la gente que no para de hablar, y por el tráfico tan increíble que lo está volviendo loco, y por sabe Dios qué más, está que ya no puede más.

¡Vamos, gente! ¡Vamos, *vamos*! —el chofer sigue repitiendo y repitiendo mientras el padre Francisco y el padre Alonso entran en la «guagua», que es como los cubanos le dicen a los autobuses. Detrás de ellos, mientras ayuda a Dolores a montarse, Maximiliano le grita a Marguita y a Lorenzo: ¡Apúrense, apúrense! ¡Que se va la guagua!

Los impacientes choferes de varios carros que están detrás de la estacionada guagua comienzan a apretar sus bocinas una y otra vez lo más alto posible a medida que Marguita, llevando un vestido de algodón verde pálido de hechura casera con un pañuelo del mismo color amarrado alrededor de la cabeza, corre adonde está la guagua mientras Lorenzo, todavía inclinado sobre el mostrador de la bodega, está busca que busca su billetera que al parecer no sabe dónde la metió.

—Dile a Hermenegildo que ya le pagaremos luego, cuando regresemos —le grita Maximiliano a Lorenzo—. Apúrate, Lorenzo. ¡Vamos, *vamos*! ¡Que nos tenemos que ir!

Lorenzo corre a la guagua, que ya se ha empezado a mover, y a pesar de que lleva en sus manos un cartucho enorme repleto de cosas, da un salto y se encarama agarrándose de lo primero que encuentra en el momento exacto en que el chofer hace un cambio de velocidad, y todo el mundo da un brinco mientras el chofer maniobra una curva bien cerrada.

Dentro de la guagua, los recién llegados son saludados entusiásticamente por los que ya están dentro, que se levantan: los hombres, para darles a los otros hombres abrazos apretados y bien sentidos; las mujeres para darse besos en las mejillas que no se los llegan a dar porque ninguna de ellas quiere echarle a perder el maquillaje a la otra—y menos aún el suyo propio. Todo el mundo está tan entusiasmado con esta visita a la playa de

Guanabo, que el nivel de ruido dentro de la guagua es por lo menos igual, si no varias veces superior, al nivel de ruido de afuera—y ése es ensordecedor.

Con bastante dificultad, el padre Francisco y su joven asistente, el padre Alonso, caminan hacia el fondo de la guagua, en donde hay varios asientos disponibles. Un hombre se para, dándole el asiento de la ventanilla al padre Francisco, mientras que el padre Alonso ve que dos filas detrás del viejo cura hay un asiento disponible que da al estrecho pasillo central. Como el padre Alonso es el acólito, es el que lleva la pesada valija con todo lo necesario para la ceremonia. Cuando llega a su asiento, aún de pie, trata de levantarla para ponerla en el espacio para maletas, hecho con gruesas sogas de yute entrelazadas, que hay arriba de los asientos. Y mientras lo hace tiene una sensación extraña, como si alguien lo estuviera mirando con gran intensidad.

Todavía con la valija en las manos, se vuelve.

Allí, sentada en un asiento de ventanilla, ve a una mujer esbelta, toda vestida de negro, que está mirando hacia afuera con ojos sonrientes y expectativos. La reconoce, porque la conoció durante la fiesta del bautizo de Rencito.

Es la hermana sorda de Lorenzo, Asunción.

Sentada al lado de Asunción, en el asiento del pasillo, hay otra mujer esbelta. Pero ésta no lleva un vestido negro sino uno hecho de una gaza blanca, casi transparente, y tiene una cara muy blanca que está enmarcada con mucha elegancia por el cabello más negro que él jamás ha visto, el cual ella lo lleva apretado en un moño sobre la nuca.

Esa mujer es la hermana de Asunción, Loló.

Y sin embargo, aunque la reconoce, y aunque sabe que ella está allí, el padre Alonso casi no la puede ver.

Porque todo lo que puede ver son esos ojos oscuros de gitana que Loló tiene, penetrantes y provocadores, que están clavados en los del joven cura, mirándolo con gran intensidad, como si haciéndole una pregunta.

Sorprendido por haberse encontrado con esos ojos tan candentes que parecen que le están quemando la piel, la pesada valija que el padre Alonso tiene en sus manos se le cae de las manos sin querer en el preciso momento en que la guagua toma otra curva apretada. Pero felizmente la puede agarrar antes de que se le caiga al piso de la guagua, o sobre la cabeza de alguien.

La gente alrededor del joven curita español inmediatamente le grita:

—¡Oiga, padre, tenga cuidado! ¡Mire que esa maleta parece que pesa una tonelada!

Al oír esto, el padre Francisco se vuelve mirando a su asistente:

—Tenga muchísimo cuidado, padre Alonso —le dice el viejo cura—, estas curvitas cubanas son muy peligrosas y uno puede caerse sin que se dé cuenta. Agárrese bien de lo que pueda.

El padre Alonso se las arregla para poner la valija arriba en donde le corresponde, se sienta calladamente, y aunque todavía puede sentir esos ojos misteriosos de Loló clavados en él, no se vuelve para mirarlos.

Lo que hace es tomar su rosario y, cerrando los ojos, comienza a rezar, agarrándose a su rosario con tanta fuerza que sus nudillos se le ponen en blanco.

Pero hasta con toda esa fuerza que él está usando para agarrarse de su rosario, el joven curita no puede controlar la sangre que le ha empezado a correr por todo el cuerpo, ni la sensación de esa cosa que le cuelga entre las piernas, que a pesar de que está escondida debajo de una sotana negra que se supone que sirve para tranformar a un hombre en algo parecido a un eunuco, un hombre semicastrado, sin sexualidad, ahora, de repente, se le ha puesto firme y dura, parándosele sin quererlo.

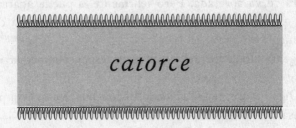

# *catorce*

Moviéndose a tirones, la guagua, cuyo motor está tan recalentado que está al hervir—tal como la gente que va dentro de ella—avanza poco a poco hacia su destino, y a medida que lo hace, traqueteándose de aquí para allá a lo largo de la estrecha carreterita de tierra que la llevará a la playa de Guanabo, el padre Alonso cierra los ojos y reza y reza sin parar, tratando de ignorar lo que su cuerpo le está diciendo.

Sin embargo, eso de nada le sirve.

No importa cuántos padrenuestros y cuántas avemarías él rece, su cuerpo ni escucha esas oraciones ni las acepta, porque en su mente están todavía grabados, y muy profundamente, esos ojos oscuros y gitanos de Loló.

Pero entonces el padre Alonso se da cuenta de que

esos ojos tan oscuros y tan penetrantes le recuerdan otros ojos todavía más oscuros y más penetrantes.

Y su mente viaja a un tiempo pasado, muchos años antes de cuando se hizo sacerdote y adoptó el nombre de «Alonso»; a un tiempo pasado muy desconcertante cuando comenzó a entender lo que su incipiente pubertad le estaba diciendo y descubrió que, muy a pesar suyo, los deseos de su corazón estaban encentrados no en las muchachas sino en los muchachos.

No, no en los muchachos, sino en un sólo muchacho. Uno de sus compañeros de escuela, de su misma edad.

Felipe Montalvo.

¿No había sido precisamente ésa la razón por la cual él había entrado en el servicio religioso? ¿Por esa atracción que él había sentido hacia Felipe? ¿Una atracción que él tenía la plena seguridad de que se encontraba indiscutiblemente en contra de la naturaleza?

Ni muy alto ni muy guapo, con una nariz quebrada, amplios hombros y una sonrisa aún más amplia enmarcada por hoyuelos, Felipe, que se destacaba en los deportes, era uno de los pocos en la escuela católica privada a donde ambos muchachos iban que se hizo amigo del joven que eventualmente se convertiría en el padre Alonso—en aquel entonces un adolescente que, perturbado por los deseos de su corazón, evitaba el enfrentarse con ellos sumergiéndose en sus estudios.

El por qué Felipe y él se hicieron amigos, eso el padre Alonso nunca lo ha podido entender.

El caso es que así pasó, recuerde el padre Alonso.

Todo empezó cuando él comenzó a ayudar a Felipe, como un acto de caridad—o esa fue la disculpa que se dio a sí mismo—en sus tareas de álgebra y de geometría, asignaturas que eran necesarias para poder graduarse, pero que Felipe las había fallado ya dos veces. Felipe logró pasar ambas asignaturas—y con muy buenas notas—y en el proceso, Felipe y él se hicieron amigos íntimos, pasando la mayoría del tiempo juntos. Tanto fue así que antes de que él se diera cuenta, él, a quien nunca le habían gustado los deportes, comenzó a jugarlos y a disfrutarlos, aunque no era verdaderamente bueno en ninguno de ellos—salvo en la natación, en la cual tanto Felipe como él se excedían. Esto le encantaba a los padres de ambos, porque podían ver cómo cada muchacho estaba ayudando a cambiar al otro, cada uno de ellos mejorando día tras día.

No era poco usual verlos a Felipe y a él, muertos de la risa, encaramarse en sus bicicletas al final del día escolar, y volar más que correr a un lugar secreto que tenían, una laguna bastante grande, casi un lago, que estaba medio escondida entre el pueblo donde ellos vivían y el vecino. Una vez allí, se quitaban la ropa tan rápidamente como podían, se tiraban sin miedo alguno en las oscuras aguas, tan oscuras que parecían negras, y nadaban vigorosamente hasta llegar a un promontorio rocoso que estaba al lado opuesto de la laguna.

Lo que pasó, pasó durante una de esas sesiones de natación, mientras ellos dos, totalmente desnudos, estaban de pie sobre ese promontorio rocoso que daba la impresión de que estaba desafiando a la naturaleza porque parecía que estaba volando por sobre las oscuras aguas de lo que Felipe y él llamaban «Nuestro Lago Secreto».

Él se dio cuenta de que estaba mirando a Felipe de una manera y con una intensidad tal y como nunca lo había mirado antes. Sus ojos notaron primero el negro y tupido pelambre que casi de la noche a la mañana le había salido a Felipe en sus sobacos. Entonces, sus ojos atónitos se resbalaron lentamente por sobre todo el cuerpo de Felipe viendo, como si por una primera vez, los amplios hombros, los musculosos brazos, y el esculpido pecho de su amigo, hasta que se detuvieron mirando fijamente a esa negra melena leonina que le servía de aureola al órgano viril de Felipe y que proclamaba al mundo que Felipe ya no era un niño sino un verdadero hombre—gallardo, muy bien desarrollado y muy bien dotado por la naturaleza.

Tan pronto sus ojos se enfocaron en el sexo de Felipe, que estaba agrandado y a punto de explotar, el joven muchacho sintió que esa cosa que hasta ese momento solamente le había colgado flácidamente entre sus piernas se ponía instantáneamente rígida y dura—tan gruesa, tan agrandada, y tan llena de vida como la de Felipe. Fue sólo entonces que levantó sus ojos, perplejos y atónitos, y miró a Felipe—sólo para darse cuenta de que los ojos de Felipe, tan perplejos y tan atónitos como los suyos, lo estaban mirando a él con una intensidad casi alarmante. Y él creyó ver la misma pregunta que le estaba pasando a él por la mente reflejada en los ojos oscuros y penetrantes de Felipe. Ojos tan enigmáticos y tan misteriosos que parecían que pertenecían al rostro de un hombre gitano.

Eso fue todo lo que pasó.

Nada más pasó entre ellos.

Pero después de ese día, alegando una multitud de razones, Felipe y él dejaron de verse mutuamente. Felipe volvió a sus deportes, él a sus estudios.

No fue mucho después de eso que él anunció que había tomado la decisión de entrar en un seminario para hacerse sacerdote.

El día después de que Felipe y él se descubrieron mirándose el uno al otro—con una mirada llena de escondidos y apremiantes impulsos y de un deseo abrasante que se estaba quemando a todo fuego en la profundidad de sus ojos—perturbado profundamente, él fue a su confesor, el padre Cristóbal, y le contó todo lo que había ocurrido entre él y otro muchacho, sin mencionar el nombre de Felipe.

El padre Cristóbal trató de quitarle importancia a lo que había oído.

—Cosas como ésas le suceden muy a menudo a todos los muchachos de tu edad —le dijo el cura al joven muchacho arrodillado frente a él—, así que no debes preocuparte por eso. Sin embargo, para evitar más problemas en el futuro, lo mejor que puedes hacer es no exponerte a la posibilidad de caer en la tentación, como tú bien sabes. Así que de ahora en adelante, mantente lo más separado que puedas de ese otro muchacho. Es más —prosiguió el padre Cristóbal—, lo mejor sería que de ahora en adelante ustedes dos no se volvieran a ver de nuevo. Y reza, hijo mío, reza para que Dios te ilumine y te guíe —El padre Cristóbal hizo una pequeña pausa, y después añadió: —De la misma manera que yo voy a rezar por ti.

Lo que él nunca supo—lo que el padre Cristóbal nunca le dijo—fue que momentos antes, en ese mismo día, otro joven tan profundamente perturbado como él, Felipe, también había venido a ver al viejo confesor, le había contado al cura la misma idéntica historia, y había recibido el mismo idéntico consejo del padre Cristóbal.

Al cabo de varias semanas, después de ir a su confesor de nuevo y de decirle que había tomado su decisión de hacerse cura, él levantó el rostro y contempló los ojos llenos de bondad del padre Cristóbal, fijos en los suyos.

—¿Estás seguro de tu vocación? —le preguntó el viejo confesor a la persona de rodillas a sus pies, alguien que de la noche a la mañana había dejado de ser muchacho y se había transformado en un hombre joven.

Manteniendo sus ojos mirando al suelo, él asintió, diciendo:

—Sí, padre. Lo estoy.

—Hijo mío —añadió el padre Cristóbal—, la iglesia es una misión, no un escape. Y tampoco es un lugar para esconderse. No importa lo mucho que uno trate de hacerlo, uno no puede nunca evadir la realidad de la vida. Y pobre del que lo trate, pues tarde o temprano acabaría descubriendo lo inútil que han sido todos sus intentos. Un hombre debe enfrentarse a la vida con mucha valentía y domarla con sinceridad de corazón. Sólo así se puede considerar uno un hombre de verdad, porque solamente de esa manera puede ser uno completamente libre. Con la verdad absoluta. Y sólo cuando un hombre es completamente libre, sólo entonces es que uno puede ofrecer su alma—y su cuerpo—al servicio de Dios. Sólo entonces. Cuando uno es verdaderamente libre. Libre para mirar objetivamente a la vida, libre para estudiar cuidadosamente las opciones frente a uno, y libre para elegir. Con sabiduría. Sin miedo, pero con valor. ¿Me entiendes lo que te estoy tratando de decir? —le preguntó el viejo cura con voz muy seria—. ¿Has estudiado otras opciones y has tomado tu decisión con valentía viril, y no porque le tienes miedo a algo? Dime, hijo mío, dime la verdad. ¿Lo has hecho?

—¡Sí, padre! —él respondió decisivamente, sin la menor duda—. Y no, padre. No estoy evadiendo nada. Ni tampoco me estoy escondiendo de nada. Yo he sentido el llamado de Dios. Está aquí, en mi corazón —añadió con voz plena de sinceridad mientras se tocaba el pecho. Entonces miró a su confesor ojo a ojo: —Yo he rezado y rezado tarde y noche, pidiéndole a Dios que me guiara y que me iluminara el camino que debo seguir, como usted me dijo que hiciera. Y Dios ha sido lo suficientemente bondadoso como para responder a mis ruegos.

—Entonces, hijo mío —dijo el padre Cristóbal haciendo la señal de la cruz sobre la cabeza del muchacho arrodillado a sus pies—, ¡que se haga la voluntad del Señor!

«Yo pensé que la voluntad del Señor se había hecho», se dice el padre Alonso mientras se sienta en la guagua que va a la playa de Guanabo y le saca lustre a las cuentas de su rosario de tanto frotarlas.

«Pero, ¿estaba yo equivocado entonces?», se pregunta el joven curita mientras sigue reza que reza, tratando de borrarse de la mente los ojos oscuros y gitanos de Loló, que estaban tan desbordante de deseo como esos otros ojos oscuros y gitanos, los de Felipe, también lo habían estado.

«¿Estaba yo equivocado acerca de Felipe?», se vuelve a preguntar el padre Alonso. «¿Y acerca de mí mismo? ¿Y de mi vocación?»

Sacude la cabeza de lado a lado indicando una confusión sin límites.

«¿Estaba yo equivocado entonces acerca de... acerca de *todo?*»

PARTE CUARTA

# Unicornio

# quince

La playa de Guanabo es lo que todos se esperaban y aún mucho más.

E igualmente lo es el Club Cultural.

Tan pronto como la gente baja de la guagua, después de estirarse por un segundo o dos y de inhalar el aire puro de una playa casi totalmente virgen, todos entran en el edificio a medida que dicen «¡Ooohhh! y ¡Aaahhh!» El dinero se ha gastado, y en abundancia— de eso no hay duda. En su vida privada, el señor Collazo podrá ser un avaro, pero si lo es, «de seguro que sabe gastar el dinero», se dicen los unos a los otros mientras suben y bajan las espaciosas escaleras y admiran el gran comedor en la planta baja, y la sala de juegos en la segunda planta, y los magníficos salones para cambiarse que flanquean la entrada principal.

En el salón de cambio de las damas hay armarios individuales en contra de las paredes, así como duchas y cabinas individuales con cortinillas color arena, para que las mujeres puedan cambiarse de ropa y bañarse con privacidad absoluta, como lo requiere la modestia de las damas. En el salón de cambio de los hombres la palabra «privacidad» no existe, por supuesto, porque se supone que los hombres criollos no sean modestos acerca de nada. Lo que hay en ese salón es, en vez de cabinas individuales, hileras de armarios individuales con largos y delgados bancos entre ellas; y en vez de duchas individuales, un cuarto comunal con una docena de duchas espaciadas igualmente a lo largo de tres paredes.

A la gente le encanta el edificio, celebrando ya esto o lo otro. Pero lo que hace que todo el mundo se vuelva loco es cuando descubren que las duchas tienen no sólo agua fría, como era de esperar, sino también tienen agua caliente.

Ahora bien, eso… «¡Eso sí que es lo máximo del lujo!» se dicen todos.

A los pocos minutos ya todos los armarios individuales han sido tomados y llenados de toda cosa inimaginable, desde sombreros de paja y aceite para el sol hasta parasoles y pañales. Pero a pesar de lo tanto que todos lo desean, nadie se ha puesto su traje de baño.

No. No hasta que el edificio sea consagrado.

Como todo el mundo quiere refrescarse y nadar en el mar color turquesa—para poder usar las duchas con agua fría y caliente—todos empiezan a mirar con ojos ansiosos a los dos curas; Maximiliano el primero de ellos.

—Bueno, padre Francisco —le dice mientras aguanta abierta la puerta de la habitación del segundo piso que ha sido puesta al servicio de los dos curas—, ¡a ver si nos apuramos y empezamos a rociar las cosas lo más pronto posible!

El padre Francisco pretende no haberle oído y dirige sus palabras a su asistente.

—Padre Alonso —dice el viejo cura mientras comienza a buscar algo dentro de la valija—, creo que se me ha perdido mi sermón. ¿Usted lo ha...?

—¿Sermón? —pregunta un asombrado Maximiliano, interrumpiendo al padre Francisco antes de que pueda acabar de decir lo que iba a decir—. ¡A mí nadie me dijo nada de un sermón! Yo pensé que todo lo que ustedes iban a hacer era rociar este edifico con agua bendita y decir algunas palabritas en latín ¡y ya!

—Pero, ¡hijo! —dice el padre Francisco usando el tono más serio del cual es capaz—, el señor Collazo nos está pagando tan bien para que le bendigamos el edificio que lo menos que yo puedo hacer es echarles a todos un sermoncillo. Yo no quiero que piense que nos estamos aprovechando de él, sacándole dinero—que como tú bien sabes, hay mucha gente que precisamente piensa que eso es lo que nosotros, los curas, hacemos todo el tiempo —Suspira profundamente—. Me pregunto ¿qué fue lo que hice con ese sermón? Después de que lo estudié y lo pulí tanto, para hacerlo lo más corto posible —Se vuelve a Maximiliano: —Tú sabes lo que decía Voltaire, ¿no? —dice, mirando con intención al carnicero que todavía sigue sujetando la puerta abierta—. Le escribió una carta a una vieja amiga de él y en la posdata le añadió: «Siento muchísimo que esta carta sea tan larga, pero no tuve el tiempo para hacerla más corta» —El viejo cura vuelve a suspirar—. Bueno, eso mismo me pasa a mí. Si no encuentro mi sermón, lo voy a tener que improvisar, y mucho me temo que lo voy a hacer mucho más largo de lo necesario. Pero, ¿qué se le va a hacer? Espero que no lo haya dejado en mi cuarto en Luyanó.

—Me sorprende que de toda la gente en el mundo usted esté citando precisamente a Voltaire —dice Maximiliano—. ¿No era él uno de esos heréticos que odiaba a muerte ese tipo de iglesias que tienen ustedes los curas?

—Pero escribía muy bien, hijo mío. Muy requetebién —contesta el viejo cura—. La verdad es la verdad. Y en lo que concierne a la verdad, yo citaría no sólo a un herético como Voltaire sino a cualquiera, hasta a ti, Maximiliano. ¡Yo citaría algunas de las letras de tus canciones, si eso me ayudara a ser un mejor cura!

Maximiliano sacude la cabeza con exasperación silente. Entonces sale del cuarto, cerrando la puerta calladamente detrás de él.

—Padre Francisco —dice el padre Alonso volcando la valija al revés, vaciándola, y esparciendo su contenido sobre una de las dos camas que hay en el cuarto—. Yo no me acuerdo de haberlo visto escribiendo un sermón para este...

—¿Oh, no...? —lo interrumpe el padre Francisco—. Yo pensé que sí, que lo había escrito—. Hace una breve pausa, sus ojos cansados y arrugados repletos de picardía: —Bueno, quizás no lo hice —añade, sonriéndole al joven cura—. Se me debe de haber olvidado. Debe ser la edad. Me debo de estar poniendo viejo. Eso mismo debe ser. Sin lugar a dudas. Me estoy poniendo viejo, quizás hasta demasiado viejo.

El padre Alonso le da al padre Francisco el amito, la primera de las vestiduras sagradas necesarias para la ceremonia, y cuando lo hace, el padre Francisco mira a su acólito y nota que hay un algo diferente en los ojos del joven muchacho, ojos que usualmente están claros y límpidos pero que ahora parecen furtivos. Hasta evasivos. El padre Francisco se pregunta, ¿por qué? Y entonces se acuerda de haber visto a esa mujer, Loló, en el autobús mirando al padre Alonso, y que él cree que vio al padre Alonso devolverle la mirada. Y también se acuerda del padre Alonso diciéndole en confesión lo desconcertado que se había sentido cuando Loló le fijó los ojos por primera vez durante la fiesta del bautizo del pequeño Renzo en la casa de su abuelo Maximiliano. «¿Será esto lo que también hoy está desconcertando a este pobre muchacho?», se pregunta el viejo cura. Su deber no sólo de cura sino principalmente de mentor y de confesor de este joven sacerdote lo obliga a averiguar qué es lo que pasa.

—Déjame decirte, hijo mío, que yo nunca pensé llegar a tener la edad que tengo —dice el viejo cura, aparentemente continuando lo que estaba diciendo acerca de que se estaba poniendo viejo—. Pero déjame compartir un secreto contigo: Estoy más que contento de ser lo viejo que soy —Le sonríe con confianza a su joven acólito y después añade:

—Los deseos carnales son mucho menos fuertes cuando uno llega a mi edad.

Al oír esto, al padre Alonso por poco se le cae de las manos la delicada vestidura de algodón casi transparente que tenía en ellas.

—¿Deseos *carnales,* padre? —pregunta el padre Alonso con voz trémula—. ¿Quién? *¿Usted?*

—¡Oh, sí, hijo mío! —responde el viejo cura mientras abre los brazos para que el padre Alonso le ayude a vestirse—. Uno es sólo humano, después de todo. Dios me hizo hombre. Y el hombre que está dentro de mí de vez en cuando mira al mundo con ojos llenos de deseos. Y a las mujeres también, no tengo pena en confesarlo. El deseo sexual es un algo muy poderoso que Dios nos ha dado a todos. Pero el cura que yo soy ha sido capaz de transformar ese deseo, domarlo y hacer que todo eso se haga parte de mi vocación. Y yo creo—¡que digo creo, yo sé!—y muy bien—que me ha ayudado a convertirme en un cura mejor de lo que era antes. Pero no fue fácil, déjame decirte —el viejo añade, mirando fijamente al padre Alonso—. Muchas veces yo me pregunté si me había equivocado cuando elegí este tipo de vida. Después de todo, ¡uno puede servir a Dios tanto si uno es un hombre casado como un sacerdote!

El joven cura evade la mirada inquisitiva del viejo y comienza a abotonar la parte de atrás de la semitransparente alba que el viejo cura se está poniendo por encima de su sotana negra. El viejo cura prosigue:

—Una vez yo ya estaba dispuesto a colgar los hábitos, porque la vida de los curas es muy sola y hay ocasiones en que uno se siente más que solo. Sí, hijo. Mucho más que solo. En aquél entonces yo estaba siendo halado en dos direcciones, mis deseos sensuales en una, y mi vocación en la otra. Todos los votos que hice cuando yo era un hombre joven como tú se vinieron al suelo. Por días no pude pegar los ojos. Una noche, en una desesperación total, me arrodillé al pie de mi cama y repetí en voz alta todos esos votos que había hecho. Y aquéllo fue como... —el viejo cura hace una pequeña pausa como si buscando las palabras apropiadas para describir lo que le había pasado y se vuelve al padre Alonso, que lo está mirando fijamente y con atención total— ...como una confirmación. Eso mismo fue. Palabras que yo había dicho repitiéndolas como un loro que no sabe lo que dice de repente adquirieron un significado totalmente nuevo y se hicieron reales.

Le sonríe al padre Alonso:

—Esa noche, hijo mío, esa noche me hice cura de verdad. Porque esa noche yo fuí ordenado no por un obispo, que es no más que un hombre, sino por el mismo Dios. Esa noche yo sentí su gracia divina llenándome el alma. Y esa noche mi vocación ganó. Y ha estado ganando desde esa misma noche.

El viejo se sonríe picarescamente mientras prosigue:

—Por supuesto, yo aún sigo viendo la belleza que se esconde detrás de los ojos de las mujeres. Sí, no me mires con ojos tan azorados, hijo. Aún con mi edad, la veo. Pero desde aquella noche la veo como un regalo de Dios. Y cada vez que la veo, le doy gracias a Dios por haberlo hecho. Como también le doy gracias por la ayuda que me prestó en uno de los momentos más difíciles de mi vida, cuando más lo necesitaba. Si eso te pasara algún día a ti, hijo mío, no dudes de venir a mí, y a...

Un toque impaciente se oye en la puerta.

—¡Oh, padre Alonso! —dice el viejo cura, interrumpiéndose a sí mismo—. Mejor que nos apuremos. Estos dichosos cubanos, ¡no pueden esperar a quitarse la ropa y tirarse al mar a nadar!

Mira hacia la puerta

¡En unos cuantos minutos! —grita, y entonces, volviéndose, comienza a recoger apresuradamente las cosas necesarias para la ceremonia antes de empezar a salir de la habitación.

—Pero, padre... —empieza a decir el joven cura a medida que enciende el incienso de mirra que acababa de poner en el incensario plateado que trajo de la iglesita de Luyanó—. ¿Qué hay de su sermón? Lo va a...

—Hijo, me parece que ya he hablado demasiado en el día de hoy, ¿no te parece? Apenas si me queda algo de voz. Así que vamos, bajemos y rociemos este hermoso edificio con agua bendita, y bendigamos a este hermoso mundo nuestro en el que vivimos. ¡Adelante, hijo mío! —añade, señalando a la puerta—. Sal tú el primero.

La bendición del Club Cultural es una ceremonia muy hermosa en su simplicidad tan austera. Hombres y mujeres en líneas siguen a los dos curas que van lentamente de un cuarto al otro del edificio, y que dicen de vez en cuando alguna que otra palabrita en latín mientras rocían cuarto tras cuarto con agua bendita.

Cuando empiezan a subir las escaleras para ir al segundo piso, al doblar de las escaleras, los ojos del padre Alonso se encuentran accidentalmente por un breve segundo con los ojos de Loló.

Viendo la belleza que se esconde detrás de esos oscuros ojos gitanos que tiene ella—que le hacen recordar tanto los ojos de Felipe que eran igual de oscuros y de gitanos—el padre Alonso le sonríe, una sonrisa abierta llena de admiración.

Pero una sonrisa que desarma totalmente a Loló, que no puede descifrar lo que esta sonrisa quiere decir.

Cierto es que Loló ha visto cientos de sonrisas dirigidas a

ella. Pero ésas han sido siempre sonrisas provocativas, llenas de sugerencias ilícitas y acompañadas con miradas llenas de fuego, miradas que respondían a las llamaradas escondidas en los ojos de Loló. Así y todo, los penetrantes ojos de Loló nunca han recibido como respuesta la gentil sonrisa que el padre Alonso le dirigió. Una sonrisa honesta. Sincera. Sin esa devoradora intensidad presente en las sonrisas dirigidas a ella por todos esos otros hombres que le han devuelto la mirada.

«Ésta otra sonrisa del joven curita ha sido tan diferente», Loló se dice.

Entonces, casi sin darse cuenta de que lo está haciendo, cuando ve al padre Alonso sonreírle de esa manera, ella le devuelve la sonrisa, una sonrisa que es casi imperceptible, sí. Pero una sonrisa que es tan gentil, tan honesta y tan sincera como la del padre Alonso.

Y cuando Loló le sonríe al joven cura, ella ve cómo los ojos dulces y benévolos del padre Alonso se le encienden y empiezan a brillar.

## dieciséis

Tan pronto el padre Francisco y su joven acólito acaban de rociar el edificio de arriba a abajo con agua bendita, y el Club Cultural está considerado oficialmente bendecido por la mano de Dios, los hombres, las mujeres y los niños se persignan, como han sido instruidos que lo deben hacer. Y entonces, después de un suspiro colectivo que no puede ser disimulado, todos ellos se precipitan a los salones de cambio para reaparecer, segundos después, medio desnudos en sus trajes de baño.

Cubriéndose a duras penas los velludos pechos con apretadas camisetas de franjas a colores y sin mangas, que por medio de botones y cinturones están enganchadas a trusas aún más apretadas que las camisetas y que revelan la anatomía masculina con el más minucioso detalle, los hombres, ambos viejos como jóvenes, después de asegurarse de que las mujeres los están mirando, se echan a correr a través de la amplia expansión de arena que separa al edificio del borde del océano y se lanzan sin miedo alguno en las frescas aguas del Mar del Norte, que es como le dicen los cubanos al poquitico de agua que separa a la isla del continente norteamericano.

Después de dejar que los hombres se exhiban de tal ostentosa manera, las mujeres, mucho más modestas, usando trajes de baño hechos de una sola pieza que tienen amplias sayas que les cubren recatadamente los muslos, y con las cabezas cubiertas con gorros de baño hechos de hule, cruzan la playa, y entran en las aguas del oceáno muy delicadamente, dando pasillos más que pequeños. Pero no antes de santigüarse—en caso de que se ahoguen, ¡Dios no lo quiera! en las aguas de poca profundidad que hay al borde de la playa. Y no antes de rociarse con unas cuantas gotas de agua de mar, cosa de que sus tiernos y frágiles cuerpos no reaccionen de repente con espasmos violentos, como le han dicho las personas mayores que pasa muy a menudo cuando cuerpos recalentados por el sol tropical se sumergen repentinamente en las frescas aguas del océano. El por qué esto le pasa solamente a las mujeres y nunca a los hombres es un gran misterio que aquellos cubanos que saben mucho de estas cosas nunca han podido llegar a explicar.

Es claro que al principio hay unos cuantos jovencitos que comienzan a burlarse de las muchachitas, pretendiendo echarles agua por arriba; y, claro está, muchas de ellas gritan, «¡No se atrevan!» riéndose nerviosamente. Pero al cabo de un rato, mujeres y hombres se han diseminado por todo el límpido mar, creando grupitos de gente aquí y allá, de los cuales sólo se les ve las cabezas, porque sus cuerpos están bien escondidos bajo el nivel del agua, disfrutando de su deliciosa frescura bajo el ardiente sol. La señoras mayores, metidas hasta la cintura en el agua pero permaneciendo bien cerca de la orilla de la playa, se hablan las unas a las otras, chismorreando de esto o de lo otro, mientras pretenden que están vigilando a los niños que juegan y chapotean alrededor de ellas, y de vez en cuando la voz de una de ellas se levanta para gritar: «¡Juanito, te he dicho que no vayas tan lejos!», o segundos después, «¡Juanito, niño, deja en paz a tu hermana!»

Mientras tanto, a medida que los jóvenes y las jóvenes se acercan los unos hacia los otros—como lo hacen todos los jóvenes del mundo—y comienzan a jugar en el agua o a conversar, las viejas chaperonas, que están sentadas sobre la arena, protegidas del sol por inmensos sombreros de pajilla o por sombrillas de playa, mantienen sus ojos bien abiertos y siempre vigilantes sobre ellos.

De vuelta en su cuarto privado en el segundo piso, el padre Alonso está empezando a ayudar a desvestir al padre Francisco, y mientras lo hace, mira a través de la ventana al distante océano, que parece estar tan fresco y tan invitante.

El padre Francisco se vuelve y ve a su joven acólito mirando hacia afuera.

—¿Usted sabe nadar, padre Alonso? —dice el padre Francisco, usando la formalidad que normalmente usa con su joven acólito excepto durante las confesiones, en las que lo tutea, llamándolo «hijo mío».

El padre Alonso se da cuenta de que el padre Francisco lo ha visto mirar al tentador mar con ojos anhelantes. Se ruboriza:

—Pues sí. En mi pueblo, cuando yo era muchacho, todos nosotros lo hacíamos. Aún hasta después de empezar el seminario, los veranos a veces se ponían tan calurosos que un par de nosotros íbamos a un lago cercano, nos quitábamos las sotanas, y después el resto de la ropa, y nadábamos en calzoncillos. A veces hasta desnudos—si no había nadie mirando. A mí me encantaba hacerlo —añade, recordando cómo Felipe y él solían ir a nadar; recordando cómo él miró a Felipe aquel día cuando ellos dos desnudos salieron del agua; recordando cuán hermosa y tentadora era esa negra melena leonina que le servía de corona al miembro viril de Felipe; recordando las muchísimas veces que se despertó durante las noches por la súbita e incontrolable erupción de su propio cuerpo después de haber estado soñando con Felipe, y con lo que Felipe y él se habían estado haciendo el uno al otro.

—Entonces, ¿por qué no va y se mete a nadar en el mar? —le pregunta el padre Francisco, despertando al padre Alonso de su mundo de recuerdos.

—¡Oh, no, no, padre Francisco! —responde el padre Alonso, que se siente muy desconcertado—. Yo nunca pudiera hacer eso. No aquí, no, no lo creo.

—¿Por qué? Las aguas cubanas son deliciosas —le dice el viejo cura—. Calientitas, pero nunca demasiado calientes, y nunca demasiado frías. Como yo le dije: ¡deliciosas! A mí mismo me encantaría meterme en el mar y nadar un poco, pero, a mi edad, tengo miedo de que cogería catarro. Pero tú... —sin darse cuenta el viejo cura comienza a tutear a su joven acólito, a quien empieza a tratar como si fuera hijo suyo—. Tú eres un hombre joven. Y el nadar es el mejor ejercicio que hay. Así que, por qué no vas y...

—Pero, padre Francisco —dice el padre Alonso—, usted se olvida de que yo soy un cura. ¿Cómo luciría si la gente viera a un cura...

—¿Y qué? ¿Es que acaso los curas no somos gente? Los curas somos hombres, y los hombres necesitan ejercitarse. Tú debes conocer el proverbio latino que dice: *Mens sana in corpore sano*. Mentes sanas en cuerpos sanos. Así es que para mantener sana esa mente tuya, debes mantener igualmente sano tu cuerpo. Dios lo quiere de esa manera. Hijo, te lo digo yo. Ve, métete en el mar, y nada. El disfrutar de la vida no es pecado. Después de todo, el estar feliz es una manera de rezar, una manera de dar gracias. Yo tengo la plena seguridad que nuestro Señor era un hombre muy feliz. De la misma manera que tengo la plena seguridad de que Él solía irse a nadar con sus apóstoles, simplemente para divertirse. Él era hombre también, nunca te olvides de eso. A Él le encantaba la vida. Como a todos nosotros.

—Pero... —empieza a decir el padre Alonso y se detiene. Entonces, tras una breve pausa, añade: —¿De verdad cree usted que lo pudiera hacer? Yo no traje nada para...

—Mira hijo, quítate esa sotana, déjala colgando aquí, y vete abajo usando las escaleras de servicio —le dice el padre Francisco, señalando hacia las escaleras que quedan en la parte trasera del club—. En pantalones y camisa no hay quién diga que tú eres el curita que vino conmigo. Y si se dieran cuenta, eso no les importaría en lo más mínimo. Entonces camina a lo largo de la playa. Esta playa es bastante larga y más bien desierta—o por lo menos esa fue la impresión que me dio desde el autobús. Créeme, estoy seguro que vas a poder encontrar algún lugar adecuado en donde te podrás quitar los pantalones y la camisa, y meterte en el mar usando tu ropa interior. Te vas a divertir mucho, te lo prometo. Ya para cuando regreses, tu ropa interior va a estar bien seca por el ardiente sol cubano, eso te lo garantizo. Hazlo y de esto ¡nadie se entera! Es más, si te esperas unos cuantos minutos, me voy contigo. Me encanta caminar descalzo por la orilla del mar y mojarme un poco los pies. Si haces eso, los pies no se te queman. Hasta puede ser que yo también me meta en el agua —añade el viejo cura suspirando—. ¿Qué me dices?

Momentos después, dos hombres descalzos—uno muy viejo, el otro mucho, mucho más joven—usan las escaleras de la parte de atrás del Club Cultural y comienzan a caminar a lo largo de la playa, justo a la orilla del mar, dejando que sus pies descalzos se mojen, acariciados constantemente por el vaivén de las olas. Después de un rato, se levantan los pantalones y se los enrollan a media pierna, para que no se les mojen. Entonces, dándose cuenta de que la playa está ciertamente desierta y que la poca gente que está allí, disfrutando de la frescura del mar y de las brisas, no les está prestando atención alguna a ninguno de ellos, el más joven de los dos se quita primero la camisa, después la camiseta, revelando un torso sumamente pálido, apretado y esculpido, el torso de un hombre joven lleno de vida.

No mucho después el mayor de los dos, comenzándose a cansar tras esta caminata a la que no está acostumbrado—y especialmente bajo un sol ardiente—encuentra un lugar a la sombra de palmeras, en donde la arena se empieza a convertir en vegetación, y allí se sienta, reclinándose sobre unas cuantas piedras cubiertas de musgo.

—Creo que aquí quedé, por lo menos por un rato. Quizás hasta me tome una siestecita —le dice el padre Francisco a su acólito—. Pero tú, ve y nada. Diviértete y olvídate de mí. Entonces, cuando ya no puedas más, vienes, me recoges, y los dos volvemos al club. Y óyeme, si por una casualidad decides echarte una siestecita, lo cual te lo recomiendo mucho —dice el viejo cura señalando a los penachos de las palmeras por encima de él—, búscate un lugar a la sombra como éste. Pero asegúrate de que la sombra viene de palmeras y no de cocoteros, como aquéllos que ves allá. ¡Créeme, lo único que te hace falta es que te acuestes debajo de un cocotero y que uno de esos cocos te caiga arriba y te parta la cabeza! —añade el padre Francisco, riéndose.

—No se preocupe, padre —responde el padre Alonso—. Tenga la plena seguridad de que seguiré su consejo al pie de la letra. ¿No lo hago siempre? —añade, mientras pone su camisa y su camiseta a los pies del viejo cura.

Entonces, después de mirar en todas las direcciones, y dándose cuenta de que efectivamente están completamente a solas en esta parte de la playa, el joven muchacho se quita sus pantalones negros, los deja caer en la arena al lado del padre Francisco, que ya se ha acostado y hasta ya ha empezado a roncar, y en sus largos y amplios calzoncillos de algodón blanco que le llegan a las rodillas, el joven curita, ahora sintiéndose más bien como un niño, corre al mar, y se zambulle en las frescas aguas, rezando en su satisfacción mientras disfruta plenamente de la belleza de todo.

## diecisiete

Marguita está en la arena, jugando con su niño, Rencito.

Con el pretexto de que subió mucho de peso mientras trataba de producir suficiente leche para su hijo—lo que no funcionó porque Recinto se ha estado alimentando exclusivamente con leche condensada por los últimos dos meses y medio—Marguita eligió no meterse en el mar, porque no quiso que la gente la viera en traje de baño en esa condición, no hasta que no baje las veinte y tantas libras que ha aumentado desde que el niño nació. «Una cosa es el estar envueltica en carnes», se dijo. «Otra cosa es el estar *demasiado* envueltica en carnes». Así es que lleva el mismo vestido verde pálido y el mismo pañuelo compañero hecho de la misma tela que sujeta su rubia cabellera y que llevaba cuando los dos curas bendijeron el Club Cultural, mientras que el pequeño Renzo, sólo unos cuantos días pasado los diez meses, está sentadito sobre una colchoneta de algodón que Marguita trajo especialmente para eso.

Lorenzo no está muy lejos de ellos.

Cámara en mano, camina lentamente dando vueltas alrededor de su familia, y simultáneamente mira a través del lente de su cámara fotográfica a Marguita y al pequeño Renzo, que están jugando.

—Deja al niño solo por un momento —dice—. Quiero ver lo que hace.

Marguita se levanta y se para detrás de Lorenzo que pone la cámara en la dirección de su hijo. El bebé, que está desnudito bajo una especie de túnica hecha de un algodón muy suave y verde pálido, levanta sus bracitos y mira tímidamente a sus padres. Una repentina ráfaga de viento hace que un poquito de arena vuele hacia donde está el niño y el bebé, asustado, comienza a llorar.

Marguita comienza a correr hacia él.

¡No! —le dice Lorenzo—, ¡espérate a que le tome una foto!

Pero Marguita nunca oirá lo que diga nadie cuando su bebé está llorando.

A duras penas puede Lorenzo sacar una foto segundos antes de que Marguita llegue a donde está su niño.

—Oh, amorcito mío, ¡no llores, no llores! —le dice Marguita, usando una voz tan musical que más bien suena como una canción—. Mira, vamos a jugar. Mira, mi amor. ¡Mira! —Comienza a dar palmaditas—. ¡A sonar, a sonar, palmaditas de San Juan! —canta una cancioncita infantil que usualmente tranquiliza a su lindo niñito de cabello rubio y encrespado.

Pero no esta vez.

Esta vez, a pesar de que su mamá está dando las palmaditas que a él tanto le gustan, esta vez Rencito sigue llora que te llora.

—Oh, amorcito mío, mira, mi amor. ¡Mira! —dice Marguita arrodillándose sobre la arena al lado de la frazada. Cierra las manos, las pone bien juntas haciendo de ellas un recipiente, toma un poquito de arena en sus manos cerradas y se la enseña a su hijito, dejando que un poquito de la arena comience a pasar a través de sus dedos que, ligeramente entreabiertos, crean una especie de tamiz—. Mira, ¡mira!

—Marguita, ¡Marguita! ¡No te muevas! ¡Levanta los ojos y mírame!

Marguita levanta los ojos y le sonríe ampliamente a su esposo que de repente le saca una fotografía justo cuando pasa una ráfaga fugaz de viento.

¡Oh, Lorenzo! ¿Por qué no me dijiste que me ibas a sacar una fotografía? Ni siquiera estoy peinada. Y de contra, posiblemente salga movida y tendrás que botarla en la basura. ¡Y con lo cara que cuestan!

—No pienso que salga mal ¿y tú sabes por qué? Porque nunca te he visto tan contenta como te he visto hoy! —Se arrodilla al lado de ella y baja la voz—. Si no fuera porque todo el mundo nos está mirando, te agarraría y te besaría aquí mismo. Así, exactamente como estás hoy, así mismo es como quiero recordarte toda mi vida. ¡Hoy estás sencillamente resplandeciente!

¡Oh! —dice ella, bromeando—, y yo que me creía que *siempre* estaba resplandeciente! ¿No es eso lo que tú siempre me...

Pero no puede acabar de decir lo que empezó.

Lorenzo se ha inclinado sobre ella, y ya los estén mirando la gente o no, la ha agarrado de sorpresa y besado apasionadamente, un beso que es roto por el suave sonido de algo que suena como un aplauso, porque el pequeño Renzo, sobre su frazada, ha dejado de llorar y está ahora mirando a sus padres con adoración en los ojos y riéndose de oreja a oreja mientras sus manitas, juguetonas, están dando palmaditas.

Su alegre palmotear hace que sus padres comiencen a reírse a carcajadas bien sonoras.

Y cuando él oye a sus padres reírse de esa manera, Rencito comienza a reírse tan sonoramente como ellos.

Cuando va al salón de cambio de las mujeres a ponerse su traje de baño, Loló está todavía pensando en la sonrisa del padre Alonso, una sonrisa que no se la puede erradicar de la mente. Está tan desorientada por esa sonrisa, que cuando empieza a quitarse la ropa se olvida de cerrar la cortina de su cabina que permite cambiarse en privado. Es sólo cuando oye a una niñita que señalando hacia ella se ríe y dice, «Mamá, mira, ¡esa mujer tienes pelos en su pipí!», que se da cuenta de que a pesar de que todavía tiene puesto sus zapatos de tacón alto, está ahora completamente desnuda y de pie en el mismo medio del salón de cambio de las damas.

Mientras todas las otras mujeres en el salón la miran con ojos llenos de censura, la madre de la niñita toma a su hija del brazo y se la lleva, no sin antes decirle a Loló:

—¡Lo menos que puede hacer es tener un poco de vergüenza!

Loló inmediatamente corre a su cabina y cierra la cortina, sólo para recordar que dejó su traje de baño en su armario. «¡Por eso es que yo estaba cruzando el salón, para ir a mi armario y traer mi traje de baño a la cabina para cambiarme», se dice a sí misma. «Bueno, ya me han visto desnuda una vez, me pueden volver a ver». Desnuda como está, sale de la cabina, cruza el salón bajos los acusadores ojos del resto de las mujeres en ella, y va a su armario, en la pared opuesta, donde encuentra su traje de baño. Allí, se quita los zapatos y comienza a ponerse el traje de baño, y mientras lo hace, vuelve a recordar la extraña y maravillosa sonrisa que el padre Alonso le había dedicado.

—¿No existe alguna cabina vacía donde usted pudiera cam-

biarse? —le pregunta una mujer airada—. Aquí hay muchos ni-
ñitos, varones y hembras. ¡Y ninguno de ellos necesita ver a
una mujer ya madura como usted caminando completamente
desnuda!

Loló la ignora. Continúa cambiándose en donde está, de pie
al lado de su taquilla, mientras mujeres van y vienen alrededor
de ella, metiéndose en sus cabinas y cerrando violentamente las
cortinas como símbolo de la ira que sienten por dentro.

La hermana de Loló, Asunción, entra apresuradamente en el
salón y va directamente a donde está Loló.

—Loló, por favor —le implora Asunción en esa voz medio
quebrada de ella. Loló mira a su hermana y sube y baja la mano
derecha varias veces, haciendo el gesto que todos en la familia
le hacen a Asunción cuando está hablando muy alto, pues siendo totalmente sorda no puede oírse a sí misma cuando habla.
Pero Asunción no le presta atención alguna al gesto de Loló.
Agarra a su hermana y se la empieza a llevar a una cabina vacía.

—Una señora vino a buscarme. Por favor, Loló, cámbiate
aquí adentro. Yo te traeré lo que te haga falta.

Bruscamente Loló se separa de su hermana y mira a las mujeres que la están mirando con desprecio. Entonces se vuelve a
su hermana y pronuncia las palabras que le dice bien despacio
para que Asunción, que sabe leer labios, la pueda entender:
—A mí me importa un comino lo que piensen esas...

—Loló, por favor, no hagamos de esto algo más grande de lo
que...

—¡Entonces no, no lo hagamos! —dice Loló, encolerizada,
poniéndose el segundo tirante de su traje de baño en su lugar y
saliendo del salón hecha una furia, tirando la puerta con fuerza
extrema y dejando detrás a su avergonzada hermana, que se
agacha, recoge los zapatos de Loló, los pone dentro del armario, y lo cierra.

«¿Quién demonios se creen que son esas mujeres?», se está
diciendo Loló mientras empieza a caminar a lo largo del amplio

pasillo que separa el salón de cambio de los hombres del de las mujeres. «¿Están esas mujeres tan avergonzadas de sí mismas que no pueden ver a otra mujer desnuda? Dios sabe que yo no tuve la intención de hacer nada malo. Todo fue por culpa de ese condenado curita. Ojalá no me hubiera sonreído cuando lo hizo. Yo estaba tan confusa por eso que...» Sus pensamientos cambian súbitamente de rumbo cuando ve a Marguita al final del pasillo, que viene de la playa con su bebé en los brazos. «Yo no quiero ver a Marguita», se dice. Entonces sacude la cabeza. «No, la verdad es que no quiero que ella me vea a mí», piensa, e inmediatamente se vuelve y sale por la puerta al otro extremo del pasillo, dejando atrás al Club Cultural.

Todavía no se explica qué fue lo que la impulsó a ir al cuarto de Marguita y Lorenzo aquella noche, hace ya más de un año, cuando se paró al pie de la cama de ellos, y observó cómo los dos se hacían el amor en silencio y en la oscuridad. Ella los había mirado de una manera fría, objetiva, como si ella no hubiera estado allí, como si ella hubiera estado en algún otro cuarto diferente por completo: ella, una científica mirándolos a ellos, sus sujetos de estudio.

Todo le pareció tan simple, se dijo entonces mientras los observaba.

Ella había oído mucho acerca de cómo hacer el amor. Pero no sabía si podía confiar en lo que se le había dicho.

Ella no ha visto aún a un hombre desnudo. Aquella noche no vio ni a Lorenzo ni a Marguita desnudos mientras se hacían el amor, porque los dos estaban tapados por una sábana e iluminados solamente por la pálida luz de la luna. Ella simplemente vio sombras que se movían, eso fue todo. Y oyó a esas sombras gemir ahogadamente de placer. Habían sido esos gemidos ahogados lo que la había despertado, cuando estaba dormida en el cuarto de al lado. Y después ya no se pudo volver a dormir.

Por un largo rato se estuvo diciendo: «No te levantes de la cama, no vayas a su cuarto, no mires lo que están haciendo».

Pero así y todo se encontró a sí misma haciéndolo—parada al pie de la cama matrimonial como si estuviera paralizada, incapaz de hacer nada, simplemente observándolos. Y entonces se acuerda de los ojos de Marguita mirándola a ella, ojos que cambiaron mientras la miraban, yendo de choque a horror a avergonzamiento a cólera a odio. Fue sólo entonces que ella se dio cuenta de lo que había hecho y avergonzada de sí misma, salió del cuarto lo más aprisa que pudo, corrió a su propio cuarto, y se tiró en la cama. Sólo para pasarse la noche entera con los ojos abiertos.

El día siguiente Marguita y Lorenzo se mudaron de la casa.

Ella no se los reprocha.

Si ella hubiera sido Marguita, ella hubiera hecho exactamente lo mismo. Ella sabe que lo que hizo estuvo muy mal hecho. Pero ella también sabe que no pudo controlarse aquella noche. Como tampoco se ha podido controlar tantas otras veces.

«¿Por qué soy como soy?», se pregunta muy a menudo. «¿Por qué tengo estos impulsos, estas necesidades, que yo siento? ¿Por qué no puedo ser como el resto de las mujeres del mundo? Como Asunción, por ejemplo. ¿Tiene ella estos impulsos, estas necesidades que yo tengo? ¿Las ha tenido alguna vez? Y mi hermana Lucinda, ¿las tuvo? ¿O soy yo la única en mi familia que siente estos deseos que yo siento? Deseos de ser libre, de hacer lo que yo quiera—gústele o no le guste a la gente».

Ella no sabe lo que es el acto de amor. No tiene ni la más mínima idea de cómo se sentirá viendo a un hombre desnudo delante de ella. Sintiéndolo jugar con su cuerpo virgen, como si ella le perteneciera. Y ella jugar con el de él, como si él le perteneciera. Abrirse a él. Y sentir su dureza dentro de ella. Y a medida que piensa esto, y a medida que su cuerpo comienza a temblar con deseos intensos, ella trata y trata de deshacerse de esos pensamientos. «Después de todo, ¿quién soy yo?», se pregunta. «Yo soy Loló, la fea, la de la cara caballuna, la que ya pasó de los treinta, la solterona. Loló, la virgen». Y como todas las vírgenes, le tiene miedo al unicornio del hombre. Y sin embargo, no hay nada que desee más que el exponerse a ese unicornio.

O para domarlo.

O para morir de él.

Ha estado tan sumergida en sus pensamientos que no se ha dado cuenta de que ha estado caminando a lo largo de la playa, alejándose de esas mujeres, y del salón de cambio de las mujeres, y del Club Cultural.

Ahora quisiera no haber venido. Pero Lorenzo había insistido. Y cuando la invitó, todo sonaba muy emocionante. Venir a ver este edificio que está tan cerca del mar que parece que el mar, la arena y el edificio son una sola cosa.

Pero ahora... Ahora no cree que el venir aquí fue una idea muy buena, después de todo.

Sus pensamientos viajan hacia Lorenzo, su buen hermano Lorenzo, que es tan bueno como se puede ser. Ella sabe que desde aquella noche fatal él ha estado tratando de que Marguita y ella hagan las paces.

Loló suspira. No tiene nada en contra de Marguita.

Bueno, sí. Quizás un poquito de envidia. Marguita da la impresión de que está siempre tan contenta. Satisfecha. Precisamente lo que ella, Loló, nunca ha logrado conseguir. Ella quisiera que Marguita la perdonara, pero no ha tenido tiempo para hablarle de mujer a mujer, privadamente, y pedirle perdón por lo que hizo.

Le encantaría poder hacerlo, pero no cree que Marguita le de la oportunidad algún día. Desde aquella noche, todo lo que Marguita hace cuando la ve es ser muy cortés con ella—quizás hasta excesivamente cortés, llegando casi hasta la rudeza, pero sin ser ruda del todo—tratándola como si ella fuera una extraña, y ciertamente no una más de la familia. Marguita la ve y la saluda silenciosamente. Pero eso es todo lo que hace. Loló ha tratado de hablarle, pero los ojos de Marguita la han mirado desde aquella noche con una mirada tan fría que ella, Loló, no ha podido llegar a derretir.

Loló mira a su alrededor.

Ha estado camina que te camina y cuando se vuelve y mira hacia atrás todo lo que ve en la distancia es la cúspide de la torre del Club Cultural. Se vuelve y mira al mar.

La playa luce tan invitadora. Tan plácida. Sólo hay un puñado de gente en esta zona. La mayoría de ellos, parejas. Hombres y mujeres sonrientes que quieren estar solos, ella siente que se lo están diciendo silentemente.

Obedientemente, sigue caminando, dejando a esas parejas atrás.

Pero a medida que lo hace, ella sueña en ser una de esas sonrientes mujeres junto a uno de esos sonrientes hombres. Y tan pronto piensa en eso, se acuerda de la sonrisa del padre Alonso.

Una sonrisa maravillosa. Gentil. Benévola. Llena de amor.

«Eso mismo es», se dice. «Esa sonrisa de él estaba llena de amor. Un amor sincero y puro que la hizo sentirse bien. Acerca de sí misma. Y acerca del resto del mundo.»

El recuerdo de esa sonrisa tan maravillosa de él la hace sonreírse. Y aunque no se da cuenta, su propio rostro se tranforma con esa sonrisa, poniéndose dulce. Benévolo. Lleno de amor.

Hermoso.

Porque esa sonrisa tan maravillosa de él que le iluminó ese rostro tan viril que él tiene, también le está iluminando el rostro de ella.

## dieciocho

Sintiéndose bien refrescado después de nadar un rato en el mar y de una larga ducha con la que disfrutó de esa agua calientica tan sabrosa que sale de las pilas del Club Cultural con sólo abrirlas, Maximiliano el carnicero sale del salón de cambio de los hombres. Como de costumbre, está impecablemente vestido de blanco, y como de costumbre, huele a Agua de Florida, una colonia con olor a limón que le encanta usar. Llevando en la mano derecha un ventilador eléctrico oscilante, va hacia donde está la inmensa cocina del club y una vez adentro, comienza a prepararse para la labor que tiene que realizar, porque se le ha dado el gran honor de cocinar la comida para el banquete inicial durante esta ocasión, la inauguración oficial del Club Cultural.

En Cuba, donde a los hombres les encanta ir de aquí a allá, pavoneándose sin cesar mientras se fuman tabacos largos y gruesos que son casi metáforas visuales del tamaño de sus miembros sexuales, el cocinar es un arte que está reservado exclusivamente para las mujeres, aun en los mejores restaurantes. Y sin embargo, créase o no, cocinar es algo que Maximiliano se atreve a hacer. Y se atreve a hacerlo muy bien. Magníficamente bien.

Sin embargo, antes de que él entre en una cocina, dos condiciones tienen que ser satisfechas, y en su totalidad rigurosa. La primera es que como él es un carnicero, y su familia come carne día y noche, él sólo cocina mariscos, que son su gran especialidad. Y la segunda es que siendo tan hombre como el mejor, él cocina solamente para hombres, cada uno de sus invitados amigos íntimos—amigos que van desde políticos hasta estafadores, profesiones que en Cuba suelen encontrarse en la misma persona—cada uno de ellos teniendo, al igual que Maximiliano, un apetito inmenso y apasionado por todo aquello que es importante en la vida de un hombre bien hombre, como son la cacería de caimanes, la pesca de tiburones, el buen sexo, y por supuesto, la buena comida.

Esto quiere decir que lo que él prepare tiene que satisfacer los más demandantes y al mismo tiempo los menos delicados paladares del mundo. Lo que cocina Maximiliano es ciertamente no para hombres débiles. Su manera de cocinar es un reflejo del tipo de persona que él es: un hombre corpulento de una fuerza descomunal, tan alto y tan gallardo como el hombre cuyo nombre él lleva, el primer y único emperador de México, que fue fusilado por el populacho mexicano después de introducir valses vieneses a las bandas de mariachi.

Sin embargo, para esta ocasión—y para esta ocasión *solamente*—Maximiliano fue engatuzado para que cocinara para el gran grupo de invitados, que incluye no sólo hombres sino también mujeres, que han asistido a la bendición del Club Cultural. Esto se logró con la ayuda del mejor amigo de Maximiliano, Manuel el doctor, quien le forzó la mano a su amigo, como quien dice.

Cada vez que Manuel y Maximiliano y el resto de su pandilla van de cacería o de pesquería, Maximiliano es siempre el que cocina para todos. Ninguno de ellos sabe por qué la comida que Maximiliano prepara es buena a no creer. ¿Será porque se están muriendo de hambre cuando se la llevan a la boca? ¿O es la exaltación de comerse como si fueran cavernícolas el animal que acaban de matar? Ninguno de ellos sabe la respuesta. Lo que sí saben es que la comida preparada por Maximiliano es digna de ser servida en el cielo. Tan pronto todos esos hombres regresan a sus casas, y sus mujeres les preguntan—o más bien les interrogan—acerca de lo que pasó, ellos hablan y hablan del suculento banquete preparado por Maximiliano.

¿Maximiliano...?, dicen las mujeres sin poderlo creer. *¿El carnicero?*

—¡Maximiliano el carnicero!—los hombres contestan.

Bueno, no se demoró mucho para dejar establecido, y muy bien establecido, que el gallardo carnicero que es famoso por sus poemas y canciones es también tan famoso por su manera de cocinar—manera de cocinar que las mujeres nunca han probado. «¿Qué es lo que hace su manera de cocinar tan especial?», se preguntaron todas.

Bien, todo el mundo sabe lo insistente y determinadas que las mujeres pueden ser. Cuando quieren saber algo...

. Todo empezó con la esposa de Manuel, Celina—que es también prima segunda de Maximiliano.

Cuando Manuel le dijo lo que se estaba planeando para celebrar la inauguración del Club Cultural, del cual Manuel era uno de los miembros del comité organizador, Celina inmediatemente le sugirió:

—¿Por qué no invitas a Maximiliano para que cocine para todos nosotros el día de la bendición del club? Después de todo, ¿no es el mejor cocinero del mundo? Tú mismo me lo has dicho una y otra vez. ¿O es que todo eso no eran sino exageraciones tuyas?

Manuel la miró, casi insultado: —Él es el mejor. De eso no hay duda alguna. Pero él nunca haría algo por el estilo. ¿Cocinar para mujeres? Lo dudo muchísimo —respondió, pensando que ahí terminaría todo.

Pero aunque ya llevaba varios años de casado con Celina, ciertamente no conocía muy bien a su mujer, que siendo cubana, no conoce el significado de la palabra «no».

¿Qué hacen las mujeres cubanas en ocasiones como ésta?

Exactamente lo que hizo Celina. Insistió e insistió hasta que por fin un exasperado Manuel le dijo: —Si tú quieres que él sea el que cocine, ¿por qué no vas y se lo pides tú misma?

Eso era precisamente lo que Celina quería oír.

—Entonces, ¿tengo tu aprobación para ir y pedírselo?

—Claro que la tienes —replicó Manuel—. Pero, déjame advertirte, ni pienses por un momento que él va a cocinar para ustedes las mujeres. De eso estoy tan seguro como que me llamo Manuel.

—¿Te quieres apostar algo? —le preguntó Celina, mirando hondamente dentro de los ojos negros, ovalados y casi orientales de su esposo. Los ojos de Manuel se hicieron casi ranuras cuando respondió:

—Pues sí. Lo que tú quieras. Pero te lo digo, no vas a ganar.

—Si consigo que me diga que sí, ¿Pagarás tú todo lo que sea necesario para el banquete?

—Con gusto. Lo que sea necesario —Le sonrió a Celina—. Y si yo gano, lo cual sé que voy a ganar, ¿qué es lo que me vas a dar? —preguntó.

Celina lo miró, su cara llena de picardía: —Ya hablaremos de eso cuando ganes —le respondió. Entonces, ignorando la advertencia de Manuel, Celina fue directamente a hablar no con Maximiliano sino con la esposa de Maximiliano, Dolores.

Ahora bien, Dolores nunca le podría decir «no» a Manuel.

Manuel fue el doctor que recibió a sus dos bebés nacidos en Luyanó, y también fue él quien le dijo a Dolores la dolorosa verdad acerca de su hijita Iris, que nació con el mal azul del corazón. Cuando Manuel le habló de lo mal que él encontraba a Iris, lo hizo con un afecto extremo, la voz hasta se le rompió de vez en cuando, pero le dijo toda la verdad, sin callarse nada, y Dolores lo apreció sinceramente. Fue precisamente por lo que Manuel le dijo que Dolores llamó urgentemente al padre Francisco y la niña fue bautizada momentos antes de irse de nuevo al cielo de donde había venido. Su bebé se había ido, y eso le rompió el corazón a Dolores. Pero ella encontró una gran consolación en el saber que su hija había sido bautizada antes de que se fuera y que ahora era un ángel participando en la gloria de Dios.

De la misma manera que Dolores no le puede decir «no» a Manuel—ni a la esposa de Manuel—Maximiliano no le puede decir «no» a Dolores. Para él, Dolores es y siempre será la muchacha que le robó el corazón con una sola mirada, aunque hasta el día de hoy ella sigue diciendo que fue él quien le robó el corazón a ella cuando la miró con esos ojos azules que son tan hermosos y tan insolentes. El amor que él siente hacia ella es y siempre será el intenso amor que sienten los hombres criollos por sus mujeres.

Así que cuando Dolores le pidió que cocinara para la inauguración del Club Cultural, Maximiliano no hizo la menor pregunta. Simplemente llamó a Manuel y le dijo: —Me dijeron que eres tú el que va a pagar por este banquete, así que espero que tengas una billetera bien repleta, ¡porque me voy a ir por lo mejor!

—Hazlo. Compra lo mejor que puedas conseguir —un sorprendido Manuel le dijo en el teléfono. Entonces, después de colgar, se volvió hacia su esposa: —¿Cómo te las pudiste arreglar? —le preguntó.

Celina miró inocentemente a Manuel: —Me las arreglé —dijo.

—Obviamente. Pero... —empezó a decir Manuel.

—No me lo preguntes —le interrumpió Celina—. ¡Una mujer nunca, *nunca* revela sus secretos a nadie! —dijo, mirándolo con ojos llenos de picardía—. ¡Y ciertamente nunca a su propio esposo! —Entonces añadió, esta vez riéndose para sí misma: —Veremos si mi primo Maximiliano es tan buen cocinero como tú y los miembros de tu pandilla dicen que es.

Sin ni siquiera imaginarse que las mujeres están esperando con mucha anticipación probar la comida preparada por él, Maximiliano entra en la cocina, pone el ventilador sobre un mostrador, e inmediatamente comienza a inspeccionar las varias bolsas hechas de malla que están llenas con los cangrejitos que piensa servir en el banquete, para asegurarse de que son frescos.

Lo son.

Entonces examina las varias cajotas de madera llenas de aguacates que acaban de traerse al club, preguntándose cómo alguien los pudo conseguir y cuánto debió Manuel haber pagado por ellos—cuando la comida en Cuba está tan sumamente escasa. Después de comprobar que los aguacates están en buenas condiciones, ni muy verdes ni muy maduros, tal y como él lo había especificado, va al patio para asegurarse que la mesa ha sido dispuesta exactamente como él ordenó.

El patio del club, de dos pisos de altura, está delimitado por altas paredes pintadas de blanco y para la ocasión se le ha puesto por encima un toldo de lona blanca que va de un extremo del patio al otro, creando una sombra que lo protege del intenso sol tropical. Bajo este toldo translúcido hay una mesa enorme en forma de U, hecha de varias mesas rectangulares puestas las unas tocando a las otras, todas ellas cubiertas con manteles blancos que llegan al piso, y decoradas en el frente con guirnaldas de hojas de penachos de palma entrelazadas.

Seguido por los cinco camareros contratados especialmente para esta ocasión—que fueron seleccionados personalmente por Maximiliano—el carnicero camina despacio alrededor de la mesa, contando e inspeccionando cuidadosamente los cincuenta y tres puestos, cada puesto elegantemente definido por una blanquísima servilleta de lino que, muy bien planchada y almidonada, está doblada en forma de abanico e insertada en una copa de cristal tallado.

Satisfecho de que sus instrucciones han sido seguidas al pie de la letra, es entonces que Maximiliano vuelve a la cocina. Allí, se quita primero el saco, después la camisa, los cuelga de un gancho que hay dentro de la inmensa cocina, se pone un largo delantal blanco de esos que más bien parecen baberos, conecta el ventilador, lo enciende, lo enfoca en su dirección, se lava las manos rigurosamente, y entonces bota a todo el mundo de la cocina.

Nadie pero nadie va a averiguar cuáles son sus secretos culinarios.

Absolutamente nadie.

Una vez solo en la cocina, Maximiliano se quita el delantal, sus pantalones y su camiseta, y dejándose puesto sólo los calzoncillos de algodón blanco, largos, bien sueltos, y los zapatos y medias blancas que siempre usa, comienza a estudiar los cangrejos, uno a uno, asegurándose de que son machos y de que están vivos. Después de que todos los cangrejos hembras y los muertos han sido descartados y el arroz medido correctamente, pone todo al lado de unas enorme cazuelas con tapas que están llenas de un caldo de pollo que preparó con anterioridad, al cual le añade filamentos de azafrán que hacen que el caldo se ponga amarillento. Sale entonces por la puerta que da al patio de servicio en búsqueda de un par de cajas grandes de madera llenas de botellas de cerveza que él había puesto allí esta mañana, tan pronto llegó al club, cosa de que se calentaran con el sol. Las trae adentro y las coloca sobre la mesa de trabajo hecha de roble con cubierta de hojalata que queda en el centro de la cocina, lo que hace que se produzca un ruido metálico bien sonoro. Usando el abridor de botellas de metal que está atornillado al lado de esta mesa, procede a abrir botella tras botella de esa cerveza caliente que tiene un olor penetrante a levadura fermentada, y a verter el líquido que contienen en dos cazuelas gigantescas que son bastante profundas hasta que están medio llenas. Es entonces que va a donde están los cangrejos, y agarrándolos cuidadosamente de uno a uno por la parte de atrás para que no lo pinchen con sus tenazas, muy delicadamente los pone dentro de las cazuelas que tienen la cerveza.

Éste es su secreto culinario: Emborrachar a los cangrejos antes de cocinarlos.

Maximiliano sabe sin duda alguna que, como a todos los mariscos y como a la mayoría de los seres humanos, a los cangrejos les encanta la cerveza porque los hace sentirse bien, satisfechos. Así que cuando se mueren, se mueren contentos. Y si uno se muere contento, sabido es que uno va directamente al cielo. Por eso es que ellos saben lo bien que saben, porque han muerto tan contentos. Ésa es su teoría. Y él sabe que su teoría debe ser bastante correcta porque así se lo han dicho todos los que prueban sus platos de mariscos «que son como si vinieran del otro mundo», le dicen todos. Y la prueba es fácil de ver. Cuando plato tras plato de lo que él ha cocinado regresa a la cocina como si los hubieran lamido, bueno, ¿qué mejor prueba?

Una vez que los cangrejos están nadando en cerveza y emborrachándose, Maximiliano va a la puerta de la cocina y llama a Teodosio, el camarero jefe.

Maximiliano sabe que después que él eche el arroz medido en el caldo hirviente de pollo y azafrán, y después de revolverlo una vez, y de taparlo, y de bajarle la temperatura hasta casi nada, la comida estará lista en exactamente veinte minutos. Como sabe que la comida debe ser servida «en su punto», como él dice. Ni un minuto antes, ni un minuto después. Así que cuando el camarero jefe entra en la cocina, Maximiliano le dice:

—Teodosio, por favor, ve a donde están los hombres—quiero decir, la gente—y díles que la comida estará lista tan pronto quieran. Sólo necesito que me den veinte minutos. Encuentra a

Manuel el doctor y pregúntale a qué hora él quiere que se sirva la comida. Una vez que la hora esté fija, está fija. Y lo digo seriamente. Quiero que todo el mundo esté sentado a la mesa y haciéndoseles agua la boca exactamente a esa hora, cuando la comida está *en su punto*, y no un segundo más tarde. ¿Está eso bien claro? —Maximiliano no levanta la voz. Nunca tiene que hacerlo. Sus instrucciones han sido muy bien expresadas. Y son claras, muy claras.

—Tan claro como el agua —responde Teodosio y corre al bar, donde los hombres están de pie frente al mostrador jugando «cubilete»—un juego de dados—para dejarles saber lo que le dijo Maximiliano: que una vez que la hora de la comida ha sido fijada, pues fija está, y que él quiere que todo el mundo esté a la mesa en ese preciso instante y no un segundo más tarde. —Porque de no hacerlo a su manera, creo que se pondría bastante furioso —añade Teodosio cautelosamente, sabiendo muy bien que nadie quiere ver a Maximiliano el carnicero ponerse furioso. Además los hombres ya están empezando a tener hambre.

—¿Dijo que sólo necesita veinte minutos? —uno de ellos pregunta. Teodosio asiente con la cabeza—. Bien, entonces ve y dile que comeremos en veinte minutos —mira a su reloj de pulsera—. Digamos a la una en punto.

Teodosio ya ha empezado a regresar a la cocina para decírselo a Maximiliano cuando otro de los hombres le grita:

—¡Espérate un momento!

Se vuelve al resto de los hombres:

—¿No creen ustedes que alguien debiera ir arriba y preguntarle a los curas a qué hora quieren comer? Después de todo, ellos son hoy los que más mandan, y estoy seguro de que Collazo espera que ellos bendigan la comida. Ustedes saben como es el viejo Collazo.

Alberto, uno de los camareros asistentes, va arriba.

Y cuando toca y toca a la puerta, y cuando nadie le responde, y cuando la abre—porque la puerta estaba cerrada sin llave—y no ve a nadie, Alberto se apresura a volver al bar, que queda en los bajos.

—El cuarto de los curas está completamente vacío —les dice a los hombres, la mayoría de los cuales ya están medio borrachos.

—¿Completamente vacío? —dicen.

—Bueno, no vi a nadie en el cuarto, quiero decir —dice Alberto—. Lo que sí vi fueron dos sotanas colgando en el armario, y dos pares de zapatos bajo las camas. Pero personas, no había ninguna. Di una vuelta por todo el club, buscándolos, pero no los encontré. Nadie los ha visto. Tal parece que se los tragó la tierra.

—Bueno —dice un tercer hombre—, o los encontramos o no comeremos. Y ya me estoy poniendo bastante hambriento. ¿En dónde creen ustedes que estén?

—Emborrachándose en algún lugar donde nadie los pueda ver, de eso no tengo duda, sabiendo como son los curas —dice aun otro hombre. Lo que hace que todos se empiecen a reír mientras comienzan a buscar a los dichosos curas en todas las direcciones.

## *diecinueve*

El padre Alonso no se ha dado cuenta del tiempo que ya ha pasado.

¿Cómo pudiera haberse dado cuenta?

Él nunca se ha sentido de esta manera, se dice a sí mismo a medida que se sumerge en las aguas cubanas. El mar es de una temperatura ideal, tan deliciosa y tan agradable. Y nadar aquí es ¡tan fácil! Allá en España, el lago al que Felipe y él iban era de agua potable, siempre fría. Pero el agua del océano, con su alto contenido de sal, hace que el flotar aquí sea mucho más fácil.

Después de nadar vigorosamente por un largo rato, disfrutando de la fuerza que ejercían sus músculos hasta que se le empezaron a cansar—músculos que casi había olvidado que existían, teniéndolos como él los tiene escondidos debajo de una sotana—él está ahora flotando tranquilamente sobre el agua del océano, completamente a merced del mar, dejando que las corrientes que se esconden debajo de la plácida superficie de las aguas lo lleven a donde quieran, manteniendo los ojos cerrados y dejando que su rostro se bañe por los sonrientes rayos de luz del sol tropical. ¿No le dijo el padre Francisco que la felicidad es una manera de rezar? Pues bien, se dice el padre Alonso mientras se deja ir a la deriva, acunado dentro de las tibias aguas, ¿Qué mejor oración que ésta de disfrutar plenamente lo que Dios nos ha regalado?

Él ha visto mucha pobreza en la gente de su parroquia—la del padre Francisco, claro está. Pero todavía no ha visto en sus caras esa clase de tristeza que él siempre había asociado con la pobreza.

Ahora, mientras flota en el mar cubano, se da cuenta por qué.

«Los cubanos no necesitan mucho», se dice, «porque tienen ya tanto que agradecerle a Dios. La comida se puede encontrar sin dificultad, y la mayoría de las veces en abundancia. Todo lo que hay que hacer es estirar la mano. Mangos, plátanos, papayas, suculentas frutas tropicales crecen por todos los lados. Hasta aquí, en la playa, hay cocoteros dondequiera uno mire, los cocos maduros ya caídos sobre la arena, esperando que alguien los recoja. Y además, la gente, no importa cuán pobre ellos puedan ser, son ¡tan hermosos! ¡Con esos cuerpos color miel acariciados por el sol! Y saludables, la mayoría de ellos, porque el cuidado de la salud, como la educación escolar, es público y costeado completamente por el gobierno, con una ayudita de la iglesia. Y para colmarlo todo, está esa música cubana que es sencillamente embriagadora. A veces violenta, a veces callada. Pero siempre llena de una satisfacción interna».

El mismo tipo de satisfacción interna que él está sintiendo mientras flota.

—Gracias te doy, Señor —dice en voz alta—, por todos los dones que nos has dado. Por favor, Señor, haz que el resto del mundo se dé cuenta de esto. Mientras más rápido lo hagan, más rápidamente encontrarán esa paz interna que todos necesitamos. Por favor, Señor, te lo suplico.

Una ola lo despierta de repente, cuando se rompe sobre él.

Se sonríe para sí. Casi se había quedado dormido flotando. Se levanta y sale del agua, no muy seguro de dónde se encuentra, sus largos calzoncillos, empapados, pegándosele al cuerpo. Mira a su alrededor y no ve a nadie. Esta parte de la playa parece que está totalmente desierta. Sus músculos se sienten muy bien, aunque cansados. Va a empezar a caminar en contra de las corrientes, de regreso a donde dejó al padre Francisco durmiendo una siesta bajo los penachos de las palmeras. Pero primero busca y encuentra un lugar a la sombra, donde la arena se comienza a convertir en vegetación, detrás de una duna de arena que no deja que nadie que venga por la playa lo pueda ver, y allí se quita los calzoncillos y los exprime con fuerza un par de veces, para que se le sequen más rápidamente.

Entonces, embriagado por el tentador canto de las palmeras suavemente cimbreando sobre él, que es casi una canción de cuna, y en ese mundo de paz que lo rodea, el joven cura pone sus calzoncillos sobre el musgo que cubre la tierra a sus pies, que es tan suave como una piel, y se acuesta a la sombra, acunando su cabeza entre los brazos. Y cuando lo hace, se acuerda de los ojos oscuros y gitanos de Loló—ojos que se parecen tanto a los de Felipe—mirándolo con gran intensidad. Y también se acuerda de las palabras del padre Francisco: «Por supuesto, yo aún sigo viendo la belleza que se esconde detrás de los ojos de las mujeres. Sí... Aún a mi edad, la veo. Pero ahora la veo como un regalo de Dios. Y cada vez que la veo, le doy gracias a Dios por haberlo hecho».

Entonces, acordándose de la sonrisa dulce, benévola y llena de amor que él le dió a Loló en el club mientras esas palabras del viejo cura le estaban revoloteando por la mente; y acordándose de la sonrisa dulce, benévola y llena de amor que ella le devolvió, el padre Alonso, tal como el padre Francisco, también le da gracias a Dios por la belleza que se esconde detrás de los ojos de las mujeres, que le permite borrar de su mente la belleza que se oculta detrás de los ojos de los hombres, mientras se queda dormido profundamente, embrujado por la mágica canción del oleaje.

Huellas de pisadas han estado guiando a Loló: las huellas de pisadas grabadas sobre la arena en la playa

Siguiéndolas, Loló ha caminado y caminado, escapándose de todo—de las mujeres que la miraban con ojos desdeñosos, de los hombres que la siguen mirando con ojos incitantes, hasta de su propia hermana—dejándolo todo atrás y sumergiéndose en esta manera especial de sentirse que tiene hoy, una manera especial de sentirse que está plena de una libertad total que la hace inmensamente feliz—una libertad total que la hace sentirse más y más feliz mientras más se aleja de ese mundo que ha ido dejando atrás.

Está todavía caminando cuando de repente se da cuenta de que se siente agradecida.

No tiene idea de qué es lo que la hace sentirse de esa manera. Pero eso no importa. Sencillamente sigue caminando y disfrutando a plenitud de este sentimiento, tan nuevo para ella, un sentimiento que ella ha comenzado a apreciar y a valorar como si fuera un tesoro.

Debe ser la playa que me hace sentir así, se dice a sí misma. O el sol. O el mar. Sea lo que sea, el caso es que me siento inmensamente feliz. Más que feliz.

Regocijada.

Pasa por el lado de parejas que están mirándose tiernamente, pero no les presta atención. Nota un grupo de huellas grabadas sobre la arena: las de una mujer—delicadas y pequeñas—entrelazadas con huellas mucho más grandes—las de un hombre. Y curiosa, casi como si fuera una niña jugando, las comienza a seguir, notando que la huellas van en la dirección de un área escondida detrás de las dunas. Se acerca a ella, y cuando lo hace, puede oír detrás de esa duna suaves y ahogados gemidos de placer, el mismo tipo de suaves y ahogados gemidos de placer que la incitaron a caminar a lo largo del pasillo de su casa la noche que vio a Marguita y a Lorenzo haciéndose el amor.

Aquella noche ella quiso saber lo que era un acto de amor. Por eso fue que hizo lo que hizo. Pero recuerda lo avergonzada que se sintió después por lo que había hecho, y no quiere volver a sentir de nuevo esa desagradable sensación. Y aunque todavía se siente impulsada a ver lo que está pasando detrás de esa duna, decide no disturbar la intimidad de esa pareja que está quejándose de placer detrás de la duna. Volviéndose, regresa a la playa, donde prosigue a caminar hasta que nota otro par de huellas similar a la anterior—huellas delicadas entrelazadas con huellas más grandes—que también se dirigen a las dunas de arena, y se sonríe cuando las ve.

Pero esta sonrisa ya no es una sonrisa de envidia. Muy por el contrario, ésta es una sonrisa muy diferente. Dulce. Benévola. Llena de amor. El mismo tipo de sonrisa que el padre Alonso le había dado, liberándola, piensa ella. Estos pensamientos la hacen descubrir el por qué se siente hoy como se siente.

Es por esa sonrisa de él.

Y por esos ojos brillantes de él.

Encuentra otro par de huellas que se desvían del borde de la playa. Pero éstas son diferentes. Ambas son grandes, masculinas. Curiosa, las sigue y antes de que se dé cuenta, descubre a un hombre ya mayor que yace a la sombra, durmiendo tranquilamente. Se vuelve rápidamente, temerosa de disturbarle el sueño cuando piensa que ella lo ha visto con anterioridad. Lo vuelve a mirar y le toma un poco de tiempo el ver en este hombrecillo viejo y delgado, con camisa, tirantes y pantalones recogidos hasta la media pierna, al mismo cura que bautizó al pequeño Renzo hace varios meses y al que acaba de bendecir al Club Cultural. El mismo cura que vino con el curita joven. Se vuelve, para regresar a la playa cuando ve otras huellas: grandes y distanciadas, impresas profundamente en la arena—las huellas de un hombre que corre. Las sigue, pero estas huellas llegan al borde del mar y allí desaparecen, borradas por las olas.

Suspira y continúa caminando, disfrutando del sol sobre su cara y su cuerpo, hasta que mucho más adelante descubre más huellas. Grandes, seguras, masculinas, distanciadas igualmente. Curiosa, de nuevo las sigue, tomando cuidado de no disturbarlas. Estas huellas van del borde del mar hasta las dunas de arena. Llega al final del rastro de huellas y las ve desaparecer en esa zona donde la arena comienza a convertirse en vegetación, y donde el terreno, cubierto con musgo, se hace suave y aterciopelado.

Incapaz de poder seguir las huellas en ese tipo de terreno y averiguar hasta donde llegan, se vuelve para regresar a la playa.

Todo parece estar tan callado, tan vacío.

Tan pacífico.

Es entonces que oye un murmullo suave y lejano, como el de la rítmica respiración de una persona que está dormida. Camina en dirección a ese suave sonido y antes de que se dé cuenta está en la presencia de un joven que está acostado sobre el musgo.

Y aunque este joven está completamente desnudo, esta vez ella no tiene la menor duda de quién es él.

Con anterioridad, Loló ha deseado a menudo que ojalá pudiera controlar esos impulsos de ella, que parecen que la empujan y empujan. Pero esta vez... esta vez está muy feliz y agradecida de tenerlos. Porque esos impulsos de ella la hacen quedarse donde está y estudiar el hermoso rostro de este joven desnudo enfrente de ella, mirándolo con una inocencia total—

ella una niña, él un niño—hasta que siente el deseo casi incontrolable de sentirse exactamente como él.

Libre. Liberada de todo.

Desnuda.

Delicadamente se quita su traje de baño y lo deja caer silenciosamente sobre la tierra. Entonces se arrodilla enfrente de este joven que más parece ser un Dios que un hombre, este joven que con su bondadosa y dulce sonrisa le ha traído tanta felicidad interior. Sus ojos se enfocan primero en su rostro, que parece ser angelical, admirando sus cejas negras y pobladas, la sombra azul que le perfila la cara, y la profunda hendidura que tiene en el centro de la barbilla. Entonces sus ojos se enfocan en su cuerpo, admirando su cuello, su apretado torso, sus musculares brazos, sus piernas, sus muslos, la negra melena leonina e hirsuta que ciñe como de corona su masculinidad, un miembro viril que está rígido y duro, lleno de vida mientras el joven duerme profundamente.

Incontrolablemente, ella siente el impulso, la necesidad, de compartir sus sensaciones con él. De despertarlo y hacerlo suyo. De entrar en ese mismo tipo de mundo en el que ella vio entrar a Marguita y a Lorenzo, y el de habitar ese mismo tipo de cielo que ella vio habitar a Marguita y a Lorenzo. Siente el impulso, la necesidad, de vivir momentos de éxtasis como los que vio vivir a Marguita, y hacer que el joven hombre que yace a sus pies los viva a su vez. Siente el impulso, la necesidad, de convertirse—aun si sólo por un breve segundo—en mujer, en una verdadera mujer, en una mujer completa, el mismo tipo de mujer que Marguita lo era aquella noche.

Una mujer totalmente satisfecha.

De sí misma. Y de su mundo.

Se desata el cabello, dejándolo caer suelto, colgando en suaves ondas más allá de los hombros, se inclina hacia el joven desnudo que tiene por delante y delicadamente comienza a besarle el cuerpo, cada parte de él: la hendidura tan profunda que tiene en la barbilla, su hermoso cuello, su amplio pecho, sus pezones, sus piernas, sus muslos, acariciando ese cuerpo delante de ella con su larga cabellera negra mientras tiernamente le besa y después le lame su miembro viril hasta que finalmente éste explota en su boca, haciendo que el joven cuerpo desnudo a sus pies comience a sacudirse y a despertarse.

Sintiendo una sensación casi inexplicable de éxtasis, el éxtasis de su propio cuerpo explotando, y como respondiendo a este goce sin límites, el joven muchacho abre sus ojos. Y aunque están todavía medio nublados por el inmensamente increíble placer que ha sentido, y aunque el tórrido sol tropical momentáneamente lo ciega, sus ojos ven frente a él los oscuros ojos gitanos de Loló, que está arrodillada sobre el suave y aterciopelado terreno a sus pies.

Él mira por unos instantes a esta visión embrujadora que tiene delante a él—la misma visión que había estado teniendo en sus sueños—y le sonríe a esta visión con una sonrisa dulce y bondadosa la cual le es devuelta con otra sonrisa, tan dulce y tan bondadosa como la de él.

Es sólo entonces que se da cuenta a quién pertenecen esos ojos brujos.

Y que la dueña de esos ojos está desnuda. Tal como él lo está.

Y que esto no es una visión.

Súbitamente sobresaltado por este descubrimiento, se apoya en sus codos y trata de separarse de ella, pero Loló no se lo permite. Se deja caer sobre él y su boca busca la de él ávidamente, tan ávidamente como la de él busca la boca de Loló.

Entonces, después de que sus labios muerden y saborean intensamente esos vibrantes labios de ella, su joven boca comienza a delinear los contornos del cuerpo de Lolo—él un niño, ella una niña—besándole el cuello, los hombros, los senos, los pezones, las piernas, los muslos, raspando y lastimando ese cuerpo tan suave de ella con la rudeza de su cara sin afeitar, mientras sus manos y su boca continúan explorando ese cuerpo hasta que manos y boca encuentran esa oscuridad que ella guarda entre las piernas, que se abren a él.

«Así que esto es lo que se siente cuando uno se hace hombre», el joven muchacho se dice, sus ojos cerrados.

«Así que esto es lo que se siente cuando una se hace mujer», piensa Loló, a medida que comienza a sentir ese calor tan increíble de él que la está incendiando.

Pero muy pronto todos esos pensamientos desaparecen, derritiéndose en una nada a medida que ella cierra los ojos y comienza a entrar en un mundo donde ella se siente completamente libre—libre de tiempo y libre de espacio, libre de todo—cuando lo siente a él presionándose en contra de ella.

Esta vez es ella la que se despierta a esta visión frente a ella. Abriendo los ojos, ella se separa del joven muchacho, lo hace caer sobre el aterciopelado terreno, y entonces, manteniendo su mirada firme en él, se sienta sobre él y le permite la entrada—aunque es ella la que controla cada movimiento. Y mientras ambos comienzan a moverse como si fueran uno y a entrar en un mundo especial en el que ninguno de ellos ha estado jamás, ella puede ver como la cara de él se transforma, yendo de un momento de éxtasis al otro, dolor y placer intrincadamente entrelazados, hasta que esos momentos se suceden más y más rápidamente y hasta que ella lo siente a él volver a explotar dentro de ella.

Están sosteniéndose mutuamente, y ella se deja caer sobre él, ambos cuerpos yaciendo sobre el terreno. Pero él forcejea con ella hasta que esta vez es él quien está sobre ella, y esta vez es él el que la fuerza a abrirse de nuevo a él, y esta vez es él quien entra dentro de ella otra vez más con ese joven cuerpo de él que no parece conocer límite alguno, mientras ella lo abraza apretadamente, su visión parcialmente cegada por los rayos del sol que se cuelan por entre los penachos de las palmeras y de los helechos gigantes hasta que él vuelve a explotar dentro de ella y entonces, totalmente exhausto, esta vez es él quien se deja caer sobre ella.

Todavía habitando ese mundo de visiones y ensueños, ella extiende sus brazos y le acaricia la espalda, tensa y a la vez relajada, hasta que sus manos acaban por agarrar su negra y ondulada cabellera, empapada de sudor, que huele a salitre de mar y a sexo sin bridas. La comienza a besar tiernamente cuando se oye una lejana voz que grita:

—¡Padre Alonso! ¡Padre Alonso!

Tan pronto el joven muchacho oye ese distante llamado, se para, agarra sus calzoncillos que yacían sobre el terreno, y se los comienza a poner al mismo tiempo que empieza a correr en la dirección de donde vino esa llamada—sin mirar atrás.

—¡Estoy aquí, padre Francisco! ¡Estoy aquí! —grita el joven muchacho a medida de que corre apresuradamante, cruzando a toda velocidad la amplia expansión de arena que lo separa del viejo cura, al cual todavía no ha visto.

Finalmente lo llega a ver, en la distancia, viniendo en dirección suya.

El joven muchacho corre aún más rápidamente hacia su mentor:

—Me quedé dormido —le dice tan pronto alcanza al viejo cura—. Espero que no sea demasiado...

Ve a dos hombres, miembros del Club Cultural, que caminan apresuradamente detrás del padre Francisco.

—Tenemos que correr de vuelta al club —uno de ellos le dice al joven muchacho—, porque nos estamos muriendo de hambre y Maximiliano el carnicero, que está cocinando la comida, nos dijo que necesita veinte minutos antes de que pueda poner la comida sobre la mesa. Así que, mientras más rápido lleguemos allá, más rápido comemos. Vamos, *padre* —le dice, dándose cuenta de que el joven muchacho está casi desnudo, excepto por los calzoncillos—, vamos a ver quién de nosotros dos llega primero al club.

El padre Francisco le da al joven muchacho sus pantalones, su camisa y su camiseta, las cuales él las había dejado tiradas sobre una roca al lado de donde el viejo cura se había quedado dormido.

El joven muchacho se las pone apresuradamente y sin mirar atrás empieza a correr hacia el Club Cultural.

Pero entonces, recordando quién él es, el joven muchacho—ahora el padre Alonso—manteniendo sus ojos mirando al suelo, comienza a caminar despacio al lado del padre Francisco, que lo mira y le sonríe.

—¿La pasaste bien? —le pregunta el padre Francisco.

El joven cura no le responde.

Solamente asiente un par de veces en silencio, sus ojos luciendo tan melancólicos y tan serios como de costumbre.

Ojos demasiados serios para un muchacho tan joven.


Media hora después, tras una buena ducha y ahora vestido en su sotana negra, que lo hace sentir casi como si fuera un eunuco, semicastrado y sin sexualidad, el joven curita está en el piso de arriba, ayudando a su mentor a prepararse para la bendición final del día.

En el piso de abajo del de él, en el salón de cambio de las mujeres, una callada y modesta Loló está dentro de su cabina, con la cortina echada, quitándose el traje de baño, cubierto con granos de arena. Como los hombres que vinieron a buscar al padre Alonso no la vieron, ella esperó a que todos se fueran y llegó al Club Cultural sólo hace unos pocos minutos.

Ahora, mirándose en el largo y delgado espejo que hay dentro de las cabinas, se comienza a pasar lentamente las manos por sobre todo el cuerpo, y puede ver reflejadas en el espejo las ronchas al rojo vivo que la ruda barba sin afeitar del joven muchacho que la hizo mujer le dejó sobre su blanca piel. Las toca con sumo cuidado, acariciándose a sí misma, y al hacerlo piensa que lo está acariciando a él.

Quisiera poder gritar a todos los vientos: «Soy mujer. Al fin, soy mujer».

Pero siente que el haberse convertido en mujer es algo tan íntimo y tan deliciosamente placentero que ella no puede compartir este momento con nadie, y menos aún gritárselo a todo el mundo—aunque quisiera hacerlo.

Cierra los ojos por un instante y se imagina estar de nuevo donde estaba hace sólo minutos. En sus brazos, su cuerpo cubierto por el de él. Su cuerpo dejándose ser abrazado por el de él. Su cuerpo que confiadamente se abre a las demandas hechas por ese cuerpo de él. Su cuerpo pulsando violentamente con el de él.

Ella no tiene la más mínima idea de cómo va a poder sobrevivir los próximos momentos, cuando durante el banquete sus oscuros ojos de gitana se encuentren con los claros y brillantes ojos de él: ella, ahora una mujer, y él, ahora un cura. ¿Le dirigirá él una sonrisa? Y si lo hace, ¿será esa sonrisa como la que él le dirigió antes? ¿Tierna? ¿Benévola? ¿Llena de amor? Y ella, ¿se atreverá a devolverle la sonrisa? Y si lo hace, ¿será su sonrisa tan tierna y tan benévola y tan llena de amor como la de él?

Es entonces que se hace una pregunta: «¿Cómo es posible que todo esto haya pasado?» E inmediatamente después se hace una segunda pregunta: «¿Pero es verdad que todo esto ha pasado?»

En el piso arriba del de ella, el joven curita le abotona la sotana al viejo cura y sin darse cuenta de lo que está haciendo suspira—un suspiro muy profundo que parece que se le sale del fondo del alma.

El viejo cura se vuelve hacia a él y le dice: —Yo también.

El joven cura mira a su mentor con ojos azorados.

—Yo también me siento como tú. Exactamente como tú te sientes —dice el viejo cura—. Deseando, como tú, que me hubiera podido quedar dormido sobre el musgo, a la sombra de las palmeras y emborrachado por las brisas. Por un momento dejé de ser cura. Por un momento dejé de pensar en los niños pobres que necesitan saber que un Dios existe y que los ama, como necesitan tener suficiente comida para poder crecer, un techo seguro sobre sus cabezas, y un lugar seguro en donde jugar. Como por un momento también dejé de pensar en una iglesita vieja que necesita una capa de pintura. Y por un momento me sentí como cualquier otro hombre sobre la tierra, disfrutando de los inmensos regalos que Dios nos ha dado —El viejo cura suspira uno de esos suspiros muy profundos de él que parece que proviene de lo más hondo de su ser, y después añade: —A veces, hijo mío, a veces es algo muy bueno el dejar de ser cura, si sólo por un momento, y el volver a ser simplemente un hombre —Le sonríe a su acólito—. Estoy seguro que Nuestro Señor se sintió muchas veces como tú y yo nos sentimos ahora. Después de todo, Él era un hombre. Como tú y yo.

El padre Alonso no dice nada. Simplemente cierra los ojos por un solo segundo, como si estuviera en total acuerdo con lo que dijo su mentor. Pero un solo segundo es un período de tiempo lo suficientemente largo como para transportarlo a donde estaba sólo hace unos minutos, sus labios besando y saboreando labios de mujer. Sus manos descubriendo lo que es un cuerpo de mujer. Su cuerpo haciéndose uno con un cuerpo de mujer.

Sí, él también es hombre, piensa.

Finalmente él puede decir eso. Finalmente. Y completamente.

Y sin duda alguna.

Todas esas otras dudas que tenía acerca de sí mismo, todo ese miedo que tenía de que su corazón estaba lleno de deseos en contra de la naturaleza hacia otro hombre, Felipe, todo eso ha sido borrado de su mente.

Exorcisado totalmente.

Por el olor de mujer.

Va hacia la puerta, la abre, y seguido por el padre Francisco, se prepara a bajar las escaleras que conducen al piso de abajo. Al comedor. Donde la comida «en su punto», preparada por Maximiliano el carnicero, estará esperando ser bendecida. Donde la gente estará sentada alrededor de una inmensa mesa en forma de U cubierta con un inmaculado mantel blanco y adornada con guirnaldas de palmas. Donde él podrá mirar de nuevo a esos ojos embrujadores y gitanos de ella.

Pone sus dos manos juntas, como se hace para rezar, y es capaz de oler ese intenso aroma del cuerpo de ella que todavía persiste flotando en las yemas de sus dedos. Inclina la cabeza ligeramente, para acercar su nariz más a las yemas de sus dedos, e inhala profundamente ese precioso aroma que emana de sus manos. Manteniendo sus ojos bajos y melancólicos, como él sabe que debe hacerlo, comienza a bajar las escalera con las yemas de sus dedos rozándole la nariz. Y mientras lo hace, se entrega completamente al aroma de ese cuerpo de ella que ahora es parte de ese cuerpo de él.

Él sabe que tarde o temprano él le pedirá a Dios que lo perdone por lo que ha hecho, romper sus votos, votos que él hizo de su propia voluntad al mismo Dios.

Pero eso lo tendrá que hacer mucho más tarde.

Ahora no.

Porque ahora, mientras baja las escaleras sintiendo el olor a mujer en sus manos, un olor que lo marea y lo embriaga, el padre Alonso siente a esa cosa que lo hace hombre—y que ha llevado escondida por tanto tiempo bajo esa sotana que intenta hacer un eunuco de él—levantarse y ponerse rígida.

Y ahora, bajo la sotana, lo que hay es, definitivamente, un hombre, no un eunuco.

# *veinte*

Cuando esta mañana, Dolores—que estaba a cargo de los arreglos de los asientos durante el banquete—le preguntó a su hija dónde era que ella y Lorenzo querían sentarse, lo único que Marguita le pidió a su madre fue que la sentara bien lejos de «esa mujer», Loló.

—Ya fue suficientemente denigrante que yo tuve que venir en la misma guagua en que «esa mujer» vino—le dijo Marguita a su madre con la voz bien baja, aunque así y todo muy tensa.

A Dolores no le gustó nada lo que oyó.

Se llevó a Marguita a un rincón, donde pudieran hablar privadamente y allí le dijo en esa voz de ella, dulce y sedante, pero firme:

—Marguita, amorcito mío, esto ha ido ya demasiado lejos. Ahora tú eres madre. Como yo. Pero esa mujer, ese *pobre* mujer —añadió Dolores, poniendo énfasis en la palabra pobre—, esa pobre mujer no es madre, y quizás nunca lo llegue a ser. Así que, hija, ten un poco de compasión hacia ella. Perdónala. Deja que esos sentimientos de rencor se vayan de una vez y para siempre fuera de tu alma. Amor mío, confía en tu madre. No lo hagas por ella, no lo hagas por mí. Hazlo por ti misma. Tan pronto la perdones, tú vas a ver lo bien que te sentirás. Te lo digo, una siempre se siente liberada cuando una se deshace de los malos pensamientos.

Marguita miró a su madre, una mujer repudiada por su propia familia. Y sin embargo, una mujer que los perdonó a todos. Y entonces pensó en esa mujer, Loló. «Es verdad lo que dice mamá», se dijo. «Esa mujer no es madre. Y probablemente nunca lo llegue a ser. ¿No pasa ya de los treinta? ¿Y sin tener un enamorado, algún hombre interesado en elllla? ¿Qué oportunidades tiene esa mujer, esa *pobre* mujer, de tener lo que yo tengo? Un bebé y un marido que la ame, que la llame resplandeciente—como Lorenzo me acabó de llamar».

Marguita suspiró, porque en su corazón ella sabía que su madre tenía la razón.

Marguita siempre se ha considerado como una buena persona, alguien que sabe lo que es perdonar, así que perdonar, eso lo puede hacer. Pero ¿olvidarse de lo que pasó? Ella siempre se ha dicho que tiene la memoria de un elefante, que nunca pueden olvidar—o por lo menos, eso es lo que ha leído. Así que ¿olvidarse de lo que esa mujer le hizo? Eso nunca lo hará. Pero ¿perdonarla...?

—Está bien, Mamá. Haré lo que me pides. Trataré de perdonarla —le dijo a su madre—, pero, por si acaso, no me sientes junto a ella. Te lo suplico, por favor.

Marguita ya había empezado a pensar seriamente acerca de otorgarle el perdón a esa mujer cuando se enteró de lo que había pasado en el salón de cambio de las mujeres.

Eso la enfureció.

«Sólo a esa mujer se le puede ocurrir hacer tal cosa, pasearse desnuda, pavoneándose», pensó. «Ella probablemente se cree que es mejor que todo el mundo y que puede hacer lo que le plazca. ¿Qué clase de mujer se cree que es? ¡Si solamente llegara el día en que la pueda poner en su lugar!», deseó Marguita. «¡Cómo me encantaría darle una buena lección a esa mujer!» Y mientras así pensaba, todas esas ideas de otorgarle el perdón que habían estado pasando por su mente se desvanecieron por completo, porque en el corazón de Marguita esa mujer no se merecía que la perdonasen.

Un poco después, Dolores y el camarero jefe, Teodosio, decidieron dónde la gente se iba a sentar y ahora todos los invitados están donde les corresponde, esperando que Teodosio y el resto de los camareros traigan la comida.

Los dos curas, más Collazo y otras de las personas mayores—incluyendo a Dolores y Maximiliano—están a la cabecera de la inmensa mesa en forma de U. A un lado de la U se sientan algunos de los empleados de la librería con sus mujeres, incluyendo a Marguita y Lorenzo. Al otro lado de la U, se sientan el resto de los empleados con sus mujeres, más amigos y familiares, incluyendo a Loló que está sentada al lado de su hermana Asunción. Pero como el área del centro de la U se dejó vacía, cosa de facilitar el servir la comida, y porque la gente solamente se ha sentado en la parte de afuera de la U, aunque Marguita está al lado opuesto de Loló y tan lejos de ella como es posible, ella puede verla cada vez que levanta los ojos, porque «esa mujer» está sentada frente por frente a ella—aunque con mucho espacio entre las dos.

La comida se trae de la cocina en inmensas bandejas plateadas que están tapadas, y los camareros la ponen en una mesita de servir que está en el mismo centro de la U, pero frente a la cabecera de la mesa, donde se sientan los dos curas. El padre Francisco se levanta, y el padre Alonso también lo hace, quedándose de pie un poco detrás del viejo cura. Las tapas de las bandejas se levantan y un delicioso olor inunda el patio que, bajo el translúcido techo de lona, está a la sombra. El padre Francisco rocía la comida con un par de gotas de agua bendita, que el padre Alonso llevaba en una urnita plateada. Entonces, tan pronto el viejo cura hace su bendición, y después que todos los invitados bajan las cabezas y le dan gracias a Dios por los manjares que van a comer, los camareros comienzan a servir la comida, que la gente, muerta de hambre, comienza a devorar casi instantáneamente.

Mientras los comensales empiezan a pedir un segundo plato—y hasta un tercero—Collazo se pone de pie sosteniendo un vaso de vino tinto de Rioja en su mano—su tercer vaso de vino. O quizás el cuarto, ¿quién ha estado contando?

—Señoras y señores —dice no sin mucha dificultad, porque la lengua la tiene medio trabada y las palabras le salen algo confusas—, quiero hacer un brindis en honor de mi querido amigo Maximiliano el carnicero, quien no es solamente un poeta en su profesión y un poeta con las palabras, sino que es también un gran poeta con la comida. Y a aquellos que lo dudaban —añade, señalando a los platos vacíos aún sobre la mesa—, les digo: ¡He aquí la prueba! Todo lo que hay que hacer es mirar a estos platos no solo vacíos sino relamidos, como quien dice.

Todos los comensales comienzan a aplaudir más que entusiastamente, y hay algunos que hasta gritan y chiflan en aprobación. Al oír esto, Maximiliano instantáneamente se pone de pie y con un gesto le pide silencio a su público.

—Damas y caballeros —dice—, el honor de ese brindis no me corresponde a mí sino a dos otras personas. Primero, a mi gran amigo de toda la vida, Manuel el doctor, quien, como ustedes saben, ha sido quien ha pagado por esta cantidad increíble de comida que hemos recibido con todo nuestro corazón, porque de la manera como están las cosas, cuando la mayoría de nosotros apenas si podemos poner comida sobre nuestras mesas, aquí estamos, celebrando este estupendo banquete. Y todo se lo debemos a él.

Al oír esto, todo el mundo a la mesa vuelve a aplaudir entusiásticamente.

—Y segundo —Maximiliano añade, interrumpiendo el aplauso—, o quizás debiera decir primero, el honor de ese brindis le corresponde a nuestro gran amigo y mentor, Collazo, que es un verdadero Mecenas, un hombre que no sólo ama a los libros—hace una breve pausa—, ¡casi tanto como ama al vino tinto! —añade jovialmente, bajando un poco la voz y haciendo que todo el mundo se ría—, sino que es también un hombre audaz y valiente hasta no decir más en cuyo vocabulario la palabra «miedo» nunca ha existido. Es a él a quien todos nosotros le debemos ofrecer este brindis, por haber construido este edificio tan espectacular sobre la arena—un edificio que la historia recordará con orgullo, porque es un edificio que nos ha enseñado que un hombre con convicciones puede atreverse a todo, inclusive a domar el poderoso oleaje del mar.

Todo el mundo bebe y se ríe y aplaude y come más y más, sin necesidad de dejar espacio para los postres—porque se servirán mucho más tarde, como es la costumbre, tan pronto el cafecito bien negro esté acabado de colar.

Mientras la gente comienza a responder a un brindis con el siguiente, y a medida que más y más vino se sigue sirviendo, el padre Alonso, que como el resto de la gente a la mesa ha estado disfrutando del buen vino, finalmente se atreve a echar una mirada a uno de los extremos de la mesa: una mirada clandestina que espera encontrar, y al mismo tiempo no encontrar, esos oscuros ojos gitanos que está ávidamente deseando ver. Pero sus ojos encuentran sin dificultad alguna esos ojos de ella, los cuales él tanto desea y teme a la misma vez, porque esos ojos gitanos lo han estado mirando de principio a fin durante el banquete, echándole miradas clandestinas que esperaban encontrar, y al mismo tiempo no encontrar, esos brillantes ojos de él que ella tanto desea y teme al mismo tiempo.

Es entonces que Marguita levanta los ojos y, sin querer, accidentalmente ve a «esa mujer» mirar con mucha intensidad a alguien a la cabecera de la mesa.

Curiosa, Marguita vuelve la cara y ve al padre Alonso devolverle la mirada a esa mujer por un breve segundo e inmediatamente lo ve volver la cara, como si estuviera evitando mirarla.

Marguita se sacude la cabeza de lado a lado, sin poder creer lo que sus ojos han visto.

«Esto es increíble», se dice. «Esa mujer ha llegado al último límite de la degradación».

La mira de nuevo, para confirmar lo que acaba de ver: Loló echándole los ojos a ese pobre e inocente curita español.

Atónita, Marguita vuelve a sacudir la cabeza de lado a lado cuando ve a esa mujer mirar de nuevo al joven curita y sonreírle.

«No hay quien dude lo que esa mirada quiere decir», se dice Marguita, acordándose de cómo ella y Lorenzo solían robarse ese tipo de miradas el uno del otro.

Pero entonces Marguita se queda aún más atónita, cuando mira al joven curita y descubre que él le está devolviendo la sonrisa ¡a esa mujer!

Aun magnificente postre de cascos de guayaba en un sirope grueso le sigue un segundo postre de coco rallado con queso crema, a los cuales le sigue inmediatamente un café tan negro como las almas perversas y que sin embargo huele como si hubiera venido directamente del cielo. Una vez que esto se ha hecho, el banquete queda oficialmente acabado y las mujeres se escapan de los hombres, que se quedan a la mesa, fumando tabacos, bebiendo «Felipe Segundo», un brandy de jerez español, y hablando de política y de literatura, de lo cual nunca se cansan. Al cabo de un rato bien largo, los dos curas piden permiso y suben a su cuarto en la planta superior para comenzar a arreglar sus cosas y prepararse para el viaje de regreso a La Habana.

El padre Alonso, con el vino y los tragos de sobremesa todavía bastante subidos a la cabeza, mira a su viejo mentor y tras debatirse acerca de si lo debiera hacer o no, aunque la lengua la siente medio trabada, dice:

—Padre, ¿le puedo hacer una pregunta?

El viejo cura le sonríe a su joven asistente:

—Claro, hijo, lo que quieras.

El padre Alonso carraspea un par de veces y entonces, tartamudeando un poco, dice:

—Tiene que ver con... bueno, con lo que hablamos antes, esta mañana, ¿se acuerda? ¿Acerca de la belleza que se esconde en los ojos de las mujeres?

El padre Franciso asiente:

—Oh, sí —dice—, un gran regalo de Nuestro Señor.

—Bien, padre —prosigue el joven curita, pero titubea un poco y no se atreve a decir lo que iba a decir.

—Hijo —le dice el padre Francisco—, no tengas pena. Tú puedes preguntarme lo que quieras. Para eso estoy aquí. Ésa es precisamente la labor que el obispo me ha encargado que haga. Guiarte en estos, tus primeros pasos, en esta vida tan difícil que es el servicio a Dios, una vida que tanto tú como yo hemos escogido.

Hay un corto silencio.

Entonces el padre Alonso, ruborizándose, vuelve los ojos hacia el suelo y pregunta:

—Padre, usted ha estado... ha estado usted alguna vez con una mujer?

—¿Qué quieres decir? —replica el viejo cura—. ¿Que si yo he conocido mujer? ¿Sexualmente? ¿Es eso lo que quieres decir?

El joven curita asiente, su cara tan roja como si se la hubieran incendiado.

—Pues sí, yo he conocido mujer —le dice el padre Francisco—. Pasó ya de eso, ¡uy!, bastante tiempo. Yo tendría más o menos tu edad, creo yo. Pero todo eso pasó antes de hacerme cura, quiero dejar eso bien claro.

—Y... ¿aún así...? —comienza a decir el joven curita.

Pero el viejo cura no lo deja terminar:

—Si, hijo —dice—, aún así, aún después de conocer mujer, escogí yo esta vida nuestra. Aún así —se ríe—. Dime, ¿qué edad tienes?

—Veintidós. Bueno, casi. Voy a cumplirlos en dos meses. En octubre.

—Y entraste en el seminario, ¿a qué edad?

—Acababa de cumplir los trece cuando... cuando sentí mi vocación.

—Entonces me imagino que tú... que no has conocido mujer entonces —dice el padre Francisco y ve al joven curita ponerse aún más rojo que antes—. Hijo, no te ruborices ¡que no es pecado ser virgen! —le dice el viejo cura a su asistente—. Yo no sé qué es mejor, haber conocido mujer o no haberla conocido antes de que uno se haga cura. Francamente no lo sé. Muchos entran en el sacerdocio cuando son demasiado jóvenes, mucho antes de saber lo que es la vida. ¿Cómo pueden esos jóvenes dar consejos a la gente acerca de lo que no saben absolutamente nada? Eso me lo he preguntado una y mil veces. Y siempre acabo por darme la misma respuesta: Dios sabe lo que está haciendo. Dios ayudará a esos jóvenes curitas, como tú, y les enseñará a ser un buen cura y a darles buenos consejos a quienes lo necesiten. Si Dios puede mover montañas y levantar a los muertos, ¿no puede Él guiar a los inocentes, como tú, y tranformarlos en magníficos pastores de almas? Confía en Dios, hijo. Deja que Él te guíe, como yo sé que lo hará. Siempre sigue su consejo, y haz lo que el corazón te diga, porque Dios le habla a los hombres a través del corazón. Escucha a ese corazón tuyo, hijo, y presta atención a lo que te está diciendo, porque el corazón nunca está equivocado.

El viejo cura se toma una breve pausa. Entonces añade:

—Lo que te dije, ¿te responde a tu pregunta?

Hay un breve silencio.

—Sí, padre —acaba por decir el joven curita, mirando a su mentor y sonriéndole una sonrisa tímida y dulce.

—¿Hay algo más que quisieras preguntarme?

El joven curita niega con la cabeza.

—Entonces —dice el viejo cura—, empecemos a poner todo esto que trajimos de vuelta en la valija. Se está haciendo tarde y no quiero que el viaje de regreso se demore por culpa nuestra. Ya quedamos bastante mal cuando llegamos tan tarde de la playa. Tarde, pero no demasiado tarde, ésa fue la suerte. Gracias a Dios que esos hombres vinieron a recogernos y nos despertaron en el tiempo preciso, ¿no lo crees?

—Sí, padre —dice el joven curita al cabo de un rato. Y después añade:

—En el tiempo preciso.


El viaje de regreso a La Habana es más que callado, calladísimo.

Los que no están muertos de cansancio, están repletos de comida, o quemados por el sol, o todo eso a la misma vez.

Y todo el mundo se está cayendo de sueño.

Tanto es así que tan pronto la guagua sale de Guanabo, mientras el sol comienza a ponerse a sus espaldas, pintando el límpido cielo tropical con luminosos matices rojos, anaranjados y violetas, la mayoría de la gente adentro está ya durmiendo, algunos de ellos hasta roncando.

Excepto el padre Alonso, que agarrándose a su rosario y pasando una cuenta tras cuenta, no puede—o más bien no quiere—cerrar los ojos.

O Loló, que se mantiene mirando fijamente, como si estuviera en un trance, enfocándose en un punto en la distancia que nadie puede ver sino ella.

O Marguita, que con el bebé en sus brazos, que duerme tranquilamente, y con la cabeza de su esposo, también dormido, reclinada sobre ella, mira ya a «esa mujer», ya al joven curita.

Pero viendo que ninguno de los dos ha vuelto a robarse miradas clandestinas, se dice a sí misma, «Me lo debo haber estado imaginando todo. Debió de haber sido ese vino tinto. Eso mismo es. No debí haberlo probado. Ciertamente no en mi estado».

Se sonríe a sí misma.

«Quizás es por eso que Lorenzo me encontró resplandeciente hoy», se dice.

Y entonces se ruboriza. Porque aunque no se lo ha dicho a su esposo, o a nadie—no hasta que lo sepa por cierto—ella cree que está de nuevo encinta.

# PARTE QUINTA

# Segunda Luna

## veintiuno

Una vez que las dos hermanas llegan a su casa en La Habana Vieja, Asunción corre adonde sus padres y les cuenta en esa voz medio quebrada de ella lo mucho que se divirtieron, lo hermoso que es el Club Cultural, lo buena que estaba la comida, y lo bien que la pasaron durante esta excursión tan emocionante. Loló, por el contrario, alegando que está exhausta, se tira en la cama. Y exhausta está. Por los pensamientos que le galopan y le martillean dentro de la cabeza.

«Nada de esto se suponía que pasara», se dice Loló cuando se tira en la cama.

«Nada de esto se suponía que pasara», se sigue diciendo Loló horas después, mientras yace sin poder quedarse dormida en el medio de la noche, mirando al cielo raso de su habitación que, intrincadamente adornado con elaboradas molduras de yeso, parece que pesa sobre ella, oprimiéndola.

«¿O sí?», se vuelve a preguntar mientras se vuelve de un lado al otro de la cama.

«¿Se suponía que eso pasara? ¿Y que pasara como pasó?»

Está inmensa e increíblemente feliz de ser ahora la mujer que siempre quiso ser, la mujer que siempre se sintió que tenía derecho a ser.

Pero, ¿por qué él? De todo los hombres en el mundo, ¿por qué él?

Tiene miedo de cerrar los ojos, y sin embargo le encanta hacerlo, porque tan pronto lo hace se encuentra de nuevo en la playa, yaciendo sobre el suave musgo bajo cimbreantes palmeras, el rítmico sonido del distante oleaje cantando suavemente mientras su cuerpo y el de él, entrelazados íntimamente, están latiendo exactamente al mismo tiempo como si ellos dos fuesen uno. Ese pensamiento es demasiado para que ella lo pueda soportar, aquí, donde está, sola sobre su cama. Porque ella lo quiere a él aquí mismo. En este cuarto. Junto a ella. En su cama. Al lado suyo.

«Pero, ¿quién es él?», se pregunta. «¿Quién es este hombre que la hizo mujer?»

Sabe muy poco acerca de él. Ni siquiera sabe su verdadero nombre, sólo el nombre que él escogió cuando se hizo cura. «Él es joven», se dice a sí misma. «Mucho más joven que yo. Y sin embargo, joven como es, es un hombre completo, hecho y derecho. Como también es un cura completo—porque puede oficiar en la misa y hasta oír confesiones».

Esta última idea le pasa por el pensamiento como una bala atravesándolo.

«¡Eso mismo es! ¡Confesión! Debo ir a él y confesarle todo lo que siento. Pedirle consejo. Ayuda. Guía. Su bendición». Pero entonces vuelve a sacudir la cabeza. «No. ¿A quién trato de engañar? ¿A mí misma? Yo no quiero nada de eso. Lo que quiero, lo que realmente necesito es oírlo hablar», se dice, sabiendo bien que apenas ha oído su voz alguna vez. Cuando se da cuenta de eso, vuelve a sacudir la cabeza. «¿Cómo es posible que yo haya hecho lo que hice?», se pregunta, reprochándose.

Incapaz de poder responderse a sí misma, a esa pregunta la siguen muchas otras, cada una de ellas tan—o más—dolorosa que la anterior: «¿Qué estará pensando de mí? ¿Que soy una mujer mala? ¿Una mujer despreciable que se acuesta con el primero que ve? ¿Que he hecho esto cientos de veces? ¿Que me encanta seducir a los hombres jóvenes? O...»

Y entonces, aunque no se lo quiere preguntar, se hace una última pregunta, una pregunta final que la atormenta la noche entera.

«O... ¿o acaso él no está pensando en mí... en lo más mínimo?»

De regreso en la celda donde duerme, en el sótano de la iglesita de Nuestra Señora del Perpetuo Socorro en Luyanó, el joven curita se está haciendo las mismas preguntas.

«Nada de esto se suponía que pasara», se dice y se repite, incapaz de pegar los ojos en la total oscuridad de su cuarto, mientras yace sobre el estrecho camastro que él llama cama.

«¿O sí?», se vuelve a preguntar mientras se vuelve de un lado al otro.

«¿Se suponía que esto pasara? ¿Y que pasara como pasó?»

Está inmensa e increíblemente feliz de haber conocido a una mujer, tanto es así que no se ha lavado las manos desde que estuvo con ella, para conservar por el mayor tiempo posible ese delicioso aroma de ella que todavía le emana de las yemas de los dedos y que lo embriaga y lo atormenta.

Al igual que ella, tiene miedo de cerrar los ojos, y sin embargo le encanta hacerlo, porque tan pronto lo hace se encuentra de nuevo en la playa, yaciendo sobre el suave musgo bajo cimbreantes palmeras, el rítmico sonido del distante oleaje cantando suavemente mientras su cuerpo y el de ella, entrelazados íntimamente, están latiendo exactamente al mismo tiempo como si ellos dos fuesen uno. Este pensamiento es demasiado para que él lo pueda soportar, aquí, donde está, solo, sobre su cama. Porque él la quiere a ella aquí. No a *él*, Felipe. A *ella*. En este cuarto. Junto a él. En su cama. Al lado suyo. Finalmente puede cerrar los ojos y soñar con una mujer, no con un hombre, aunque sabe que soñar con uno de los dos le está totalmente prohibido a él, un cura. Un cura que rompió su voto de castidad. Un cura que ha perdido su virginidad, gracias a ella.

«Pero, ¿quién es ella?», se pregunta. «¿Quién es esta mujer que ha transformado mi vida de tal manera? ¿Y quizás irrevocablemente?»

Sabe muy poco acerca de ella, ¡tan poco! A duras penas sabe su nombre, Loló, un nombre que él ha empezado a adorar. Como también ha empezado a adorar lo que ella es y representa: MUJER, con letras mayúsculas. «Yo sé que soy bien joven e inexperto, eso es cierto, sin duda,» se dice. «Mucho más joven e inexperto que ella. Pero eso no me importa nada. Yo sólo quisiera haberla conocido antes de haber conocido a Felipe, antes de toda esa agitación interna y confusión que Felipe engendró en mi alma; antes de convertirme en lo que soy, un cura, porque eso es lo que soy y lo que seré por el resto de mi vida, porque ya he recibido mis órdenes. Y puedo celebrar misa. Y oír confesiones».

Esta última idea le pasa por el pensamiento como una bala atravesándolo.

«¡Eso mismo es! ¡Confesión! Debo ir al padre Francisco y confesarle todo lo que siento. Pedirle consejo. Ayuda. Guía. Su bendición. Quizás él me pueda absolver. Quizás». Pero entonces vuelve a sacudir la cabeza. «No. ¿A quién trato de engañar? ¿A mí mismo? Yo no quiero nada de eso. Lo que quiero, lo que realmente necesito es oírla hablar», se dice, sabiendo bien que apenas ha oído su voz alguna vez. Cuando se da cuenta de eso, vuelve a sacudir la cabeza. «¿Cómo es posible que yo haya hecho lo que hice?», se pregunta, reprochándose.

Ha tratado de arrodillarse al lado de su cama y ha tratado de recitar sus votos. Pero no lo ha podido hacer. No ha podido prometerle al Señor lo que él bien sabe que nunca lo podrá cumplir. El podrá engañarse a sí mismo. El podrá hasta engañar al padre Francisco, quizás. Pero el nunca podrá engañar a Dios.

No. No a Dios.

Y Dios sabe que él ahora está inmensamente feliz de haber hecho lo que hizo. De que su cuerpo hiciera lo que hizo. De que finalmente se probó a sí mismo que él es tan hombre como el que más. Y sin embargo, se pregunta, «¿cómo ha sido posible que yo, un cura, haya hecho lo que hice?»

Incapaz de poder responderse a sí mismo, a esa pregunta la siguen muchas otras, cada una de ellas tan—o más—dolorosa que la anterior: «¿Qué estará pensando de mí? ¿Que soy un hombre horrible? ¿Un cura despreciable que se acuesta con la primera que ve? ¿Que he hecho esto cientos de veces? O...»

Y entonces, aunque no se lo quiere preguntar, se hace una última pregunta, una pregunta final que lo atormenta la noche entera.

«O... ¿o acaso ella no está pensando mí... en lo más mínimo?»

Esas dolorosas preguntas necesitan una respuesta.

La mañana siguiente, después de acabar de ayudar al padre Francisco a celebrar la misa matutina—la primera misa de la mañana—el padre Alonso va a la sacristía. Allí, se quita su traje de acólito y tras besar la estola sagrada, que es un símbolo de su sacerdocio, se la coloca sobre los hombros. Entonces, breviario en mano, vuelve a entrar en la iglesia, cruza la estrecha nave y se dirige a un confesionario que está al otro extremo. Cuando pasa frente al altar, hace una genuflexión enfrente de Dios, como sabe que debe hacerlo. Pero cuando su rodilla toca el suelo, sus ojos rojos y cansados—los ojos de alguien que no ha podido dormir en toda la noche—cuidadosamente evitan mirar al altar. De la misma manera con que él ha evitado mirar al padre Francisco durante la misa. De la misma manera con que él ha evitado mirar a la poca gente, la mayoría mujeres, que hay en la iglesia a esta hora de la mañana y que le siguen con la mirada mientras cruza la nave. De la misma manera con que él ha evitado mirarse a sí mismo en el espejo, hasta mientras se afeitaba.

Se sienta en el confesionario, enciende la lucecita que indica que está disponible para oír confesiones, y aunque entre él y la persona que venga a confesar sus pecados hay una rejilla de mimbre, así y todo, a través de esa rejilla el puede discernir esos ojos oscuros de Loló, arrodillada enfrente de él—su aroma embriagándole el alma. Entonces la oye susurrar, su voz como una melodía que le invade el corazón.

—Anoche no pude pegar los ojos. En lo más mínimo.

Eso es todo lo que ella puede decir.

A lo cual, todo lo que él puede responder es:

—Yo tampoco. Yo tampoco —su voz, como la de ella, temblando con desesperación.

Cuando Loló se levantó esta mañana, mucho más temprano que de costumbre, sorprendió a su madre, Carmela, que ya estaba en la cocina hirviendo la leche y empezando a colar el café. Viéndo a su hija con esos ojos tan rojos y fatigados por la falta de sueño, Carmela, inquieta, le preguntó: —Niña, ¿qué haces tú despierta a estas horas? ¿Qué pasó? Dime, ¿te estás sintiendo bien? Pareces muy cansada. ¿No pudiste dormir bien? Si ni siquiera son las...

Loló le sonrió: —Estoy perfectamente bien, Mamá. Lo que pasa es que hoy es el cumpleaños de Gloria, una de la muchachas en el trabajo, y todas queremos sorprenderla antes de que llegue a la oficina.

Entonces, después que se dijo a sí misma: «Qué fácil es decir una mentira», se vistió y salió corriendo de su casa lo más rápido que podía porque quería llegar sin falta a la primera misa en Luyanó. Ya había decidido no esperar el tranvía. No tenía ni un minuto que perder. Llamó a un taxi: —¿Cuánto es de aquí a Luyanó? —le preguntó al chofer. Cuando el hombre le contestó, ella suspiró con alivio apretando el bolso en contra de ella. Tenía lo suficiente para poder ir y volver:

—Apúrese, por favor —dijo, entrando en el taxi.

Mientras el taxi iba a Luyanó—una buena media hora en taxi, hasta a esa hora de la mañana—se siguió diciendo a sí misma: «Debo hacerlo. Tengo que hablar con él. Saber cómo se siente. Lo que él piensa». Estaba desesperada por saber lo que él pensaba de ella. Toda la noche se la pasó planeando esta visita. Toda la noche había ensayado en su mente lo que iba a decir, y cada paso que iba a tomar después.

Ahora, tras oír su trémula voz, está contentísima que hizo lo que hizo: venir a esta iglesita aquí, en Luyanó; arriesgarse a ser vista aquí, donde ella no pertenece; y tener la oportunidad de hablar, no con un cura, sino con el hombre que la había hecho mujer.

Porque ahora lo sabe.

Esa trémula voz de él le ha confirmado lo que su corazón le ha estado diciendo, lo que su corazón ha estado deseando oír toda la noche: que él ha estado pensando en ella tanto como ella ha estado pensando en él.

—¿Qué podemos hacer ahora? —pregunta él.

—No sé. No puedo ni hilvanar mis pensamientos —ella le dice, mirando a su reloj de pulsera, sabiendo que tiene que apurarse, que no quiere que nadie la vea, que tiene que irse volando para la oficina—. Tenemos que reunirnos, cosa de que podamos hablar —añade con voz apremiante—. Pero no aquí. No aquí.

—¿Dónde?

—¿Tú sabes donde queda el Hotel Inglaterra, en La Habana Vieja?

El joven curita sacude la cabeza de lado a lado. Entonces, dándose cuenta de que ella no puede verlo, porque él está a oscuras, dice: —No.

—¿Y el Hotel Nacional? —pregunta ella, su voz tan tensa que está a punto de romperse.

Esta vez el joven curita asiente: —Sí —Él estuvo allí una vez, durante un banquete que le dieron al obispo, no mucho después de recién llegar a Cuba.

—Yo salgo del trabajo a las tres. Te puedo ver allí, en el vestíbulo del hotel a las tres y cuarto. De ahí podemos ir a algún lugar privado.

—¿Algún lugar privado?

—Sí, donde podamos estar a solas. Para poder hablar.

—Pero, ¿dónde?

—Yo que sé dónde. Tiene que haber algún lugar. No te preocupes, de eso me encargo yo. Pero ahora tengo que irme. Ya voy tarde para el trabajo. No quiero que nadie me vea aquí, cerca de ti. Yo no pertenezco aquí, en Luyanó, en este...

—Pero, ¿cuándo nos vemos? —la interrumpe el joven curita.

—¿Cuándo? —ella hace una pequeña pausa, ligeramente desconcertada—. Hoy, por supuesto —replica, su tirante voz comenzando a enseñar la tensión nerviosa con la que ha estado viviendo desde ayer.

—¿Hoy...? Hoy no puedo. Los lunes son días de misión. Yo tengo que ir al...

—Entonces, ¿cuándo? —pregunta ella en un tono casi demandante, impaciente.

—Mañana —dice él—. Mañana.

—Mañana pues —replica ella y comienza a levantarse cuando se interrumpe a sí misma. Se vuelve a arrodillar enfrente de él: —Oh, y si tienes un traje, póntelo, por favor. Va a ser mucho menos conspicuo. Si quieres, te puedes cambiar en el baño de los hombres del hotel. Está en el sótano. Bajando las escaleras. Al frente del de las mujeres. No puedes perderte. No creo que sea una buena idea que nos vean juntos mientras tú estás vestido de... bueno, usando tu sotana —Está a punto de irse, cuando lo oye a él llamarla por su nombre.

—Loló —le dice. Ella se vuelve a él—. ¿Quieres confesar algo?

—¿Yo...? ¡No! —contesta desafiantemente.

Entonces, después de una breve pausa es ella la que pregunta: —¿Y tú? ¿Quieres confesar algo?

El joven cura cierra los ojos.

¿Lo quiere hacer?

Él sabe que ha roto los votos que le hizo a Dios. Él sabe que ha perdido su gracia divina. Y sin embargo... Se siente como si hubiera vuelto a nacer. Porque ahora se siente seguro de su masculinidad. De ser el hombre que por largo tiempo pensó que no lo era ni que lo había sido nunca.

Abre sus ojos.

—¡No! —dice.

Eso es todo lo que puede decir:

—¡No!

## veintidós

Queriendo tener la plena seguridad de no ser vista por nadie en esta área de Luyanó—y menos aún por Marguita—después que Loló sale de la iglesita de Nuestra Señora del Perpetuo Socorro, cuidadosamente evita caminar por la Calle de los Toros, donde Lorenzo y Marguita viven, y escurriéndose a lo largo de varias callejuelas se las arregla para llegar a La Calzada. Allí, llama a un taxi para que la lleve de vuelta a La Habana Vieja.

Mientras el taxi vuela más que corre a través de las calles de La Habana—a estas horas de la mañana, cuando todo el mundo va al trabajo, con un tráfico casi infernal—Loló no deja que el constante ruido de las bocinas de los autos, y las constantes malas palabras que los choferes se gritan los unos a los otros cada vez que llegan a una intersección la moleste.

No oye nada de eso.

Su mente, ocupada con otras ideas, no le permite oír nada de eso. Se siente como si estuviera sentada sobre alfileres.

Nerviosa y excitada al mismo tiempo.

No, no excitada sino más bien regocijada, alborozada.

Porque ahora, después de haber hablado con él y ver el interés y la atracción que él siente hacia ella, y al mismo tiempo, lo inexperto que él verdaderamente es—aún más que ella—se da cuenta que de ahora en adelante, pase lo que pase con sus relaciones, va a tener que ser ella la que se ocupe de todo.

Aunque eso la preocupa, lo ha comenzado a aceptar como un reto, y ella es la clase de mujer que nunca dejará que un reto la acobarde. No tiene ni la más mínima idea de lo que va a pasar con ellos dos en el futuro. En este momento no quiere pensar acerca de lo que puede o de lo que no puede pasar en algún tiempo distante. Ella sólo quiere pensar en lo que debe hacer ahora.

«¿Cúal es el siguiente paso que debo tomar?», se pregunta.

Cuando por fin llega a su trabajo, lo hace con más de una hora de atraso.

Corre a través del elegante vestíbulo del edificio de doce plantas de la Compañía Cubana de Teléfonos, que es una sucursal de la Compañía Internacional de Teléfonos bajo la dirección de hombres cubanos entrenados en Miami y Nueva York, y espera impacientemente un ascensor.

Al cabo de un rato, cansada de esperar, sube las escaleras de dos en dos, cinco pisos.

Cuando finalmente llega a su oficina, y se sienta detrás de la seguridad de su tablero de teléfonos, está jadeante, su cara roja granate.

—Bueno, ¿llegamos o no llegamos tarde hoy? —le dice Zafiro, una mulata alta y vistosa de cabellos estirados y de gruesos labios, rojos y sensuales, que se sienta al lado de Loló. Y entonces baja la voz:

—Me debes una. ¡Y bien grande! «La Lechuza» —que es como las telefonistas le dicen a su supervisora, la señora Francisca Olivar y Argüelles, porque usa espejuelos muy grandes, gruesos y redondos— te estaba buscando. Yo le dije que habías ido al baño. Cuando regresó, media hora después, y volvió a preguntar por ti, le dije que yo creí que habías ido al baño de nuevo. Que tú te sentías, bueno, tú sabes… que era uno de tus días malos. Y no hace ni cinco minutos que volvió a venir por aquí. Así que cuando la veas… pues ya sabes lo que tienes que decirle— Mira a su amiga—. ¿Qué pasó? —pregunta—. No me lo digas, ¿por fin anoche te llegaste a acostar con un hombre? —añade, riéndose, porque ella sabe, como lo saben todas las otras telefonistas, que a pesar del tipo de mujer que Loló parece ser por su manera de vestir y por su manera de mirar a los hombres, a pesar de todo eso ella es todavía virgen. «Y con poca esperanza de dejar de serlo», dicen muchas de ellas a espaldas de Loló.

—¡Qué más hubiera querido! —le responde Loló a Zafiro, tratando de hacer una broma de una dolorosa verdad—aunque cuando se lo dice a su amiga no puede reírse. ¿No había ella deseado ardientemente haberlo tenido a él en su cama, desnudo, muy junto a ella toda la noche?

Repentinamente su tablero se enciende.

—Teléfonos —dice Loló, contestando la llamada.

Después de hacer la conexión requerida por la persona que había llamado, Loló se vuelve hacia Zafiro:

—Lorenzo, mi hermano, nos invitó a mi hermana y a mí a que fuéramos a la playa de Guanabo ayer. Así que fuimos y nos pasamos el día entero allí, bajo el sol. Fue casi increíble. Déjame decirte, tienes que ir. Pero ahora, Zafiro, la verdad, ¿Tú crees que se me pegó mucho el sol? ¿Tengo la cara demasiado roja?

Traté de estar a la sombra la mayoría del tiempo, pero así y todo... No quiero que se me empiece a caer la piel. No ahora, en este preciso momento cuando... —Hace una breve pausa, pensando en el joven curita y de lo que diría si la viera toda roja quemada por el sol y con la piel cayéndosele a pedazos—. Lo que quiero decir es que, bueno, a mí no me gusta como luce la gente cuando se le empieza a caer la piel, ¿qué tu crees?

—Azuquita —que es como Zafiro le dice a Loló cuando hablan en confianza—, mírame bien y ¿qué es lo tú ves? Chica, la gente de mi color felizmente no tenemos ese problema que tienen ustedes las blancas. Tendremos otros, oh, sí, muchísimos otros problemas. Pero ¿lo que es ése...? Ése, gracias a Dios, ¡ése no lo tenemos! —dice y comienza a reírse a carcajadas altisonantes.

—¡*Damas!* —una voz muy severa dice a espaldas de ellas.

Tan pronto la oye, Zafiro instantáneamente para de reírse y se sienta tras su tablero rígida como una estaca.

—¡*Más respeto!* —vuelve a decir la misma voz, aunque mucho más cerca esta vez. La voz continúa: —Este lugar es, después de todo, una oficina donde se viene, no a chismorrear ni a reírse, sino a trabajar. Así que, ¡a trabajar se ha dicho!

Loló siente que alguien la toca gentilmente por la espalda. Se vuelve.

—Buenos días, Señora Olivar —dice.

—¿Estás bien? —le pregunta la señora Olivar, preocupada—. Zafiro me dijo que tú hoy no estabas... bueno, que hoy es uno de tus días de... de tú sabes qué, y que...

—No es eso —interrumpe Loló a la señora ya mayor de cabellos grises que la está mirando con ojos bondadosos escondidos tras gruesos espejuelos—. Es mi estómago. Me he estado sintiendo como mareada. Debe haber sido algo que comí ayer. No sé lo que...

—Bueno, Loló —le dice la señora—, tú sabes que te puedes ir a tu casa cuando tú quieras si no te sientes bien —Mira a Zafiro de reojo—. Claro está que no le puedo decir esto a todas, pero —vuelve a mirar a Loló—, tú eres una empleado modelo, siempre a tiempo, siempre conduciéndote de una manera tan correcta y con tanto respeto que, bueno, si te hace falta, tómate unos cuantos días hasta que te sientas mejor. Lo digo de verdad. Yo sé lo buena que tú eres, y que eres incapaz de decir la más mínima mentira —Vuelve a mirar a Zafiro de reojo—. Ojalá pudiera decir lo mismo de otras que hay por aquí —añade y suspira exactamente al mismo tiempo que los tableros de Zafiro y de Loló se les encienden simultáneamente.

—Teléfonos —dice cada una de ellas, contestando la llamada a medida que «la Lechuza» se va y las deja.

Momentos después, durante una escapada que se dan para tomarse un buchito de café, las dos muchachas están en la acera frente al edificio, estirando las piernas.

Loló mira a su amiga:

—Zafiro —le pregunta con una voz ligeramente titubeante—, cuando tú y Ceferino empezaron a salir juntos... Ese lugar a donde ustedes solían ir, tú sabes, para acostarse juntos. Quiero decir... bueno, tú sabes, esa posada a donde ustedes iban, la que tú siempre estabas hablando. ¿No es la que está al otro costado del Hotel Nacional, en la calle de... cómo se llama esa calle? Bueno, tú sabes de la que te estoy hablando.

—¡Ajá! —replica Zafiro, mirando a su amiga y soplando sobre su cafecito para que se le enfríe un poco porque está ¡que hierve! —Así que conociste a un hombre en la playa y ahora lo que quieres hacer es...

—No, no es nada de eso —replica Loló inmediatamente—. Lo que pasa es que me pareció ver a la Lechuza y a un hombre salir del Hotel Nacional y los seguí con la mirada hasta que doblaron la esquina. Y entonces desaparecieron.

—¿A la Lechuza? —dice Zafiro, atónita—. ¿A su edad?

—Bueno, jurarlo, no lo juraría. Pero si no era ella, era su hermana gemela. ¿Tú sabes lo estirada que ella camina, y esos trajes tan elegantes que se pone? Bueno, la mujer que yo vi caminaba igual que ella y estaba vestida muy semejantemente. Claro que yo sólo estaba pasando en un taxi por el hotel y...

—¿Los viste entrar en una callejuela más bien estrecha que queda detrás del hotel? Tú sabes, ¿esa callecita que va a lo largo de los jardines?

—No, no lo creo —responde una titubeante Loló.

—Bueno, entonces quienes ellos sean no fueron a la posada que yo conozco —dice Zafiro—. Habrán ido a otra, pero yo creo que solamente hay una en esa área. A la que Ceferino y yo solíamos ir antes de que ese gallego me pusiera un cuarto quedaba en esa callecita, la que queda al fondo de los jardines. No hay quien no la pueda ver, por las luces rojas que hay en las puertas —Suspira profundamente—. Me encantaría saber si la mujer que viste era de verdad la Lechuza. De verdad que me encantaría. Todo ese decoro aquí y decoro allá de ella, ¡y acaba por meterse en un cuarto con un hombre para abrirle las piernas, como lo hacemos todas! ¿No sería buenísimo si esa mujer fuera la Lechuza? Quizás una de nosotras debiera volver allá y ver si es verdad. ¿No sería buenísimo si la pudiéramos agarrar con las manos en la masa?

—Oh, no —dice Loló—. Déjala que se divierta. Si se está acostando con algún tipo, bueno, pues que se acueste. A lo mejor eso es exactamente lo que le hace falta.

—¿A lo mejor? —replica Zafiro, casi volcando al suelo el poquito de café que le queda en la tacita de papel, una tacita tan pequeña que apenas se puede ver—. Azuquita, eso es exactamente lo que esa mujer necesita. Una buena sacudida en la cama. Al fin y al cabo, ¿no lo necesitamos todas?

—Eso es exactamente lo que necesitas —dice el padre Francisco cuando ve los fatigados ojos rojos del padre Alonso—. Dormir. Así que quédate en la cama. Estoy seguro de que ayer tomaste demasiado sol en la playa. Este sol cubano lo fatiga a uno a más decir, lo exhausta. A mí me solía pasar eso a cada rato. Pero ahora, después de treinta y siete años de vivir en Cuba, ya yo estoy acostumbrado a este clima. Pero tú, hijo…

El padre Alonso lo interrumpe.

—No, padre. Hoy es día de misión. Yo no puedo dejarlo que vaya solo. Yo me siento perfectamente bien, se lo aseguro —Hace una breve pausa—. Bueno, quizás no tan bien como quisiera —añade. Pero no deja que el viejo cura diga una palabra—. Pero yo sé que me sentiré mucho mejor una vez que me encuentre haciendo mi misión. Después de todo, padre, ése es el motivo por el que me hice cura. Por favor, se lo suplico, no me haga quedarme aquí. Por favor. Déjeme ir con usted a donde pertenezco.

¿Cómo pudiera el padre Francisco decirle «no» a una petición tan honesta?

Media hora después, los dos curas caminan por una zona que los más pobres de entre los pobres—los que están sin casa y sin trabajo—han hecho suya.

Durante la gran depresión mundial de los años treinta, en los Estados Unidos, a zonas como éstas se las llamaban *Hoovervilles*—Pueblecitos de Hoover—porque comenzaron a existir mientras el señor Herbert Hoover era el presidente de esa nación. En Cuba, a esta zona se la llamaba «Llegaipón», porque los que vivían allí llegaban y ponían las pocas cosas que poseían en donde tuvieran la oportunidad.

Ubicada junto a Luyanó, esta zona ocupa la ladera de una colina, La Loma del Burro. Allí una ciudadela se ha contruido con lo que gente más rica y más afortunada ha descartado. Con cartones, lodo, ladrillos usados o rotos, hasta con ropas viejas tiradas sobre alambres, los pobres sin casa se las han arreglado para fabricar lugares en donde se pueden guarecer de la lluvia—que en Cuba cae consistentemente durante seis meses al año—y del tórrido sol—que en Cuba brilla cada día. Esto ha sido hecho sin ton ni son. Cuando alguien llega a esta zona, ese alguien localiza un espacio que no esté ya ocupado por otra persona u otra familia, y sobre ese espacio ese alguien deja caer lo poco que posea, haciéndolo suyo con ese gesto. Familias enteras viven allí, en el medio de callejones estrechos y muy mal definidos que no se les puede llamar ni siquiera callejuelas y mucho menos calles. Si alguna vez existió pobreza, hela aquí, se dice el padre Alonso mientras él y su mentor caminan por la zona.

Y sin embargo, «qué hermosa es esta gente», se dice el padre Alonso. Y a pesar de la aparente falta de orden que se puede observar en la zona, qué bien organizado está todo. Duchas y baños han sido fabricados por los mismos ocupantes, con la ayuda del gobierno y de la iglesia, en diferentes lugares por toda la zona. Y recientemente, la iglesia y los ocupantes acabaron de fabricar una estructura destinada a usarse como escuela de párvulos. Pero, ¿quién le puede enseñar algo a niños con estómagos vacíos? Así que esta estructura fue transformada en cocina y comedor donde se prepara y se les sirve comida a todos aquellos que la necesiten, no solamente a los niños.

Es ahí donde el padre Alonso se sienta, sobre el piso de cemento, en un rincón, rodeado de niños y muchachos de todas las edades que, como el joven cura, también están sentados sobre el piso; y de pie en contra de las paredes se pueden ver a algunos de los padres de los muchachos, todos ellos mirando en silencio al joven cura mientras comienza a enseñarles a todos la oración del Señor.

Separándola en frases cortas, fáciles de memorizar, el padre Alonso repite una de ellas varias veces y después les pide a sus estudiantes que la repitan. Aunque cerca de esta zona hay escuelas públicas que ofrecen educación elemental, la cual es obligatoria, la religión no es parte del currículo oficial, y por consiguiente, dijeron los consejeros de la iglesia, se les debe ser enseñada a todos. Pero, ¿cómo les explica uno el amor de Dios a los que no tienen casas en donde vivir? ¿A los que viven casi como animales en cuchitriles y pocilgas? ¿A los que casi no tienen qué comer?

—Padre nuestro, que estás en los cielos —dice el padre Alonso. Y entonces oye a los niños sentados sobre el suelo enfrente de él repetirlo: «Padre nuestro, que estás en los cielos».

Mientras lo repiten, el padre Alonso los mira, uno a uno. Hermosas criaturas angelicales, los más afortunados llevando harapos, los otros desnudos, sus vientres extendidos, llenos de parásitos, porque aunque la salud pública es gratis, la mayoría de esta gente tiene miedo de ir a un doctor o a una clínica. Y muchos de ellos son tan ignorantes que ni siquiera saben que estas facilidades existen.

Pensando que uno de sus deberes es enseñarle a esta gente acerca del cuidado de la salud tal como les está enseñando las palabras de Dios, el padre Alonso pierde su concentración por un breve segundo, pero la recupera inmediatamente cuando oye a su congregación repetir una vez más: «Padre nuestro, que estás en los cielos».

«Hay que hacer tanto por ellos», se dice el joven curita mirando a sus niños como ensimismado, pidiéndole a Dios que les traiga un gran futuro a todos estos niños, mientras continúa con su lección:

—Santificado sea tu nombre —dice el joven cura mecánicamente.

—¿Santificado? —pregunta uno de los muchachos que está sentado al fondo, sobre el piso, despertando al padre Alonso.

—Esa palabra quiere decir «bendito»—explica el joven cura.

—¿Bendito? —pregunta otro niño.

—Eso quiere decir «amado por Dios» —explica el padre Alonso—. Dios nos ama a todos.

—¿A todos? —un niño sentado al frente le pregunta—. ¿Tanto a los buenos como a los malos?

—Sí —le contesta el padre Alonso—. Dios nos ama a todos.

Todos nosotros somos sus hijos, así que nos ama a todos. Tanto a los buenos como a los malos —añade—. Dios lo sabe todo. Él sabe que a veces algo pasa, y entonces la gente hace cosas malas—aunque no lo intenten. Como cuando tú le quitas a otro niño su helado, o su caramelo. O como cuando desobedeces a tus padres. A Dios no le gusta que nadie haga algo malo. Así que cuando tú haces algo malo, aunque Dios te ama con todo su corazón, se puede poner un poquito bravo contigo, como se pone tu mamá cuando ella te llama y tú no vienes. Pero cuando eso pasa, todo lo que tienes que hacer es decirle a Dios la verdad y entonces Él, que siempre te ha amado, deja de estar bravo contigo y te sonríe de nuevo.

—Pero si Dios lo sabe todo, ¿por qué le tienes que decir la verdad? —pregunta un muchacho adolescente que está de pie, apoyado en la pared. ¿No la sabe ya?

El padre Alonso levanta los ojos, mira al muchacho y le sonríe, una sonrisa tierna y bondadosa, llena de amor: —Dios hace eso porque Él sabe que cuando una persona hace algo malo, como decir una mentira, el corazón de esa persona sufre y sufre hasta que esa persona diga la verdad. ¿Quién quiere vivir con un corazón que sufre? Dios quiere que esa persona se sienta bien. Y para que esa persona se sienta bien, todo lo que tiene que hacer es ir a Dios, decirle la verdad a Dios, y pedirle perdón. Y Dios es siempre tan pero tan bueno que si tú te sientes arrepentido de lo que hiciste, Él siempre te perdona.

—¿Siempre?

—Siempre.

—¿No importa lo que hayas hecho? —pregunta ese mismo muchacho.

—No importa lo que hayas hecho —le responde el padre Alonso.

## veintitrés

—Felicidades —dice el doctor Manuel la tarde siguiente cuando recibe en su oficina a una excitada Marguita, con su bebé en sus brazos—. Tú tenías razón. Los resultados del laboratorio acaban de llegar y al parecer tú y Lorenzo van a volver a ser padres. ¿Ya has pensado que nombre le vas a poner al nuevo bebé?

Marguita, ruborizada y titubeante, le sonríe al doctor Manuel.

—Lorenzo no sabe nada todavía. No se lo he dicho, quiero decir, no quise decírselo hasta que tuviera la plena seguridad. Yo misma me maravillo de que esto haya pasado tan rápidamente. Después de todo, Rencito nació apenas hace diez meses.

—Los padres en buena salud hacen niños en buena

salud —le contesta el doctor Manuel—. La naturaleza tiene su propia manera de hacer las cosas, y ¿quién puede ir en contra de la naturaleza? Quizás si tú le hubieras seguido dando el pecho... generalmente eso impide nuevas ovulaciones. Pero cuando dejaste de producir leche, no tuvimos más remedio que alimentarlo con leche condensada y, bueno, ya ves lo que pasó. Y ahora, ¡miren a este niño! ¡No en balde te vaciaba! —dice mientras mira al guapo chiquillo que él ayudó a traer al mundo no hace tanto tiempo, su ahijado, que lleva su propio nombre.

Entonces levanta los ojos y mira a Marguita.

—La pregunta ahora es, ¿qué vamos a hacer contigo, Marguita? Tú has ganado unas cuantas libras este año. Tenemos que ser más cuidadosos esta vez y tener la seguridad de que tú y el nuevo bebé se mantengan en buena salud durante todo el período de gestación. Mira, te he preparado una dieta especial —le dice y le da una hoja de papel escrita a máquina—. No quiero que subas demasiado de peso durante este embarazo, así que estudia esa dieta y síguela al pie de la letra, ¿me entiendes? Y entonces, ven a verme al final del primer trimestre —Mira su calendario—. Digamos la primera semana en noviembre, ¿de acuerdo?

Marguita comienza a salir de la oficina cuando se vuelve:

—Doctor Manuel —le dice, llamando al padrino de su hijo formalmente, de la misma manera que lo ha estado llamando desde que era niña—, usted no le piensa decir esto a nadie, verdad? Quiero decir, ni a Lorenzo ni a Papá ni...

—Marguita —le contesta el doctor Manuel—, lo que pasa en la oficina de un médico es estrictamente entre paciente y médico, y nadie más. Yo sé que tú quieres correr y contarle a tu marido y a tu familia acerca de este nuevo bebé, así que no te preocupes, que yo no les diré nada, ni a ellos ni a nadie. Ni aún a mi mujer. Los médicos hemos jurado mantener lo que pasa dentro de este local confidencial. Secreto. Como lo hacen los curas. Así pues, vete a tu casa con la plena confianza de que yo no diré palabra alguna —Marguita le sonríe. —Y sigue esa dieta —añade el médico mientras la acompaña a la puerta—. No quiero oír ni la más mínima excusa cuando regreses, ¿me oíste bien?

Cuando el padre Alonso entra en el magnificente vestíbulo del Hotel Nacional, al principio se siente ligeramente desorientado.

La figura de un joven curita que llevando puesta una vieja y remendada sotana está evidentemente perdido en este inmenso palacio de ónix, cristal y oro, parece algo totalmente fuera de lugar dentro de este ambiente tan ostentoso. Sus ojos inmediatamente descubren la colosal escalera de mármol cubierta con una rica alfombra rojo vino que va al entresuelo superior, pero le lleva un poco de tiempo el encontrar la otra escalera, menor en tamaño, pero también hecha de mármol, aunque sin alfombra, que va al sótano. Sobre ella se ve una discreta placa que dice:

Barbería. Conserje. Servicios.

Diseñado por los famosos arquitectos norteamericanos McKim, Mead y White, el Hotel Nacional es una estructura monumental que tiene un par de torres muy altas, casi como faros, que miran al océano Atlántico, y que está ubicado no muy lejos de la embajada de los Estados Unidos en una de las mejores partes de la ciudad llamada El Vedado—antiguamente una zona vedada al público porque allí se encontraban los terrenos de cacería de los habaneros nobles cuando Cuba era todavía colonia de España.

El padre Alonso desciende las escaleras y se dirige al cuarto de caballeros.

Ahí, se sorprende de encontrar un enorme salón en donde obviamente varios hombres han estado fumando—y bastante—

porque el olor a tabaco es bien fuerte. Entonces cruza un arco abierto y enmarcado por cortinajes pesados sólo para encontrarse con un hombre elegantemente vestido con el uniforme marrón y oro que usan los empleados del hotel: el hombre que trabaja en el cuarto de servicios, asegurándose de que todo esté limpio a perfección y ofreciéndoles toallas a quienes las necesitan tras lavarse las manos. El curita no se esperaba esto. Bajo su sotana está vestido de traje—un traje negro, el único que tiene—y trae consigo una pequeña valija en donde él estaba planeando meter la sotana una vez que se la quite de encima. Pero no quiere hacer nada de esto enfrente de este hombre. O enfrente de ningún otro hombre. Él no quiere que nadie sepa lo que está a punto de hacer. Sin saber qué otra cosa hacer, saluda silenciosamente con la cabeza a este hombre, que lo mira ligeramente extrañado, y sale del cuarto de servicios.

El joven curita mira a su alrededor, esperando encontrar un lugar en donde se pueda quitar la sotana. El proceso es bien simple. Todo lo que tiene que hace es desabotonarse la parte de arriba de la sotana, sacar los brazos, y la sotana, por su propio peso, caerá al suelo. Él ve en un rincón del salón de fumar una placa de bronce que dice: TELÉFONOS. Se dirige allí y al doblar el rincón ve una zona donde hay varias cabinas telefónicas de caoba y bronce. Esa zona está completamente vacía. Vuelve al salón de fumar, se asegura de que está todavía vacío, y se zafa los botones de la parte de arriba de su sotana.

Entonces, sujetando el tope de su sotana con su mano derecha, regresa a la zona donde están las cabinas telefónicas y liberándose los brazos, deja que la sotana caiga al suelo. Apresuradamente la recoge, la dobla, y la está metiendo en su valija cuando oye el sonido de pasos bajando las escaleras. Precipitadamente se mete en una de las cabinas telefónicas y aguantando la respiración pretende que está en el teléfono hasta que oye que esos pasos se dirigen al cuarto de servicios. Regresa al salón de fumar con la sotana ya guardada y mientras comienza a subir las escaleras se pasa la mano por los pantalones, para estirarlos y para que le caigan lo mejor posible.

Antes de llegar al vestíbulo, se mira en un espejo grande y biselado que queda cerca de la escalera. Y mientras lo hace descubre en el espejo esos ojos oscuros y gitanos de Loló, que parada detrás de él lo está mirando con admiración.

Cuando él se vuelve, ella se le acerca.

Él no le dice nada. Su corazón le está latiendo tan rápidamente que no puede decirle nada. Simplemente la mira, como si buscara en su cara alguna señal.

La encuentra, cuando ve que ella le sonríe, aunque esta vez su sonrisa es interrogante, la cual él devuelve con otra sonrisa tan interrogante como la de ella.

Sin decir palabra, ella le agarra el brazo y lo guía, saliendo del opulento vestíbulo del hotel de vuelta a las calles, llenas de gente yendo y viniendo en todas direcciones. Allí, todavía en silencio, caminan apresuradamente alrededor de los jardines que rodean al hotel hasta que ella encuentra una callejuela lateral.

Ella sabe el camino.

Ayer por la tarde, después de salir del trabajo, vino al hotel y dio vueltas por los alrededores hasta que finalmente encontró el lugar que estaba buscando, la famosa posada que Zafiro y su gallego Ceferino solían visitar para pasar las tardes juntos. Ve las puertas, algunas de las cuales tienen un bombillito rojo encendido, indicando que el cuarto está disponible.

Ella también sabe lo que tiene que hacer.

Como también sabe el procedimiento a seguir.

Pretendiendo tener mucha curiosidad acerca de este tipo de cosas, ella le pidió ayer a Zafiro que le explicara cómo se hacían las cosas, y Zafiro le dio la explicación, como también le prestó unos cuantos pesos, porque después de pagar el taxi que la trajo de Luyanó, Loló se había quedado sin dinero. «Para comprarle un regalo a una de mis primas que se casa», le dijo

Loló a Zafiro, mintiendo. El mentir se le estaba haciendo mucho más fácil. —Te pagaré tan pronto nos paguen.

Zafiro asintió. Ella sabía que no tendría que esperar mucho, solo unos días, porque la compañía paga puntualmente al fin de cada mes.

—Quédate aquí —le dice Loló al joven curita en voz bien baja, casi un susurro.

Éstas son las primeras palabras que hasta ahora se han cruzado entre ellos

Entonces ella añade: —Yo voy a entrar en uno de esos cuartos y cerraré la puerta detrás de mí. Cuando la vuelva a abrir, entonces tú entras.

Lo deja solo y con un gesto le dice que se mantenga silente.

Va a una de esas puertas con la luz roja encendida, la abre y entra. Una vez adentro va a la otra puerta que hay en el lado opuesto del cuarto y que da a un pasillo, y se para tras ella. Justo como Zafiro le dijo, a los pocos segundos se oye un ligero toque a esa puerta a lo cual le sigue el sonido de la voz carrasposa de una mujer, aparentemente de edad avanzada, que dice:

—Tres pesos el día. Un peso tres horas.

Loló saca un billete de un peso de su bolsa y lo pone dentro de una gavetica que forma parte de esta segunda puerta y que da vueltas sobre un eje. Se aparta de la puerta, cosa de no ser vista cuando la mujer le dé la vuelta a la gavetica y extienda la mano para recoger el dinero.

La persona al otro lado toma el dinero y dice:

—El tiempo se cumple a las seis y veinte. Si se quieren quedar más tiempo, pongan otro peso en la gaveta más tarde.

Entonces vuelve a hacer girar la gavetica, poniéndola en su lugar original. Loló le pasa pestillo y oye como la mujer se va por el pasillo. Loló no ha visto a la mujer, y la mujer no ha visto a Loló.

Loló va a la puerta de entrada y la abre un poco.

A los pocos segundos él entra.

Ella cierra la puerta con pestillo.

Aunque el cuarto es de un puntal bien alto, no es sumamente grande. Pero sí es lo suficientemente grande como para que quepa una inmensa cama en contra de una pared rodeada de espejos biselados. Sobre la puerta de entrada hay un ventanal semicircular en forma de abanico hecho con cristales de varios colores que deja que el brillante sol de la tarde se cuele en la habitación, creando prismas de arcoiris tras arcoiris dentro del cuarto que son multiplicados por los espejos biselados que rodean la cama.

Pero él no puede ver esos arcoiris.

Ni tampoco ella.

Se abrazan mutuamente, y ella busca tentativamente los labios de él mientras él busca tan tentativamente los de ella.

Y entonces el cuarto con los prismas de arcoiris se disuelve alrededor de ellos.


El por qué pasan las cosas, eso es muy difícil de explicar.

Pero por algún motivo en ese martes por la tarde, el cuarto de los arcoiris no es lo único que se disuelve entre el padre Alonso y Loló.

¿Pudiera él precisar cuándo y por qué pasó?

¿Lo pudiera hacer ella?

De vuelta en su dormitorio, ella se pregunta: «¿Habrán sido las mentiras que le tuve que contar a mi madre, a mi jefa, a mis amigas? ¿A todo el mundo? ¿Hasta a mí? ¿O fue la vergüenza que sentí teniendo que reunirme con él en un lugar escondido como si él y yo fuéramos criminales? ¿O fue verle la cara, una cara llena de dudas, de miedo, hasta de terror—las mismas dudas, miedo y terror que yo vi en mi propia cara cuando me miré en el espejo que había en el bañito del cuarto de la posada?»

De vuelta en su celda, él se pregunta: «¿Habrán sido las men-

tiras que le tuve que decir al padre Francisco para que me deja-
ra salir de la iglesia en el medio de la tarde? ¿O la pena que pasé cuando me cambié de ropa en algún lugar escondido como si
yo fuera un criminal? ¿O estaba yo sencillamente tratando de
probarme a mí mismo que la deseaba a ella con la misma intensidad con la que deseé a Felipe, con la misma intensidad con la
que aún lo sigo deseando? ¿O fueron las caras de esos niños de
ayer? ¿Las caras de niños que me necesitan? ¿Cuyos ojos me
persiguen, recordándome mi misión? ¿Recordándome todas las
promesas que me hice—a mí y a Dios—de enfrentarme con la
muerte sabiendo que había dejado al mundo un poquito mejor
que como lo había encontrado cuando sentí la vocación que Dios
en su gloria me había dado? ¿O fue porque no había sido honesto conmigo mismo cuando creí haber oído la llamada de Dios?»

Y entonces se hace una nueva pregunta.

«*¿Fue verdad que yo oí esa llamada de Dios?*»

Es ésta una pregunta inquietante a la cual la siguen muchas
otras.

«¿O yo sólo creí que la había oído? ¿Para escaparme? ¿Para
esconderme? ¿Para evadir la realidad de la vida?»

Se acuerda del consejo que le dió el padre Cristóbal, su mentor en la escuela privada de varones que ambos Felipe y él habían atendido:

«Hijo mío, la iglesia es una misión, no un escape. Y tampoco es un lugar para esconderse. No importa lo mucho que uno
trate de hacerlo, uno no puede nunca evadir la realidad de la vida. Y pobre del que lo trate, pues tarde o temprano acabaría
descubriendo lo inútil que han sido todos sus intentos. Un hombre debe enfrentarse a la vida con mucha valentía y domarla con
sinceridad de corazón. Sólo así se puede considerar uno un
hombre de verdad, porque solamente de esa manera puede ser
uno completamente libre. Con la verdad absoluta. Y sólo cuando un hombre es completamente libre, sólo entonces es que uno
puede ofrecer su alma—y su cuerpo—al servicio de Dios. Sólo

entonces. Cuando uno es verdaderamente libre. Libre para mirar objetivamente a la vida, libre para estudiar cuidadosamente las opciones frente a uno, y libre para elegir. Con sabiduría. Sin miedo, pero con valor. ¿Me entiendes lo que te estoy tratando de decir? ¿Has estudiado otras opciones y has tomado tu decisión con valentía viril, y no porque le tienes miedo a algo?»

«Eso es lo me dijo el padre Cristóbal que un hombre debe hacer antes de ofrecerse al servicio de Dios», se dice el padre Alonso.

«Pero, ¿fue eso lo que hice?

«¿He sido lo suficientemente valiente como para enfrentarme con la vida? ¿Para escoger mi propio camino? O actuando como un cobarde, ¿he escogido este camino que he estado siguiendo para ignorar estas tempestades internas que todavían rugen dentro de mi corazón, cosa de que yo pueda esconder mi cabeza en la arena y pretender que todo va tan bien dentro de mí como se supone? ¿Que nunca ha existido nada dentro de mí que me haya hecho sentir diferente del resto de los hombres?

«Cuando puse mi alma al servicio de Dios, ¿lo hice porque eso era lo que quería hacer? ¿O lo hice porque tenía miedo? ¿Miedo de desear a otro hombre? ¿Miedo de que nadie me considerase hombre? ¿Miedo de ser diferente del resto de los hombres? ¿Miedo de lo que la gente pudiera decir acerca de mí? ¿Miedo de que tarde o temprano mi verdad saliera al aire y se descubriera? ¿Fue por eso que yo me he sentido tan orgulloso de mí mismo desde el momento en que estuve con una mujer?», se pregunta el padre Alonso.

«Cuando yo hice con ella lo que hice... ¿fue por eso?

«¿Por miedo?»

Sintiéndose incapaz de responder esas preguntas tan dolorosas y tan inquietantes, mientras yace sobre su camastro, el padre Alonso sacude y sacude la cabeza de lado a lado, como negándolo todo—y Loló en su cuarto, sobre su cama, hace exactamente lo mismo.

Ninguno de ellos sabe qué fue lo que pasó. Ni qué lo causó. Pero una cosa es cierta.

Esta vez, cuando se poseyeron mutuamente, esta vez ambos descubrieron—y al mismo tiempo—que ya no eran las mismas dos personas que habían sido dos días atrás.

Dos días atrás, ellos habían sido como niños explorándose el uno al otro. Dos días atrás, ellos se habían sentido completamente libres el uno con el otro, y totalmente en paz y satisfechos consigo mismos. Dos días atrás, ellos habían compartido su inocencia. Dos días atrás, la forma en que ellos se habían hecho el amor había sido impulsiva, instintiva, espontánea. Libre. Casta. Pura.

Pero esta vez...

Esta vez nada de eso existió.

No, nada.

Esta vez ellos no eran niños explorándose el uno al otro, ni se habían sentido libres, ni en paz y satisfechos, ni habían compartido su inocencia, ni la forma en que se habían hecho el amor había sido impulsiva, instintiva, espontánea. Libre. Casta.

No.

Y esta vez la forma en que ellos se habían hecho el amor había cesado—y sin lugar a dudas—de ser pura.

Todo eso había desaparecido.

Y aunque nada de esto se mencionó, porque no había necesidad de mencionarlo, cuando ellos dos se dijeron adiós, esta vez ambos sabían que no se volverían a ver nunca jamás.

Porque esta vez ambos sabían que habían comido de la fruta prohibida.

*«Y los ojos de ambos se abrieron, y ambos supieron que estaban desnudos».*

## veinticuatro

Esa noche, en la soledad de su celda, el joven cura se arrodilla al pie de su camastro y en voz alta recita sus votos de obediencia, de pobreza, y de castidad, diciendo las palabras con una reverancia que le es nueva por completo, porque esta vez él quiere decir lo que está diciendo, porque esta vez las palabras le salen no de los labios sino del fondo del corazón. De la parte más profunda de su alma.

Mientras se arrodilla frente a Dios, el joven cura se acuerda de que la primera vez que había dicho esas palabras, hace menos de dos años cuando fue ordenado en España, él las había recitado con sincera intención. O por lo menos, así lo pensó. Pero entonces él no sabía, no tenía la más mínima idea de lo que esos votos significaban en realidad. En aquel entonces esas palabras habían sido sólo eso: palabras. Palabras que él no sabía que eran solamente símbolos de acciones. Palabras que no habían sido puestas a la prueba. Pero ahora, esta noche, mientras se postra a los pies de Dios, el joven cura siente que Dios está escuchando cada una de sus palabras, y que esta vez es Dios quien lo está ordenando. No un obispo. No la iglesia. Sino Dios. Dios que lo ha perdonado. Dios que lo está guiando. Dios quien, con su suprema sabiduría y voluntad, había dejado que él, un joven curita, cayera en la tentación. Pero el joven curita también sabe que fue ese mismo Dios quien le dio la fuerza de voluntad y la gracia para sobrevivirla. Como él también sabe que Dios está claramente dirigiéndole los pasos. Durante toda la noche se ha estado haciendo las mismas preguntas una y otra vez, hasta que llegó a la única conclusión que él sabe es la pura verdad: «Yo sí recibí la llamada de Dios», se dijo. «Esa llamada fue honesta y vive y vivirá por una eternidad en lo más profundo de mi corazón. Todo lo demás no me importa». Esas otras preguntas, esas otras dudas, han sido totalmente erradicadas de su mente.

Él sabe que fue probado.

Como también sabe que fue capaz de sobrevivir la prueba.

Porque ahora él sabe que es tan hombre como el que más, y que esto no tiene nada que ver con lo que siente hacia Felipe o hacia Loló, porque nada de eso tiene nada que ver con la verdadera hombría, la clase de hombría que sabe que él lleva por dentro. Y ahora sabe que el hombre que habita su cuerpo es un hombre valiente que no está buscando ni en donde esconderse ni a donde escaparse sino que está soñando con un mundo mejor, y está tomando los pasos necesarios para lograrlo.

«¡Con cuánta más compasión y amor voy a mirar a la gente que vienen a mí en confesión desde esta noche en adelante!», se dice el padre Alonso. «¡Cuán mejor pastor seré desde esta noche en adelante! Porque Dios me ha enseñado lo que es ser humano, lo que es ser hombre. Porque Dios me ha enseñado lo fácil que le es a un hombre caer en su propia trampa. Y porque Dios me ha enseñado que un hombre puede sobrepasar todos esos obstáculos, las debilidades y miedos que existen dentro de él, y hacerse como un Dios cuando sus acciones están guiadas por sus sueños. Y por la verdad».

—Dios mío —dice el joven cura en voz alta antes de quedarse dormido—, ¡gracias por haberme revelado lo tan humano y lo tan divino que Tú eres!

Esa noche, la mujer de los oscuros ojos de gitana también se queda dormida agradeciéndole a Dios lo que ha hecho por ella. Por hacerla sentirse mujer. Una mujer completa. Por remover de sus ojos esa mirada de envidia con la que solía mirar a las otras mujeres. Y esa mirada de temor, curiosidad, y deseo con la que solía mirar a los hombres.

Ahora sabe lo que esas miradas de ella significaban.

Y ahora sabe por qué los hombres la miraban como la miraban.

Pero ahora también sabe que ha sobrepasado todo eso. Porque ahora sabe lo que quiere: Un hombre que la mire con los mismos ojos, dulces y benévolos, con los que el joven curita la miró dos días atrás, cuando ambos eran inocentes. Un hombre que le sonría con la misma sonrisa, benévola y tierna, con la que el joven curita le había sonreído dos días atrás. Y un hombre que la haga devolverle la mirada con ojos tan llenos de amor como los de Marguita y Lorenzo cuando se miran el uno al otro y creen que nadie los está mirando.

Cierra los ojos, y mientras se queda dormida se siente transportada a un nuevo mundo en donde finalmente ella puede empezar a vivir libre de rencor, y libre de resentimientos, y libre de dudas y de miedos.

Libre. Completamente libre.

¡Al fin!

Mientras Loló, la de los ojos gitanos, y el padre Alonso, el joven curita, encuentran una paz que habían perdido, Marguita, acostada al lado de Lorenzo, su esposo, no puede quedarse dormida.

Ni tampoco puede quedarse dormido Lorenzo.

Esta misma noche, cuando Lorenzo vino de la librería para comer un bocado antes de irse corriendo a la universidad, Marguita le dio la bienvenida con la noticia que el doctor Manuel le había dado esta mañana.

Pero cuando se lo dijo, Lorenzo no tuvo la reacción que Marguita había estado esperando.

No. En lo más mínimo.

Cuando se enteró, Lorenzo la abrazó. Pero este abrazo fue muy diferente del que él le había dado cuando ella le dijo que estaba encinta con su primer hijo. Aquella vez Lorenzo gritó de alegría y la abrazó y la besó una y mil veces. Pero esta vez el abrazo fue corto, y después no hubo sino silencio. Lorenzo no dijo nada. Simplemente la apartó de sí y sacudió la cabeza. Entonces, al cabo de un rato, miró a su esposa que lo estaba mirando con un dejo de aprensión en sus ojos, se sentó en una silla, y vaciando sus bolsillos, puso todo su contenido—unas cuantas monedas y su billetera, que estaba completamente vacía—sobre la mesa de comer.

—Mira esto —dijo, señalando lo que estaba sobre la mesa—. Esto es todo lo que me queda hasta el fin del mes. Como están las cosas, a duras penas podemos cubrir gastos, y eso es con un solo hijo. ¿Cómo nos las vamos a arreglar con dos? No veo otra manera a no ser que deje de ir a clases por la noche y me consiga otro trabajo.

—¡De eso nada! —Marguita le dijo, enfáticamente—. Yo no voy a permitir que tú dejes de ir a la universidad. No hasta que hayas completado tus estudios.

—Entonces, ¿qué tú quieres que yo haga, Marguita? ¿Dejar de darle dinero a mis padres? Tú sabes que no puedo hacer eso. ¡Si apenas pueden poner comida sobre la mesa!

—Quizás si tu hermano Fernando les pudiera dar más de lo que les da. O tu hermana Loló...

—Fernando, quizás. Pero, ¿Loló? Eso ella nunca lo va a hacer.

—Claro que no, ¿y tú sabes por qué? Porque tú se los sigues dando, y porque ella se aprovecha de que tú eres tan buen hijo. Por eso.

—Y, ¿qué tú quieres que haga? ¿Que deje de ayudar a mi familia?

—No —dijo Marguita—, claro que no.

—Entonces ¿qué?

—Entonces... Dios proveerá —dijo Marguita, que ya estaba a punto de llorar.

—Dios provee a los que se saben proveer —Lorenzo replicó inmediatamente mientras comenzó a levantarse—. ¿No es eso lo que tú me estás diciendo siempre? —Entonces añadió, mientras la miraba: —No es solamente el dinero, Marguita. Es el tiempo. Y las preocupaciones. A mí todavía me quedan por lo menos dos años más para completar mis estudios. Tú sabes que el poquito de tiempo que me queda libre lo tengo que pasar estudiando. Dime, ¿cómo voy a poder estudiar con dos muchachos llorando al mismo tiempo? Yo no quiero que a ellos les falte nada. Ni a ti. Ni a mí. Yo no quiero que ellos sufran. Ni nosotros. Y menos aún que se queden con hambre. O... No es que no quiera tener otro hijo. Claro que lo quiero tener, mi amor, tú bien lo sabes. Y varios. Pero, ¿ahora? ¿Como están las cosas? Yo no creo que ahora sea el momento perfecto para traer otro niño al mundo.

—Pero, Lorenzo —dijo Marguita—, ahora es cuando Dios nos lo ha mandado. No podemos ir y decirle a Dios que...

—Marguita —la interrumpió Lorenzo—, ¿le has dicho a alguien acerca de... de esto?

Marguita sacudió la cabeza: —No —dijo—. La única persona que sabe de esto, además de nosotros, es el doctor Manuel.

Hubo un largo silencio

—Marguita, por favor, escucha a lo que te voy a decir —dijo Lorenzo, tratando de sonar sensato, razonable—. Manuel es ahora parte de la familia. Él es el padrino de Rencito. Y, bien, yo creo que... A mí me parece que pudiéramos ir a hablar con él, y pedirle consejo. Ver si hay otras opciones. Preguntarle si hay algo que él pueda hacer para ayudarnos.

—Lorenzo, ¿de qué tú estás hablando? —musitó Marguita—. ¿Ayudarnos? ¿Qué tú quieres decir, «ayudarnos»? ¿Qué otras opciones hay, Lorenzo? —una Marguita muy nerviosa comienza a preguntar y preguntar—. Espero que no estés diciendo lo que yo creo. ¿Que yo debiera ir al doctor Manuel y pedirle que nos ayude a deshacernos de este bebé? ¿De *nuestro* bebé? Lorenzo, ¡cómo puedes proponer algo parecido! ¿Que es lo que tú quieres que hagamos, asesinar a nuestro propio hijo?

—No, claro que no. Yo estaba pensando que a lo mejor hay alguna manera de terminar este embarazo.

—Es la misma cosa, Lorenzo. ¿Cómo lo podemos terminar sin matar al muchacho?

—Nadie ha nacido todavía, Marguita. No hay ningún muchacho. A estas alturas no hay ni siquiera un rastro. Lo que hay es invisible. Microscópico. Nadie lo puede ver. Ni Manuel.

—No puedo creer que estoy oyendo lo que estás diciendo —dijo Marguita y corrió al cuarto donde se tiró sobre la cama, llorando.

Al cabo de un rato Lorenzo vino al cuarto y se sentó en la cama junto a ella.

—Marguita —le dijo, acariciando esa cabellera dorada de ella a la cual él tanto ama—, tú sabes que yo te quiero sin límites. Así es que si un segundo hijo es lo que Dios nos está mandando, pues un segundo hijo tendremos. Pero me parece que no nos va a quedar otro remedio que ponerle freno a todos esos otros sueños —la detiene antes de que ella pueda decir palabra alguna—. No quiero decir abandonarlos por completo. Solamente darles tiempo. Y no por mucho, sólo hasta que podamos. Y si terminar la universidad se demora un par de años más, pues que se demore. Yo sé que tú y yo nos las arreglaremos.

Cuando oyó esto, Marguita se acordó de que ella misma había dicho las mismas palabras «nos las arreglaremos», el día que Lorenzo llegó a su casa muy tarde después de haber ganado cien pesos en el Palacio del Jai Alai.

«Dinero para la universidad».

Así fue como Marguita se refirió a ese dinero en aquella ocasión.

Dinero que ella nunca intentó tocar, ni en una emergencia. Dinero que iba a ser el cimiento de su casa propia. Dinero que se suponía que fuera sagrado.

Pero dinero que ya no existe.

El nudo del pañuelo en donde lo guardaba tuvo que ser desatado hace tiempo y el billete de cien pesos cambiado.

Había que poner comida sobre la mesa. La cuenta del refrigerador eléctrico tenía que pagarse. Los viajes de Lorenzo a la universidad tenían que pagarse. Así como los libros. Y los lápices. Y todo. Hasta hubo necesidad de comprar leche condensada para el bebé. Y ahora... ¿Qué van a hacer ahora cuando llegue el nuevo bebé? ¿Cómo se las van a arreglar?

—Marguita, por favor, no llores —le dijo Lorenzo—. Tú sabes que no resisto verte llorar de esa manera.

La abrazó tiernamente, ella se dejó abrazar.

Pero mientras lo hacían cada uno de ellos se hacía la misma pregunta: «¿Estoy haciendo lo correcto?»

Lorenzo comió en silencio y se fue corriendo a la universidad.

Pero una vez allí no hizo sino pensar y volver a pensar en sus gastos mensuales, tratando de imaginarse dónde se pudiera ahorrar algo y qué cantidad.

La única posibilidad que vio fue cuando repasó sus gastos de viajes, que eran bien altos, dado que tenía que ir y venir todas las noches a la universidad. Quizás él pudiera dejar de tomar el tranvía e ir caminando a la escuela, pensó. Pero entonces, nunca podría llegar allí a tiempo. Y de hacerlo, estaría muerto de cansancio tras tales caminatas. Lo que quería decir que no podría prestar la suficiente atención en sus clases. Y por consiguiente, sus notas bajarían, hasta pudiera ser que fallara algún curso. Lo que quería decir que no llegaría a graduarse. En cuyo caso nunca mejoraría su posición en la librería. Lo que quería decir que se quedaría siendo otro oficinista más, sin posibilidad de obtener una mejor posición, por el resto de su vida.

No viendo un futuro claro frente a él, se frotó los ojos y sacudió la cabeza.

Mientras Lorenzo estaba en la escuela, Marguita se sentó a la mesa de comer y empezó a repasar sus gastos mensuales, tratando de imaginarse dónde se pudiera ahorrar y qué cantidad. Pero aunque tratara y tratara no pudo sino ahorrar unos cuantos centavos al día.

«Quizás si yo fuera a lavarle y a plancharle la ropa a la gente», se dijo. Ella sabía que la madre de Lorenzo, Carmela, lo había hecho—la propia vieja se lo había dicho a Marguita.

«Si Carmela lo hizo, pues yo también lo puedo hacer. Una mujer hará lo que haya que hacer para darle de comer a sus hijos. Pero entonces, cuando Carmela hizo todo eso», pensó, «sus hijos ya estaban crecidos e iban a la escuela, excepto el bebé, Lorenzo. ¿Cómo yo me las arreglaría para lavar y planchar con dos muchachos junto a mí, los dos de ellos bebés?» Y entonces se acordó de que no pudo tener la suficiente leche para su primer hijo. Así que arriba de todos los otros gastos, ¡también tendría necesidad de comprar leche condensada para el segundo bebé!

No viendo un futuro claro frente a ella, se frotó los ojos y sacudió la cabeza.

Cuando Lorenzo regresó de la escuela, Marguita ya estaba en la cama.

Lorenzo se quitó la ropa en silencio y se acostó junto a su mujer—él mirando hacia una pared, pretendiendo que dormía; y ella, hacia la otra, también pretendiendo que dormía.

Los dos de ellos sabiendo que ninguno de los dos estaba dormido.

Los dos de ellos preguntándose la misma pregunta que se habían estado preguntando toda la noche mientras él se sentaba en silencio en la universidad y mientras ella, en silencio, lavaba los platos y ponía al pequeño Renzo a dormir.

*«¿Estoy haciendo lo correcto? ¿Estoy haciendo lo correcto?»*

## veinticinco

Cuando Loló llega al trabajo la siguiente mañana y se sienta detrás de la seguridad de su tablero de teléfonos, Zafiro la mira y sacude la cabeza con gran admiración.

—Y a ti, ¿qué te ha pasado, azuquita? Tal parece como si fueras una persona nueva.

—¿Qué quieres decir? —preguntó Loló.

—No sé. No te puedo decir con exactitud lo que encuentro diferente en ti. Déjame ver, ese peinado no es nuevo. Ese vestido ya yo te lo he visto. Debe ser que... ¿qué? Dime, azuquita, ¿qué comiste anoche? Porque lo que hayas comido anoche, eso mismo quiero comerlo yo hoy, porque, Loló, chica, ¡hoy luces radiante! —De repente Zafiro se sonríe maliciosamente—. ¡Ya lo sé! ¡Anoche te acostaste con un hombre!

Al oír esto, Loló comienza a reírse, lo que hace que Zafiro se ría. Y cuando Zafiro se ríe, da la impresión de que lo está haciendo todo el mundo. Todo el mundo, esto es, menos la señora Francisca Olivar y Argüelles, «La Lechuza», que corre a donde están Zafiro y Loló y carraspea y vuelve a carraspear una y otra vez, hasta que se ve forzada a decir:

—Damas, damas. Más respeto, *más respeto.*

Pero al oír esa palabra «respeto», eso sólo hace que las dos amigas se rían aún más alto, esta vez a carcajadas enormes que son tan contagiosas que todo el mundo alrededor de ellas comienza a reírse a la vez. Todo el mundo menos la señora Francisca Olivar y Argüelles, «La Lechuza», que airada finalmente pregunta:

—¿Qué es lo que pasa aquí?

Zafiro, que a duras penas puede respirar, y que ha estado riéndose hasta que las lágrimas se le salen de los ojos, dice, sus palabras casi incomprensibles: —Lo que pasó fue... que yo le pregunté... a Loló si... si la razón que ella luce tan bien hoy es porque... porque anoche se... ¡se acostó con un hombre!

Tan pronto lo dice comienza a soltar carcajadas de nuevo, parando abruptamente cuando se da cuenta de que los ojos de «La Lechuza» la están mirando firmemente, como si estuvieran lanzando dagas.

La vieja señora Olivar, cuya mirada es tan severa y tan seria como puede ser, deja pasar un rato, y entonces le pregunta a Zafiro:

—¿Y bien...? —dice, y se toma una pausa. Entonces la cara de la vieja señora esboza una sonrisa cuando añade, con un guiño en los ojos:

—¿Se acostó...?

Y tan pronto lo dice, la vieja señora empieza a reírse con una risa contagiosa que hace que todas las muchachas en el piso se rían, aunque todas ellas se están haciendo la misma pregunta: «La Lechuza... ¿reírse?»

La misma Loló no se lo puede explicar.

Pero cuando se miró en el espejo esta mañana mientras se arreglaba para venir al trabajo, ella misma notó algo diferente y nuevo en ella. Las pequeñas arrugas que se le habían formado alrededor de los ojos se le habían ido, y también las que se le habían formado alrededor de la boca. Había una nueva suavidad, como un halo indefinido que rodeaba a su persona. Algo que ella nunca había notado con anterioridad.

Su propia madre, Carmela, cuando le sirvió el desayuno, lo notó. Usando una vieja expresión española, le sonrió a su hija y le dijo:

—Loló, niña, hoy tienes el bonito subido.

Debe ser verdad, se dijo Loló después que la Lechuza volvió a sus labores y se fue a supervisar a otro grupo de telefonistas. Hoy tengo el bonito subido. Se sonríe a sí misma. Debe ser porque anoche dormí como un ángel, se dice. ¿Quién se hubiera imaginado algo así? ¿Yo? ¿Dormir como un ángel?

Su tablero se enciende.

—Teléfonos —dice. Y se pone a trabajar.


Mientras Loló está ocupada haciendo conexiones, el padre Alonso se sienta dentro de su confesionario de un estilo que trata de ser gótico en su iglesita que tanto necesita una capa de pintura y enciende la lucecita que indica que está dispuesto a oír confesiones.

El también se despertó hoy sintiéndose un hombre nuevo. Un hombre completo, se dice. Seguro de sí mismo. Y de su misión. Seguro de que está tomando los pasos adecuados y de que va en la dirección correcta. Un hombre como el padre Francisco que ha conocido mujer, sí. Pero un hombre como el padre Francisco que ha sido ordenado por la misma mano de Dios, y que ahora puede transformar ese algo muy poderoso que Dios le ha dado a todos, el deseo sexual, y domarlo y hacerlo parte de su vocación. Se sonríe a sí mismo. El haber conocido a Loló fue una experiencia maravillosa. Casi trascendental, porque su vida es ahora diferente. Y mucho mejor que antes. Él se da cuenta de que toda su vida tuvo el deseo de estar con una mujer, y que el mismo Dios le había dado ese deseo. Pero ahora que finalmente ha satisfecho su... su, ¿qué? ¿Su curiosidad? Ahora él está libre para hacer que su sueño se haga realidad. Ahora él puede olvidarse de lo que pasó y dedicarse a lo que siempre ha querido ser desde que sintió el llamado de Dios dentro de su corazón. Le da gracias a Dios por su ayuda y su guía mientras le da la bienvenida a la primera persona que se arrodilla delante de él en la santidad del confesionario—una mujer, lo sabe por su aroma. Pero este aroma de mujer ya no le enciende la sangre. Más bien lo hace sentirse en paz consigo mismo.

La mujer dice: —Ave María, purísima— que eran las palabras que se decían entonces antes de comenzar una confesión.

Y él le responde como es la costumbre: —Sin pecado concebida.

Pero tan pronto lo dice se da cuenta de que ahora él puede entender completamente lo que esas palabras significan. Porque la manera de que Loló y él se hicieron el amor en aquella primera oportunidad fue de ese tipo. Inocente, en el sentido exacto de la palabra.

Esto es, sin pecado. Y sin culpa.

Inocente.

Hace la señal de la cruz y comienza a oír su primera confesión del día.

En el trabajo, Lorenzo parece estar infinitamente inquieto, nervioso, inseguro. Dado que están tan cerca del fin de mes, está terminando de hacer las operaciones para cerrar los libros, lo que usualmente se demora un par de días.

Pero nunca en su vida ha cometido tantos errores.

«Debo controlarme», se dice. «Calmarme y pensar en lo que estoy haciendo». Pero sin darse cuenta vuelve a sacudir la cabeza. Sus pensamientos están allá, en Luyanó, con su mujer. Con su mujer que está encinta. Suspira profundamente.

Collazo, que está pasando por su lado, le pregunta: —¿Estás bien, hijo?

Collazo llama a todos sus empleados hijos o hijas, que lo son, como quien dice. El viejo podrá ser un avaro en su vida personal, pero si lo es, es un avaro que ama y se interesa por toda su familia, la gente que trabaja no para él sino con él, porque Collazo trabaja tanto o más horas que nadie más en su compañía.

Lorenzo le sonríe al viejo: —No pude dormir muy bien anoche —admite.

—Oh, bueno —replica el viejo—, para eso son los bebés, para mantenerte despierto toda la noche. Por lo menos, así me lo han dicho —dice—, porque como bien se sabe, yo no tengo ningún hijo, digo, que yo sepa —añade riéndose. Cariñosamente le da a Lorenzo un par de palmaditas en los hombros—. Ve y tómate un poquito de café para que te despierte. No hay nada como el café cubano para darle ánimos a uno. Yo te lo pago. Dile a Luciano que lo ponga en mi cuenta —Y diciendo eso, se va.

Lorenzo se pone de pie y empieza a bajar las escaleras, para ir a la calle y comprarle un cafecito a Luciano, el vendedor de café que tiene su carrito ambulante siempre estacionado en la esquina de la librería. Pero cuando está en la mitad de las escaleras, se pregunta, «Qué vine yo a hacer aquí?» Se sacude la cabeza. Incapaz de acordarse por qué él estaba allí, da la vuelta y regresa a su escritorio. Es sólo cuando se sienta que se acuerda y se da una palmada en la frente. «¡Café! ¡Eso era lo que yo iba a comprar! ¡Café!»

Pero para entonces es demasiado tarde. Decide quedarse donde está. Mira a su libro de trabajo y comienza a sumar números.

Sólo para darse cuenta de que cada vez que suma una columna de números, el resultado es una cantidad totalmente diferente.

Mientras está preparando el almuerzo, Marguita se está preguntando qué es lo que debe hacer.

«¿Debiera ir a Mamá y contárselo todo?»

Marguita no quiere molestar a su madre llevándole problemas. Además, «¿de qué problemas estoy hablando?», se pregunta. «¿No dijo Lorenzo anoche que íbamos a tener a este bebé pase lo que pase? Todo lo otro que se dijo anoche, todo eso ya está olvidado. Borrado de mi mente. Entonces, si lo está, ¿por qué me sigo preguntando una y otra vez si estoy haciendo lo correcto? Lo estoy, ¿no?»

Dolores no se ha estado sintiendo bien de nuevo, y de nuevo ha estado pasándose las noches durmiendo en su sillón en la sala de su casa. Por eso es que Marguita no quiere ir a visitarla. Porque de hacerlo, ella tiene miedo de que se lo diría todo a su madre.

A Dolores no se le puede ocultar nada, eso bien lo sabe Marguita, porque Dolores puede ver a través de ella—a través de todos sus hijos—como si fueran transparentes. «Además, no sería bueno contarle a mamá lo que pasó anoche entre Lorenzo y yo», Marguita se dice. «Eso la preocuparía demasiado. O la pondría inquieta. O hasta podría empeorarla». Y si hay algo que Marguita nunca quiere ver, es ver a su madre enferma.

No le ha dicho esto a Dolores—no se lo ha dicho a nadie, ni a Lorenzo—pero cada vez que Marguita sale de la casa de Dolores, después de que ella ve con qué dificultad su madre está respirando, Marguita se pone a llorar tan pronto llega a su casa.

No tiene remedio. Ella ve que su madre está enferma e instantáneamente se transforma en la llorona que ha sido toda su vida: «Merenguito rechupete», como le decían sus hermanos y hermanas antes de empezarle a decir «La Mula».

Marguita no puede concebir la vida sin su madre.

Para ella, Dolores ha sido no sólo la mejor madre del mundo sino también la mejor amiga y la mejor vecina. A Marguita le encanta recordarse de aquellos días cuando ella y Dolores iban a la playa a jugar cuando estaban viviendo en casa de los padres de su padre. No se acuerda mucho de esos días, porque ella era una niñita bien chiquita, pero sí se acuerda de uno de esos días, el cual lo puede recordar tan claramente como si lo estuviera reviviendo.

Ese día, después de jugar «Amigas y Vecinas» por un rato, ella y su mamá estaban fabricando un castillo de arena cuando Marguita volvió los ojos y vio que a su mamá le rodaban lágrimas por las mejillas.

—¿Por qué estás llorando, Mami? —preguntó Marguita.

—Oh, no es nada, Señora Marguita —se apresuró a contestar Dolores, borrándose rápidamente las lágrimas de las mejillas—. Es esta dichosa arena —dijo, señalando a la dorada arena de la playa—. Un poquito de esta arenita debe haber volado con el viento y me cayó en los ojos, y cuando eso pasa, pues uno se pone a llorar. ¿Le ha pasado eso a usted alguna vez, Señora Marguita? —le preguntó Dolores a su niñita de cinco añitos.

La niñita asintió.

—Una tiene que ser muy cuidadosa cuando una está jugando con la arena, Señora Marguita —dijo Dolores, agarrando un poquito de arena en sus manos—. A veces se escapa de entre los dedos, así —dijo, separando ligeramente los dedos y haciendo un tamiz con ellos—. Y cuando eso pasa, y si el viento está soplando hacia una, bueno, ¡imagínese usted! A veces unos de esos granitos de arena, que son tan chiquiticos, se le meten a una en los ojos y una empieza a llorar. Nadie los puede ver, porque son tan, tan chiquiticos. Pero así y todo, si se le meten a una en los ojos, pues bien... usted sabe. Una empieza a llorar. Así que acuérdese de eso, Señora Marguita. A veces una no puede ver qué es lo que la está haciendo llorar. Si algún día usted se ve llorando y no sabe por qué, bueno, ya lo sabe, es porque sin que se diera cuenta, a lo mejor se le metió algún granito de arena en los ojos.

Mientras Marguita comienza a preparar la fórmula para Rencito, se pregunta, «¿A dónde pudiera ir, a qué persona, para que me ayude, para que me guíe? Si no a Mamá, ¿a quién? ¿Al doctor Manuel?»

Es entonces que oye las distantes campanas de la iglesita de Nuestra Señora del Perpetuo Socorro que llaman al Ángelus, la oración del mediodía. Cuando oye esas campanas piensa en el padre Francisco, pero entonces descarta la idea.

«¿Por qué molestar al viejo cura? ¿Por qué ir a confesar algo, cuando no hay nada de lo que me sienta culpable? ¿Cuando no tengo nada para confesar?»

La hora de bañar a su hijo se acerca.

Lleva a Rencito al patio, lo pone en su andador, donde está seguro, y se va a la cocina donde está hirviendo agua para el baño.

Durante este verano, el verano de 1939, la ciudad de La Habana ha tenido tremendos problemas con el agua. Y Luyanó, como es el barrio más pobre de La Habana, no tiene agua a todas horas. El barrio tiene agua dos horas por la mañana y dos por la tarde. Eso y ni una gota más. Durante las mañanas todo el mundo corre para usar el baño antes de que corten el agua. Y durante ese tiempo el agua se recoge y se guarda en lo que sea—en la bañadera, en cazuelas, en regaderas, en lo que haya—porque esa cantidad de agua tiene que durar el día entero hasta que llegue la tarde, cuando el servicio del agua es restaurado de nuevo por un par de horas.

Así que para bañar a Rencito—lo que Marguita hace en el

patio de su casa exactamente al mediodía cuando el sol está en lo más alto, calentando al patio—Marguita tiene que llenar con agua la bañaderita de Rencito, que es una unidad de metal esmaltado azul parada sobre cuatro largas patas de metal cromado que fue un regalo de la esposa del doctor Manuel, Celina, la madrina del niño.

Usando una paila, Marguita lleva agua fría de la que desde esta mañana está en la bañadera, y llena la bañaderita azul de Rencito hasta que está medio llena. Entonce va a la cocina. Allí ella tiene una cazuela enorme para hacer sopa que tiene dos agarraderas y que desde esta mañana ha estado llena de agua. La pone sobre la estufa de carbón y la calienta hasta que empieza a hervir. Entonces, con un par de paños de cocina arrollados alrededor de las agarraderas, que están más que calientes, agarra la cazuela de agua hirviendo, que pesa una tonelada, y la lleva al patio. Allí la mezcla con el agua fría de la bañaderita hasta que alcanza una temperatura que ella piensa es la ideal para bañar a su niño.

Es sólo entonces que baña a Rencito.

A Marguita le encanta hacer esto. Para ella, Rencito es todavía casi como un muñeco para jugar: un muñequito viviente de encrespado pelo rubio y ojitos azules al cual a ella le encanta bañarlo y darle su comidita y cantarle y ponerlo a dormir. Madre al fin, cuando ella está con su hijo, se considera la mujer más feliz del mundo. Su hijo no es como una extensión de ella, es una extensión de ella. Por ese hijo suyo, ella daría la vida y la daría cantando alegremente, sin hacer una sola pregunta, sin tener una sola duda.

Hoy, a medida que comienza a bañar a su hermoso chiquillo, sus pensamientos viajan a ese otro niño que está tomando vida dentro de ella. El que es invisible. Microscópico. El que nadie puede ver, ni siquiera el doctor Manuel.

Y entonces se pregunta, «¿Qué pasaría si el doctor Manuel estuviera equivocado? ¿Si de verdad yo no estuviera encinta?»

Cuando se hace esas preguntas, suspira profundamente, diciéndose, «No tendríamos el más mínimo problema entonces, ¿no?»

Y entonces se oye decir en voz alta: —Me debe de haber caído un granito de arena en los ojos.

Cuando se ve llorando.

Porque ella sabe—y muy bien—que ni el doctor Manuel ni ella están equivocados.

Cuando Lorenzo llega a su casa a la hora del almuerzo, abre la puerta de su casa y ve a Marguita que lo estaba esperando.

No tiene que decir ni una palabra.

Simplemente la mira con una pregunta en los ojos—pregunta que Marguita responde corriendo hacia él y tirándosele en los brazos.

—He estado pensando —le dice—. Acerca de lo que hablamos anoche— Suspira profundamente—. Quizás tú estés en lo cierto. Quizás ésta no es la mejor hora para tener otro muchacho. Quizás el doctor Manuel nos pueda ayudar.

Él la abraza apretadamente:

—No tenemos que tomar esa decisión ahora, mi amor —le dice—. Todavía tenemos tiempo. Tiempo más que suficiente para pensar en lo que debemos hacer.

—No, Lorenzo —replica ella—. Yo no puedo seguir viviendo como he estado viviendo desde anoche. Sin poder dormir. Sin poder hacer nada. Me he estado volviendo loca. Me he encontrado en el medio de hacer algo, y no me acuerdo qué es lo que suponía que estuviera haciendo. Tengo miedo de hacerle daño sin querer a Rencito, de equivocarme. De no darle la comida a su hora. No sé. Yo simplemente no puedo seguir así, Lorenzo.

Yo creo que tú y yo debemos decidir lo que hacer y entonces hacerlo. Pero sea lo que sea lo que decidamos hacer, no quiero que nadie se entere. Nadie, nadie.

—Cálmate, mi amor, cálmate —le dice Lorenzo—. Iremos a Manuel y veremos lo que él tiene que decir. A lo mejor... yo no sé. Quizás el laboratorio se equivocó —Ve que Marguita lo niega con la cabeza—. O puede ser que hayan otras soluciones. No lo sé. Esperemos, ¿no te parece? Un par de días. Una semana. Hasta el mes que viene. Nos podemos sentar y estudiar todo nuestros gastos y ver lo que se puede hacer. Marguita, no podemos tomar una decisión como ésta así como así, de la noche a la mañana. La tenemos que pensar —la mira—. De una manera o la otra, lo que decidamos va a afectar el resto de nuestras vidas. Así que lo mejor que podemos hacer es darle tiempo —suspira tan profundamente como su esposa—. Y Marguita, decidamos lo que decidamos, esa decisión será *nuestra* decisión, una decisión hecha por ti y por mí. Los dos tenemos que estar completamente de acuerdo, y de corazón, que lo que hagamos es lo mejor que podemos hacer, no importa cuál sea esa decisión. ¿Estás de acuerdo?

Marguita asiente y deja sus brazos para irse a la cocina.

Minutos después, mientras la comida se está acabando de hacer en la cocina, Marguita comienza a darle la comida al pequeño Renzo. Sentado a la mesa en una silla alta de bebé que les costó un montón de dinero, el niño se ha adaptado a un tipo diferente de comida: purés de calabaza y malanga—una raíz cubana parecida a la papa, pero que no es tan cara, porque no es importada. Estos purés son cuidadosamente preparados por Marguita, y al niño le encantan, pues se los come con inmenso placer mientras sus manitas dan palmaditas. Después de esto, Marguita le da al bebé su toma de leche, hecha con la cara leche condensada que viene de los Estados Unidos. Entonces, después de acunar al bebé en sus brazos y de cantarle en esa voz de ella, tan suave y tan melodiosa, hasta que el niño se queda dormido, Marguita lo pone en su cuna, boca arriba, como se lo dijo el doctor Manuel, bien tapadito con una frazadita de algodón, regalo de su tiíta Perucha, pero dejando sus piececitos afuera, para que el niño no se ponga demasiado caliente debajo de la frazada durante esas tardes cubanas, que hierven.

Es sólo entonces que Marguita y Lorenzo se sientan a la mesa.

Pero ni él ni ella pueden probar la comida.

## veintiséis

Loló no entiende—o quizás simplemente no quiere entender—lo que le está pasando.

Este mes es el mes más largo que ella ha vivido en su vida entera. ¿Cuánto va a durar este dichoso mes? se sigue preguntando mientras espera y espera que algo pase.

Pero ese algo no acaba de pasar.

No siendo capaz de controlarse ni un minuto más, tan pronto oye las campanadas del reloj dando las tres de la tarde, mientras las otras muchachas de su turno están esperando el ascensor para bajar, ella sube dos pisos corriendo por las escaleras, para ver si todavía la señora Díaz está en su oficina, cosa de poder hablar con ella.

Una señora ya mayor, originalmente entrenada como enfermera, la señora Díaz fue empleada por la compañía cuatro años atrás para dar asistencia médica de emergencia a los empleados de la compañía, pero rápidamente se hizo evidente que ella tenía una habilidad muy especial para tratar con las mujeres empleadas, que iban a ella no sólo en caso de emergencia sino para recibir consejos a la misma vez. Así que al comienzo del año pasado la señora Díaz recibió una promoción y fue nombrada directora del departamento de personal a cargo de la división que comprende a todas las telefonistas, las cuales son todas mujeres, convirtiéndose de esa manera en la primera—y la única—mujer con una posición ejecutiva en la compañía. Aunque la mayoría de los empleados siguen refiriéndose a ella como «enfermera Díaz»—una apelación que a ella le gusta, porque cree que de esa manera puede inspirar más confianza y confidencialidad—la señora Días es muy respetada y admirada por todos, y una gran cantidad de las mujeres que trabajan en la compañía siguen yendo a ella no sólo en caso de emergencia sino también para oír sus consejos en materias personales y profesionales. A pesar de ser una ejecutiva de la compañía, la señora Díaz ha dicho muy claramente que ella sigue manteniendo su puerta abierta a todos y a todas horas, como lo solía hacer cuando era simplemente una enfermera.

Y así mismo la encuentra Loló. Abierta.

Loló llama delicadamente a la puerta y entra en la oficina mientras la señora Díaz, una mujer de cabellos y ojos grises vestida con un severo traje sastre, está poniendo orden en su escritorio, como lo hace todas las tardes, antes de regresar a su casa.

—Señora Díaz —dice Loló—, ¿le molesta si le hago un par de preguntas?

—¿No pudiera esto esperar hasta mañana? —le responde la señora Díaz sin mirar a Loló mientras sigue poniendo documentos dentro de sobres y ordenándolos perfectamente en un alto armario que tiene al lado del escritorio. Pero cuando se vuelve y ve cómo los ojos de Loló la están mirando, ella observa algo en esos ojos oscuros que hace que la mujer de los cabellos grises cese de hacer lo que estaba haciendo. Todavía con varios sobres en la mano se inclina sobre el escritorio: —¿Te sientes bien? —le pregunta a Loló—. ¿Qué te pasa? ¿Tienes de nuevo uno de esos horribles dolores de cabeza que te dan a ti?

Loló niega con la cabeza.

Por meses Loló se había estado quejando de jaquecas terribles, dolores de migraña que eran tan poderosos que ella creía que el cerebro le iba a explotar. Pero esos han desaparecido por completo. «No he tenido uno, ¿desde cuándo?», se preguntó a sí misma cuando la señora Díaz se lo preguntó. Sólo para responderse: «Desde aquel maravilloso día en la playa de Guanabo, hace ya semanas, cuando me hice mujer».

—¿Bueno...? —dice la señora Díaz, expectante.

Loló levanta los ojos y mira a la vieja enfermera: —¿Qué quiere decir —dice, titubeando ligeramente— si la... bueno, si las cosas de las mujeres... si eso se atrasa?

—¿La regla? —dice la señora mayor.

Loló asiente con la cabeza: —¿Eso es algo malo? —añade—. ¿Tan malo como...

—¿Por qué me lo estás preguntando? ¿Porque estás atrasada?

—¡Oh, no, no, no! No soy yo —dice Loló, ruborizándose hasta que se pone del color de las ascuas—. Es... una de las muchachas.

La señora Díaz mira a Loló y sacude la cabeza de lado a lado. Ella constantemente se maravilla de lo poco que saben las muchachas jóvenes que trabajan en la compañía de teléfonos—y hasta las mayores, como Loló—acerca de sus propios cuerpos. Por años ha tratado de ofrecer un curso de educación sexual para estas mismas muchachas, la mayoría de las cuales son todavía vírgenes—lo que se supone que sean todas las mujeres de la época antes de contraer matrimonio. La vieja enfermera sabe muy bien que estas muchachas saben muy poco, si algo, acerca de esa parte tan importante de sus vidas: la vida sexual. Y lo poco que saben es generalmente enormemente distorsionado. Pero los que mandan, allá arriba en el piso de los ejecutivos, todos los cuales—menos ella—son hombres, y casados, siguen evadiendo el tema, diciéndole: —Señora Díaz, por qué no deja usted que la naturaleza siga su propio rumbo? —Cada vez que ella oye eso, la enfermera Días se pone furiosa y replica: —Bueno, en mi opinión, ¡hay veces cuando quizás nosotros podríamos y hasta deberíamos enseñarle a la naturaleza qué rumbo seguir! —Pero claro, esa manera de pensar se considera anatema en la sociedad cubana de ese período. Palabras como «aborto» y «contracepción» no pueden ser mencionadas nunca. Peor aún, tales palabras no existen, porque no se pueden encontrar en los diccionarios.

—Un atraso de ese tipo puede significar muchísimas cosas —dice la señora Díaz respondiendo a la pregunta de Loló—. Hay muchas razones que pueden causar un retraso de la menstruación. Una pérdida súbita de peso, por ejemplo. O un cambio de dieta. O demasiada tensión nerviosa. O... bueno, muchísimas otras razones.

Entonces, tras una corta pausa, añade: —Loló, esta amiga tuya... no está casada, ¿verdad?

Loló niega con la cabeza.

—Ya lo veo —dice la vieja enfermera—. Pero ha estado activa sexualmente, ¿no?

Hay un largo silencio.

—Un poco —Loló finalmente responde.

—¿Un poco? —dice las señora Díaz, levantando las cejas—. Loló, o lo ha estado o no lo ha estado. ¿Cuál es la respuesta correcta?

—Quizás lo ha hecho una o dos veces. Eso fue lo que me dijo.

—Una vez es todo lo que hace falta, Loló.

Otro largo silencio.

—Así que... usted cree que...

—Loló, yo no creo nada. Como te dije, una regla retrasada puede significar un montón de cosas. O nada en lo absoluto. Esta amiga tuya, ¿sus períodos son regulares?

—Muy regulares. Cada veintiocho días, por el reloj.

—¿Y qué atraso lleva?

—Más de dos semanas.

La señora Díaz sacude la cabeza de lado a lado muy lentamente y deja que se le escape un suspiro profundo.

—Loló —dice—, puede ser que tu amiga esté encinta. Y lo mejor que podemos hacer es saberlo con toda seguridad antes de proseguir al paso siguiente. Me entiendes, ¿no?

Loló asiente con la cabeza.

—Para comprobarlo, todo lo que hace falta es una muestra de su orina—. La vieja enfermera va a un alto armario en el otro extremo del cuarto y abre la gaveta de abajo. Entonces, tras encontrar lo que estaba buscando, se vuelve y mira a Loló—. Toma este envase sellado y llévaselo a tu amiga. Dile que rompa el sello antes de llenarlo, hasta esta marca, eso es todo lo que hace falta. Y cuando lo llene, que lo vuelva a sellar. Y Loló, asegúrale que cualquiera que sea el resultado, esto es *absolutamente confidencial* entre tú, yo y ella. Nadie se va a enterar de nada de esto. Nadie en toda la compañía, a no ser que ella se lo diga a alguien. Dile que le doy mi palabra. Entonces, tan pronto tengamos el resultado de la prueba y sepamos con seguridad, ya se decidirá lo que habrá que hacer.

Le da el envase a Loló, que lo toma con manos trémulas. Dándose cuenta de esto, la señora Díaz le toma la mano a Loló entre las suyas: —Y Loló, dile a tu amiga que no se preocupe de nada. Que todo va a salir perfectamente bien, Loló. Lo sé por experiencia, los años me lo han enseñado. Que todo siempre sale bien, ya verás, ya verás.

Le suelta la mano a Loló y la mira con una sonrisa confidente en la cara.

Loló evade los conocedores ojos de la señora Díaz, toma el envase y con manos que todavía están temblando lo mete en su bolso de mano.

—¿Cuánto se demorará? —pregunta.

—De un día para el otro. Si tú puedes encontrarla ahora mismo y conseguirme una muestra hoy mismo, para mañana en la tarde yo debiera tener de vuelta los resultados. ¿Tú crees que la puedas encontrar?

Loló asiente:

—Está abajo, en el vestíbulo, esperándome.

—Entonces corre a donde ella está y averigua si me puede dar una muestra ahora mismo. Yo me quedaré aquí el tiempo que haga falta hasta que regreses. Entonces, tan pronto reciba la muestra, la mandaré al laboratorio y mañana sabremos los resultados. Y Loló —repite la vieja señora—, dile que esto es estrictamente confidencial entre ella y nosotras. Dile que esta oficina es todavía la oficina de una enfermera y que las oficinas de las enfermeras son sagradas, como la de los curas. Lo que pasa aquí, entre estas cuatro paredes, es algo que nosotras sabremos y nadie más. ¿Me entiendes? —Loló asiente—. Dile eso mismo, exactamente como te lo dije, y, Loló, por favor, no pongas esa cara de terror pánico cuando se lo digas. No quiero que ella se espante. No hay razón para preocuparse. Ninguna. Así que ve y háblale, y pon la mejor cara que puedas.

Loló le sonríe a la vieja señora.

Al cabo de unos pocos momentos ya está de vuelta, trayendo en sus manos un envase lleno hasta la marca.

Al finalizar su jornada de trabajo la tarde del día siguiente, después de esperar ansiosamente este momento, un momento al que teme, Loló finalmente toma un respiro profundo y pintándose una sonrisa que no siente sobre el rostro, pretende entrar valientemente en la oficina de la señora Díaz, aunque sus piernas le están flaqueando.

Cuando la ve entrar, la bondadosa señora que, sentada tras su escritorio, la estaba esperando, le da la bienvenida con una sonrisa, y con un gesto de la mano invita a Loló a que se siente.

Loló sacude la cabeza. Se queda de pie frente a la señora Díaz, rígida, helada, como si estuviera en una corte esperando un veredicto; como si la señora de cabellos grises que la está mirando fuera jurado y juez al mismo tiempo, dándose cuenta de que el resto de su vida va a cambiar de acuerdo con lo que esta señora le diga.

El «no» que Loló está esperando con ansias.

O el «sí» fatal al que le tiene tanto miedo.

Dándose cuenta de lo pálida y asustada que Loló está, la señora Díaz se levanta, va a la puerta que Loló dejó entrecerrada, y silenciosamente la cierra. Entonces, sin decir palabra, regresa a su escritorio, se sienta, abre una gaveta, extrae un sobre de ella—una de cuyas esquinas ha sido rasgada—y saca de él una hoja de papel.

Loló no se mueve, ni siquiera pestañea, cuando la señora Díaz le lee los resultados del laboratorio.

Entonces la señora Díaz se levanta y desde detrás de su escritorio le pasa a Loló la hoja de papel, para que Loló pueda leerla.

Loló mira la hoja de papel en sus manos por un largo período de tiempo, viendo el signo positivo que aparece allí no como algo positivo, sino como una cruz negativa: una horrible y terrible cruz negativa que se está enfrentando a ella.

Le toma a Loló un largo rato antes de darse cuenta de que la mano de la señora Díaz está todavía extendida hacia ella, esperando que Loló le devuelva la hoja de papel. Avergonzada, sin atreverse a mirar a la señora Díaz, Loló apenas puede hacer que sus manos la obedezcan hasta que por fin se la puede entregar a la vieja enfermera.

Cuando la tiene en sus manos, la señora Díaz suavemente la

mueve de lado a lado en frente a Loló, como si fuera a abanicarse, mientras dice: —Los resultados de esta prueba tienen una exactitud de un noventa y siete por ciento, así que estamos bien seguras de que la muchacha cuya prueba es ésta, está encinta— Entonces, bajando la voz y haciéndola tan dulce como puede, añade: —Loló, niña, esta muchacha aquí, en este papel... esta muchacha eres tú, ¿no?

Loló, aún de pie, aún rígida, aún helada, apenas puede asentir con la cabeza.

—Loló —le dice la enfermera—, ¿por qué no te sientas?

Pero Loló sacude la cabeza de lado a lado.

No quiere hacerlo, no quiere ni atreverse a hacerlo, porque está segura de que de sentarse no se podría volver a levantar de nuevo.

Hay un largo silencio, finalmente roto por la señora Díaz que con una voz sumamente bondadosa le pregunta a Loló: —Loló, ¿le has dicho algo al padre del niño?

Loló mira a la enfermera y como si fuera una niña atemorizada que tiene miedo de decir algo, sólo se atreve a sacudir la cabeza de lado a lado una y otra vez.

—Ese hombre, ¿es casado? —continúa preguntando la enfermera, su voz tan suave como la puede poner, hablándole a la niña que está frente a ella, la niña en la cual Loló, con sus treinta y un años de edad, se ha convertido.

De nuevo vuelve Loló a sacudir la cabeza.

La enfermera se sonríe.

—Bien, entonces —comienza a decir—, si no está casado, las cosas se pueden arreglar fácilmente. Yo estoy segura que tan pronto le digas que vas a tener un bebé, él...

Pero Loló comienza a sacudir la cabeza tan violentamente que la señora Díaz, viendo la inmensa tensión nerviosa que Loló está sufriendo, se interrumpe a sí misma.

—Está bien, Loló, está bien. Yo no insistiré. Si se lo quieres decir, bien. Y si no se lo quieres decir, pues eso también está bien. Todo lo que te sugiero es que lo pienses bien. Después de todo, Loló, ese hombre es el padre de la criatura. Haya pasado lo que haya pasado entre ustedes dos, él tiene el derecho de saberlo. Quizás tú no lo pienses así ahora, pero puede ser que él esté muy interesado en saber acerca de este hijo que es suyo. Muchas cosas pueden cambiar cuando él se entere de esto, Loló. Créeme. Lo sé. Lo han visto mis propios ojos. Por eso es que te sugiero que lo vayas a ver y que le digas lo que está pasando. Tú vas a ver con qué facilidad se arreglan las cosas. Yo lo sé, Loló. Todo se puede arreglar y todo se arreglará.

Loló la mira con ojos aprensivos, midiendo lo que la señora Díaz le acaba de decir. Pero, al cabo de un rato, ella vuelve a sacudir negativamente la cabeza.

Aún de pie detrás de su escritorio con la fatídica hoja de papel con los resultados de la prueba en las manos, la señora Díaz suspira levemente, casi para sí, y sacude la cabeza suavemente:

—Está bien, Loló, está bien —dice.

Entonces, sentándose en su silla, pone la hoja de papel sobre el escritorio y las manos sobre ella, como si protegiéndola, y mirando a Loló comienza a hablar despacio, calladamente, de la misma manera de que una maestra le habla a un estudiante cuando quiere tener la seguridad de que lo que le está diciendo está siendo bien comprendido.

—Para empezar —dice, su voz sonando decisiva, oficial—, déjame asegurarte de que nadie en este edificio sabe nada de esto, a no ser que tú se lo hayas dicho. Déjame repetirlo, Loló. *Nadie*. Excepto tú y yo. Ni siquiera la gente que hizo la prueba. Como viste, tu nombre no aparece en ningún lugar en este papel. Sólo el mío. Muchas muchachas pasan por esta oficina a diario, así que no hay forma humana de que esto —señala al papel—, se le pueda ser atribuido a ninguna de ellas en particular. Y definitivamente no a ti.

Su voz se hace suave, bondadosa, dejando de ser la voz de

una maestra y convirtiéndose en la voz de una madre, de una amiga.

—Loló —añade—, escúchame bien. Esto es importante que lo sepas, muy importante. Pase lo que pase, cualquiera que sea la decisión que tomes, nadie sabrá nada de esto a no ser que tú se lo digas. Pero óyeme y óyeme bien. Nadie tendrá por qué saberlo. Absolutamente nadie. Para empezar, a ti no se te va a notar nada por un largo plazo, así que tenemos tiempo suficiente para pensar qué es lo mejor que se puede hacer por ti y por tu bebé —Hace una pausa, entonces pregunta: —¿Has estado teniendo náuseas cuando te despiertas?

Loló dice que no con la cabeza.

—Bien. Pero aunque las tuvieras, no te preocupes. Hay muchas otras razones que hacen que una persona tenga náuseas, así que nadie puede asociarlas con tu estado. De hecho, mira —dice, entregándole a Loló una botellita de pastillas que tenía colocada sobre el escritorio—. Te conseguí estas pastillas. Tómalas. Fíjate que le cambié la etiqueta para que digan que son no para náuseas sino para los dolores de cabeza de migraña, como los que tuviste hace unos meses. A muchísima gente le dan náuseas cuando tienen ese tipo de jaquecas, así que es perfectamente natural que tú puedas tomar estas pastillitas. Loló, pase lo que pase, decidas lo que decidas, tienes que cuidarte muy bien, ¿me entiendes?

Loló toma la botellita en sus manos y asiente.

—Bueno —dice la señora Díaz, haciendo que su voz suene de nuevo oficial, pero siempre bondadosa, la voz de una maestra que se interesa por sus alumnas, una voz que no ha tenido ni por el más mínimo momento el más pequeño dejo de negatividad—. Ahora, déjame decirte algunas de las opciones que tenemos, algunas de las cosas que podemos hacer —Levanta los ojos y le sonríe a Loló.

—Como todas ustedes en mi departamento saben, yo pertenezco a una sociedad que ayuda a mujeres en casos como el tuyo. Toda la ayuda es completamente anónima. Los miembros de esta sociedad nunca llegarán a saber quién eres tú, y tú nunca llegarás a saber quiénes son ellos. Pero tenemos fondos para mandarte fuera de La Habana. Ya decidiremos más tarde a dónde, pero será a casa de alguien donde tú podrás vivir y estar bien atendida hasta que nazca tu bebé. Nadie necesita saber nada de esto, y déjame recalcarlo bien claro —lo repite con mucho énfasis—, *Nadie*. Ni siquiera ningún miembro de tu familia. Tú les podrás decir que debido a tu excelente manera de comportarte aquí, en el trabajo, tú has recibido una promoción y vas a ser trasladada a algún lugar por un breve período de tiempo. A dónde, eso todavía no lo sé con exactitud—tengo que pensarlo. Pero no tienes por qué preocuparte porque la promoción será auténtica. Y muy bien merecida, si lo puedo decir. Por los últimos meses mis colegas y yo hemos estado observando lo bien que tú te llevas con todas las otras telefonistas. Y la semana pasada, allá arriba en el piso ejecutivo, durante nuestra reunión mensual, tu nombre fue uno de los que se mencionaron para una promoción. Así que una vez que la tengas y que te mandemos a algún lugar, tú podrás seguir trabajando hasta que tu niño nazca.

Mira a Loló, esperando alguna reacción, pero no viendo ninguna, prosigue:

—Entonces, y créeme, Loló, yo bien sé lo difícil que esto es. Pero te recomiendo que decidas lo más pronto posible a ofrecer al niño para que alguien lo adopte. Si decides hacerlo dentro de las próximas semanas, para cuando el bebé nazca, ya él o ella tendrá una casa y una familia.

La señora Díaz toma una peqeña pausa mientras estudia el rostro de Loló que, aunque normalmente pálido, se ha puesto tan extremadamente blanco que parece casi fantasmagórico.

—Loló —dice la vieja enfermera de nuevo en esa voz tan bondadosa y tierna de ella—, yo sé lo difícil que es tomar esta decisión. Pero ponte a pensar. Hay muchas parejas por ahí que no tienen la suerte que tú has tenido porque no pueden tener hijos, y esas parejas se están muriendo por adoptar a un niño. Ellos le darán buen cuidado a tu bebé y mucho más amor del que tú crees que sea posible, porque ellos desean a ese bebé con toda su alma. Los que adopten al bebé pagarán tus gastos y hasta te podrán dar algo como compensación. No tendrás que vivir de la caridad pública, y tu nombre no aparecerá en ningún lugar salvo los papeles finales de adopción que los tendrás que firmar. Loló, niña, mírame, por favor —dice la dulce enfermera.

Loló levanta sus oscuros ojos gitanos que han estado mirando al pulido piso de terrazo y mira a la señora Díaz, de cuyos ojos grises emanan rayos de bondad y de amor.

—Loló —continúa la enfermera Díaz—, si decides hacer esto, nadie pero nadie lo sabrá excepto tú. Te lo repito. Ni siquiera la gente en cuya casa vas a vivir. Antes de irte, te daremos un anillo para que te lo pongas. Un simple anillo de oro. Eso, de por sí, evitará que mucha gente te haga preguntas embarazosas. Te vas a sorprender de cómo te va a hacer de fácil la vida ese simple anillo de oro.

Loló mira a la señora Díaz y no dice nada.


Este mes es uno de esos meses que pasan muy de tarde en tarde que tienen dos lunas llenas. Porque la luna estuvo llena el primero de agosto, hoy, el treinta de agosto, una segunda luna llena está iluminando el cielo de la noche, dejando que su pálida luz azul se cuele a través de las entornadas persianas de las puertas del cuarto de Loló, cayendo sobre su cama.

Bajo esta segunda luna, mientras yace en su cama, volviéndose y volviéndose a volver de un lado al otro, incapaz de pegar los ojos, Loló sabe con plena certeza lo que no quería llegar a saber, pero lo que no puede negar. Lo que es, definitivamente, la pura verdad—increíble como parezca: Que dentro de sí lleva al hijo de un hombre que es mucho más joven que ella, un apuesto joven de cabellos negros y brillantes, con una hendidura pronunciada en el medio de la barbilla, y con una perenne sombra de las cinco perfilándole el hermoso rostro. El hijo de un joven con ojos adentrados y de un azul intenso que apenas le ha dirigido la palabra. El hijo de un joven que lleva una sotana y que ha consagrado su vida al servicio de Dios. El hijo de un joven que adoptó el nombre de «Alonso» cuando se hizo sacerdote.

Pero el hijo de un joven cuyo verdadero nombre ella desconoce por completo.

PARTE SEXTA

# Aborto

## veintisiete

En la oscuridad total de su habitación, mientras yace en su cama junto a su esposo, Marguita siente la mágica luz de una luna pálida azul envolviéndola, pero no puede ver ni un rayo de esa luz. Y sin embargo sabe que esta mágica luz está aquí, en algún lugar. La siente, porque esta intangible e invisible luz la está comprimiendo a medida que la envuelve con su frialdad. Pero aunque vuelve la cabeza y mira en derredor no puede llegar a ver nada de esa luz pálida y azul que está sintiendo.

Oye ruidos lejanos, como insistentes murmullos, por encima de ella.

Levanta la cabeza.

Allí, muy por encima de su cabeza, ve algo que no ha visto nunca: un algo plateado que destella, un centelleante foco de luz que parece que está continuamente cambiando su forma, transformándose constantemente.

Achica los ojos, tratando de enfocarlos en ese disco plateado que centellea por encima de su cabeza hasta que puede ver, emanando de él, una diadema de rayos de luz, pálidos y azules, que parecen que brillan mientras se filtran y bailan a través del agua que corre envolviéndola y cubriéndola. Marguita se da cuenta de que su cuerpo sin peso está siendo arrojado violentamente de un lugar al otro dentro de un encrespado y enremolinado mar, un mar turbulento que enloquecidamente la cubre y la envuelve, girando y girando sin cesar alrededor de ella, ahora con abandono, ahora con movimientos tumultuosos e incontrolables. Trata de abrir la boca para decir algo, para gritar, para pedir socorro. Pero no puede hacerlo.

«¡Asesina!», oye a una voz en lo alto filtrándose a través de los remolinos que la están devorando. «¡Asesina!»

Trata de moverse en dirección a esa voz, hacia ese disco plateado y brillante, pero su cuerpo no responde a sus demandas: su cuerpo es ahora un algo que no le pertenence. Levanta los ojos y ve, por encima de las encrespadas aguas plateadas, a su propia madre, señalando hacia ella.

«¡Asesina!», vuelve a oír a la misma voz. «¡Asesina!»

Es la voz de su madre.

«Mamá, mamá, ¿dónde estás?», Marguita quisiera poder decir. Pero las palabras no le pueden salir de la boca.

No importa lo esforzadamente que trate de hacerlo, su cuerpo no responde a sus deseos. Marguita le ordena y le vuelve ordenar a su cuerpo que se mueva, que flote hacia esa voz que oye por encima de ella, que atraviese la superficie de las arremolinadas aguas. Y le ordena y le vuelve a ordenar hasta que ve un brazo que se extiende en dirección a ese disco plateado. Su brazo izquierdo. Ella sabe que es su brazo izquierdo, su «buen» brazo, pero no cree, no siente, que le pertenezca. Ella ve la mano izquierda que solía ser la suya estirarse más allá de donde ella está; esa mano que solía ser la suya desesperadamente tratando de alcanzar ese brillante y distante disco plateado. Vuelve a abrir la boca, para decir algo, para gritar. Pero no puede hacerlo. Siente que se está separando más y más de ese disco plateado y brillante, mientras el brazo que solía ser el suyo y la mano que solía ser la suya se encuentran más y más lejos de donde ella está.

Desesperadamente, frenéticamente, se dice a sí misma que debe gritar. Se lo ordena. Una y otra vez, hasta que siente que su boca se comienza a abrir. Pero no puede musitar ni una sola palabra. Mira hacia arriba de nuevo, a la mano que solía ser la suya, una mano pequeña y distante, a miles de leguas de ella. Le ordena al cuerpo que grite una última vez, y esta vez su cuerpo se las arregla para obedecer. Marguita siente que un grito comienza a formarse dentro de su boca abierta hasta que se revienta como un estallido exactamente al mismo instante en que su mano rompe la superficie de las turbias aguas que la han estado envolviendo, tratando de sofocarla.

De repente ella se ve flotando por encima de un mar encrespadamente bravío.

Un milagro, piensa.

Mira al centelleante disco de plata por encima de ella y ve que la luz que estaba sintiendo con anterioridad está emanando del hermoso rostro de una dama dulce y bondadosa, su virgencita, de la cual Marguita es devota, que cubierta con una capa de oro está flotando sobre una luna de plata, un incandescente halo de una luz intensamente brillante rodeándole la cara mientras le sonríe a Marguita desde lo alto.

Marguita le devuelve la sonrisa a la dulce dama a medida que se siente ascender hacia ella, sus ojos clavados en los de la dama y llenos de una paz interna y de un regocijo total como Marguita no lo había sentido nunca antes.

Y entonces, de súbito, la sonrisa de Marguita se le congela en los labios, cuando ve que los benévolos ojos de la dama se transforman repentinamente en ojos penetrantes y acusadores, los ojos de su propia madre, que mirándola fijamente parecen que están diciendo:

«¡Asesina!»

«¡Asesina!»

«¡Asesina!»

Loló sacude la cabeza una y otra vez y se vuelve y se vuelve en su cama, incapaz de poder pegar los ojos. Y entonces se acuerda de las palabras de la señora Díaz: «Después de todo, Loló, ese hombre es el padre de la criatura. Haya pasado lo que haya pasado entre ustedes dos, él tiene el derecho de saberlo. Quizás tú no lo pienses así ahora, pero puede ser que él esté muy interesado en saber acerca de este hijo que es suyo. Muchas cosas pueden cambiar cuando él se entere de esto, Loló. Créeme. Lo sé. Lo han visto mis propios ojos. Por eso es que te sugiero que lo vayas a ver y que le digas lo que está pasando. Tú vas a ver con qué facilidad se arreglan las cosas. Yo lo sé, Loló. Todo se puede arreglar y todo se arreglará.»

«Sí», se dice Loló. «Él tiene el derecho de saber acerca de este hijo mío que también es hijo suyo». Suspira profundamente. «Pero después que hicimos lo que hicimos, y de la manera que lo hicimos... ¿No creerá él que este niño no es suyo? ¿Que puede ser el hijo de otro hombre? ¿Por qué me va a creer él? En sus ojos yo probablemente no soy sino una mujer común, una mujer mala, una cualquiera», se dice, acusándose a sí misma.

Siente que uno de esos dolores de cabezas de los que ella ha padecido tanto le está comenzando a molestar de nuevo. Corre al baño, donde ha guardado sus pastillas. Toma una. Después otra.

Si fuera tan simple como esto el...

Sus pensamientos se detienen abruptamente.

«¡Oh, Dios mío!», se dice tan pronto se da cuenta de lo que ha acabado de pensar. «¡Perdóname! ¡Perdóname!» Se mira en el pequeño espejo que sirve de puerta al armario para guardar las medicinas que hay en el inmenso baño. «¡Cómo pude haber pensado lo que pensé! ¡Cómo pude haberle deseado lo que le acabo de desear a mi propio niño! Cuando tener un hijo es lo que yo siempre he querido, ¡más que nada en el mundo!»

De vuelta en su cuarto, Loló se tira sobre la cama—pero no puede quedarse dormida.

«Opciones», piensa. «¿Qué opciones tengo yo en realidad? ¿Qué opciones hay? ¿Qué opciones pueden existir para mí?»

Todo le parece tan irreal. Como si ella fuera un personaje más en una de esas novelas que se pueden oír de día y de noche en las estaciones de radio cubanas, el tipo de novela que su propia madre, Carmela, sigue con religioso fervor mientras friega los pisos, o hace las camas, o cocina.

«¿Qué hubiera pasado», se pregunta, «si cuando yo llegué del trabajo hubiera ido a donde mis padres y les hubiera dicho:

'Papá, Mamá. Voy a tener un bebé'».

Se imagina la mirada de consternación en las caras de sus padres. ¡La puede ver con tanta claridad! Al principio no la hubieran creído, de eso está segura. Este tipo de cosas no suceden—no le pueden suceder—a nadie en su familia. Y menos a su hija. Quizás sus padres hubieran llegado a pensar que ella estaba bromeando. Pero no hay mujer en Cuba que bromee con este tipo de cosas. Entonces, encolerizado, Padrón, su viejo padre, con la cara roja, con la voz temblándole de pasión, y con las manos cerradas en forma de puños, le hubiera preguntado: «¿Quién te hizo esto?», demandando el nombre del culpable, el nombre del hombre que se había aprovechado de ella, para que pudiera ser forzado a reparar ese inmenso ultraje. O de no hacerlo, para que alguien en la familia le rompiera el corazón a ese mal hombre con un puñal bien afilado, porque ésa es la única manera en que familias como la suya pueden limpiar su honor, una vez que ha sido mancillado.

Como si ella no hubiera tenido nada que ver con lo que pasó.

Como si ella no lo hubiera consentido.

Como si ella no hubiera tenido culpa alguna.

Porque Loló sabe que nadie en su familia aceptaría otra explicación de lo que pasó excepto la violación; porque este tipo de cosas no le pueden pasar—nunca jamás—a una buena muchacha de una buena familia, el tipo de muchacha que ella es—o era—a no ser que la hubieran forzado. Violado. Totalmente en contra de su voluntad.

Loló tiene que sonreírse a sí misma.

Todo esto suena tan melodramático. Como si ella no estuviera pensando las palabras sino como si las estuviera oyendo en una de esas novelas tan populares en el radio. Suspira profundamente. Sólo es melodramático cuando le pasa a alguna otra persona. Pero cuando le pasa a una... Se imagina a la heroína de su radio novela parada orgullosamente frente a sus padres y rechazando hasta bajo pena de muerte a revelar el nombre del padre del niño. «Primero muerta», oye decir a la heroína con gran emoción. «Primero muerta». ¿Por qué revelar el nombre del muchacho? le preguna la heroína a sus padres. Lo que pasó no fue culpa suya, dice la heroína.

«No, no fue culpa suya», repite Loló en su mente, como un eco de las palabras de la heroína de la novela que ha estado escuchando dentro de su cabeza. «Como yo tampoco he tenido la culpa», añade Loló. «La culpa no fue de nadie.

«Y si alguien tuvo la culpa, ciertamente ese alguien no fue el bebé».

Cuando descubrió que su prueba de gestación había salido positva y que ella estaba sin la menor duda encinta, el primer pensamiento que le pasó por la cabeza mientras se mantuvo de pie en frente de la señora Díaz, fue: «¡Qué fácil sería todo si yo pudiera deshacerme de este bebé dentro de mí!»

Pero no se atrevió a decirle nada a la bondadosa señora en ese momento.

Fue sólo cuando estaba a punto de salir de la oficina de la señora Díaz que Loló se volvió a ella, y armándose de valor, aunque estaba muy avergonzada por lo que iba a decir, así y todo le pudo preguntar a la buena enfermera: —Señora Díaz, usted cree que yo... quiero decir, ¿existe alguna manera de... bueno, usted sabe, de que me pudiera deshacer de este bebé?

—¿Estás hablando de un aborto? —le preguntó la vieja señora, su voz cálida y bondadosa.

Cuando oyó esa palabra, *aborto*, Loló sintió como si una helada corriente eléctrica le hubiera pasado por sobre todo el cuerpo. Ella nunca pensó que algo parecido a esto le pudiera pasar a ella. A otras mujeres, sí. Pero, ¿a ella...?

—¿Es eso lo que tú quieres decir? —continuó la enfermera.

Loló simplemente bajó los ojos, asintiendo con ellos.

—Yo no puedo ofrecerte ninguna ayuda en lo que respecta a un aborto —le dijo la enfermera, con sencillez y sin reproche alguno en la voz—. Para empezar, los abortos son ilegales. Ningún doctor de reputación los haría. Bueno, algunos lo hacen, pero solamente cuando se lo pide algún pariente cercano o amigo íntimo. Y si lo hacen, tienen que hacerlo a escondidas, como criminales. A los doctores que los hacen, si se descubre que los han hecho y si se les encuentra culpables, inmediatamente les quitan la licencia y muchos de ellos acaban en la cárcel. Y Loló, los abortos pueden ser muy pero muy peligrosos. A menos que los haga alguien que sea un verdadero profesional en condiciones perfectamente higiénicas y antisépticas, son más que peligrosos. Mortales. Así que te lo suplico, Loló, no trates nada por el estilo. Por tu propia vida, niña. Por tu propia vida.

Loló lo entendió y asintió.

Odiaba la palabra en sí. *Aborto*. Y sin embargo, fue ésa la primera palabra que le pasó por la mente mientras se mantuvo de pie en frente de la señora Díaz ayer por la tarde y se enteró de la verdad.

Que se enteró de su bebé.

Pero ahora se pregunta a sí misma, «¿Cómo pude haber considerado deshacerme de mi propio bebé? ¿Cómo pude haber pensado en eso? Castigar, matar, asesinar, sí, *asesinar* a una criatura viviente, a mi propio hijo, por algo que fui yo la que lo hice. No él. ¡Yo! Si alguien debiera ser castigado, matado, asesinado, ese alguien debiera ser yo, porque fui yo la que sin pensar en las posibles consecuencias de mis actos hice lo que hice, no mi niño. ¿Por qué castigar a mi bebé cuando fui yo, yo misma, la que actuó sin pensar, sin imaginarme—sin ni siquiera sospechar—que algo como esto me podía pasar?

«¿O sí lo sospeché?

«¿No era esto exactamente lo que yo quería que pasara? ¿No era éste exactamente el más hermoso de mis sueños? Cada vez que miré a ese gallardo joven en su sotana, ¿no me oí a mí misma repetir en silencio lo que todas mis amigas susurran entre sí cuando ven a un hombre que les es de su agrado: ¡Qué padre para mis hijos! ¿Cuántas veces no me oí a mí misma decir eso?», se preguntó.

Sólo para responderse: «Cada vez que lo miraba, cada vez».

«Bueno», se dijo Loló, «ese deseo mío, ¿no se ha hecho verdad?»

La luz de la aurora la envuelve. Suspira, se levanta de la cama y se va al baño.

Mientras entra en el baño, Loló se acuerda de que cada vez que sus amigas miraban a un joven buen mozo y decían esas palabras, todas ellas se miraban y se reían sin cesar con risitas nerviosas. Ella ciertamente no se siente con deseos de reír hoy. Pero tampoco se siente con deseos de llorar, ella misma se dice. ¿Cómo y por qué? El solo hecho de que está llevando dentro de sí un niño la hace sentirse feliz. Más que feliz, regocijada. Y sin embargo, también la hace sentirse triste y aterrada al mismo tiempo.

Y todo por un pedazo de papel que no tiene.

«¿Por qué es que un certificado de matrimonio, una hojita de papel con mi nombre y el de él—un nombre que aún desconozco—hará tanta diferencia?», se pregunta Loló.

Se inclina y abre la llave del agua de la bañadera, notando que en su mano izquierda no brilla un anillo de oro. Un simple anillo de oro que lo haría todo ¡tan diferente! Legítimo. Correcto. Legal. Un simple anillo que haría que sus padres brincaran de gozo al enterarse de su estado en vez de llorar en desesperación y desear que ella estuviera muerta.

—Te vas a sorprender de cómo te va a hacer de fácil la vida ese simple anillo de oro —se dice a sí misma en voz alta, repitiendo lo que la señora Díaz le había dicho ayer.

Y entonces suspira de nuevo.

Esa visita a la oficina de la señora Díaz le parece a Loló tan remota, tan distante, como si le hubiera pasado no a ella sino a alguien más, y no ayer sino hace siglos. Pero no, no le pasó a alguien más sino a ella, y no pasó hace siglos, sino ayer por la tarde. Ni siquiera hará veinticuatro horas. La señora Díaz fue tan bondadosa conmigo, piensa mientras deja correr el agua, probando la temperatura hasta que la siente lo suficientemente tibia.

Entonces, después de quitarse la bata de casa y de colgarla en un gancho detrás de la puerta, y después de quitarse la ropa interior y ponerla en una cesta de mimbre cerca del lavabo, se mete en la bañadera.

«Lo que es extraño», se dice, «es que la señora Díaz no mencionó ni una sola vez que yo me pudiera quedar con mi niño». Abraza su desnudo vientre, ya adentro del agua tibia, con gran ternura. «¿No es esa otra opción? Yo no quiero tener que darle mi hijo a nadie. Su hijo. Nuestro hijo», piensa.

Dejando que el agua tibia la abrace, sus ojos miran hacia arriba, al ornamentado cielo raso de yeso, como si buscando alguna señal. Pero no encontrando ninguna, comienza a rezar repentinamente, las palabras repitiéndose y repitiéndose en su mente una y otra vez, como una letanía: —Oh, Dios mío, ayúdame, ayúdame, ayúdame. No sé lo que hacer, no sé lo que hacer, no sé lo que hacer —Cierra los ojos. Si sólo todo esto no fuera sino una pesadilla, una pesadilla horrible, se dice. Si sólo cuando abriera de nuevo los ojos nada de esto hubiera sucedido. Si sólo pudiera darle marcha atrás al reloj y no hubiera ido al bautizo de Rencito, entonces...

Es entonces que piensa en su hermano, Lorenzo. Y en el hombre que es el padrino del hijo de Lorenzo: Manuel.

El doctor.

Inmediatamente abre los ojos con horror.

«¡Oh, no, no!», se dice Loló, «no quiero pensar en eso. No quiero tener que ir a él. No quiero que Lorenzo me fuerce a ir a ver al doctor Manuel. No quiero tener que pedirle al doctor Manuel que le haga daño a mi hijo».

Desesperadamente mira a lo alto.

—Oh, Dios mío, por favor, por favor— reza y reza con devoción inmensa—, ¡ayúdame, ayúdame, ayúdame! —dice y repite, sus palabras llenas de terror y de desesperación—. Yo no quiero perder a mi bebé —dice una y otra vez—. Yo no quiero perder a mi bebé. Yo no quiero perder a mi bebé —Y mientras lo dice y lo dice abraza su vientre con inmensa ternura.

Es solamente entonces que ella comienza a llorar.

Loló no ha llorado ni una sola vez, no, ni una sola vez desde que se enteró de la verdad. No lloró cuando la enfermera Díaz se lo dijo todo ayer por la tarde. No lloró cuando a duras penas pudo caminar de vuelta a su casa. No lloró cuando una vez en su casa se tiró sobre la cama, encontrándose muy sola, sin tener a quién acudir.

No. No lloró entonces.

Pero ahora, mientras yace en la bañadera, y mientras el agua tibia la abraza, ella comienza a llorar. No, no a llorar, sino a gemir más que tristemente.

No por ella. No. No por ella.

Sino por su bebé.

Con mucha dificultad se levanta, y mientras el agua le corre por todo el cuerpo, cae de rodillas allí mismo, dentro de la bañadera media llena de agua, sus rodillas desnudas tocando el metal de la base esmaltada de la bañadera.

—¡Por favor, Dios mío, perdóname, perdóname! —reza y reza, mientras llora y llora—. No por haber mirado al joven cura. No por haberlo conocido. No por haber hecho con él lo que hice. No por llevar su hijo dentro de mí...

—¡Sino por haberle deseado la muerte a mi niño!

## veintiocho

Tras ayudar al padre Francisco a celebrar la primera misa de la mañana, el padre Alonso va a la sacristía, como lo hace todos los días, se quita su vestidura de acólito, pone sobre sus hombros su sagrada estola y con el breviario en las manos vuelve a entrar en la iglesia y cruza la estrecha nave para ir al confesionario al otro extremo.

Cuando cruza enfrente del altar, hace una genuflexión frente a Dios, como sabe que lo debe hacer. Pero esta vez, cuando se arrodilla, sus ojos brillan con una felicidad interna sin límites cuando mira al altar, de la misma manera de que han estado brillando por días, semanas. Desde el momento en que le abrió el corazón a Dios y confesó todo lo que había pasado a uno de sus representantes sobre la tierra, el padre Francisco.

La mañana después de que pasó una tarde con Loló en la posada, el Padre Alonso le dijo a su mentor que necesitaba hablar con él, que quería que su mentor oyera su confesión. Se reunieron más tarde durante el día en el cuarto del padre Francisco, una celda no muy diferente de la del padre Alonso. Allí, el padre Alonso se arrodilló frente al viejo cura y manteniendo sus ojos bajos le dijo al padre Francisco lo de la prueba que Dios le había presentado y cómo Dios lo había ayudado a sobrevivirla.

El viejo cura escuchó calladamente al padre Alonso sin decir ni una sola palabra a quien arrodillado frente a él le estaba abriendo su corazón tan honestamente a Dios. Después, cuando el padre Alonso levantó los ojos y miró a su mentor, vio el perdón en sus ojos, porque aunque estaban cerrados, estaban anegados de lágrimas. —Por favor, padre, perdóneme lo que he hecho. Por haber roto los votos que le hice al Señor —Y el viejo cura hizo la señal de la cruz sobre él y dijo: —Vete en paz, hijo. Tus pecados te son perdonados.

En su confesión el padre Alonso dijo:

«Por favor, padre, perdóneme lo que he hecho. Por haber roto los votos que le hice al Señor».

Pero en su confesión el padre Alonso nunca le pidió perdón a Dios por haber estado con una mujer.

¿Cómo lo pudiera haber pedido, cuando no siente ni la más mínima culpa por haberlo hecho? ¿Cuando realmente está orgulloso de haberlo hecho?

El padre Alonso se sienta en el confesionario y enciende la lucecita indicando que está dispuesto a oír confesiones. Y aunque entre él y la persona que venga a confesarse sus pecados hay una rejilla de mimbre, así y todo, a través de esa rejilla él puede discernir esos ojos oscuros de Loló, arrodillada enfrente de él—su aroma embriagándole el alma tanto ahora como entonces. Y la oye susurrar, su voz tan musical hoy como lo había sido entonces, semanas atrás.

Pero para él, ella es hoy solamente una mujer confesando sus pecados.

Y para ella, él es hoy solamente un cura.

Momentos después, cuando la iglesia está completamente desierta, un hombre joven sumamente fuera de sí y vistiendo una remendada sotana negra deja la seguridad de su confesionario, corre al altar, y tirándose al piso se postra a los pies de Dios.

No tiene a quién recurrir sino a Dios.

Lo que acaba de enterarse no se lo puede decir a nadie—a absolutamente nadie. El secreto de la confesión así lo obliga.

Pero ahora sabe que va a ser el padre de un niño. Un niño suyo.

Mientras el padre Alonso yace postrado a los pies de Dios, él ve frente a sí a los niños de su misión, niños con ojos llenos de deseos de aprender, niños con los cuales él no podrá volver a trabajar, niños a los cuales no les podrá enseñar, o ayudar, o verlos crecer y madurar y hacerse hombres y mujeres de buena fe y de buena voluntad. Y él ve su misión, su trabajo, su vida, sus aspiraciones y sueños, sueños que los ha conservado y atesorado por tan largo período de tiempo, el ve a su todo desplomarse frente a él. Porque él bien sabe lo que debe hacer, lo que un hombre honrado debe hacer.

«¡Oh, Dios mío!», reza con fervor. «Ahora que verdaderamente estoy seguro de mi misión. Ahora que verdaderamente estoy seguro de mí mismo. Ahora que verdaderamente sé que me puedo convertir en un buen pastor de almas, el pastor que siempre quise ser. ¿Es ésta, Señor, tu manera de castigarme?», el padre Alonso le pregunta a la alta y delgada figura de Cristo clavado a la cruz que cuelga sobre el altar. «¿Por haberme sentido tan orgulloso de haber estado con una mujer? ¿Por no sentirme culpable de lo que ella y yo hicimos? ¿Por no haberte pedido que me perdonaras por lo que ella y yo hicimos? ¿Es ésta, Señor, tu manera de castigarme?», pregunta el joven cura una y otra vez mientras yace postrado a los pies del altar, con manos apretadas y hechas puños.

Haciendo un esfuerzo inmenso, casi sobrehumano, el padre Alonso se incorpora sobre sus codos, levanta la cabeza, y mira con gran intensidad los ojos de ese Cristo que cuelga sobre él, como si buscando en esos ojos una respuesta.

Pero esos ojos, que parecen perdidos en una distancia infinita, no le otorgan respuesta alguna.

El padre Alonso comienza a llorar lastimosamente.

—Oh, Dios mío— dice en voz alta, abriendo las manos y enseñándole las desnudas palmas a ese Cristo que cuelga sobre él, repitiendo la oración que el mismo Jesús ofreció en el monte de los olivos: —Si así lo quieres, aparta de mí esta copa. Pero ¡que se haga tu voluntad! ¡Que se haga tu voluntad!

Eso es todo lo que el padre Alonso puede decir:

—¡Que se haga tu voluntad! ¡Que se haga tu voluntad!


Lorenzo llega a su casa a la hora del almuerzo y cuando abre la puerta se encuentra a una llorosa Marguita esperándolo.

Él simplemente la mira con una pregunta en los ojos—pregunta que Marguita responde corriendo hacia él y tirándosele en los brazos.

—¿Qué pasa? —pregunta, inquieto.

—Yo no puedo seguir así —dice Marguita—. Por poco mato a Rencito hoy mismo.

Cuando Lorenzo oye esta afirmación tan melodramática, no le queda otro remedio que sonreírse. Quizás él no lleve mucho tiempo de casado con ella, pero sí lo suficiente como para conocer la tendencia que Marguita tiene de dramatizar todo, incluyendo las cosas más insignificantes.

—¿Qué pasó? —le pregunta.

—Es verdad, por poco lo mato. Estaba preparándole el baño, y ya había puesto el agua fría en su bañaderita, así que lo puse en su andador mientras fui a la cocina a traer el cazuelón de agua hirviendo, como lo hago todos los días. No sé en qué estaba pensando, pero el caso es que mientras lo traía, el niño en su andador se echó a correr hacia mí, y tropezó conmigo, y algo de esa agua hirviendo le cayó arriba al andador. Gracias a Dios nada le cayó arriba a él. Si eso hubiera pasado, si hubiera quemado a mi hijo, te lo juro, me hubiera matado. Lorenzo, yo no puedo seguir así. Tenemos que decidir lo que vamos a hacer e ir al doctor Manuel y hacerlo de una vez. Todo esto de espera que te espera me está volviendo loca. Y ¿por qué tanto esperar? No veo ninguna otra solución. Ahora, en este momento de nuestras vidas, el que tú sigas yendo a la universidad es más importante que todo lo demás. Nosotros somos jóvenes, ¿no? Podemos tener otros niños. Yo no puedo seguir así, Lorenzo, viviendo de esta manera —dice, e inmediatamente comienza a llorar.

—¡No llores, mi amor! ¡No llores así! —le responde Lorenzo, abrazándola y conduciéndola al comedor—. Iremos a ver a Manuel, y ya veremos lo que nos aconseja.


—¿Saben ustedes lo que me están pidiendo que haga? —les dice el doctor Manuel a Lorenzo y a Marguita esa misma tarde.

Están en la oficina del doctor, sentados calladamente, escuchando a Manuel, que sigue sacudiendo y sacudiendo la cabeza mientras habla:

—Yo sé que hay quienes hacen ese tipo de cosas. Yo conozco a muchos que lo han hecho, pero, Lorenzo —añade—, yo pudiera perder mi licencia, mi práctica, mi clínica, si una palabra de esto saliera a relucir.

Lorenzo suspira profundamente, manteniendo sus ojos fijos en el suelo.

—Pero eso no importa —continúa el doctor—. Lo que importa es que ahora, en este mismo momento, hay una vida dentro de Marguita. Invisible, sí. Microscópica, también. Pero así y todo una vida que está luchando contra viento y marea para poder sobrevivir, una vida que está tratando desesperadamente de crecer y madurar. Una vida que está tratando de existir y de ver la luz. Marguita —le dice—, cuando yo me hice doctor, yo hice un juramento sagrado que lo primero que debo hacer es no ocasionarle daño a nadie —Manuel puede ver lo tensos y aprensivos que están Marguita y Lorenzo mientras lo escuchan con gran atención. Él también sabe lo que les debe haber costado el venir a verlo para hacerle esta consulta—. Yo sé que soy el padrino de Rencito, y que estoy obligado a ayudarles de la mejor manera que pueda. Así que lo que ustedes me pidan, eso mismo haré.

Al oír esto, Marguita suspira. Lorenzo le agarra la mano y se la aprieta.

—Lo único que les pido es que piensen bien lo que van a hacer —Lorenzo va a decir algo, pero Manuel lo detiene—. Que lo vuelvan a pensar —Mira a Marguita—. Aún tenemos tiempo. El procedimiento es bastante sencillo, siempre y cuando lo hagamos dentro del primer trimestre. Así que aún tenemos bastante tiempo. ¿Por qué no hacemos lo siguiente? ¿Por qué no esperan —mira el calendario sobre su escritorio—, digamos, un par de semanas más. Si para entonces la decisión de ustedes es la misma, entonces, lo haremos. Aquí mismo se puede hacer, en la clínica. No toma mucho tiempo y tú podrás regresar a tu casa el mismo día, sin que nadie se entere —le dice a Marguita. Le sonríe a los dos—. Yo sé, yo sé muy bien que ustedes ya le han dado a todo esto considerable atención. Así que, si así lo quieren, lo haremos inmediatamente. Yo simplemente creo que muchas cosas pueden pasar en dos semanas y... —Marguita se echa a llorar—. ¿Qué te pasa, Marguita?

Ella sacude la cabeza. —Yo no sé... no sé si pueda seguir viviendo como lo he estado durante dos semanas más, doctor Manuel —dice aún llorando, sus palabras difíciles de discernir—. Por poco maté a Rencito no hace mucho, cuando por poco le tiro arriba toda el agua hirviendo que traía en mis manos para bañarlo. A veces ni sé lo que estoy haciendo. Todo esto me está consumiendo. No dejo de pensar en esto a todas horas —Se toma una breve pausa para secarse las lágrimas—. Lo que no quiero es que usted piense mal de nosotros. Es que...

—¡Oh, no!, Marguita —la interrumpe el doctor—. ¿Cómo pudiera yo pensar mal de ustedes? Yo sólo quiero ayudar, para eso estamos nosotros, los doctores. Yo sólo quiero saber si ustedes están plenamente seguros de lo que hacen. Déjame decirles que ustedes no son los únicos que están pasando por lo que están pasando. En este mismo momento muchísimas parejas están pasando exactamente por lo mismo. Con la economía como está, por los suelos, muchas parejas apenas si pueden poner comida sobre la mesa; y muchas de esas parejas tienen ya muchos niños que no los querían, y dime, Marguita, ¿qué le va a pasar a esos niños que nadie quiere? ¿Serán abusados, dañados? ¿Por sus propios padres?

Manuel se da cuenta de que Marguita lo está mirando con ojos asombrados.

—No me mires con esos ojos, Marguita. Lo que te estoy diciendo es la pura verdad. ¡Si tú supiera las cosas que yo he visto, aquí, en mi propia clínica! Niños que han sido lastimados, y severamente, por sus propios padres; niños que llegan aquí con los bracitos y las piernas rotas. Cada vez que veo a uno de ellos, me digo a mí mismo que yo juré no hacerle daño a nadie—como todos nosotros los doctores—y sin embargo, dime, ¿qué es peor? ¿Ponerle fin a una gestación, o dejar que esos niños que nadie quiere lleguen a ver la luz y vivan una vida donde no hacen sino sufrir desde el mismo instante en que nacen? Yo no sé, por mucho que lo pienso y lo pienso, no he llegado a saber cuál es la respuesta correcta. Por eso es que no me queda más remedio que confiar en el juicio de ustedes. Y por eso les estaba pidiendo que lo volvieran a pensar. No por ustedes, sino por mí. Pero ahora, después de lo que me dijiste, que accidentalmente por poco le causas daño a mi lindo ahijado...

Sacude la cabeza y mira su calendario.

—¿Pueden venir el próximo lunes? Ese día Estela está aquí para ayudarme, y yo confío en ella con los ojos cerrados. Yo sé que ella nunca le dirá una palabra a nadie acerca de esto. Ni yo tampoco, por supuesto. De eso pueden estar ustedes seguros. Así que... —vuelve a mirar su calendario—. ¿El próximo lunes?

Lorenzo y Marguita se miran.

Entonces Lorenzo agarra la mano de Marguita y asiente.

—Pues nos veremos el próximo lunes, Dios mediante —dice el doctor, levantándose y conduciendo a sus pacientes a la puerta.

—Oh, se me olvidaba que este sábado es el cumpleaños de Rencito —dice, cuando llegan a la puerta—. Entonces pues, nos veremos el sábado. Y acuérdense, sonrían. Por el bien de Rencito. Sonrían. Ya verán ustedes que todo va salir perfectamente bien.


El padre Alonso entra en la humilde celda del padre Francisco esa misma noche.

El cuarto está iluminado solamente por una bombilla de 25 bujías que cuelga desnuda del centro del cielo raso, y que causa sombras inmensas de ambos curas sobre las paredes de yeso del cuarto, pintadas de blanco y totalmente desnudas salvo por un crucifijo de madera que cuelga sobre el camastro del viejo cura.

—¿Qué quieres, hijo? —le pregunta el padre Francisco.

El padre Alonso se arrodilla frente a él y comienza a llorar— un lloro íntimamente sentido.

El padre Francisco hace que el muchacho a sus pies se levante y lo mire.

—¿Qué es lo que te ocurre, hijo mío? —le dice, con una sincera inquietud, abrazándolo. Él no ha visto nunca al padre Alonso así, llorando con tal sentimiento. Ni aun cuando le confesó hace semanas ya lo que le confesó. Ni aun entonces. Nunca.

El padre Alonso sacude la cabeza, se separa de los brazos de su mentor, extendidos hacia él, y se vuelve a arrodillar frente al viejo cura.

—Padre —dice el joven curita—, considere esto mi petición oficial para... —se fuerza a respirar profundamente, porque no quiere echarse a llorar de nuevo—. Por favor, infórmele a su excelencia, el señor obispo, que quiero una dispensación de mis votos.

El padre Francisco mira con ojos llenos de bondad y de amor a su joven acólito.

—¿Por cuáles motivos? —pregunta.

El padre Alonso no se estaba esperando esta pregunta. No sabe qué decir.

—Tú sabes que sacerdote serás por el resto de tus días —continúa el viejo cura—. Aun después de recibir una dispensación del Papa, aun entonces seguirás siendo cura. Hasta la hora de tu muerte —Ve al padre Alonso asentir—. Pero antes de proseguir y de someter tu petición a la Iglesia, debemos saber cuáles son los motivos. Así son las reglas.

El padre Alonso mira a su viejo mentor fijamente.

—El motivo es que no merezco ser cura. Que no merezco ser llamado un discípulo de Dios. Que no merezco llevar este hábito que llevo. El motivo es que no soy sino un pecador.

—Pecadores lo somos todos —dice el viejo cura—. Yo, el primero.

Le sonríe al joven bajo su protección:

—Nadie es perfecto, hijo. Y nadie espera que alguien sea perfecto, ni siquiera el mismo Papa. Él es tan imperfecto como tú y yo, porque él no es sino un hombre. Por eso es que él sabe lo que son las faltas humanas, como también sabe de nuestra fragilidad humana, porque él mismo las ha sentido. Como las sintió el mismo Cristo, que siendo Dios también era hombre. Y sin embargo, si el mismo Cristo, que es Dios, nos puede perdonar a todos, ¿quién somos nosotros que no somos más que mortales hombres, para no hacerlo? ¿Quién somos nosotros para no poder extender nuestro perdón a nadie?

—Sí, padre —replica el joven cura—, yo sé todo eso. Yo sé que mis pecados pueden ser perdonados. Pero cuando un hombre roba algo, aunque Cristo lo pueda perdonar y lo haga, ese hombre todavía debe hacer una reparación total de lo que robó como parte de su absolución. ¿No es eso lo que la iglesia nos enseña?

Viendo que el viejo cura asiente, el padre Alonso continúa:

—Bien, padre, yo me siento como si hubiera robado algo. Y yo le debo a Dios el hacer una reparación total de mi ofensa, como lo deben hacer aquellos que vienen a mí a confesarse. Ése es pues mi motivo, padre Francisco. Usted puede decirle a su excelencia, el señor obispo, que estoy pidiendo la dispensación de mis votos porque debo hacer una reparación total por mis pecados. Una vez que la haga, una vez que haya reparado completamente por mis pecados, entonces... con el favor de Dios, puede ser que retorne al rebaño y que me pueda tranformar en el sacerdote que siempre quise ser, el que está y estará siempre dentro de mí. Pero hasta que eso pase, debo hacer lo que hacen todos los pecadores. Hacer una reparación total de mis pecados.

—¿Qué reparación es ésta que debes hacer, hijo? —le pregunta el padre Francisco.

—Mis labios están sellados.

—¿Por el secreto de la confesión?

—Mis labios están sellados.

Eso es lo único que puede decir el padre Alonso:

—Mis labios están sellados.

## veintinueve

—Si la montaña no viene a Mahoma... entra diciendo Dolores en la casa de Marguita cuando de repente ve que su hija se echa a llorar. —¿Qúe te pasa, niña? —dice Dolores corriendo hacia su hija y abrazándola con inmenso cariño—. ¿Qué ha pasado? —Marguita se pega muy junto a su madre—. Dime, niña, Lorenzo y tú, ¿tuvieron una mala pelea? ¿Es eso lo que te pasa?

Marguita se separa de ella y se seca las lágrimas. Entonces, al cabo de un rato, le dice a su madre, con voz trémula: —¿Cómo lo sabías?

—Oh, amorcito mío, ¿hay algo que te pase a ti que yo no lo sepa? —pregunta Dolores, abrazando de nuevo a Marguita y trayéndola junto a sí.

Marguita deja que su madre la abrace—pero sus ojos están perdidos en la distancia mientras su madre le acaricia la cabellera. Nunca le ha dicho ni la menor mentira a su madre. Nunca. Nunca le ha podido ocultar nada a su madre. Ni siquiera se le ha ocurrido. Nunca. Y sin embargo, ahora...

—Escúchame bien, niña —continúa Dolores—. Cuántas veces no te he dicho que cuando dos personas se pelean, que la más sabia de las dos tiene que ser la primera en admitir la derrota? Mírame y respóndeme, ¿cuántas veces?

Marguita mira a su madre y esboza una sonrisa.

—Entonces —dice Dolores—, entre tú y yo, nosotras sabemos muy bien quién es la más sabia de las dos personas que se pelearon, así que la próxima vez que tú veas a Lorenzo, ve hacia él, dile que él estaba en lo cierto, y déjalo que gane. Niña, los hombres necesitan sentirse que han ganado las discusiones. Eso los hace sentir más fuertes. Más masculinos. Lo que ellos hacen, lo que dicen, posiblemente no tenga ni ton ni son, pero así son los hombres de ilógicos. Y eso lo sé muy bien, después de estar casada con ese toro que es tu padre durante, ¿cuántos años? Ya son tantos que ni me acuerdo —Hace una breve pausa para sonreírse a sí misma—. Tu padre y yo, déjame decirte que hemos tenidos nuestras buenas peleítas, oh, sí. Y bastantes. Así que confía en tu vieja madre, ¡que sabe de lo que está hablando! Haz lo que te digo. Dile a Lorenzo que estaba en lo cierto, aunque tú y yo sabemos con certeza absoluta que él no lo estaba en lo más mínimo. Hagan las paces, y entonces —se ríe picarescamente—, ¡métanse en la cama y háganme otro nieto!

Asombrada por las palabras de su madre, que sin quererlo parecen que han dado en el clavo, Marguita se abraza la cintura y entonces, sintiéndose culpable y faltándole los ánimos para atreverse a mirar a su madre sin volver a echarse a llorar, se vuelve y evade los ojos de Dolores que han dejado de ser picarescos y que se han puestos muy serios. Porque no siendo capaz de entender la reacción de su hija, Dolores no puede hacer sino seguir mirando a Marguita y preguntarse, ¿qué es lo que está pasando de verdad?

Zafiro mira a Loló cuando Loló llega al trabajo después de la hora de almuerzo y le dice:

—Azuquita, chica, dime, ¿Qué es lo que hiciste esta vez? La Lechuza acaba de venir por aquí y me preguntó dónde tú estabas, que tenía algo muy importante que decirte. Yo le pregunté qué era y ¿sabes lo que me contestó la muy vieja? ¡Que no era materia de mi incumbencia! Asi que te lo estoy diciendo para que lo...

—Oh, Loló —se oye la voz de la señora Olivar detrás de ella. Suena entusiasmada, hasta casi se puede decir regocijada. Con un gesto le dice a Loló que la siga. Salen del salón de las telefonistas y van al pasillo de al lado, donde hay mucho menos ruido—. Tengo magníficas noticias que darte, Loló —le dice la vieja señora—. Hemos recibido un mensaje de la oficina central y ¿te lo puedes imaginar? —Loló mira fijamente a la señora Olivar sin tener la mínima idea de lo que está hablando su supervisora—. Dime, ¿cómo te gustaría ir por unas vacacioncitas bien largas a Miami, con todos los gastos pagados?

—¿Yo? —pregunta Loló.

—Bueno, no es realmente una vacación, pero casi, casi. El caso es que la oficina central ha seleccionado a unas cuantas muchachas, que yo sepa tú eres la única de aquí, de La Habana. Francamente no conozco todos los detalles. Pero al parecer están introduciendo un nuevo tipo de tablero de teléfonos o algo por el estilo. La directora del departamento, la señora Díaz, es la única que lo sabe todo. Pero, de todas maneras, seleccionaron a un grupo de muchachas como tú que saben inglés y las van a mandar a Miami para aprender esta técnica nueva y después regresar y enseñársela al resto de las telefonistas. Cuando la señora Díaz me pidió que le recomendara a alguien, pues, claro, yo te recomendé a ti. Creo que el entrenamiento en Miami comenzará dentro de un par de meses, o algo así. Desde ahora en adelante te van a mandar a una escuela para mejorar tu inglés y entonces... Oh, Loló, ¡imagínate! ¡Miami...!

—Pero, ¿por qué no va usted, Señora Olivar? —empieza a decir Loló—. Usted tiene muchos más conocimientos en este tipo de trabajo que yo. Y yo no creo que...

—Oh, no, Loló. Yo no pudiera dejar mi trabajo. Yo soy una supervisora. Mi trabajo demanda que yo me quede aquí, cuidando de mis muchachas. Oh, no, ¡ni aunque me lo hubieran pedido yo hubiera aceptado! No sería correcto. Una mujer como yo tiene que saber comportarse con mucho respeto. Oh, no. Yo no puedo ir. En lo absoluto. Por eso es que te recomendé a ti. Ahora, dime, ¿qué crees de todo esto? ¿Es ésta la oportunidad de tu vida, o qué? —Mira a Loló con ojos bondadosos—. Claro está que tienes que consultarlo con tus padres. Pero, Loló, ¡ésta es una oportunidad tan magnífica! Ni siquiera lo pienses. Simplemente di que sí. Por supuesto que tendrás que trabajar, y duro, y tendrás que dejar a tu familia y estar lejos de Cuba por unos meses, todo eso es verdad, pero... Oh, Loló, ¡estoy tan contenta por ti! Primero Miami... y después, hasta puede ser que te manden a Nueva York. ¿Dime si tú eres afortunada o no?

Loló le sonríe: —Gracias, Señora Olivar —se las arregla para responder.

—Oh, ¡por poco se me olvida! —añade la señora Olivar. Baja la voz y se le acerca a Loló, hablándole confidencialmente, cosa de que nadie la pueda oír—. Tan pronto aceptes esta nueva posición recibirás un aumento de diez pesos al mes. Y de veinte pesos cuando regreses. ¿Qué te parece? Niña, ahora mismo, ahora mismo vete para tu casa y habla de esto con tus padres. Y mañana por la mañana, cuando regreses, dime lo que has decidido.

Una Loló muy desconcertada regresa a su lugar detrás de su

tablero y mientras recoge sus cosas, que las había dejado donde siempre las deja, bajo su silla, le cuenta a Zafiro lo que la señora Olivar le acaba de decir. Entonces, todavía tan desconcertada como antes, sale del cuarto. Está tan inmersa en sus pensamientos que se le olvida decirle adiós a Zafiro, que la mira irse y después se vuelve a la otra muchacha que tiene sentada al lado.

—¡Hay que ver que hay mujeres que nacen afortunadas! —dice Zafiro justo cuando se le enciende el tablero.

En vez de irse para su casa, Loló sube muy despacio los dos pisos que la separan de la señora Díaz usando las escaleras. Cuando entra en la oficina, la señora Díaz, que está sentada detrás de su escritorio, le da la bienvenida con una sincera sonrisa.

—¿Ya hablaste con la señora Olivar? —le pregunta. Loló asiente en silencio—. Bien —dice la señora Díaz—, ¿ya has decidido algo?

Loló la mira: —La señora Olivar... ¿ella sabe algo de mí? —pregunta, titubeante.

—¡Claro que no, Loló! —le contesta firmemente la señora Díaz con voz ligeramente airada—. Claro que nadie sabe nada.

—Pero entonces... no lo entiendo... Este nuevo trabajo, ¿es de verdad?

La señora Díaz responde, su voz ahora amable, la voz de una amiga, la voz de una maestra genuinamente interesada en sus alumnos: —Por supuesto que lo es, Loló. En una compañía tan grande como la nuestra, siempre hay algo nuevo que se está desarrollando. Porque, de no haberlo, ¿cómo pudiéramos crecer y mejorar lo que estamos haciendo? Debido a mi posición, yo me entero de todas estas posibilidades. Y dado que parte de mi trabajo como jefa de personal consiste en encontrar la persona ideal para cada tipo de trabajo, pues, no sólo yo—sino muchos otros—estuvimos de acuerdo de que tú eras la persona perfecta para ocupar esta nueva posición. Y déjame decirte, la señora Olivar fue la primera en recomendarte. Esto no va a ser una cosa sumamente fácil, Loló. Tendrás que estudiar con ahínco y trabajar laboriosamente. Pero yo estoy plenamente segura de que cuando regreses tú vas a ser una excelente maestra. De eso no tengo la más mínima duda. Así que vas a entrenar al resto de las muchachas, y a entrenarlas como es debido.

Loló sigue mirando a la vieja enfermera sin decir palabra. Entonces, titubeando aún dice: —¿Hay alguien que sepa acerca de... de mí?

—Claro que no, Loló —replica la señora Díaz—. Ya te lo dije. Nadie sino tú y yo sabemos lo que está pasando. Esto es, a no ser que tú se lo hayas dicho a alguien. ¿Lo has hecho?

Loló asiente.

—¿A él?

Loló asiente de nuevo.

—¿Y qué dijo?

¿Cómo puede Loló responder a esa pregunta? ¿Le puede decir a la señora Díaz la verdad? Que cuando se lo contó todo esta mañana en el confesionario de la iglesia, todo lo que él pudo decir fue: —¡Vete en paz. Tus pecados han sido perdonados!

—Nada —replica Loló—. No dijo nada.

—Ya veo —dice la vieja enfermera.

Hay un largo silencio.

—Bueno —dice la señora Díaz al cabo de un rato, ¿has decidido lo que vas a hacer?

—Tomaré la posición nueva —dice Loló.

—¿Y acerca del bebé? ¿Ya lo has decidido?

Loló se lleva las manos al vientre y lo acaricia como si estuviera acariciando a su niño.

—Usted cree que yo pudiera... ¿quedarme con el bebé?

—¿Tú quieres decir quedarte y cuidar de él, una madre sin esposo?

—Usted no cree que es una buena idea, ¿no?

—No es lo que yo crea. Es lo que *tú* creas —dice la señora Díaz—. Pero, Loló, fíjate que estamos aquí, en Cuba. Acuérdate de eso. Yo no te voy a decir que pienses en la clase de vida que te espera. O que pienses en lo que la gente va a pensar de ti. O que pienses con cuánta alegría esa gente te señalarán con dedos acusadores y te llamarán por nombres que yo ni siquiera me atrevo a decir. No, últimamente nada de eso importa. En vez de pensar en todo eso, lo que yo te pido es que pienses en tu hijo y solamente en tu hijo. Dime, Loló, ¿cómo tú crees que será su vida en la escuela cuando el resto de los muchachos le pregunten quién es su padre y tu niño no pueda responderles? ¿Tú quieres que tu hijo te deteste toda su vida porque él es ilegítimo? ¿Porque no tiene padre? ¿Y qué si tienes una niña? ¿Tú quieres que sufra toda su vida porque su madre es una mujer mala, una cualquiera, como las otras niñas, hasta las mismas maestras de la escuela se lo dirán en la cara? En este mundo nuestro, Loló, los inocentes desgraciadamente acaban pagando por las faltas de sus padres. A mí eso me parece muy injusto, y lucharé contra eso toda mi vida. Pero ese es el mundo en que vivimos hasta que alguien haga algo para cambiarlo.

Se levanta.

—Así que te lo suplico, Loló, antes de que tomes una decisión así, piensa primero y siempre en tu niño. Claro está que yo haré exactamente lo que tú decidas. Esta es una decisión muy importante, y solamente la puedes tomar tú y nadie más. Pero mi recomendación es que ofrezcas el niño para que sea adoptado una vez que estés en Miami, por el bien del niño. Y una vez que regreses, espero que me ayudes a luchar en contra del odio y de la ignorancia. Loló, tú no eres la única mujer en el mundo que ha cometido el error de confiarse en un hombre que no lo merece. Muchas otras mujeres han hecho lo que tú has hecho. Muchas otras mujeres han tenido que dar a sus hijos para que sean adoptados.

Se acerca a Loló.

—Loló, mírame, te lo pido. Niña, yo sé exactamente lo que está pasando por tu mente, lo que estás pensando porque, Loló, yo soy una de esas mujeres. Yo también tuve que dejar que alguien adoptara a mi niño. Mi hijo tiene ahora unos padres que lo adoran y a los cuales él puede respetar. Yo voy a luchar con quien tenga que luchar hasta que llegue el día en que una mujer nunca tenga que verse forzada a deshacerse de un hijo suyo. Pero hasta que ese día llegue, te lo suplico, Loló, piensa en tu hijo. Piensa en él primero y por encima de todo. Y si lo haces, yo estoy segura de que decidirás ofrecerlo para adopción. Como yo lo hice.

Esta confesión tan patente sorprende a Loló. Ella no tenía idea alguna. Loló mira a la vieja señora de cabellos grises y de ojos bondadosos y gentiles, y ve en ellos algo nuevo, una cualidad que no había visto antes. La señora Díaz le sonríe a Loló.

—Loló —le dice—, quiero que sepas que tú eres completamente inocente de todo, tan inocente de todo como lo es tu hijo. ¿Entiendes lo que te quiero decir?

Loló la mira y le sonríe.

—Entonces, ve a donde la señora Olivar y dile que aceptas la nueva posición.

Loló está a punto de irse cuando se vuelve y mira a la vieja señora de los cabellos grises: —Gracias, Señora Díaz.

—Elmira, Loló. Ése es mi nombre.

—Gracias, Elmira.

Esa noche, después de darle a su familia la buena noticia, y después de descorchar una botella de vino para hacer un brindis celebrando la buena suerte de Loló, Loló se tira exhausta en su cama, pero no puede quedarse dormida.

Ella sabe que dentro de ella hay una vida. Como sabe que es el deber de ella el proteger esa vida por encima de todo.

Ella también sabe que él, el padre del niño, tiene derecho a saber de su decisión.

No necesita su permiso. Ella sabe que no le hace falta, la misma señora Díaz se lo dijo. Pero, así y todo, ella piensa que él debe saberlo.

«El lunes por la mañana se lo diré, durante el período de confesión», se dice.

Pero entonces se acuerda de que mañana, sábado, es el cumpleaños de Rencito, su primer cumpleaños. Y que se supone que ella, con el resto de la familia, vaya a Luyanó a celebrar. Y que posiblemente él también esté allí.

Suspira, porque no quiere verlo. Ya le es suficientemente difícil el hablar con él cuando sus ojos no se pueden encontrar a través de la rejilla del confesionario. Pero verlo allí, en persona, ¿cómo pudiera ella hablar con él? ¿Decirle lo que piensa hacer? ¿Decirle lo que ella cree que debe saber?

«Ojalá no tuviera que ir a esa fiesta», se dice.

Se queda dormida sólo para despertarse en el medio de la noche.

Su mirada está todavía clavada en el cielo raso de yeso blanco cuando los primeros rayos del sol comienzan a inundar su habitación, tiñiéndola y haciéndola sentir como si estuviera viviendo en un mundo de fuego.

## *treinta*

Si la gente pensó que la fiesta del bautizo de Rencito fue una fiesta como para ponerle punto final a todas las fiestas, pues que lo vuelvan a pensar, porque hoy es el primer cumpleaños de Rencito y esta vez ambos, abuelo y padrino, se han puesto de acuerdo para hacer una fiesta «con todos los hierros», como dicen los cubanos. Nada más que de mirar a lo que está servido, nadie pudiera imaginarse que cientos de miles de cubanos casi no tienen ni qué comer—porque el precio del azúcar en el mercado mundial sigue más que bajo, debido a la gran depresión mundial. Y cuando el precio del azúcar está tan bajo como lo está, los cubanos se mueren de hambre.

Se podrán morir de hambre—pero no durante esta fiesta.

Dónde y cómo Maximiliano y Manuel consiguieron la comida, eso nadie lo sabe, pero la mesa del comedor de la casa de Marguita—cubierta con un bello mantel de lino blanco bordado a mano por la misma Dolores para esta ocasión, está cubierta con platos y fuentes repletas de todo tipo de manjares: de lascas de lechón asado—servido con arroz blanco y frijoles negros, como es de rigor; y de langostinos y camarones en una salsa de ajo y aceite que es divina; y de pedazos de pollo asado bajo hojas de plátano; y de lascas de aguacates en una salsa a base de vinagre; y de plátanos fritos, de las dos clases, los maduros y los verdes; y de pastelitos de guayaba; y de toda clase de frutas: anones, mangos, mamoncillos, guanábanas, papayas.

¡Y hay que ver como está ese ponche!, que según las mujeres «está como para iluminar el cielo más negro». ¡Y ese ron añejo, lo mejor!, que dicen los hombres que está «muy de pelo en pecho».

Y por si eso fuera poco, ¿qué decir de la música?

Maximiliano ha invitado a varios de sus «socios», los tipos con los cuales él se sienta a escribir canciones, y todos están aquí, armonizando la fiesta con sus melodías y ritmos. Hay hasta un payaso y un mago, traídos por Manuel, para divertir a los niños. Pero ¿quién de los adultos les va a prestar la menor atención, cuando la música empieza a invadir no sólo el patio de la casa de Marguita, sino que ya está empezando a extenderse y a invadir en su totalidad la estrecha callejuela en donde la casa está situada, la Calle de los Toros?

La puerta de la casa de Marguita está abierta a todo el que quiera entrar: españoles, criollos, blancos, negros y de cualquier otro color, porque todos son clientes de Maximiliano el carnicero, a quien todos aman y respetan, y todos vienen a tomar parte de esta celebración. Hasta las mulatas que viven al cruzar de la calle, las que son las queridas de los chinos en el negocio de opio, hasta ellas y sus hijos están aquí, disfrutando de la fiesta que ya se ha extendido y tomado posesión de la Calle de los Toros. Y la cuadra que queda entre la bodega de Hermenegildo y la iglesita de Nuestra Señora del Perpetuo Socorro, esa cuadra está ya más que palpitando de un extremo al otro.

Los regalos cubren no sólo la cuna de Rencito sino que ya hay tantos que hasta cubren la cama de Marguita y Lorenzo, en el cuarto adyacente—porque los regalos se ponen sobre la cama para que todo el mundo los vea, como es la costumbre. La mayoría de ellos son juguetes: un trompo enorme de metal que canta y silba mientras da vueltas, una cajita de música que canta canciones cubanas, y hasta un guante de pelota que viene con una pelota y con un uniforme completo de pelota.

Pero entonces la gente comienza a bailar.

Y cuando la gente comienza a bailar...

¡Cuidado!

Al principio el patio está simplemente temblando de entusiasmo.

Pero a los pocos minutos ese entusiasmo se convierte en un delirio cuando los hombres y las mujeres comienzan a bailar y a sudar, sus cuerpos apenas rozándose, mientras oyen esos ritmos salvajes que emborrachan y que los hacen desbordarse de esa inocente sexualidad que todo el mundo lleva por dentro de tal manera que el patio en pleno deja de temblar para ponerse a vibrar con anticipación.

¡Qué fiesta, pero qué fiesta!

Hasta los padres de Lorenzo, Padrón y Carmela, que están sentados tranquilamente en la sala—un cuarto que tiene dos sillones que nadie usa—hasta ellos la están pasando de lo mejor. ¿Y por qué no? Después de todo, tienen dos motivos para celebrar. No sólo ha llegado Rencito a su primer año de edad y es un muchacho saludable y lindísimo, sino que Loló les ha dicho de lo bien que le va en el trabajo y de la promoción que acaba de recibir. ¿Son o no son ellos los seres más afortunados del mundo?, se preguntan.

Asunción está ayudando a Marguita lo mejor que puede, asegurándose de que haya toallas limpias en el baño, de que los platos y las fuentes estén llenas antes de que se vacíen, y de que haya suficientes servilletas sobre la mesa. Ella no puede oír ni una nota de la música, ni del bullicioso ruido que hay por toda la casa, que es ensordecedor. Pero sí puede ver el entusiasmo que hay alrededor de ella, un entusiasmo que es muy contagioso, porque hasta ella, Asunción, que es sorda, hasta ella lo está sintiendo por dentro y ella, que apenas se sonríe, hoy se está sonriendo de oreja a oreja mientras va de un lado al otro, sintiéndose necesitada.

Loló es la única que al parecer todavía no ha empezado a participar de este entusiasmo.

Está en el cuarto de Rencito, en donde ha estado por un largo, largo rato, mirando y mirando a la cuna.

Ella levanta la cabeza y ve al padre Alonso.

Siguiéndole los pasos al padre Francisco, el padre Alonso acaba de entrar en el cuarto de Rencito y ahora los dos curas están, al igual que Loló, aparentemente mirando con admiración a los regalos sobre la cuna del niño. Pero sólo el padre Francisco lo está haciendo, porque el padre Alonso no puede evitar que sus ojos—que aún siguen siendo demasiado serios para un hombre tan joven—no miren a Loló.

Al principio, Loló se sentía poco dispuesta a venir a esta fiesta. Ella estaba segura de que los dos curas también estarían aquí como invitados, y ella no quería ver a ninguno de ellos. Pero ella es una de las tías del niño y no se hubiera visto bien que ella no estuviera aquí.

«Además», se dijo, «tarde o temprano él y yo nos vamos a volver a ver, y entonces, ¿qué? Lo que pasó entre nosotros pasó, y no hay nada que ninguno de nosotros dos podamos hacer que lo pueda hacer cambiar», Loló reflexionó. «Fue como una nubecita de verano. Lo que él y yo hicimos aquella primera vez me trajo una alegría inmensurable, y a él también», se dijo.

Pero toda esa alegría había desaparecido por completo esa segunda vez.

«Cuando nos abrazamos y nos besamos escondidos en el cuarto de la posada, yo me di cuenta de que tanto el mundo de él como el mío eran totalmente diferentes, que ni él ni yo podíamos volver a estar juntos, que lo mejor que podíamos hacer era olvidar lo que pasó entre nosotros y atesorarlo como un secreto—un secreto que por el resto de mis días me traerá felicidad y regocijo», pensó entonces.

Hoy ella sigue pensando lo mismo, aún después de todo lo que ha pasado, aún después de lo que ella sabe que todavía tiene que pasar.

Esto no ha sido el caso con el padre Alonso, que no deseaba otra cosa que venir a esta fiesta. Para ver a Loló. Para hablarle. Para decirle de la decisión que había tomado de abandonar la vida religiosa y convertirse en un hombre como todo el resto de los hombres: un hombre que se puede casar. Desde el momento en que tomó esa decisión, este pensamiento le ha estado revoloteando por la mente.

Casarse con ella.

¿Qué otra cosa pudiera hacer él, un hombre honrado? ¿De qué otra manera pudiera él hacer restitución total por su pecado?

Al principio, él pensó que lo que había pasado entre ellos había pasado y no había nada que lo pudiera cambiar. Lo que hizo aquella primera vez, el estar con una mujer, le trajo una alegría inmensurable.

Pero toda esa alegría se disipó por completo esa segunda vez.

Cuando se abrazaron y se besaron escondidos en el cuarto de la posada, él se dio cuenta de que tanto el mundo de él como el de ella eran totalmente diferentes, que ni él ni ella podían volver a estar juntos, que lo mejor que podían hacer era olvidar lo que había pasado entre ellos y atesorarlo como un secreto—un secreto que por el resto de sus días le traería felicidad y regocijo, pensó entonces.

Pero hoy él no sigue pensando lo mismo.

Hoy él cree—él sabe—que ella y él van a poder volver a sentir lo que una vez sintieron, aún después de todo lo que ha pasado, aún después de lo que él sabe todavía tiene que pasar. Él tiene una fe absoluta que así pasará. El buen Dios se lo concederá. ¿No ha sido por eso por lo que ha estado rezando día y noche? ¿Por que se haga la voluntad de Dios? Y todo lo que ya ha pasado, ¿no ha sido todo eso exactamente la voluntad de Dios?

Tras entrar en el cuarto de Rencito y ver a Loló, el padre Francisco la saluda respetuosamente y entonces Marguita, que venía tras los dos curas, ignorando a Loló—como lo ha hecho siempre desde aquella fatídica noche de hace casi dos años—dice: —Padre, venga por aquí, por favor. Rencito ha tenido tantos regalos que tuvimos que poner muchos de ellos en mi cuarto. Venga, por favor.

Guiando al padre Francisco, Marguita sale del cuarto, dejando al padre Alonso en el cuarto de Rencito, mirando los juguetes. El padre Alonso toma la cajita de música en las manos, le da cuerda, la destapa, y mientras una música angelical llena el cuarto con los dulces acordes de una sentimental canción cubana, bajando la voz en un susurro, le habla a Loló:

—He pedido mi dispensación —le dice, su voz llena de una tierna emoción.

Cuando oye esto, Loló lo mira, sus oscuros ojos gitanos haciendo una pregunta.

Manteniendo sus ojos fijos en la cajita de música, el padre Alonso continúa: —Se demorará su buen rato. Sólo el Papa puede aprobarla. Pero tan pronto la tenga, pues... entonces nos podremos casar.

Loló se vuelve a él:

—¿Tú harías eso por mí? —le pregunta directamente, sin preocuparse de quién los puede estar mirando u oyendo.

Él la mira con una mirada extrañada en los ojos, como si la pregunta careciera del menor sentido.

—Pues claro que lo haría —contesta decisivamente—. Por supuesto. Por ti. Y por el bebé—, añade, sonriéndole.

Sumamente emocionada por las palabras del padre Alonso, Loló, casi en contra de su voluntad, comienza a llorar. No queriendo que nadie la vea, corre del cuarto y se precipita en el baño que increíblemente está desocupado. Cierra la puerta tras ella y se reposa en contra de ella.

Del otro lado de la puerta, los ensordecedores ruidos de la fiesta se pueden seguir oyendo, risa y alegría en dondequiera. Pero risa y alegría que no pueden ocultar el llanto tan triste que se escucha del otro lado de la puerta. Porque Loló sabe muy bien lo que el padre Alonso no sabe—o no lo quiere saber—y esto es que esta unión no ha sido hecha en el cielo. Que no importa cuán duro ellos dos trabajen para hacerla funcionar, ella y ese hombre nunca podrán permanecer juntos. Eso lo sabe ella sin la menor duda. Lo ha sabido desde aquella tarde en la posada, cuando ambos descubrieron que no tenían nada que decirse en lo absoluto.

Nada.

Ni «gracias.» Ni «lo siento».

Y sin embargo, aquí está él, dispuesto a ofrecerle la vida.

«Él dijo que lo hacía por mí», se dice, «pero no. No lo está haciendo por mí. Lo está haciendo por el bebé».

Se abraza la cintura.

«Sí, de eso no tengo duda alguna. Lo está haciendo por el bebé, porque, de no haber un niño por medio... ¿lo hubiera hecho? ¿Hubiera considerado casarse conmigo y hubiera pedido su dispensación al Papa para poder hacerlo?»

Sacude la cabeza de lado a lado, respondiéndose con ese gesto.

Y después tiene que sonreírse.

Cuando se da cuenta que de no haber un niño por medio, ella

tampoco hubiera considerado ni por el más breve momento casarse con él.

A pesar de todo el corre corre de la fiesta, Dolores ha encontrado el tiempo para observar a Marguita, sus ojos de madre viendo algo que quizás nadie más puede ver.

Los ojos de Marguita lucen cansados. Fatigados. Hasta tristes.

En el medio de toda esta conmoción, y los ruidos y la alegría y las risas de la fiesta, Marguita parece estar en un mundo diferente. Un mundo suyo, privado. Y también lo está Lorenzo, Dolores se da cuenta.

Sacude la cabeza de lado a lado y se pregunta, «¿qué es lo que está pasando?»

Pero entonces se sonríe. «Una pelea de enamorados, sin duda. Una nubecita de verano. Un granito de arena en los ojos».

Maximiliano, luciendo pantalones blancos, zapatos blancos y una elegante guayabera de lino blanco—viene a donde está Dolores. Agarrándola por la cintura, se la lleva al medio del patio, y abrazándola bien apretadamente, comienzan a bailar un danzón, una vieja danza cubana que es la más sensual y al mismo tiempo la más elegante de todas las danzas cubanas.

Los dos bailan, y uno puede ver simplemente con mirarlos que esos dos se pertenecen. Que él sigue tan enamorado de ella hoy, después de tantos y tantos años de casados, como cuando bailaron por primera vez; tal y como ella también sigue tan enamorada de él, de este hombre con nombre de emperador que le ha dado tan maravillosos hijos. Oh, sí. Uno se da cuenta sólo con mirarlos. La manera con la que Maximiliano la mira a ella constantemente, ávidamente tratando de captarle los ojos, y la manera con la que ella lo mira a él, evadiendo sus ojos tan pronto los siente sobre ella—pero la manera con la que ella lo mira cuando cree que nadie la está mirando. Oh, sí, esos dos están enamorados—y locamente.

Todavía. Al cabo de tantos años.

Se ve.

Alguien llama a la puerta del baño.

—¿Ocupado? —pregunta ese alguien.

Al oír esto, Loló, dentro del baño, inmediatamente se seca los ojos, pone su mejor sonrisa y abre la puerta—sólo para encontrarse con Marguita allí, con Rencito en sus brazos. Quitándose de en medio lo más rápidamente posible, sin decir palabra alguna y evadiendo los ojos de Marguita, Loló le permite a Marguita y a Rencito entrar en el baño mientras ella se escapa casi furtivamente, esperando que sus ojos, aún rojos de tanto llorar, no la hayan delatado. Entonces, determinadamente, comienza a ir al cuarto de Rencito, esperando que el padre Alonso siga allí todavía.

Ha tenido tiempo de sobra para pensar y ahora sabe lo que le va a decir.

Su decisión ha sido tomada: Tomará la posición, se irá a Miami, y ofrecerá al niño para que sea adoptado. Eso fue lo que le dijo a la enfermera Díaz ayer. Y eso es exactamente lo que hará. Tal y como lo decidió ayer.

«Es mejor para mí. Y para él. Y ciertamente es mejor para el bebé», Loló se dijo ayer.

Y eso mismo se lo repite ahora.

«Es mejor. Para todos nosotros».

Loló le ha dicho a su familia lo que necesitaban saber, y todo lo que van a saber. Que le dieron una promoción. Que irá a Miami por unos cuantos meses. Que hasta le dieron un aumento. Le dijo a Carmela que, dado que no necesitará de ese aumento, ella le dará a su madre esos diez pesos extra que le van a pagar mensualmente, haciendo que Carmela se sonriera con felicidad. Hasta le ha dado la autorización a la señora Díaz para que empiece a buscar a los futuros padres adoptivos del niño. Todo lo que pidió fue que éstos fueran de ascendencia cubana, porque ella quería que su hijo fuera capaz de hablar español. Eso fue todo lo que pidió. Y la señora Díaz le dijo que ella creía que eso era factible, y que se pondría a trabajar en eso inmediatamente.

Camino al cuarto de Rencito, Loló ve a Maximiliano y a Dolores en el patio, bailando muy juntos, rodeados por sus amigos y vecinos, todos ellos admirándolos mientras bailan. Ella también los mira, y sus ojos, como los de todo el mundo, también están llenos de admiración. Ella nunca ha visto bailar a sus propios padres. Se pregunta: «Si lo hicieran, ¿bailarían tan pegados como Maximiliano y Dolores lo están haciendo ahora?» Se acuerda de cuando Padrón los abandonó. «Aquellos fueron tiempos muy duros. Para Mamá. Para todos nosotros. Sin saber dónde estaba Papá, sin saber si regresaría, sin saber si estaba vivo o muerto. ¿Estuvieron mis padres alguna vez tan enamorados como Maximiliano y Dolores lo están?» Porque no hay duda alguna de lo que el carnicero y su mujer sienten el uno por el otro. Ninguna en la más mínima.

Esto le hace salir al rostro una sonrisa agridulce.

«Si sólo yo estuviera tan enamorada con el padre de mi hijo», se dice, y suspira. «¡Cuánto me encantaría poder engañarme!»

Pero entonces sacude la cabeza.

«No. Yo no voy a mentirme a mí misma. Y no, yo no puedo permitirle a él que se mienta a sí mismo. El pertenece donde está. En ese mundo suyo. Arrancarlo de ese mundo sería destruirlo. Y eso yo no lo puedo permitir».

Una vez que toma esta decisión, con pasos seguros Loló entra en el cuarto de Rencito y ve al padre Alonso que todavía está al lado de la cuna, con los ojos perdidos en la distancia. Ella va a la cuna, toma el trompo multicolor en sus manos y lo hace dar vuelta mientras mira al joven curita, cuyos ojos azules parecen tan tristes.

—Lo que usted me dijo, padre Alonso, me emocionó profundamente —dice Loló, hablando con gran formalidad y dirigiéndole sus palabras no al hombre sino al cura—. Pero yo no creo que nada de lo que usted propuso sea necesario —Lo detiene antes de que él pueda decir algo—. Usted verá... todo lo que pasó... pues fue una falsa alarma.

El padre Alonso la mira con ojos incrédulos.

—Yo me atrasé y, bueno, usted sabe lo que eso significa, ¿no? Yo pensé que estaba, bueno, encinta. Pero todo no fue sino una falsa alarma. Yo se lo iba a decir el próximo lunes, durante el período de confesiones. Pero estoy muy contenta de haberle podido hablar esta noche. Así que usted puede ver que no tiene necesidad de hacer nada. Y ciertamente no por mí.

El padre Alonso no sabe lo que decir.

Pero ella le dice lo que ella sabe que él está pensando:

—Es mejor que nosotros guardemos nuestros recuerdos tal y como están. Sigamos pretendiendo que en aquel día nosotros no éramos sino un par de niños inocentemente jugando en la arena. Y lo éramos, ¿no?

Su hermana Asunción entra corriendo en el cuarto: —Loló —dice—, ¡apúrate, apúrate! Van a romper la piñata.

Loló sale del cuarto siguiendo a Asunción y dejando atrás a un desconcertado hombre joven, un muchacho, que sigue mirando la cajita de música en sus manos, que ha dejado de tocar su canción. El joven curita encuentra la llave debajo de la caja, le da cuerda, y la cajita vuelve a entonar su romántica canción con tonos angelicales. La escucha por unos cuantos momentos y entonces la tapa, haciendo que la música pare. La pone sobre la cunita de Rencito y suspira profundamente.

Entonces, pretendiendo que ha perdido algo bajo la cuna, se arrodilla y hace una breve oración:

—Gracias, Dios mío —musita en voz bien baja—, por darme

una segunda oportunidad para convertirme en el pastor de almas que yo te prometí que llegaría a ser. Por enseñarme las penas y las agonías de lo que es ser hombre. Por dejarme ver lo inmensamente frágil que soy. Por hacerme un mejor hombre. Y con tu guía, un mejor maestro. Y un mejor cura.

—Padre Alonso, ¿se le ha perdido algo? —oye que el padre Francisco le pregunta cuando el viejo cura vuelve a entrar en el cuarto de Rencito.

—Eso pensé yo —replica el joven curita, levantándose y sacudiéndose el polvo de sus rodillas—. Pero había estado equivocado.

Le sonríe al padre Francisco una sonrisa tentativa, con un dejo de tristeza. Pero, así y todo, una sonrisa.

Su primera sonrisa en varios días.

## treinta y uno

Perdida en sus pensamientos, Marguita está en su pequeñísima cocina, su madre al lado de ella. Es mucho más de la medianoche y la fiesta de cumpleaños detrás de ellos se ha ido apagando y convirtiéndose en un susurro. Poca gente queda en la casa, sólo los amigos más íntimos y los familiares. Por un largo, largo rato las dos mujeres han estado de pie una al lado de la otra lavando y secando los platos de una manera rutinaria y sin decirse palabra alguna. Dolores, inclinada sobre el lavadero, lavando plato tras plato, Marguita secándolos.

Dolores le pasa a Marguita un último plato.

Todavía perdida en su mundo, Marguita lo toma y empieza a secarlo mecánicamente, casi como si una tercera persona lo estuviera haciendo.

Dolores mira a su hija y se pregunta qué es lo que realmente le está pasando a su hija por la mente. El tener a «esa mujer», Loló, en su propia casa, «¿es ésta la razón por la que Marguita está tan disturbada como lo está? ¿Es ésta la razón por la que los ojos de Marguita han estado evadiendo los míos?», se pregunta Dolores. «¿O acaso Marguita y Lorenzo se han peleado por culpa de Loló? ¿Porque la tuvieron que invitar a esta fiesta? ¿Es esto lo que está pasando?» Dolores sacude la cabeza. «Bueno, si esto es lo que está molestando a Marguita, la hora ha llegado de poner un punto final a todo esta idiotez».

—Marguita, niña, dime —dice Dolores, rompiendo el largo silencio con su dulce voz, que la mantiene suave y baja, casi como un susurro—, ¿qué tengo que hacer para que tú vayas y hagas las paces con Loló?

Sus palabras despiertan a Marguita del mundo donde se encontraba, trayéndola a la realidad.

—¿Tengo que arrodillarme frente a ti? —añade Dolores, sonriéndole a su hija, que suavemente sacude la cabeza mientras mira a su madre, anhelando que ella pudiera decirle a Dolores lo que la ha estado perturbando—pero sin atreverse a decírselo. Porque no es el pensar en Loló lo que la ha estado haciendo padecer. No. En lo más mínimo. Sino el pensar en lo que Lorenzo y ella han decidido hacer con esa criatura, la que no ha nacido, la que vive y crece dentro de sus entrañas, la que la mayoría de la gente—ni siquiera Dolores, su propia madre—nunca llegará a conocer; ni siquiera a saber que existió algún día. Una criatura que dejará de vivir en sólo unas cuantas horas.

Y sin embargo una criatura a la que ambos Marguita y Lorenzo ya han aprendido a amar.

Y profundamente.

Interpretando equivocadamente la sonrisa en los ojos de Marguita, Dolores continúa en esa melodiosa voz de ella: —Entonces, niña, ve y habla con Loló y perdónala. ¿No sabes que el perdonar te hace ser una persona mejor? —Dolores hace una breve pausa mientras mira a su hija—. ¿No quieres ser mejor persona de la que eres? —añade.

Marguita trata de evadir los ojos de Dolores, pero Dolores no se lo permite.

—Marguita —le dice, su voz ahora firme aunque calmada a la vez—, este odio tuyo ha durado ya mucho tiempo, demasiado. Tienes que ponerle punto final a eso, amorcito mío, porque el odio corroe el alma poco a poco hasta que no queda nada de ella. Yo lo sé. Lo he visto pasar. Mi propio padre me odió toda su vida porque él siempre pensó que yo había sido la razón por la cual él había perdido a la mujer a la que amó más allá de la razón, a su mujer, a mi madre, que murió en sus brazos cuando yo nací. Así que yo tuve que crecer no sólo sin madre sino también sin un padre, por culpa de ese odio irracional que sentía hacia mí. Dime, amorcito mío, ¿qué me hubiera pasado a mí si yo no lo hubiera perdonado, y de corazón, como lo hice? ¿Qué clase de mujer sería yo ahora? ¿Qué clase de esposa, de madre hubiera podido yo llegar a ser?

Marguita trata de nuevo de evadir los ojos de su madre. Pero Dolores no se lo permite. Con inmensa ternura toma la cara de su hija entre sus manos y suavemente, aún más que suavemente, la vuelve hacia ella, haciendo que Marguita la mire.

—Mi amor, el odio nace muchas veces del miedo, ¿no sabías eso?

Intrigada por las palabras de Dolores, Marguita torna la cabeza ligeramente hacia un lado—como si fuera una niña que está escuchando atentamente lo que su madre le está diciendo.

—Pues así mismo es —continúa Dolores—. Una puede tenerle miedo a alguien por múltiples razones. A veces le tenemos miedo a alguien porque esa persona luce diferente o actúa diferente de como nosotros actuamos. Y poco a poco ese miedo irracional crece y crece hasta que se transforma en odio. Pero yo no crié a ninguno de mis hijos para que le tengan miedo a nada o a nadie. Así que dime, amorcito mío, la verdad: ¿le tienes miedo a Loló? ¿Es eso lo que está pasando? ¿Es eso lo que está creando todo este odio dentro de ti que ya ha empezado a corroer tu corazón? Amor mío, dime, ¿qué pudo haberte hecho esa mujer para causarte tanto miedo?

«¿Yo? ¿Miedo de esa mujer?», Marguita se pregunta. Esa idea la perturba profundamente y la hace olvidarse, aunque sea por unos breves momentos, de ese otro pensamienteo que le ha estado llenando el alma de dolor. «¿Yo? ¿Miedo de esa mujer? ¡De eso ni hablar! ¿Por qué he de tenerle yo miedo a esa mujer? ¿Porque su educación ha sido mejor que la mía? ¿Porque trabaja y gana su propio dinero? ¿Porque se puede comprar las ropas que yo no me puedo comprar con el dinero que Lorenzo me da?» Violentamente sacude su cabeza de lado a lado y mira a su madre: —¡Yo no le tengo ni el más mínimo miedo a esa mujer, Mamá! —replica Marguita decisivamente, con una voz alta, alterada, casi encolerizada—. ¡Yo no sé de dónde sacaste esa idea tan absurda!

Su madre le da una mirada larga, inquisitiva.

—Bueno, quizás se lo tuve, pero de eso hace ya mucho, mucho tiempo —añade Marguita, bajando la voz—, cuando nos vio a Lorenzo y a mí hacer lo que estábamos haciendo. Pero, déjame decirte que si alguna vez yo le tuve miedo a esa mujer, ya no se lo tengo. Porque ahora sé que lo que mi marido y yo hacemos en la cama es cosa de él y mía, gústele o no le guste a ella, o a todos los que piensan como ella. Y honestamente, Mamá, a mí no me importa en lo más mínimo lo que esa mujer pueda pensar de mí.

—Entonces, mi amor, pruébamelo a mí y a ti. Ve y haz las paces con ella. Olvídate de lo que pasó y perdónala. Y hazlo de corazón, como yo lo hice. Hazlo hoy mismo, ahora mismo, en el día del primer cumpleaños de tu hijito. Si no lo haces como un favor hacia mí, o hacia ti, hazlo como un favor a Rencito, tu bebé.

Dolores mira a Marguita, esa testaruda hija suya que es más mula que nadie: —Te lo suplico, niña —le dice—. Quiero decir,

*Señora Marguita* —añade, suavemente poniéndole énfasis a sus palabras, mientras le sonríe a Marguita una de esas sonrisas picarescas tan famosas de ella.

Cuando oye que su madre la llama «Señora Marguita», Marguita, cuyos ojos han estado mirando al suelo, los levanta y mira a Dolores.

Oh, cuánto quisiera poderle abrir el corazón a su madre, la mejor amiga y vecina del mundo, y contárselo todo.

*Todo.*

Pero Lorenzo y ella han jurado mantener todo esto que está pasando como un secreto que sólo ellos dos sabrán y nadie más— excepto por Manuel el doctor y su asistenta, Estela la enfermera.

Marguita está todavía mirando a su madre cuando de repente, por la primera vez en su vida, Marguita no ve frente a ella a la mujer que ha conocido toda su vida sino a otra muy diferente, una mujer pequeña, frágil, mucho mayor que la que ella recuerda. El cabello negro y encrespado de Dolores se le está empezando a poner gris, hasta blanco en algunos lugares; su boca ha empezado a estar rodeada de arruguitas casi imperceptibles; y su cara tiene una mirada implorante que Marguita no se acuerda de haberla visto jamás.

Marguita siente de repente una ternura inmensa hacia esta mujer, una nueva clase de ternura que ella nunca ha sentido. Se siente que quiere abrazar a esta mujer, y apretarla contra su corazón, y decirle con ese abrazo lo mucho que ella ama a esta mujer mayor que es tan diferente y tan hermosa.

A Marguita nunca le ha pasado por la mente que Maximiliano y Dolores pudieran estar poniéndose viejos.

Pero ahora que está mirando tan de cerca a esta mujer frente a ella, una mujer que le acaba de sonreír, una mujer que la acaba de llamar «Señora Marguita», ella ve en esta mujer una gran hermosura que nunca había notado con anterioridad, y Marguita descubre que ella ama a esta mujer frente a ella con un amor sin límites.

Así y todo, el corazón afrentado de la mujer criolla que vive dentro de Marguita, la que se siente deshonrada, sigue demandando una y otra vez lo de siempre: venganza. Siempre venganza. Nunca justicia. Y ciertamente nunca piedad. Ni perdón.

«Véngate».

Eso es lo que esa deshonrada mujer criolla le sigue diciendo a Marguita que haga.

«Véngate».

Pero entonces Marguita mira de nuevo a esta mujer ya mayor frente a ella, esta madre suya que ahora parece ser tan delicada y tan frágil.

Y mientras lo hace, se acuerda de haberla visto recostada en su viejo sillón de mecerse, rodeada de los acolchonados cojines de guata que su esposo con gran amor le había puesto a su alrededor, respirando con gran dificultad, y diciéndole: «Marguita, si algo me sucediera... Todo lo que yo quiero es tener la plena seguridad de que nuestra familia se mantenga bien unida. De que tus hermanos y tus hermanas se sigan queriendo los unos a los otros como lo han estado haciendo. Y si alguna discordia ocurriera entre alguno de ustedes, yo quiero que tú, mi amor, intercedas y hagas la paz entre todos. Eso es todo lo yo quiero de ti. Tú bien sabes que yo perdí a mi familia. Yo no quiero que ningún hijo mío pierda a la suya, pase lo que pase. ¿Me lo prometes que lo vas a hacer?»

«Bueno», se dice Marguita, «¿no le prometí a Mamá que haría justamente eso, mantener a mi familia junta, pase lo que pase? Y esa mujer, Loló, ¿no es ella parte de mi familia ahora? ¿O es que yo quiero que Rencito crezca sin amar a su propia tía?» Suspira profundamente. «Mamá tiene la razón. Posiblemente Loló no sea tan mala como yo la he pintado en mi mente. Y aunque lo fuera, la gente cambia, ¿no?»

Ella se acuerda de que hace unos cuantos momentos ella misma vio a Loló salir del baño con los ojos rojos.

«*¿Como si hubiera estado llorando?*», se preguntó Marguita entonces.

Y también se acuerda de que por un breve segundo ella creyó ver en los ojos de Loló algo muy diferente de esa otra manera de mirar de ella, tan de gitana y tan de insolente, notando en ellos una suavidad, una tristeza como escondida, hasta una vulnerabilidad que Marguita no lo había notado hasta entonces. Como si la mujer que salía del baño hubiera sido una mujer muy diferente de la que Marguita conocía y hasta quizás temía.

«¿He estado tan equivocada en lo que respecta a Loló?», Marguita se preguntó.

La idea de que a lo mejor Loló no era tan perversa como se lo había imaginado le pasó brevemente por la mente, pero inmediatamente la descartó por completo, considerándola una idiotez suya.

«No, esa mujer es perversa», Marguita se dijo entonces.

«¿Pero estaba yo en lo cierto?», se pregunta ahora, mientras escucha a su madre.

«Quizás la mujer que salió del baño es la verdadera Loló», piensa Marguita. «Quizás la verdadera Loló es muy diferente de la que yo pensaba. Quizás la verdadera Loló no es tan perversa como yo me lo imaginé. Quizás».

Dolores le da a Marguita una bandejita blanca sobre la que hay dos tacitas llenas de un café negro, acabadito de colar, que huele como si venido del cielo.

—Hija, hazme el favor —le dice Dolores—. Ve a ver si puedes encontrar a Loló y ofrécele un poquito de café. Entonces te sientas a su lado y le hablas como lo hace la gente civilizada. Acuérdate de que *la gente, hablando, se entiende* —dice Dolores, mencionando un conocido refrán criollo—. Haz la prueba, Marguita —añade Dolores—. No seas cabeza dura, niña. Ve y haz la prueba. Tengo la plena seguridad de que esa mujer no muerde.

Todavía sintiéndose herida por la humillación sufrida durante aquella horrible noche—aún ahora, casi dos años después, una dolorosa noche que sigue estando muy presente en su mente—y acordándose al mismo tiempo de la promesa que le hizo a su madre de ser la portadora de paz en su familia, Marguita replica, usando una voz que ya ha cesado de ofrecer argumentos:

—Pero Mamá, te lo he dicho una y mil veces, ¡no creo que Loló y yo tengamos nada de qué hablar! No tenemos nada en común. Nada en lo absoluto. Dime, ¿De qué podemos hablar ella y yo?

—¿Cómo puedes decir eso, Marguita? —dice Dolores, agradablemente sorprendida porque ésta es la primera vez que ha oído a Marguita referirse a «esa mujer» por su nombre—. Loló es una mujer. Al igual que tú. ¿Cómo se te ocurre decir que ustedes no tienen nada en común? Probablemente ustedes dos tienen mucho más en común de lo que te imaginas. Pero nunca lo llegarás a saber a menos que hables con ella. Así que toma esta bandeja y ve, habla con ella.

—¿Y si ella no quiere hablar conmigo?

—Pues entonces, mi amor —continúa Dolores—, es ella la que pierde, no tú.

Llevando la bandejita con las dos tacitas de café en sus manos, Marguita está buscando a Loló cuando Lorenzo corre hacia ella y brincando arriba y abajo con una excitación increíble, como la de un niño jugando a algo, la abraza apretadamente:

—Lorenzo, ¿qué tú te crees que estás haciendo? —le dice Marguita, levantando la voz—. ¡Vas a hacer que se me vire el café y me queme! ¿Estás loco? ¡Suéltame!, Lorenzo. ¿No me oyes lo que te dije? ¡Suéltame!

Pero Lorenzo no la obedece. Muy por lo contrario, se le acerca aún más, y baja la voz:

—Tengo magníficas noticias que darte. ¡Magníficas! Para ti. Y para mí. Para todos nosotros —abraza el vientre de su esposa—. ¡Para *todos*! —No permite que Marguita diga una palabra—. Tú sabes que a Loló le dieron una promoción en el trabajo y un aumento también, ¿no? Bueno, ¿a qué tú no te puedes imaginar lo que pasó? —Hace una breve pausa—. Pues

que Loló le va a dar todo ese dinero extra a Mamá. Así que...
¿no te das cuenta? —Marguita, dudosa, sacude la cabeza—. Mamá acaba de venir a donde yo estaba —sigue diciendo Lorenzo en una voz alterada, casi urgente—, y me dijo que no va a necesitar más de esos diez pesos que yo le estaba dando cada mes, porque Loló se los va a dar a Mamá. ¿Qué te parece eso?

Ve que Marguita lo mira con ojos extrañados.

—¿No te das cuenta? —añade Lorenzo—. ¡Es como si me hubieran dado un aumento de diez pesos al mes! Con ese dinero podremos tener al nuevo bebé, como los dos lo deseamos, así que no tenemos que ir a ver a Manuel para nada. Gracias a mi hermana Loló, a mi hermana del alma, Loló. ¿Qué te parece eso? ¿No te parece como venido del cielo? —Abraza a Marguita aún más apretadamente—. Es casi increíble, ¿no? —Se toma un profundo suspiro—. Si Mamá no me lo hubiera dicho hace un par de minutos, a estas horas, mañana... bueno, nada de eso se suponía que pasara, me imagino —La besa—. ¡Estoy tan contento, tan contento que esta noche creo que voy a poder dormir—no, no lo creo, lo sé—que esta noche voy a poder dormir como un bendito! Y tú también, mi amor. ¡Tú también! —La vuelve a besar—. Ya yo se lo dije a Manuel, que lo cancelara todo. Cuando se lo dije, él suspiró como nunca lo he visto suspirar. ¡Si hubieras visto su cara! Estoy seguro de que él también va a poder dormir esta noche muy bien, pero muy requetebién. Como nosotros. ¿No te parece increíble?

Unos pocos momentos después, Marguita está todavía sacudiendo la cabeza de lado a lado, todavía sin poder creer lo que significan las palabras de Lorenzo.

De repente todo le parece tan estúpido, tan irónicamente estúpido, ahora que puede mirar a los días pasados retrospectivamente, y ver todas las penas horrorosas, todas las agonías insufribles que tanto ella, como Lorenzo, han vivido en estos últimos días. «¿Cómo pude yo pensar que diez pesos, diez miserables pesos, eran más importante que la vida de este ser dentro de mí?», se pregunta y pregunta.

«¿Cómo pude yo pensar que el que Lorenzo siguiera yendo a la universidad, o el que yo siguiera ahorrando cuanto centavo pueda para comprar una casa o para darle una mejor educación a Rencito, cómo pude yo pensar que nada de eso era más importante que la vida de este niño que está creciendo dentro de mí? ¿Cómo es posible que yo pudiera valorar esos quiméricos sueños míos más que la realidad de esta vida que existe dentro de mí? Tarde o temprano esos sueños se harán realidad. Nosotros los haremos convertirse en una realidad. Lorenzo y yo. De eso estoy plenamente segura. Lorenzo se graduará, y obtendrá una mejor posición en la librería, y él y yo tendremos una casa propia, y sacaremos a nuestros hijos de este barrio, y tendrán la mejor educación que podamos darles. Pero una vez que le pongamos fin a la vida de este niño que crece dentro de mí, esa vida cesa de existir y por una eternidad. Nunca, nunca podremos crear esa misma vida de nuevo. Otras parecidas, sí. Pero, ¿esa misma vida? Jamás. ¿Cómo es posible que hayamos tenido esa idea tan idiota, Lorenzo y yo? ¡Cómo es posible que hayamos sido tan estúpidos! ¿En qué estábamos pensando?»

A esta hora de la mañana, hasta los amigos más íntimos se han ido. Y eso incluye a los padrinos de Rencito, el doctor Manuel y su esposa, Celina, que se fueron hace apenas un par de segundos. Marguita tenía todavía en sus manos la bandejita blanca conteniendo dos tacitas de café que olía como si hecho en el cielo—el café que ella le estaba llevando a Loló—cuando Manuel y Celina vinieron a despedirse de ella. Viendo la avidez con que ambos miraron al café en sus manos, Marguita les sonrió y gentilmente se los ofreció. Ahora está de nuevo en la cocina, esperando que un café fresco acabe de pasar por el embudo de franela colgando de un trípode de hojalata que es lo que los cubanos usan para colar el café mientras que un par de tacitas vacías de café esperan pacientemente a que se las llenen.

Solamente los miembros de la familia más inmediata quedan, para ayudar a limpiar la casa y tratar de darle un aspecto de orden a lo que en realidad es un regajero inconcebible. Asunción está en la cocina limpiándola, aunque Marguita le ha dicho una y otra vez que deje de hacerlo. Dolores y Carmela van por toda la casa recogiendo platos y fuentes, y llevándolos a la cocina. Maximiliano, Padrón y Lorenzo han salido, esperando encontrar un taxi que pueda llevar a la familia de Lorenzo de regreso a La Habana Vieja, al otro extremo de la ciudad, en donde viven, porque el servicio de tranvías que va por La Calzada deja de funcionar a la una de la mañana y ya son más de las dos.

Tan pronto las dos tacitas están llenas, Marguita se toma un respiro bien profundo y entonces, armada con su bandejita, va a través de la casa hasta que encuentra a Loló en la sala, sola, sentada en uno de los dos sillones que hay en esa habitación.

Se da cuenta de que los ojos de Loló lucen cansados. Más que cansados, piensa Marguita. Fatigados. Loló luce como sin ánimos para nada. Como si estuviera perdida en un mundo propio.

«Yo debí haber estado muy equivocada», se dice Marguita cuando se acuerda de esa tristeza escondida que ella creyó que había visto en los ojos de Loló cuando la vio salir del baño, hace horas, y lo rápidamente que ella, Marguita, había rechazado tal idea. «Esa tristeza que yo vi en los ojos de Loló entonces, estaba allí», se dice Marguita ahora, porque sigue estando allí ahora, en los ojos de Loló, que siguen perdidos en la distancia. Y entonces Marguita se pregunta si aquellos ojos rojos que ella vio, como de llanto, están relacionados con la manera en que ella encuentra a Loló ahora. Abatida. Casi desconsolada.

—Loló, acabo de colar este poquito de café —le dice Marguita, su voz evocando la suavedad y dulzura que está siempre presente en la de Dolores—. ¿Qué te parece si nos lo tomamos? A mí me hace mucha falta, para despertarme.

Sorprendida por las palabras de Marguita, Loló levanta los ojos y la mira, sus oscuros ojos de gitana haciendo una pregunta silente. Éstas son las primeras palabras que Marguita le dirige desde aquella noche fatídica, cuando los ojos de las dos mujeres se encontraron, los de una llenos de envidia, los de la otra llenos de miedo y de ira al mismo tiempo.

—Gracias —le dice Loló, tomando una de las tacitas de café que Marguita le acaba de ofrecer y llevándosela a los labios.

Marguita se siente en el otro sillón, a su lado.

Éste es un momento sumamente difícil para ella. La deshonrada mujer criolla dentro de Marguita le sigue recordando lo que hizo esta mujer a su lado, diciéndole a Marguita una y otra vez que esta mujer es la misma que la hizo sentir como si hubiera sido violada por esos mismos ojos que la están mirando en este mismo instante. Y esa indignada mujer criolla dentro de Marguita le sigue insistiendo e insistiendo que esta otra mujer pague—y muy bien pagado—por esa horrible y viciosa afrenta que le hizo.

«Véngate».

Eso es lo que esa deshonrada mujer criolla le sigue diciendo a Marguita que haga.

«Véngate».

«Y sin embargo», piensa Marguita, «¡qué irónico es que gracias a esta mujer yo voy a poder mantener en vida a este niño que está creciendo dentro de mí!»

Se acuerda de su madre diciéndole: *La gente, hablando, se entiende.*

«¿No es hora de que Loló y yo nos empecemos a entender?», se pregunta. «¿No es hora de que nos hablemos?»

Pero antes de que Marguita pueda abrir la boca, Loló pone su tacita de café, ahora medio vacía, sobre la bandejita que Marguita había traído y que ahora está colocada sobre el brazo del sillón, y mientras lo hace las palabras le empiezan a salir de la boca, como desbordándose.

—Marguita —le dice—, por muchísimo tiempo yo he querido hablar contigo. Para pedirte perdón—. Sacude la cabeza de lado a lado y abochornada de sí misma quita los ojos de los de Marguita—. Yo estaba, bueno, loca, cuando hice lo que hice. No hay palabras para... —se vuelve a Marguita, buscándole los ojos—, Tú no tienes la más mínima idea de lo mal que me sentí después de... bueno, desde aquella noche. Lo que hice nunca se me ha podido quitar de la mente, y no sé cómo puedo hacer reparaciones de ningún tipo. Durante todo este tiempo, desde entonces, he estado tratando de encontrar la oportunidad para decirte esto y pedirte disculpas, perdón, por lo que hice. Yo sé que es muy difícil que te puedas llegar a olvidar de todo eso, porque no creo que yo misma lo pueda llegar a olvidar. Pero quizás... Quizás algún día tú puedas perdonarme. Algún día. Al fin, eso espero.

«Esta mujer frente a mí no es la misma mujer que yo solía conocer», se dice Marguita. «Aquella otra mujer nunca en su vida me hubiera dicho lo que esta mujer me acaba de decir. ¿O he estado yo siempre totalmente equivocada acerca de Loló?»

Marguita mira a Loló con ojos llenos de preguntas.

Sin saber realmente qué decir, cómo reaccionar a una confesión como ésta, para ganar tiempo, Marguita pone la tacita de café en sus manos sobre la bandejita blanca. Pero entonces, de una manera intempestiva, aún antes de darse cuenta de lo que está haciendo, decide abrirle el corazón a Loló.

Esto es algo que nunca le había pasado por la mente.

Ella había planeado venir, sentarse al lado de Loló, y tener una conversación con ella como la tiene la gente civilizada. Eso fue todo lo que le prometió a su madre, Dolores. Y eso era lo que pensaba hacer.

Eso y nada más.

Pero ahora, mientras está sentada al lado de Loló, algo le acaba de pasar, una sensación inexplicable que no puede entender. Como cuando una represa se rompe, Marguita siente de repente un impulso incontenible de decirle la verdad—esa verdad tan dolorosa de ella que no se ha atrevido a decírsela a nadie, ni aún a su propia madre—de abrir su corazón y decirle esa verdad a alguien.

¿Y a quién mejor que a la mujer que le ha salvado la vida a ese niño que lleva en sus entrañas, aunque lo haya hecho sin saberlo?

—Loló —le dice Marguita—, yo vine aquí para darte las gracias.

—¿Las gracias? —pregunta Loló, asombrada—. ¿Por qué las gracias?

Hay un largo silencio, roto finalmente por uno de esos suspiros de Marguita, que son tan profundos que más parecen que le salen del fondo del alma.

—Por salvarle la vida a mi niño —Marguita dice al cabo de un rato.

Viendo los atónitos ojos de Loló, Marguita añade rápidamente: —No, Loló. No estoy hablando de Rencito. Sino de —Marguita toma las mano de Loló entra las suyas y se las pone sobre el vientre—, sino de la vida de este otro niño, dentro de mí.

Loló mira a Marguita con ojos inquisitivos.

Marguita prosigue:

—Nadie lo sabe todavía. Tú eres la primera a quien se lo he dicho. Verás, el caso es que... bueno, Lorenzo y yo habíamos decidido... terminar esta gestación. Este mismo lunes —mira a su reloj de pulsera—. Mañana, porque ya es domingo —vuelve a mirar a Loló—. Lorenzo y yo, no teníamos la seguridad de que las cosas estuvieran como para tener otro muchacho. Simplemente, no teníamos el dinero para... —sacude la cabeza—. Yo sé que lo que te estoy diciendo te podrá parecer estúpido. El pensar en hacer lo que teníamos planeado por culpa de unos cuantos miserables pesos. Pero... ahora que tú le vas a dar a tu familia ese dinero extra que te van a pagar, tú sabes, el de la promoción, pues, ahora nosotros... Lorenzo, quiero decir, no le tendrá que dar a tu mamá ese dinero que le estaba dando cada mes y, bueno, con ese dinero... ahora podremos tener este otro hijo —Marguita se abraza el vientre con ternura—. Así es que es por este niño que te doy las gracias. Porque, aunque tú no sabías nada acerca de él, le salvaste la vida.

Dándose cuenta de repente de lo que acaba de decir, palabras que dolorosamente le traen a la mente lo que había vivido estos últimos días, horribles e interminables días durante los cuales ella y su esposo estuvieron considerando ponerle fin a su estado, Marguita finalmente llega a comprender que lo que su madre le ha estado diciendo todo este tiempo es la pura verdad.

Porque Marguita de repente siente el poder—el maravilloso poder—de lo que es el perdón y el amor. Perdón y amor que vienen de lo más profundo del alma de Marguita, tal y como su madre le dijo que tenía que suceder.

Sintiéndose finalmente liberada de todo ese miedo y de todo ese deso de venganza que la habían estado consumiendo por tanto tiempo, y casi sin pensar en lo que está haciendo, Marguita añade, las palabras brotando de ella con toda honestidad:

—Así es que, Loló, estaba pensando si te gustaría ser la madrina de este niño cuando nazca.

Atónita, boquiabierta, Loló mira a Marguita.

*¿Madrina? ¿Ella?*

¿Puede ser esto cierto? ¿Que Marguita le acabe de ofrecer a ella, a Loló, el honor, el *inmenso* honor, de ser la madrina de su futuro hijo?

Entonces, acariciándose su propia cintura, Loló comienza a llorar lastimosamente cuando se da cuenta de que es debido a su propio hijo—un niño que ella no lo podrá guardar, un niño del que su familia nunca se enterará que existe; que es debido a ese niño—un niño del que se piensa deshacer, un niño que ella va a perder, y de por vida; que es debido a ese niño suyo que ella pudo salvarle la vida a otro niño, que verá la luz del día y al cual ella podrá llamar «ahijado». Un niño que podrá llamarle «madrina».

Conmovida por la reacción de Loló, una reacción que ella no esperaba en lo más mínimo, Marguita abraza a Loló, que no cesa de llorar.

Y mientras lo hace, Marguita puede ver en los ojos llorosos de Loló que, aunque le parezca totalmente increíble, parece que

Loló puede entender a plenitud exacta las agonías que ella, Marguita, ha sentido; las agonías que le azotaban el corazón noche tras noche; las agonías que ella ha estado sufriendo por días, semanas, mientras se debatía si debía tener o deshacerse de ese niño en sus entrañas.

Después de un largo rato, Loló levanta los ojos. Loló se seca las lágrimas y le sonríe a Marguita, una sonrisa abierta, tierna, bondadosa. La clase de sonrisa que la otra Loló, la que ella solía ser, nunca pudiera haber sonreído, porque esa otra Loló no creía que ese tipo de sonrisa le era posible a ella. Pero Loló ya sabe que sí, que ella puede sonreírse con ese tipo de sonrisa, gracias al padre Alonso, que la enseñó a sonreír. Y eso, eso Loló siempre lo guardará como un tesoro. De la misma manera que guardará como un tesoro la vida de ese niño en su vientre, cuyo corazoncito ya le ha empezado a latir—aunque nadie en su familia lo llegue a saber.

—Para mí será más que un honor el ser madrina de tu bebé, Marguita —Loló finalmente se las arregla para decir, aún entre lágrimas. Entonces toma su tacita de café, que todavía está hirviendo, y huele su delicioso aroma—. Este café es buenísimo —añade mientras se lo lleva a los labios y se lo acaba de tomar, buchito a buchito. Delicadamente lo vuelve a poner sobre la bandejita y le sonríe de nuevo a Marguita:

—Gracias, Marguita. Esto era precisamente lo que necesitaba.

Marguita pone su tacita junto a la de Loló y le sonríe cálidamente a su cuñada, que dentro de no mucho será la madrina de su próximo hijo.

—Eso mismo digo yo —dice Marguita y después añade: —¿Te puedo traer algo más?

Loló niega con la cabeza.

—¿Unas galleticas...? —pregunta Marguita.

Loló vuelve a negar con la cabeza.

—Loló, déjame decirte algo. La vieja cocinera de Mamá, tú sabes, Lucía, hace unas galleticas dulces que parecen hechas en el cielo. ¿Te gustaría probarlas? —Marguita se sonríe picarescamante—. El doctor Manuel me dijo que no me saliera de mi dieta, pero dado que se ha ido —mira en rededor— y dado que Lorenzo está todavía por ahí buscando un taxi... ¿Qué tú crees? ¿Nos atrevemos? —se toca el vientre—, Después de todo —añade— en mi estado, ¡se supone que coma por dos!

Cuando Loló oye eso sus ojos le brillan. «Después de todo», se dice a sí misma imitando a Marguita, «yo estoy en las mismas condiciones que Marguita—así que quizás yo también debiera estar comiendo por dos».

—Me imagino que me podría comer una o dos —dice Loló.

—O tres, o cuatro —replica Marguita—. No pienso contarlas. Espera a que las pruebes. Te digo, a mí nunca me ha gustado el sabor de la leche. Pero estas galleticas de Lucía... van de lo mejor con un vaso de leche fría. Tú veras —se levanta—. Ven, vamos para la cocina.

Marguita toma la bandeja con las dos tacitas de café, ahora vacías, y cuando empieza a ir a la cocina, le confía a Loló: —Te tengo que confesar que las escondí. No quería que la gente supiera donde estaban durante la fiesta. Pero, por favor —baja la voz—, no se lo digas a nadie. Y especialmente a Lorenzo. Tú sabes como es él. ¡Se vuelve loco de remate cada vez que ve que me salgo de mi dieta!

Bajo la mirada asombrada de Dolores, que aunque a duras penas puede creer lo que está viendo se las arregla para sonreírles a las dos, Marguita y Loló entran en la cocina casi mano en mano. Allí, Marguita saca una lata que había escondido en el espacio en donde se guarda el carbón, se sacude las manos, la abre, y procede a poner varias de esas galleticas dulces de Lucía, que saben como si alguien las hubieran traído del mismo cielo, en un plato grande que le pasa a Loló. Seguida por Loló, Marguita va entonces al comedor, abre su frigidaire, sirve dos vasos grandes de leche bien fría, y los lleva para la mesa.

Una vez en el comedor, las dos mujeres—cada una de ellas

encinta—dos mujeres que como le dijo Marguita a su madre hace apenas unos cuantos minutos, «no tenían absolutamente nada en común»—se sientan a esa famosa mesa tallada por un hombre criollo, el que había hecho exactamente lo que el código criollo le había ordenado hacer, y había limpiado su honor ultrajado acuchillando a muerte a su mujer y al hombre con el que ella se había estado acostando. El mismo hombre que desde entonces no puede dormir, porque no importa lo bravo y lo valiente que lo consideren todos, él sabe muy bien que él no es más que un cobarde: un hombre que no tuvo lo que hay que tener para desafiar a su mundo y hacer lo que él realmente quería hacer: perdonar a la mujer a la que quería más allá de la razón, y darle a ella—y a sí mismo—otra oportunidad. Pero el perdonar no es parte de ese código criollo que le regía la vida—y que todavía se la sigue rigiendo—a él y a muchos como él.

Mientras Loló y Marguita se sientan a la mesa—bajo los ojos aprobadores de Dolores, que de pie en el arco que da a la cocina está pretendiendo secar algún plato con un paño de cocina—y mientras comienzan a comer esas galleticas tan divinas que van tan bien con un vaso de leche bien fría, Lorenzo, corriendo y sin aire, entra en la casa seguido por Maximiliano y Padrón. Finalmente, después de espera que te espera por lo que a ellos le parecieron horas, pudieron localizar un taxi, que ahora está parado en la esquina donde la Calzada se cruza con la Calle de los Toros, frente a la bodega de Hermenegildo.

El olor a café recién colado que viene de la cocina es tan fuerte y tan embrujador que atrae a los tres hombres.

Mientras Dolores le ofrece un buchito de café a Maximiliano y a Padrón, Lorenzo—que estaba a punto de gritar: «Tenemos un taxi esperando en la esquina», ve que Marguita y Loló están sentadas a la mesa, la una al lado de la otra.

Totalmente asombrado por lo que ve, en vez de decir lo que pensaba decir, les dirige la voz a su mujer y a su hermana, diciéndoles a toda voz: —¡No se me muevan! —Está tan contento de ver que al parecer ellas ya han hecho las paces, que a duras penas lo puede creer. Corre a su cuarto, y a los pocos segundos reaparece, cámara en mano, instalando un nuevo bombillo en el reflector metálico que está conectado a la cámara con la cual ha estado tomando fotografías durante toda la fiesta.

—Ahora, ustedes dos —les dice, mientras las mira a través del lente—, se tienen que acercar un poquito más —Marguita y Loló, obedientemente se acercan —Más, más—sigue diciendo Lorenzo, todavía mirándolas a través del lente.

—Si nos acercamos más, vamos a acabar sentándonos una arriba de la otra —dice Marguita bromeando a medida de que ella y Loló mueven sus respectivas sillas y las acercan.

—¡Perfecto, perfecto! —dice Lorenzo, moviéndose de atrás para adelante, enmarcando la fotografía a través del lente—. Ahora, ustedes dos, miren a... Oh, así, así mismo. No se muevan. No se me muevan ni un dedo —grita un entusiasmado Lorenzo.

Lorenzo toma la fotografía.

Ésta es la misma fotografía que una semana más tarde puede ser vista, ampliada, muy bien encentrada y enmarcada en la vitrina que da a la calle del estudio fotográfico en donde Lorenzo revela sus fotos: una fotografía que parece que tiene alma, porque hace que la gente que pasa por la calle se detenga y se ponga a mirarla.

La foto es muy sencilla.

En la foto simplemente aparecen dos mujeres sentadas una al lado de la otra, mirándose. Eso es todo.

Excepto que estas dos mujeres son lo más diferentes que uno se pueda imaginar.

Una de ellas es esbelta, quizás hasta un poquito demasiado esbelta, con una cara alargada y caballuna que es casi absolutamente blanca, nariz larga y delgada, labios finos, ojos tan oscuros como los de una gitana, y cabello negros y brillantes apretados en contra de la cabeza y amarrados en un moño sobre la nuca—mientras que la otra tiene una figura muy bien redondeada, una cara ovalada que está bastante tostada por el sol, una naricita pequeña, labios llenos y sensuales, ojos claros y una deslumbrante cabellera dorada y suelta que le cae libremente sobre los hombros.

Y sin embargo, estas dos mujeres—que parecen que no tienen absolutamente nada en común—han sido capturadas por el fotógrafo en un momento de una gran intimidad, como lo podrá comprobar cualquier persona que mire a la fotografía. Porque todo el que lo hace puede ver que hay una clase de amor muy especial que está siendo compartido por estas dos mujeres mientras se miran: una clase de amor que es como una mezcla de gratitud y de comprensión que es evidente en la fotografía y que hace que la gente diga: «Aaahhh...!», cuando miran a la fotografía y se sonríen.